SUMERGIDO

Cheryl Kaye Tardif

Traducción al español por: Alejandra Martinez

SUMERGIDO

www.cherylktardif.com

PRIMERA EDICIÓN

Libros Imajin - www.imajinbooks.com

Junio 8, 2018

ISBN: 978-1-77223-365-0

Cubierta diseñada por diseños de zafiro: www.RyanDoan.com

Traducción al español por Alejandra Martinez:
www.babelcube.com/user/alejandra-martinez

Elogios para SUMERGIDO

"Sumergido se lee como una tormenta inminente, lleno de oscuridad, miedo y electricidad. Prepare su piel para erizarse." -Andrew Gross, autor de éxito del New York Times por *15 segundos*.

"Desde la primera página sabes que estás en las manos de un narrador experimentado y experto que te va a mantener despierta por la noche pasando las páginas. Tardif sabe hacer su trabajo. Hay una razón por la que se vende como pan caliente, sus palabras queman las páginas. Una escritora maravillosa, aterrorizante, emocionante". -MJ Rose, autor de éxito internacional por *Seducción*.

"Tardif una vez más entrega una obra maestra sobrenatural de suspenso." -Scott Nicholson, autor de éxito internacional de *El Inicio*.

"Desde la primera página, Cheryl Kaye Tardif nos toma de rehenes con *Sumergido*, una historia convincente de angustia y redención." -Rick Mofina, autor del éxito de ventas *En la oscuridad*.

"La última novela de Cheryl Kaye Tardif, *Sumergido,* le dejará tan encantado como sus personajes". -Josué Corin, autor del éxito de ventas *Antes del golpe de Caín*.

Para mi padre, que siempre me ha apoyado.

Expresiones de gratitud

Un agradecimiento muy especial a mi amigo de toda la vida, Mike, sin el cual esta novela no sería posible. Mike, gracias por compartir tu propia historia de adicción, de cómo afectó tu vida, tu matrimonio, tu carrera y a los que te rodean. Tu coraje silencioso es inspirador. Y tu vida ahora demuestra que hay una oportunidad de redención, si uno deja de lado las viejas costumbres, se aferra a la esperanza y se eleva hacia la superficie.

Gracias a Sharon DeVries del Centro Regional de Comunicaciones de Emergencia de Yellowhead, por toda la información valiosa acerca de los servicios y prácticas de emergencia en la zona Hinton/Edson. Al igual que con la ficción, a veces la verdad tiene que ser estirada con el fin de adaptarse a una trama y acelerar el ritmo, así que si hay algunos errores, estos son completamente míos, aunque me esfuerzo en crear escenas y personajes creíbles.

Muchas gracias a Laurent Colasse, presidente de ResQMe, y Melissa Christensen, por permitir que utilice su producto y marca en mi historia. Espero que esto aporte mayor conciencia acerca de la importancia de este dispositivo de seguridad. Y mi sincero agradecimiento por su donación de una docena de llaveros ResQMe, que serán entregadas durante el lanzamiento de este libro. Usted puede aprender más acerca de este dispositivo en www.resqme.com.

Y a Christopher Bain, gerente senior de planificación y desarrollo de productos en BioWare ULC, una división de Electronic Arts Inc., por permitirme el uso del nombre de su empresa en esta novela. www.bioware.com

Gracias a John Zur, un valioso lector y fan de mis novelas, por permitirme que le convirtiera en un personaje y uno bueno, por cierto. Tengo planes para el detective John Zur, y creo que hará aparición en otra novela en algún momento en el futuro.

Gracias a una fan adolescente muy especial, Gabbie Gros, que me ha permitido inmortalizarla dentro de estas páginas. Gabbie, espero realmente que te des cuenta de que puedes ser lo que sea que quieras ser. Tu futuro está en TUS manos. ¡Eres un regalo para el mundo! Nunca, nunca, olvides eso.

Y gracias al compañero autor, Lucas Murphy, quien ganó un concurso que llevé a cabo hace unos años, en el que el ganador me proporcionó la primera línea de una nueva novela. La primera frase del prólogo es de Lucas, y creo que estarán de acuerdo en que provoca imágenes espantosas... y un olor impreciso que podría persistir en sus mentes.

SUMERGIDO

CHERYL KAYE TARDIF

Autor del bestseller internacional "Los niños de la Niebla"

Traducido por Alejandra Martinez

Prólogo

Cerca de Cadomin, AB - Sábado, 15 de junio de 2013 - 12:36 AM

Nunca te acostumbras al hedor de la muerte. Marcus Taylor conocía ese olor íntimamente. Había inhalado carne quemada, dientes cariados, carne... carne podrida. El olor se quedaba con él mucho tiempo después de que se separara del cuerpo.

La imagen de los rostros grises y labios azules de su esposa e hijo lo acosaron.

Jane... Ryan.

Afortunadamente, no había cadáveres esta noche. El único olor que reconocía ahora era el de la pradera y la humedad y frío remanentes de una tormenta y del río.

—Entonces, ¿qué sucedió, Marcus?

La pregunta provino del detective John Zur, un policía que Marcus conocía de los viejos tiempos. Antes de que cambiara su ingreso estable y respetada carrera por algo que lo había envenenado física y mentalmente.

—Venga —presionó Zur. —Comienza a hablar. Y dime la verdad.

Marcus era experto en esconder las cosas. Siempre lo había sido. Pero no había forma en el infierno en que pudiera ocultar por qué estaba empapado hasta los huesos y de pie en la orilla de un río en medio de la nada.

Entrecerró los ojos mirando hacia el río, tratando de discernir el lugar donde el coche se había hundido. Sólo vio tenues ondas en la superficie.

—Tú puedes ver lo que sucedió, John.

—Dejaste tu escritorio. No fue una decisión muy racional, considerando tu pasado.

Marcus sacudió la cabeza, con el sabor del agua del río todavía en su garganta.

—Sólo porque haga algo inesperado, no significa que he vuelto a los viejos hábitos.

Zur lo estudió, pero no dijo nada.

—Tenía que hacer algo, John. Tenía que tratar de salvarlos.

—Para eso son los servicios de emergencias. Ya no eres un paramédico.

Marcus dejó que su mirada vagara a la deriva por el río.

—Lo sé. Pero ustedes estaban ocupados y *alguien* tenía que buscarlos. Se estaban quedando sin tiempo.

Encima de ellos, los relámpagos estallaron y los truenos reverberaron.

—¡Maldición, Marcus, fuiste solo! —dijo Zur. —Sabes lo peligroso que es. Pudimos haber tenido cuatro cadáveres.

Marcus frunció el ceño.

—¿En lugar de sólo tres, quieres decir?

—Tú sabes cómo funciona esto. Trabajamos en equipos por una razón. Todos necesitamos refuerzos. Incluso tú.

—Todos los equipos de rescate estaban ocupados en otros asuntos. No tuve elección.

Zur suspiró.

—Nos conocemos desde hace mucho tiempo. Sé que hiciste lo que creíste que era correcto. Pero podría haberles costado la vida. Y probablemente te costará tu trabajo. ¿Por qué corriste tal riesgo por un completo desconocido?

—Ella no era una desconocida.

Tan pronto como las palabras salieron de su boca, Marcus se dio cuenta de lo ciertas que eran. Él sabía más sobre Rebecca Kingston que acerca de cualquier otra mujer. Además de Jane.

—¿La conoces? —preguntó Zur, frunciendo el ceño.

—Ella me contaba cosas y yo le contaba cosas. Así que, sí, la conozco.

—Todavía no entiendo por qué no te quedaste en el centro y nos dejaste hacer nuestro trabajo.

—Ella *me llamó*. —Marcus miró a los ojos de su amigo. —*A mí*. No a ti.

—Entiendo, pero ese es tu trabajo. Escuchar y retransmitir información.

—No entiendes nada. Rebecca estaba aterrorizada. Por ella *y* por sus hijos. Nadie sabía dónde estaban, y se estaban quedando sin tiempo. Si no lo intentaba al menos, ¿qué tipo de persona sería, John? —Él apretó los dientes. —No podría vivir con eso. No otra vez.

Zur exhaló.

—A veces simplemente llegamos demasiado tarde. Así sucede.

—Bueno, no quería que sucediera esta vez. —Marcus pensó en la visión que había tenido de Jane de pie en medio de la carretera. —Tuve la... corazonada de que estaba cerca. Después, cuando Rebecca mencionó que Colton había visto cerdos volando, me acordé de este lugar. Jane y yo solíamos comprar costillas y chuletas del propietario antes de que cerrara, hace ya unos siete años.

—Y eso te guió aquí, a la granja. —La voz de Zur se suavizó. —Fue una suerte que tu corazonada rindiera frutos. *Esta* vez. La próxima vez, podrías no ser tan afortunado.

—No habrá una próxima vez, John.

Una sonrisa escéptica tiró de la esquina de la boca de Zur.

—Ajá.

—No la habrá.

Zur se encogió de hombros y se dirigió a la ambulancia.

Bajo un cielo caótico, Marcus se quedó de pie en la orilla del río mientras lágrimas brotaban de sus ojos. Los eventos de la noche lo habían golpeado duro, como un puñetazo en las entrañas. Se sumergió en una ola de recuerdos. La primera llamada, la voz frenética de Rebecca, Colton llorando en el fondo. Él conocía ese tipo de miedo. Lo había sentido antes. Pero la última vez, era un camino diferente, otra mujer, otro niño.

Sacudió la cabeza. No podía pensar en Jane ahora. O en Ryan. No podía reflexionar sobre todo lo que había perdido. Tenía que concentrarse en lo que había encontrado, lo que había descubierto en una voz sin rostro que lo había consolado y le había dicho que estaba bien dejar ir.

Echó un vistazo a su reloj. Era después de la medianoche. Las 12:39, para ser exactos. No podía creer cuánto había cambiado su vida en no mucho más de dos días.

—¡*Marcus*!

Se volvió...

1

Sentado sobre la raída alfombra delante de la chimenea en la sala de estar, Marcus Taylor sostenía una pistola militar Browning de 9mm contra su pierna, y una revista en su otra mano. Por un instante, contempló la idea de cargar la pistola… y después usarla.

—¿Pero entonces quién te alimentaría? —le preguntó a su compañera.

Arizona, un setter rojo Irlandés de 5 años, le dio una mirada inquisitiva, luego rodó y volvió a dormir en el sofá. Era una perra rescatista que él había adoptado aproximadamente un año después de que Ryan y Jane murieran. La casa había estado demasiado tranquila. Sin vida.

—Estupendo saber que tienes una opinión.

Bajando la pistola y la revista al piso, Marcus sostuvo un álbum de fotos contra sus piernas y tomó una respiración profunda. *El álbum de fotos de la muerte.* El álbum sólo veía la luz del día tres veces al año. Los otros trescientos sesenta y dos días estaba escondido en un cajón de acero que le servía como mesa de café.

Hoy era el cumpleaños número 46° de Paul. O lo habría sido, excepto que Paul estaba muerto.

Tomando otra calculada respiración, Marcus tomó la cadena que marcaba una página y abrió el álbum.

—Hey, hermano.

En la foto, el cabo Paul Taylor se situaba en el borde de una calle desierta en las afueras de una anodina ciudad en Afganistán, un rifle de francotirador sujeto a través de su pecho y la Browning en su mano. Había sido asesinado ese mismo día, sus extremidades destrozadas por una bomba al borde del camino. La mina había estado enterrada bajo seis pulgadas de polvo y suciedad cuando Paul, distraído por un niño llorando, la había pisado inadvertidamente.

Un estúpido error podía causar la muerte, separando hijos de sus padres y hermanos de hermanos. El resentimiento podía separar a los hermanos también.

—Me gustaría poder decirte cuánto lo siento —dijo Marcus, parpadeando para contener una lágrima. —Desperdiciamos mucho tiempo estando enojados el uno con el otro.

Cuando era niño, había escondido los soldados de juguete de su hermano mayor para poder jugar con ellos cuando Paul estaba en la escuela. En la escuela secundaria, Marcus había ocultado lo inteligente que era, siempre minimizando su inteligencia en favor de ser el genial hermano menor de la leyenda del hockey, Paul Taylor. Marcus había aprendido a ocultar sus celos.

Hasta que su hermano fue asesinado.

Miró la etiqueta torcida en forma de perro al final de la cadena. Era todo lo que quedaba de su hermano. No había nada que envidiar ahora.

Echó un vistazo a la pistola. Bueno, tenía eso también. Había heredado la Browning de Paul. Uno de los amigos de guerra de su hermano se la había entregado personalmente.

—Tu hermano dijo que puedes jugar con sus juguetes ahora —había dicho el tipo.

Paul siempre tuvo un sentido del humor retorcido.

—Feliz cumpleaños, Paul.

Sabía que sus padres, que actualmente estaban en un crucero en el Mediterráneo, harían un brindis en honor a Paul, así que él hizo lo mismo.

—Te extraño, hermano.

A continuación, dejó la etiqueta y pasó a la siguiente serie de fotos en el álbum. Una morena con pelo corto rizado y luminosos ojos verdes le sonrió de vuelta.

Jane.

—Hola, duende.

Trazó su rostro, recordando cómo su boca se inclinaba hacia arriba a la izquierda y cómo le gustaba ver películas de drama para chicas mientras las lágrimas corrían inadvertidas por su cara.

Marcus se volvió hacia la siguiente serie de fotos y exhaló en un suspiro. Un guapo muchacho exhibía una brillante sonrisa y saludaba con la mano.

—Hola, amiguito.

Recordó el día en que la fotografía había sido tomada. Su hijo Ryan, portero novato en su equipo de hockey de la escuela secundaria, había bloqueado a sus oponentes, dándole a su equipo tres goles de ventaja. Jane había tomado la foto en el segundo exacto en que Ryan había encontrado a su padre en la multitud.

—Te amo. —La voz de Marcus se quebró. —Y te extraño muchísimo.

No podía ocultarlo. Jamás.

Había otra cosa que no podía ocultar.

Había matado a Jane. *Y* a Ryan.

Durante los últimos seis años, cada vez que Marcus dormía, su difunta esposa e hijo lo visitaban, mofándose de él con sus imágenes espectrales, burlándose con frases familiares, convirtiendo su mente y sus entrañas en un muladar infestado de culpabilidad. La única forma de escapar de sus miradas acusatorias y sonrisas rencorosas era despertar. O no dormir. El sueño era su enemigo, por lo tanto hacía su mejor esfuerzo por evitarlo.

Marcus miró al reloj antiguo en la repisa. 11:06.

Otros veinticuatro minutos y tendría que dirigirse al Centro de Emergencias del Condado Yellowhead, donde trabajaba como despachador del 911. Había estado trabajando allí durante casi seis meses. Iba a la mitad de cinco turnos de doce horas que iniciaban desde el mediodía hasta la medianoche. Trabajaba con su mejor amigo, Leo, quien sin duda estaría en un buen estado de ánimo de nuevo. A Leo le gustaba dormir hasta tarde y comenzar su día al mediodía, mientras que Marcus prefería el turno de medianoche hasta el mediodía, el que todo el mundo odiaba. Le daba algo que hacer por la noche, ya que dormir no le era fácil.

Cerró el álbum de fotos, se puso de pie lentamente y estiró sus músculos acalambrados. Cuando colocó el álbum, la pistola y cargador en el cajón, una pequeña caja de cedro con una insignia médica en relieve en la parte superior llamó su atención, aunque hizo lo posible por ignorarla.

Incluso Arizona sabía que esa caja significaba problemas. Ella se congeló al verla, los pelos de su lomo erizados.

—Lo sé —dijo Marcus. —No puedo resistir la tentación.

Esa caja lo había metido en líos en más de una ocasión. Representaba un pasado que daría cualquier cosa por borrar. Pero no podía tirarla a la basura. Tenía un gran poder de atracción sobre él. Incluso ahora lo llamaba.

—*Marcus*...

—¡No!

Cerró de golpe la tapa del cajón de acero con su puño. El sonido reverberó por toda la sala, chirriando como la puerta de la celda de una prisión, atrapándole dentro de su propia prisión privada.

Detrás de él, Arizona gimió.

—Lo siento, chica.

Un día se desharía de la caja con la insignia y terminaría con todo de una vez por todas.

Pero no todavía.

Sacudiéndose un acceso de culpabilidad, subió las escaleras de dos en dos hacia el segundo piso y entró en el dormitorio principal del dúplex alquilado de dos dormitorios. Carecía de todas las cosas femeninas, desnudo de todo salvo lo esencial. Una cama, una mesilla de noche y una cómoda alta. Persianas de metal, sin cortinas de flores como las de la casa en Edmonton que había comprado con Jane. La colcha era un revoltijo de tonos pardos, arrinconadas alrededor de una sola almohada. No había ninguno de los almohadones decorativos que le encantaban a Jane. No había flores de seda en el aparador. No había aromatizante cítrico en el aire. Ninguna indicio de Jane.

La había escondido a ella también.

Al entrar en el baño, Marcus se miró fijamente al espejo. Notó la barba y el bigote sin recortar, que amenazaba con engullir su rostro. Inclinándose más, examinó sus ojos, que eran más grises que azules. Volvió su rostro para captar la luz.

—*No estoy* cansado.

Los círculos oscuros bajo sus ojos lo traicionaban.

Haciendo caso omiso de la atenta mirada de Arizona, abrió el botiquín y agarró el tubo de preparación H, un truco que había aprendido de su esposa Jane. Antes de que él la matara. Un pequeño toque bajo los ojos, sin sonreír o fruncir el ceño, y en segundos las grietas en su piel se suavizaban. Un poco del "blanqueador" de Jane, como solía llamar al tubo de corrector cosmético, y las sombras desaparecerían.

—Camuflaje —dijo a su reflejo.

Un recuerdo de Jane emergió.

Era la noche del banquete de premios de BioWare, hacía diecinueve años. Jane, vestida con una bata rosa, se sentaba en el tocador de baño rizándose el cabello, mientras Marcus luchaba con su corbata.

Él dejó salir una maldición.

—Nunca puedo lograr que quede bien.

—Aquí, permíteme. —Empujando la silla detrás de él, Jane subió antes de que pudiera protestar. Ella captó su mirada en el espejo sobre el lavabo y rodeó sus hombros con los brazos, su mirada vagando sobre la protuberancia trenzada que había hecho del nudo Windsor.

—No deberías ser tan impaciente.

—*Tú no* deberías estar subiendo en sillas.

—Estoy bien, Marcus.

—Estás embarazada, eso es lo que estás.

—¿Me estás llamando gorda, amigo?

Embarazada de cinco meses con Ryan, Jane nunca se había visto tan hermosa.

—Yo nunca haría eso —dijo él.

Ella inclinó su cabeza y arqueó una ceja.

—¿Nunca? ¿Qué tal dentro de cuatro meses, cuando no pueda subir las escaleras hacia el dormitorio?

—Te llevaré cargando.

—¿Y cuando no pueda ver los dedos de mis pies y no pueda pintar mis uñas?

—Las pintaré por ti.

—¿Qué hay cuando…?

Él volvió la cabeza y la besó. Eso la silenció.

Con una carcajada, ella lo empujó lejos, dio a la corbata un suave tirón y deslizó el nudo expertamente en su lugar.

Él gruñó.

—Ahora, ¿por qué yo no puedo hacer eso?

—Porque me tienes a mí. Ahora deja de distraerme. Todavía tengo que ponerme mi vestido y el maquillaje.

Marcus se sentó en el borde de la cama y esperó. Jane siempre valía la pena la espera, y esa noche no lo decepcionó. Cuando salió del cuarto de baño, era una visión de una sensual diosa en un vestido de diseñador de una tienda en el West Edmonton Mall. El bulto del bebé en la parte delantera era apenas perceptible.

—¿Cómo me veo? —preguntó, pasando los dedos nerviosamente por su cabello dorado.

—Sexy como el infierno.

Ella giró en un círculo lento para mostrar el elegante vestido negro con su escote en la espalda. Mirando por encima del hombro con un ojo maquillado en color dorado, dijo:

—¿Así que te gusta mi vestido nuevo?

—Me gustaría más —dijo él con voz suave, —si estuviera en el piso.

Minutos después, estaban sumergidos entre las sábanas, faltos de aliento y riendo como adolescentes. El sexo con Jane era siempre así. Emocionante. Juvenil. Divertido.

Después de vestirse, Jane se retiró al baño para arreglar su cabello y maquillaje.

—Camuflaje listo —dijo cuando volvió. —Ahora vámonos.

—Sí, señora.

Él la oyó susurrando, "seis más ocho más dos...".

—¿Estás haciendo esa cosa de la numerología otra vez? —preguntó con una sonrisa.

Jane había ido a una feria psíquica cuando descubrió que estaba embarazada, y un numerologista le había enseñado a sumar fechas. Desde entonces, cada vez que algo importante surgía, a ella le gustaba hacer los números para determinar si iba a ser un buen día o no. Incluso había hecho a Marcus comprar boletos de lotería en "tres días", lo que dijo significaba entrada de dinero. No habían ganado la lotería, pero él le seguía la corriente de todos modos.

—¿Qué es hoy?

Ella sonrió.

—Siete.

—Ah, Siete de la Suerte. —Él arqueó una ceja hacia ella. —¿Voy a tener suerte?

—Creo que ya la tuvo, señor.

Habían llegado tarde al banquete de premiación, lo que no fue demasiado bien ya que Jane era la invitada de honor, destinataria del premio al Mejor Programador por su última creación de videojuegos en BioWare. Cuando Jane subió al escenario para recibir su premio, Marcus no creyó que jamás pudiera estar más orgulloso. Hasta la noche en que Ryan nació.

Ryan...el hijo que maté.

Marcus sacudió su cabeza, forzando a los recuerdos de nuevo hacia las sombras, donde pertenecían. Cogió la lata de crema de afeitar. Sus ojos descansaron, desenfocados, en la etiqueta.

Afeitarse o no afeitarse. Esa era la cuestión.

—Nah, hoy no —murmuró.

No se había rasurado en semanas. También le hacía mucha falta un corte de cabello. Afortunadamente, no eran demasiado estrictos sobre las apariencias en el trabajo, a pesar de que su supervisor probablemente insistiría en ello de nuevo.

La alarma en su reloj pitó.

Tenía veinte minutos para llegar al centro. Luego, tendría que volver a esconderse detrás del anonimato de ser una voz sin rostro en el teléfono.

Los servicios de emergencia en el condado de Yellowhead Edson, Alberta, albergaban un pequeño pero competente centro de llamadas de emergencia situado en el segundo piso de un edificio espacioso en la Primera Avenida. Cuatro habitaciones en el piso estaban alquiladas a grupos de emergencia, como primeros auxilios, reanimación cardiopulmonar y Servicios Médicos de Urgencia, para las instalaciones de capacitación. El centro de llamadas de emergencias tenía un personal de tiempo completo de cuatro operadores de emergencia y dos supervisores, uno para el turno de día, uno por la noche. También tenían un puñado de altamente entrenados pero mal remunerados eventuales, y tres voluntarios regulares.

Cuando Marcus entró en el edificio, Leonardo Lombardo estaba esperándolo cerca del ascensor. Y Leo no parecía demasiado entusiasmado por verlo.

—Pareciera que tu perro acaba de morir —dijo Marcus.

—No tengo perro.

—Entonces, ¿a qué se debe la cálida y alegre bienvenida? ¿La mafia me está buscando?

Leo, un hombre de estatura promedio a finales de los años cuarenta, llevaba unos treinta kilos alrededor de su centro y su aspecto italiano atezado le confería un aire de misterio y peligro. Alrededor de la ciudad, los chismosos habían propagado historias acerca de que Leo era un expatriado americano con turbios lazos. Pero Marcus sabía exactamente quién había iniciado esos rumores. Leo tenía un depravado sentido del humor.

Pero su amigo no estaba sonriendo ahora.

—Realmente necesitas dormir.

Entrando en el ascensor, Marcus se encogió de hombros.

—El sueño está sobrevalorado.

—Te ves como el infierno.

—Gracias.

—Por nada. —Leo pulsó el botón del segundo piso y tomó una respiración vacilante. —Escucha, hombre…

Cada vez que Leo iniciaba una frase con esas dos palabras, Marcus sabía que no sería bueno.

—No estás en tu juego —dijo Leo. —Estás comenzando a decaer.

—¿Qué quieres decir? Yo hago mi trabajo.

—Archivaste el informe del accidente de coche de anoche en el lugar equivocado. Shipley pasó la mitad de la mañana buscándolo. Intenté cubrirte, pero está muy molesto.

—Shipley siempre está molesto.

Pete Shipley tenía un ritual para hacer de la vida de Marcus un infierno siempre que fuera posible, lo que era a menudo. Como supervisor de turno de día, Shipley gobernaba sobre los operadores de emergencias con un puño de hierro y la arrogancia suficiente para poner a cualquiera de los nervios.

Se abrió la puerta del ascensor y Marcus salió primero.

—Voy a encontrar el informe, Leo.

—¿Cuántas horas dormiste, Marcus?

¿Dormir?

—Cuatro. —Era una mentira y ambos lo sabían.

Marcus se dirigió hacia el cubículo con la pantalla que separaba su escritorio del de Leo. Detrás de ellos estaba la estación para el resto de los trabajadores de tiempo completo. Saludó a Parminder y Wyatt mientras se iban hacia su casa. Habían trabajado en el turno de noche, así que sólo los vio pasar. Sus estaciones están ahora ocupadas por trabajadores casuales de día. Refuerzos.

—Duerme —murmuró Leo.

—El sueño es una cosa divertida, Leo. No gracioso como *ja-ja*, sino gracioso *extraño*. Una vez que un organismo ha pasado un rato sin él o con una siesta ocasional durante el día, el sueño no parece tan importante. Estoy bien.

—Mentira.

Fueron interrumpidos por un portazo en el pasillo.

Pete Shipley apareció, dominando el pasillo con su furiosa energía y su gran envergadura. El tipo era más alto que todos, incluyendo a Marcus, que medía fácil más de un metro ochenta de altura. Shipley, un ex capitán del ejército, estaba constituido como el *Titanic*, que se había convertido en su apodo de oficina. Desconocido para él.

—¡Taylor! —gritó Shipley. —¡En mi oficina, ahora!

Leo agarró a Marcus del brazo.

—Dile que dormiste seis horas.

—¿Estás sugiriendo que le mienta al jefe?

—Sólo cubre tu culo. Y por el amor de Dios, no lo provoques más.

Marcus sonrió.

—Ahora, ¿porqué habría yo de hacer eso?

Leo lo miró boquiabierto.

—Porque te encanta el caos.

—Incluso en el caos hay orden.

Dejando salir un resoplido, Leo dijo.

—Has leído demasiados libros de autoayuda. No digas que no te lo advertí. —Giró sobre un talón y se dirigió a su escritorio.

Marcus lo observó alejarse. *No te preocupes, Leo. Puedo soportar a Pete Shipley.*

Haciendo una pausa frente a la puerta de Shipley, tomó un respiro, llamó una vez y entró. Su supervisor estaba sentado detrás de una mesa metálica, sus gafas de lentillas gruesas encaramadas en la punta de la nariz bulbosa mientras él analizaba un montón de papeleo. Aunque el hombre había ordenado la reunión, Shipley no hizo nada para indicar que reconocía la existencia de Marcus.

Eso estaba bien para Marcus. Le daba tiempo para estudiar la oficina, con su estrecho espacio sin ventanas y húmedo aire reciclado. No era una oficina envidiable, eso era seguro. Nadie la quería, ni la posición y responsabilidad que venían con ella. Ni siquiera Shipley. Los rumores decían que se estaba postulando para ser coordinador de emergencias, esperando poder subir a una de las oficinas de esquina con ventanas de piso a techo. Marcus dudaba que alguna vez fuera a suceder. Shipley no tenía materia de directivo.

Marcus se situó con sus manos descansando suavemente sobre el respaldo de la silla sin brazos de cuero de imitación que Shipley reservaba para los pocos afortunados que él consideraba lo suficientemente importantes como para sentarse en su presencia. Marcus no era uno de los afortunados.

Preparándose para una fea amonestación, sus pensamientos vagaron hacia el turno de la noche anterior. Un conductor ebrio había impactado contra un coche en una intersección muy concurrida en Hinton, resultando en una carambola de cuatro coches. Un vehículo, una mini-furgoneta con una pareja de ancianos y dos chicos, había quedado atrapada entre dos vehículos a consecuencia del accidente. El accidente había generado numerosas llamadas al centro de emergencias. Los Servicios Médicos de Emergencia (SME), incluidos bomberos y ambulancias, llegaron a la escena dentro de 6 minutos. Las Mandíbulas de la Vida se habían utilizado para separar el metal retorcido de dos de los vehículos. Sólo tres de las personas que habían extraído lograron escapar con vida. Uno llegó al hospital sin vida. Luego, los trabajadores de rescate descubrieron un sedán con tres adolescentes dentro, todos ellos muertos.

Van a tener pesadillas durante semanas.

Marcus sabía cómo se sentía eso. Él había estado en primeros auxilios. En otra vida.

Se enderezó. Estaba listo para enfrentar la ira de Shipley. Al menos en esta ocasión se haría en privado. Además, si era honesto, había cometido un error. Archivar erróneamente el reporte era uno más de un puñado de estúpidos errores que había cometido en la última semana. De la mayoría se había percatado él mismo y los había rectificado.

—Antes de decir nada —Marcus comenzó, —Sé que yo…

—¿Qué? —interrumpió Shipley. —¿Sabes que eres un idiota?

—No. Eso es nuevo para mí.

Pete Shipley se alzó lentamente, todos los ciento cuarenta kilos, dos metros diez centímetros de él. Apoyando sus gruesos puños contra el escritorio, se inclinó hacia delante.

—Pasé tres horas buscando ese reporte del accidente, Taylor. ¡Tres horas! ¿Y adivina dónde lo encontré? —Pausa de un nanosegundo. — Archivado con los reportes de personas desaparecidas. ¿Qué piensas de eso?

—Creo que es irónico que yo desapareciera un informe en la sección de personas desaparecidas.

—¡Cállate! —lo fulminó con la mirada, las espesas cejas de Shipley se unieron formando una uni-ceja. —Lombardo dice que has estado durmiendo mejor, pero no le creo. ¿Qué tienes que decir acerca de eso?

—Leo tiene razón. Dormí como un bebé anoche.

Shipley elevó una ceja.

—Para ser un bebé, te ves como la mierda. Necesitas un corte de pelo. Y un afeitado. —Él arrugó la nariz. —¿Siquiera te duchaste esta semana?

—Me ducho cada día. Lo cual no es de tu incumbencia. En cuanto a la longitud de mi cabello y de la barba, suena como que está cruzando los límites de la discriminación.

—No te estoy discriminando. Simplemente no me agradas. Eres un maldito drogadicto, Taylor.

Todos en el centro sabían acerca del pasado de Marcus.

—Gracias por la aclaración, *Peter*.

Shipley se encogió.

—Todo lo que se requiere es un error más. Todo el mundo te está observando. La cagas de nuevo, y estás fuera. —Sus hombros se relajaron y se retrepó en la silla. —Si dependiera de mí, te hubiera despedido hace meses.

—Lo bueno es que no depende de ti.

Marcus sabía que estaba presionando los botones del hombre, pero era difícil no hacerlo. Shipley era un idiota. Un imbécil que no diferenciaba su culo de la polla, según Leo.

—Esta es tu última advertencia —dijo Shipley entre dientes. —Tenemos la vida y la muerte en nuestras manos. No podemos permitirnos errores.

—Fue un informe mal archivado. La llamada fue atendida correcta y eficientemente.

—Sí, por lo menos no enviaste la ambulancia a la dirección equivocada. —Una sonrisa presumida cruzó el rostro de Shipley. —Ese fue el asunto que te derribó de tu caballo alto como paramédico. Hizo que te despidieran de primeros auxilios.

Marcus pensó en un millón de maneras de responderle. Ninguna de ellas era educada. Se trasladó hacia la puerta.

—Creo que nuestra pequeña reunión ha terminado.

—No he acabado —vociferó Shipley.

—Sí lo hiciste, Pete.

Con ello, Marcus abandonó con pasos largos la oficina. Dejó la puerta entreabierta, algo que él sabía que enfurecería a su supervisor, incluso más que su insubordinación.

Trató de no pensar en las palabras de Shipley, pero el hombre había tocado una fibra sensible. Seis años atrás, Marcus había sido humillado públicamente cuando la verdad había salido a la luz acerca de su problema de adicción, y su futuro como un paramédico fue cortado de tajo en el minuto en que condujo la ambulancia hacia el lado equivocado de la ciudad porque estaba demasiado drogado para comprender a dónde iba.

Fue entonces cuando él decidió tomarse un descanso. Del trabajo... de Jane... de todo. Se había dirigido a Cadomin para despejar su mente y practicar algo de pesca. Al menos eso era lo que le había dicho a Jane. Mientras tanto, había empaquetado secretamente su alijo de droga en la caja de madera. Seis días más tarde, en una neblina de morfina llena de extrañas imágenes de niños fantasmales, respondió a su teléfono celular. Con voz apagada, el detective John Zur reveló que Jane y Ryan habían tenido un accidente de coche, no muy lejos de donde Marcus se escondía.

Ese había sido el principio del fin para Marcus.

Ahora él estaba haciendo lo que podía por salir adelante. No era que no pudiera manejar el cambio de carrera de paramédico superestrella a despachador invisible del 911. Ese no era el problema. Era Shipley. El tipo había estado provocándolo desde que Leo había llevado a Marcus para llenar una vacante dejada por un despachador que renunció después de un colapso nervioso.

—¿Qué te dijo el Titanic? —preguntó Leo cuando Marcus viró alrededor del cubículo.

—Él no quiere hundirse con el barco.

—¿Cree que tú eres el iceberg?

Marcus asintió una vez.

—Yo te cubro.

Leo tenía conexiones en el trabajo. Él conocía al coordinador del centro, Nate Downey, muy bien. Estaba casado con la hija de Nate, Valerie.

—Lo sé, Leo.

Mientras se acomodaba en su escritorio y se colocaba el auricular, Marcus tomó una respiración profunda y la liberó uniformemente. Los juegos mentales entre él y Shipley se habían vuelto demasiado frecuentes. Causaban estragos en su cerebro y lo drenaban.

Porque Shipley nunca me permite olvidar.

El reloj de la computadora leía: 12:20. Iba a ser un día muy largo.

En la soñolienta ciudad de Edson, era raro ver mucha acción. El centro también atendía a las ciudades de fuera. Algunos días los teléfonos sólo sonaban una media docena de veces. Esos eran los días buenos.

Recorrió las carpetas en su escritorio y encontró el protocolo gráfico. Nunca estaba de más hacer un repaso rápido antes de su turno. Para mantener su mente fresca y centrada.

Pero sus pensamientos vagaban hacia el informe mal archivado.

¿Se estaría equivocando? ¿Estaba poniendo en peligro la vida de las personas? Era algo que se había prometido a sí mismo, y a Leo, nunca hacer de nuevo.

Recuerda a Jane y Ryan.

¿Cómo podría jamás olvidarlos? Habían sido su vida.

Sonó el teléfono y él saltó.

—911. ¿Necesita Bomberos, Policía o Ambulancia?

Marcus pasó los próximos diez minutos explicando a la vieja señora Mortimer, de ochenta y nueve años, un interlocutor frecuente, que no había nadie disponible para rescatar a su gato del árbol del vecino.

Después esperó por una emergencia real.

2

Edmonton, AB - Jueves, 13 de junio de 2013 - 4:37 PM

Rebecca Kingston dobló sus brazos a través de su chaqueta y trató de no temblar. Aunque mayo había terminado con una ola de calor, las temperaturas habían caído durante la primera semana de junio. Había llovido durante los primeros cinco días y un frío ártico había caído en la ciudad. El meteorólogo culpaba de los erráticos cambios de clima al calentamiento global y a un frente frío bajando desde Alaska, mientras que los locales culpaban a un responsable diferente. Su rival vitalicio, Calgary.

—¿Podemos comprar un helado, mamá? —dijo Ella, de cuatro años con labios temblorosos, resultado de su reciente contribución a la colección de collares del hada de los dientes.

Rebecca rió.

—¿Se siente como invierno nuevamente, y quieres helado?

—Sí, por favor.

—Supongo que tenemos tiempo.

Se apresuró, cruzando la calle, a la tienda de la esquina.

—De fresa esta vez —dijo Ella, sus ojos azules suplicantes.

Rebecca suspiró.

—Cómelo lentamente. ¿Te acordaste del inhalador?

Su hija asintió con la cabeza.

—En mi bolsillo.

—Buena chica. —Rebecca miró su reloj. —Son casi las cinco.

Vamos.

Su teléfono celular sonó. Era Carter Billingsley, su abogado.

—Sr. Billingsley —dijo. —Me alegro de que recibiera mi mensaje.

—Así que has decidido escapar —dijo él. —Esa es una muy buena idea.

—Necesito un descanso. —Miró hacia Ella. —Las cosas se van a poner feas, ¿no?

—Por desgracia, sí. El divorcio nunca es bonito. Pero lo superarás.

—Gracias, Sr. Billingsley.

—Ten cuidado, Rebecca.

Carter había sido el abogado de su abuelo y el Abuelo Bob lo había recomendado ampliamente, por si Rebecca necesitaba a alguien para manejar su divorcio. A finales de los sesenta, Carter había llenado ese vacío de figura paterna después de que su padre muriera.

Sus pensamientos derivaron hacia su hijo de doce años. El equipo de Colton iba contra uno de los mejores equipos de hockey de secundaria en Regina. Con Colton como portero del equipo de Edmonton, la mayor parte de la presión estaba sobre él. Era un muchacho valiente.

Ella mordió su labio inferior, deseando ser así de valiente.

Eres una cobarde, Becca.

—Eres demasiado co-dependiente —su madre siempre le decía.

Rebecca imaginó que no era su culpa. Había tenido la suerte de tener modelos masculinos fuertes en su vida. Hombres que dirigían empresas con puños de hierro y tomaban decisiones después de una cuidadosa consideración. O, al menos, trabajaban duro para mantener a sus familias. Hombres como el abuelo de Bob y su padre. Hombres en los que se podía confiar para tomar las decisiones correctas.

No como Wesley.

Incluso a su abuelo no le había gustado él. Cuando el abuelo Bob falleció hacía dos años, había enviado un mensaje claro a todos de que no podían confiar en Wesley. El abuelo Bob había vivido un estilo de vida avaro. Nadie sabía cuánto dinero había guardado para "una emergencia", hasta que él se hubo ido y Colton y Ella se convirtieron en beneficiarios de más de ochocientos mil dólares por la venta de la casa del abuelo Bob y sus negocios.

El abuelo Bob, en su infinita sabiduría, había añadido dos condiciones principales a la herencia. El dinero sólo podía ser retirado de la cuenta si se gastaba en Ella o Colton. Y Rebecca era la única persona con poder de firma.

Wesley se enfureció durante días cuando oyó las condiciones. Cada vez que ella les compraba a los niños ropa nueva, usaba un tono burlón y decía, "Espero que hayas utilizado el dinero de tu abuelo para eso".

Una vez, cuando él apostó la mayor parte de su sueldo, le rogó por un "préstamo", y cuando ella respondió que no tenía el dinero, la abofeteó.

—¡Puta mentirosa! Tienes casi un millón de dólares a tu alcance. Todo lo que te pido son treinta mil quinientos. Te voy a pagar de vuelta.

Ella se negó y pagó el precio, físicamente.

Rebecca lo quería fuera de su vida. De una vez por todas. Pero por el bien de los niños, tenía que encontrar una forma de perdonar a Wesley y lidiar con el hecho de que él era el padre de sus hijos. Siempre sería parte de sus vidas.

Cada vez que miraba a Colton, recordaba a Wesley. A diferencia del pelo rubio y ojos azules de Ella que se asemejan a los suyos, tanto padre como hijo tenían el pelo castaño oscuro, ojos avellana, y un ligero rocío de pecas en la nariz y barbillas con hoyuelos.

Había conocido a Wesley en una fiesta de Navidad de la empresa, poco después de empezar a trabajar como representante de servicio al cliente en la compañía de Cable de Alberta. Siendo hijo de padres de clase superior, Wesley había creado su independencia al no unirse al bufete de abogados de su familia, como se esperaba. En vez de eso, fue a trabajar en Alberta Cable como instalador de cable. En la fiesta, había sido asignado a la misma mesa que Rebecca. Tan pronto como Wesley se dio cuenta de que estaba sola, derramó su encanto sobre ella. Él era un maestro en eso.

A la mañana siguiente, encontró a Wesley en su cama.

Después de casi cuatro años de noviazgo, finalmente surgió la pregunta. A través de un mensaje de texto, nada menos. Ella estaba en el trabajo cuando su teléfono celular cobró vida, vibrando contra su escritorio. Cuando miró hacia abajo, vio cinco palabras.

"Rebecca Kingston, ¿quieres casarte conmigo?"

Ella inmediatamente dejó escapar un alarido asustado.

—Wesley acaba de proponerme matrimonio.

Esto provocó en toda la habitación un caótico bullicio de aplausos y felicitaciones. El resto del turno de Rebecca le pasó desapercibido.

—¿Papá va a ir al juego? —dijo Ella, interrumpiendo sus recuerdos.

—No, cariño. Él está en el trabajo.

O al menos eso era lo que Rebecca esperaba.

Wesley había dejado Alberta Cable hacía seis meses, siendo escoltado fuera del edificio después de ser despedido por gritarle a un cliente en su propia casa y empujar a una mujer contra la pared. No había sido la primera denuncia presentada contra él. Había tenido varios empleos desde entonces, pero nadie quería a un empleado con problemas de manejo de la ira.

Cuando Rebecca le preguntó qué había sucedido, él balbuceó algo acerca de un accidente, argumentando que no era su culpa.

—No importa lo que el imbécil del supervisor diga —dijo.

Ella le dirigió una mirada de incredulidad. Y pagó por esa mirada. El ojo negro la mantuvo en casa durante casi una semana. Fue entonces cuando ella presentó la demanda de divorcio.

Desde que salió de Alberta Cable, Wesley había vagado de un mal trabajo a otro. Durante los últimos dos meses, apenas si había trabajado en absoluto. Ella esperaba en Dios que no estuviera sentado en su apartamento, navegando por la autopista del porno.

La última vez que lo vio, Wesley culpaba de su situación de desempleo a la recesión, la cual en verdad había causado estragos en la vida de muchas personas y aplastado a algunas de las empresas más fuertes. Pero la economía, buena o mala, no era el problema de Wesley. Su problema era su falta de motivación y la incapacidad para manejar sus celos y rabia.

Quizás Wesley estaba experimentando una crisis de mediana edad.

Quizás ella también.

Se estaba haciendo más y más difícil mantenerse juntos. Pero lo hacía por sus hijos. Además, había aguantado cosas peores que la incertidumbre cuando vivió con Wesley. Mucho peores.

Rebecca miró abajo hacia su hija. Era una pequeñita que había nacido dos meses prematura. Wesley se había encargado de eso.

Sacudió la cabeza. *No. Lo que sucedió entonces fue tanto mi culpa como la suya. Me quedé cuando debí haberme ido.*

—¡Date prisa, mami! —dijo Ella, tirando de su mano.

La Arena de Hockey quedaba a 5 minutos a pie de donde había aparcado el coche, pero con la parada táctica por helado, Rebecca se alegró de haber llegado temprano.

—Ella, ¿crees que el equipo de Colton ganará hoy?

Su hija rodó sus ojos.

—Por supuesto. Colton es asombroso.

—Impresionante —acordó Rebecca.

La Arena de Hockey Tamarack entró en su campo visual, junto con la multitud de fans de hockey que se reunían fuera de las puertas de la cubierta de hielo.

Rebecca tomó la mano de Ella y la mantuvo cerca.

En Edmonton, los fans del hockey rayaban en el fanatismo. No sería la primera vez que estallaba una pelea entre padres de equipos contrarios. El año pasado, un niño había sido pisoteado en una arena en el norte de Edmonton. Afortunadamente, había sobrevivido.

—Mantente cerca, Ella.

—¿Ves a Colton?

—Todavía no.

—*¡Becca!*

Girando en la dirección de la voz, ella buscó en las gradas. Entonces distinguió a Wesley, cerca del lado del equipo de casa. No se suponía que él estuviera allí. Los términos de su separación dictaban que podía ver a los niños durante las visitas programadas. Una vez que el divorcio fuera definitivo, esas visitas se limitarían a visitas acompañadas por un trabajador social, si Carter Billingsley, su abogado, se salía con la suya. Ella no había le había dado a Wesley esta noticia todavía.

—Les guardé unos asientos —gritó Wesley. La mirada que le dio sugería que no debía hacer una escena pública. O le iría mal.

Rebecca dejó escapar un suspiro renuente. *Genial. Simplemente fantástico.*

—¿Iremos a sentarnos con papá? —preguntó Ella.

—Sí, cariño. A menos que quieras sentarte en algún otro lugar. —*En cualquier otro lugar.*

A pesar de la plegaria silenciosa de Rebecca, se dirigieron en la dirección de Wesley, empujando las rodillas que bloqueaban el pasillo. Rebecca se sentó al lado de Ella y trató de atajar la culpabilidad que sentía por situar a su hija entre ellos.

—Hay un asiento junto a mí —dijo Wesley.

Su mirada voló hacia el asiento vacío a su derecha, y ella hizo un gesto apenado.

—Estoy bien aquí. Gracias por guardar los asientos.

Luciendo tan guapo como el día en que se había casado con él, Wesley sonrió.

—Luces preciosa. ¿Nuevo peinado?

Ella tocó su cabello largo hasta el hombro.

—Necesito un corte.

—Luces muy bien. Pero tú siempre lo haces.

Ella lo miró. Se estaba pasando un poco con el encanto. Generalmente significaba que quería algo.

Wesley levantó la barbilla de Ella.

—Entonces, Ella-Bella, ¿qué tal el jardín de niños?

—Fuimos a un viaje de campo al zoológico ayer.

—¿Viste a los monos? —preguntó, apoyando su brazo sobre el respaldo de la silla de ella.

—Sí. Eran muy lindos.

—Pero no tanto como tú, ¿verdad? —Él captó la mirada de Rebecca y guiñó un ojo. —Eres la chica más hermosa aquí. Aunque no tengas dientes.

—¡Sí que tengo! —Ella abrió su boca para mostrarle.

Después de unos minutos de escuchar sus bromas, Rebecca se sintonizó con sus risas. La tristeza la inundó, seguida de pesar. Si las cosas hubieran ido de forma diferente, aún serían una familia, y los niños tendrían a su padre en sus vidas. Sin embargo, Rebecca no podía permanecer en una relación abusiva. Su mente y su cuerpo no podían soportar más el trauma. Y estaba aterrorizada de pensar que él comenzara a atacar físicamente a los niños.

Así que había tomado una decisión, y una soleada tarde de viernes, había reunido el coraje para enfrentarse a Wesley en su actual *trabajo en turno*.

—Tenemos que hablar —le había dicho.

—Esto no es un buen momento.

—Nunca es un buen momento. —Ella tomó una respiración profunda. —Quiero que te vayas de la casa, Wesley.

Él rió.

—Buena broma. ¿Cuál es el remate?

—No estoy bromeando.

Su sonrisa desapareció.

—¿Hablas en serio?

—Muy en serio. No es como si no lo esperaras. Quiero el divorcio. Sabes que he sido… infeliz en nuestro matrimonio.

—Intentaré hacer más tiempo para ti.

—No es más tiempo lo que deseo, Wesley. Ninguno de los dos puede vivir así. Tu ira está fuera de control. Tú estás fuera de control.

—¿Así que todo esto es mi culpa? —desdeñó Wesley.

—Casi me mandaste al hospital la semana pasada.

—Tal vez es ahí donde perteneces.

Ella apretó los dientes.

—Tus amenazas no funcionarán esta vez. Me he decidido. Voy a irme esta noche, y me llevaré a los niños conmigo.

Surgió una pausa incómoda.

—Me parece que sólo estás pensando en ti misma, en lo que *tú* quieres. ¿Siquiera has pensado en lo que esto le hará a los niños?

—Por supuesto que lo hice —gritó. —Sólo pienso en ellos. ¿Puedes tú decir lo mismo?

—Vas a ponerlos en mi contra. Al igual que tu madre hizo contigo y tu padre. —Su voz rezumaba disgusto.

—No metas a mis padres en esto. Esto no tiene nada que ver con ellos y todo qué ver con el hecho de que tienes un problema de ira y te niegas a recibir ayuda.

—¿Qué vas a decirle a los niños?

Ella se encogió de hombros.

—Ella no lo entenderá. Es demasiado joven. Colton es demasiado mayor para seguir creyendo mis excusas para ti. Es casi un adolescente.

Wesley no contestó.

—¿Sabes lo que me dijo anoche, Wesley? Dijo que te gusta más estar enojado de lo que te gusta estar con nosotros. Tiene razón, ¿no es cierto?

Se marchó de su oficina sin esperar una respuesta. Ella ya conocía la respuesta.

Esa noche, Wesley empacó dos maletas.

—Me voy a quedar en el Fairmont McDonald. Todavía te amo, Becca.

Sus acciones la aturdieron. Estaba preparada para llevar a los niños a casa de Kelly. Estaba lista incluso para que Wesley intentara lastimar a sus hijos. Lo que ella no esperaba era su fácil sumisión. O que, por una vez, hiciera lo correcto.

—¿Estás dejándome? —preguntó, escandalizada.

—Eso es lo que querías —dijo él con un encogimiento de hombros. —Eso es lo que obtienes.

Por un segundo, quiso decirle que había cometido un error. Que no quería una separación. Que sería una mejor esposa, aprendería a ser más paciente, aprendería a lidiar con su furor.

Entonces recordó las contusiones y torceduras.

—Adiós, Wesley.

—Por ahora.

Lo observó subir a su coche y esperó hasta que las luces traseras parpadearon, y luego desaparecieron. Entonces dejó escapar un largo, incómodo respiro y enfiló por el pasillo. Vagó por su habitación y el baño, todo el rato tratando de pensar en los buenos momentos. No había muchos.

Miró su reflejo en el espejo, trazando con un dedo la pequeña cicatriz a lo largo de su barbilla. Wesley le había dado ese regalo en el día de San Valentín dos años atrás. La había acusado de coquetear con el repartidor de UPS.

—Te mereces algo mejor —le dijo a su reflejo. —Los niños también.

Ahora, sentada a dos asientos de distancia de Wesley en la arena, Rebecca se dio cuenta de que su marido seguía haciendo todo lo que podía para controlarla.

—Un centavo por tus pensamientos —dijo él.

—Estarías desperdiciando tu dinero.

—¿Cuál dinero? Tú obtienes la mayor parte de él.

—Eso es para los niños, Wesley, y lo sabes.

Clavó las uñas en sus palmas. *No luches contra él. No aquí. No delante de Ella.*

Llamó su atención.

—La próxima vez que Colton tenga un juego, apreciaría si no te molestaras en venir.

—No me lo perdería por nada del mundo. —Él le dedicó una sonrisa helada. —Ese es *mi* hijo allá abajo.

—¿Qué parte de visitas programadas no...?

Los vítores estallaron desde las gradas cuando los dos equipos de hockey patinaron en el hielo y se unieron a sus porteros. Todos cantaron el himno nacional, luego sonó una bocina.

Rebecca lanzó un suspiro de pesadez.

El juego había iniciado.

Después del juego, el aparcamiento de la arena era un popurrí de gases de escape de automóviles y emisiones de gasolina, y un caldo de cultivo para la irritación. Todo el mundo quería ser el primero en salir. Especialmente el equipo perdedor.

Rebecca se alegó de haber aparcado su Hyundai Accent calle abajo.

—Mamá, ¿iremos a casa ahora? — preguntó Ella.

—Sí, cariño. Es casi hora de la cena.

—¿Papi vendrá a casa también?

—No, cariño. Papá va a su propia casa.

Mientras caminaban a través del aparcamiento, Rebecca estaba segura de que Wesley se desviaría hacia su camioneta, pero permaneció a su lado. Haciendo su mejor esfuerzo por hacer caso omiso de él, tomó la mano de Ella al cruzar la calle. Detrás de ellos, Colton arrastraba su bolsa y palo de hockey.

Cuando llegaron al auto, Rebecca desbloqueó las puertas, se hundió en el asiento del conductor y puso en marcha el motor, mientras que sus hijos le decían adiós a su papá. Luego salió, se trasladó a la puerta de atrás y tiró fuertemente de ella, apretando los dientes cuando chirrió. Colton subió en la parte trasera. Ella la miró con una expresión de esperanza.

—Asiento trasero —dijo Rebecca.

Ella obedientemente subió junto a su hermano, y Colton le ayudó con el cinturón de seguridad de su asiento.

Rebecca cerró la puerta usando su cadera. Captando la mirada de Wesley, dijo:

—Tú siempre dijiste que deberíamos utilizar la puerta chirriante, que si lo hacíamos podría no atascarse tanto. No ha funcionado.

Wesley estudió el exterior del coche.

—No puedo creer que no hayas comprado un coche nuevo.

El Hyundai *había* visto mejores días, y hoy no era uno de ellos. Habían adquirido el coche ya usado en el 2003, cuando habían pasado del Supra de dos puertas, el juguete de Wesley, a un vehículo de cuatro puertas que no era tan "apretado", como los niños habían denominado al Supra. La pintura roja ahora estaba gastada en ciertos lugares, las bisagras de la cajuela gemían cuando se levantaba y la puerta trasera del lado del pasajero se atoraba todo el tiempo, por lo que era imposible que cualquiera de los niños la abriera. Esto último era resultado de un accidente. Wesley había sido golpeado de refilón por una temeraria adolescente mensajeando en su celular. O al menos esa era la historia que le había contado a ella.

—Este funciona muy bien —dijo. —No necesito uno nuevo. —*Y no puedo permitirme uno.*

Colton abrió la puerta y asomó la cabeza.

—Papá dijo que me comprará un teléfono celular para mi cumpleaños el mes próximo. Uno que envíe mensajes de texto.

Rebecca cerró la puerta del coche y dirigió una mirada glacial en dirección a Wesley.

—¿Hiciste qué?

—Antes de decir nada, escúchame. Colton tiene la edad suficiente para ser responsable de un teléfono. Además, yo me haré cargo de él, facturas y todo. Cuando tenga la edad suficiente para tener un trabajo, él seguirá pagándolo.

—Te dije hace tiempo que no estoy de acuerdo con que los niños caminen por ahí pegados a un teléfono celular. Es ridículo. —Ella caminó alrededor hacia el lado del conductor.

—¿Qué pasa si hay una emergencia y Colton necesita llamarnos? —preguntó, yendo tras ella.

—Entonces él puede usar un teléfono cercano o hacer que un adulto nos llame. No es como si él tuviera algún...

—Rebecca, esta es *mi* decisión. Como su padre.

—Bueno, yo soy su madre, y digo que no tendrá un teléfono móvil.

Ella frunció el ceño, maldiciéndose mentalmente por caer en viejos hábitos y costumbres infantiles. La verdad era que había estado pensando en todo el asunto del teléfono celular desde que Wesley lo había mencionado por primera vez. Pero su orgullo no dejaría que se retractara. No ahora.

—Creo que estás siendo un poco injusta —dijo Wesley.

—¿Injusta? ¿Realmente quieres hablar de eso?

Se dio la vuelta cuando oyó el batir de la ventana al bajar.

—¿Le dijiste, papá? —preguntó Colton.

—Hey, amigo, dame un segundo…

Rebecca frunció el ceño.

—¿Ya le dijiste que tendrá un teléfono celular?

—Dejemos la idea del teléfono para otro momento.

—Bien.

Wesley arrastró los pies.

—Becca, tengo un favor que pedirte.

Ella contuvo el aliento. *Aquí va.*

—Quiero que Colton se quede conmigo en julio.

Desde el interior del coche, Colton asintió con la cabeza.

—Sí, Mamá.

Ella se puso lívida. Hizo señas a Colton para que subiera la ventana, luego se volvió hacia Wesley.

—¿Qué estás haciendo? Esto es algo que deberías haber discutido conmigo primero.

—Lo *estoy* hablando contigo.

—Deberías haberme llamado, no mencionarlo estando justo frente a él. —Ella intentó ignorar a Colton, quien presionaba su cara sonriente apretada contra el cristal. —¿Por qué no me llamaste para que pudiéramos discutir esto?

—He intentado llamar. Te dejé dos mensajes la semana pasada.

Rebecca parpadeó. Comprobaba el contestador cada día, y no había habido llamadas de Wesley.

La boca de Wesley se curvó.

—No estoy mintiendo.

—Quizá los borré por accidente.

—Probablemente. Siempre has tenido problemas con las cosas técnicas. Y para administrar el dinero.

—Por última vez —se quebró, —nuestro lío financiero no es mi culpa. Ambos nos excedimos.

—Pero tú tienes tu alijo secreto, ¿no?

—Sabes que ese dinero es para la educación de los niños —dijo.

Cuando Wesley se había enterado acerca del dinero que había sido reservado para los niños, se había irritado hasta el punto en que deliberadamente estrelló su camioneta en el costado del puente de camino a casa desde la cena en un restaurante.

Rebecca no había salido indemne. Sufrió una multitud de rasguños y moretones, fácilmente explicados por el accidente. El médico no tuvo ni idea de que Wesley la había golpeado después de sacarla de los escombros. Ella apenas recordaba el incidente. Pero recordaba los otros que siguieron en los días posteriores al accidente. La fractura de muñeca. Las magulladuras en la espalda y las caderas.

Cada día después, Wesley le había dicho que la amaba. Pero el amor no debía lastimar físicamente. ¿O sí?

Lo miró de reojo ahora, agradecida de que nunca hubiera tocado a los niños. Por lo menos ella había hecho eso bien, irse antes de que él estuviera tentado a desatar su furia sobre Colton o Ella.

—Becca, ¿por qué me estás mirando así?

—Estoy recordándome porqué pronto serás mi *ex* marido.

Wesley hizo una mueca, y ella supo que sus palabras lo habían herido.

Bien. Se lo merece.

—¿Crees que es posible ser civilizados el uno con el otro? —dijo.

Ella miró sobre su hombro a Ella y Colton.

—Si tú estás dispuesto, yo también.

—Por el bien de los niños, ¿cierto?

Ella llamó su atención.

—Por el bien de todos.

Silencio.

—Mira, Becca —dijo en tono contrito, —he estado viendo a un psicólogo, y tomado clases de manejo de la ira. Estoy haciendo todo lo posible para demostrar que puedo ser de confianza con los niños. Jamás los lastimaría.

—¿Como nunca me lastimaste *a mí*?

Él apartó la mirada.

—He pedido disculpas por mi pasado. Ya no soy así.

Ella reflexionó sobre sus palabras, su corazón en conflicto por esa decisión tan difícil. Si se equivocaba y algo le pasaba a Colton, nunca se lo perdonaría.

Pero, ¿y si él está diciendo la verdad? No puedo mantenerlo alejado de los niños. Ellos lo necesitan.

Miró sobre su hombro a Colton. Tenía una sonrisa en su rostro y sus manos entrelazadas delante, rogando. ¿Cómo podía resistirse?

Al fin, dijo.

—¿Cuánto tiempo esperas que permanezca Colton contigo?

—Una semana. A mediados de julio.

Ella mordió su labio inferior.

—No estoy segura…

—Yo sé que no es lo que habíamos acordado, pero voy a tomar esa semana de vacaciones y esperaba pasarla con mi hijo.

—¿Sólo tú y Colton?

Él rodó los ojos.

—Y Tracey.

Tracey Whitaker solía ser recepcionista en el bufete de su padre. Wesley y Tracey habían comenzado a verse unos meses antes de que Rebecca le pidiera que se marchase. Ella se había enterado sobre la "otra mujer" cuando le llamó a su suegro un día. Walter le contó que no había visto a Wesley en semanas. Luego le preguntó si había llamado a casa de Tracey. Todos en el bufete de abogados, incluyendo a su suegro, sabían sobre Tracey y Wesley. Su marido no se había molestado en mantener su romance en secreto.

Salvo en el caso de Rebecca.

El padre de Wesley la había apoyado despidiendo a la mujer luego de que Rebecca irrumpiera en su oficina, acusándolo de intentar romper el matrimonio de su hijo. Ella había escuchado que Tracey había reanudado su anterior carrera como cuidadora en un complejo para ancianos.

—Así que sigues con Tracey —dijo ella.

—La dejaría en un instante si me dejaras volver a casa. Podemos romper ese acuerdo de separación y hacer nuestro propio acuerdo. —Arqueó las cejas sugestivamente.

—¿Cómo es que ella no vino al juego?

Wesley se encogió de hombros.

—Tracey tiene un resfriado. Se contagió de los viejos. No vino porque no quería pasárselo a Colton.

—Qué considerada —se burló Rebecca.

—Becca...

Ella hizo caso omiso de la advertencia en su voz.

—¿Ustedes dos planean comprometerse?

Tan pronto como las palabras salieron de su boca, deseó poder llevarlas de vuelta. ¿Por qué tenía ella qué haberle preguntado *eso*, de todas las cosas? La hacía sonar celosa.

¿Lo estoy?

Wesley sonrió, como si leyera su mente.

—Me aseguraré de enviarte una invitación cuando lo hagamos.

Ella llevó su mano a la manija de la puerta.

—No te molestes.

—No has contestado a mi pregunta, Becca.

Con un pesado suspiro, lo encaró.

—Bien. Puedes tener a Colton durante una semana. Pero ni un día más. —Una sonrisa se extendió por su rostro y ella frunció el ceño. —Y por favor no te hagas ideas acerca de cambiar el acuerdo de custodia después de eso, Wesley. Los niños necesitan estabilidad.

—Gracias —dijo.

—Puedes agradecerme asegurándote de cuidar bien de él. —Ella dudó. —Supongo que debería decirte que me iré por un par de días. Los niños se alojarán con mi hermana.

—¿Cuando te irás?

—Mañana por la noche. Después de la cena. Estaré de vuelta el lunes por la tarde.

—Es un aviso de último minuto, ¿no crees?

Sus ojos se estrecharon.

—Lo decidí hoy. Y yo no te debo ningún aviso por adelantado. Te lo estoy informando ahora.

Él levantó las manos en señal de rendición.

—Ok, ok. Así que, ¿a dónde vas?

—A Cadomin. Sabes que siempre quise ver la cueva de murciélagos.

—Yo te iba a llevar.

Ella se encogió de hombros y subió al coche.

—Pero no lo hiciste.

—Podría hacerlo. —La observó con recelo mientras sostenía la puerta. —¿Por qué no llevarás a los niños?

—Ellos tienen escuela el lunes.

—¿Con quién irás?

—Sólo yo. —frunció el entrecejo. —Voy sola, Wesley. Necesito un descanso, así que me tomaré unos días libres.

—Me gustaría hacer de niñera, pero voy a estar ocupado este fin de semana.

Ella resistió las ganas de decirle que no se consideraba *niñera* cuando los niños eran suyos.

—Ya está arreglado, Wesley. Kelly los espera.

—¿No tiene ella las manos bastante llenas ya?

Wesley tenía razón. Su hermana tenía las manos llenas. Kelly estaba felizmente casada y con cuatro hijos; Evan, de ocho años, y los trillizos de cinco años de edad, Aynsley, Megan y Jacob.

—Kelly puede encargarse de ellos. Es una gran madre.

Rebecca no lo admitió, pero envidiaba a su hermana. Kelly estaba casada con el hombre perfecto, un ingeniero eléctrico que la adoraba a ella y a sus hijos. Steve era muy respetado, financieramente estable y nunca podría ponerle la mano encima a nadie. Excepto quizás a Wesley. Más de una vez, Steve le había ofrecido ayuda a Rebecca para *"sacar a ese bastardo a la calle"*, o palabras por el estilo.

—Bueno, voy a esperar con ansias la visita de Colton este verano —dijo Wesley.

Ella estaba empezando a arrepentirse acerca de eso.

Sujetando la empuñadura de la puerta para cerrarla, lo miró.

—Tenemos que irnos.

—Diviértete en Cadomin. —No sonó demasiado sincero.

Ella le dirigió una sonrisa forzada.

—Lo haré.

Mientras conducía el automóvil lejos de la acera, Rebecca echó un vistazo al espejo retrovisor. Wesley estaba en la acera, mirándola alejarse.

—¿Dijiste que sí, mamá? —preguntó Colton.

—Sí.

En el asiento de atrás, su hijo bailoteó y golpeó a Ella en el costado.

—Mamá, Colton me está molestando.

—No te preocupes, Ella —dijo Colton, —Voy a estar lejos de tu camino durante toda una semana.

Rebecca miró por el espejo.

—¿Cómo supiste que sería por una semana?

—Papá me dijo la semana pasada que te lo iba a preguntar.

Sus labios se afinaron.

—Deberías habérmelo dicho.

—Nah, papá dijo que te lo pediría él mismo. Y no quería echar a perder las cosas.

Colton se introdujo un par de auriculares en los oídos, luego se sentó cómodamente con una sonrisa. Ella lo observó por un minuto mientras él movía su cabeza al ritmo de algún tema que estaba escuchando en el iPod que su padre le había comprado por su cumpleaños el año pasado.

Iba a matarla a estar lejos de su hijo durante toda una semana.

Aún tendrás a Ella.

Como si la hubiera escuchado, su hermosa hija soltó una risita en el asiento trasero.

Llegado Julio, Rebecca se mantendría ocupada con Ella y disfrutarían de un verdadero tiempo madre-hija. Pero eso no evitaría que echara de menos a Colton. Una semana era mucho tiempo.

Demasiado tiempo.

Deprimida, Rebecca enfiló hacia Whitemud Drive y se dirigió a casa, todo el tiempo preguntándose si debía cancelar los planes de verano con Wesley.

—Puedes hacerlo —susurró. —Es sólo una semana.

Sería la semana más larga de su vida. Después, convencería a Wesley para volver a su antiguo plan de verano, alternando los fines de semana durante las vacaciones. No había ninguna manera en la que fuera a separarse de cualquiera de sus hijos durante más tiempo.

Colton y Ella son mi vida y mi alma.

—¿Podemos comprar pizza para celebrar? —preguntó Colton.

—Seguro. ¿De champiñones y Pepperoni?

—Sí.

—¿Con doble queso? —chilló Ella.

—Con doble queso.

De alguna manera, la pizza hizo que el mundo pareciera estar bien de nuevo, y Rebecca sonrió. Estaba en el proverbial asiento del conductor, en control de su vida de nuevo.

Debería haber sabido que la vida nunca es predecible…

3

La tarde se había arrastrado a la velocidad de un gusano. Usando la aplicación de Kindle en su iPhone, Marcus descargó un libro electrónico sobre trastornos del sueño y pasó el tiempo entre las llamadas leyendo sobre la Somnifobia, el miedo a dormir, algo que Leo insistía en que Marcus tenía.

Bostezó y estiró las piernas debajo del estrecho escritorio. Tres llamadas habían entrado durante las tres primeras horas de su turno, y ninguna había justificado el uso de los vehículos de emergencia.

—La gatita Willow ha vuelto a casa —dijo la señora Mortimer cuando llamó la segunda vez. —Uno de mis vecinos fue tan amable de convencerla de bajar del árbol de arce. La sobornaron con…

—Gracias por llamar de vuelta —la cortó Marcus —pero el 911 es para emergencias, señora Mortimer.

—Esta *es* una situación de emergencia. No quería que se molestara en enviar un camión de bomberos.

Marcus apretó los dientes.

—Gracias, señora Mortimer.

—De nada, querido. Que tenga un buen día.

No pudo evitar sonreír.

La tercera llamada había sido una falsa alarma. Un chico había activado la alarma de incendios en la escuela primaria. El personal escolar había realizado una búsqueda minuciosa en la escuela sin encontrar nada. Ni humo, ni fuego. Esa era una de las llamadas buenas.

—Hora de la cena —, dijo Leo detrás de él.

—Me leíste la mente.

Leo y Marcus preferían tomar el descanso de las cinco en punto, mientras que los eventuales, Carol y Rudy, tomaban el descanso para la cena de las seis en punto. De esa manera siempre había dos personas en los teléfonos. Se alternan los dos descansos de quince minutos de la misma manera. Por supuesto, si había una emergencia mayor durante ese tiempo, Leo y Marcus volvían de inmediato a los teléfonos.

Marcus siguió a Leo hacia la pequeña sala de descanso con sus paredes desnudas y las sillas desiguales. Agarró un recipiente de plástico de la nevera, abrió la tapa y lo colocó en el microondas.

—¿Trajiste algo bueno hoy? — preguntó Leo, mirándolo con avidez.

—Sobras de lasaña.

—Ya son tres días seguidos, Marcus.

—Creí que a los italianos les encantaba la pasta.

Leo frunció el ceño.

—No si es lasaña de tres días de antigüedad. Además, esperaba que hubieras preparado una de tus cenas de lujo.

No era ningún secreto que Marcus disfrutaba de la cocina. Pasaba horas buscando en los canales del cable la próxima gran receta. Veía a Gordon Ramsey, Jamie Oliver y algunos otros, luego inventaba sus propias recetas con hierbas frescas y muchas verduras. Cocinaba de día o de noche, dependiendo de su turno. Había algo casi mágico sobre cocinar algo delicioso en las primeras horas de la mañana, cuando el sol ni siquiera había hecho acto de presencia aún y todos sus vecinos estaban durmiendo profundamente en sus camas.

Con el recipiente de lasaña caliente en la mano, se sentó en la mesa individual en la sala de descanso, una losa deformada de melamina con patas metálicas disparejas, una de ellas sostenida por una pieza de cartón doblada. Cuando Leo se sentó en la silla frente a él, Marcus balanceó su silla hacia atrás y hacia adelante, esperando a que las piernas se asentaran en las ranuras en el viejo linóleo.

Tomó un bocado de lasaña.

—¿Qué hay de ti, Leo? ¿Qué hay en el menú?

—KFC. —Leo levantó una pata de pollo crujiente.

Marcus rió.

—¿Otra vez? ¿No has comido *eso* durante los últimos tres días?

—Es KFC.

El pollo frito era la debilidad de Leo. Marcus estaba preocupado de que un día toda la grasa podría repercutir en Leo y en sus arterias. El hombre ya tenía sobrepeso. Y el ejercicio no estaba en el vocabulario de

Leo, a menos que se contara descolgar el teléfono para ordenar comida para llevar de vuelta a casa.

Pero Leo amaba la cocina de Marcus.

Al menos alguien lo hace, pensó Marcus.

—Tú y Val deberían venir a cenar el lunes. Antes del trabajo.

—Tal vez. Podríamos estar ocupados esa noche.

—¿Qué, tienes planeada una cita candente?

—No, hombre.

—¿Por qué te estás ruborizando? ¿Qué está pasando?

—Val quiere intentar de nuevo.

—¿Intentar qué?

Leo se inclinó.

—Ella quiere un niño.

—Ah, y el lunes es la noche-A.

—Sí. La noche para el Amor.

Marcus rió.

—Entonces, ¿cómo es que no te ves muy feliz por eso?

—Es tan... no sé... planeado. Ya sabes. Se siente como si el maldito médico estuviera de pie frente a nosotros, diciéndonos dónde poner qué y por cuánto tiempo.

—¿Quieres decir que no has descifrado esa parte todavía?

Leo tomó un mordisco enojado de un muslo.

—Hey, para de reír. Esto no es divertido. Tratar de tener un hijo pone mucha presión sobre un chico.

—Al menos echas un polvo.

Un estruendo de risas emergió de las profundidades del pecho fornido de Leo.

—Sí, por lo menos.

Marcus rebañó el último bocado de lasaña del contenedor.

—Eres un hombre con suerte, Leo.

—Si lo sabré yo.

Marcus estudió a su amigo. Leo sería un gran padre. El tipo que siempre estaría allí, siempre animando a su niño.

Y Dios no permita que haya nadie lo suficientemente tonto como para intimidar a su hijo.

—¿Por qué me miras así?

—Estoy tratando de imaginarte con un hijo adolescente.

Leo sonrió ampliamente.

—¿Un hijo? ¿Es lo que crees que tendría?

—Sí, un niño grande, corpulento que se parecería a ti. Hablaría como tú también. Lo llamaremos listillo Junior. ¿Qué opinas?

—*¿Me estás hablando a mi?* —dijo Leo en su mejor imitación de De Niro.

Marcus rió.

—Sí, te estoy hablando a ti. —Desplegando sus largas piernas, se acercó al fregadero y lavó su recipiente vacío.

—¿Vas a venir a la reunión de esta noche? — preguntó Leo, lamiéndose los dedos grasientos.

—No estoy seguro.

—Marcus...

Había un pedazo de cebolla pegado a la parte inferior del recipiente de plástico, y Marcus pasó un minuto tratando de rasparlo con la uña. Eso le impedía tener que ver la desaprobación que sabía que encontraría en los ojos de su amigo.

Leo gruñó.

—Esta será la segunda semana que faltas. Eso no es bueno.

—Y, ¿quién lleva la cuenta? Sólo tú, Leo.

—Tú deberías.

Marcus colocó el recipiente sobre una toalla para secar platos, luego miró a Leo.

—Hey, no te molestes. Todavía estoy bien.

—¿Lo estás? Como dije antes, no te ves muy bien.

Marcus dejó escapar un suspiro exagerado.

—Está bien, voy a ir. ¿Feliz?

—Sí, feliz como un chivato en bloques de hormigón.

—Cuidado, Leo. Tu mafioso interior se está notando.

—Y que no se te olvide. —Leo tiró la caja de cartón vacía de KFC en el cubo de la basura y soltó un fuerte eructo. —Yo conduciré esta noche.

—Genial —dijo Marcus arrastrando las palabras. —Voy a llamar con antelación a los policías de tráfico. Estoy seguro de que les caerá bien el dinero extra de las multas. —Se volvió bruscamente al escuchar el sonido de pasos que se acercaban.

Carol Burnett entró en la sala de descanso. Aunque llevaba el nombre de la de la ingeniosa cómica de televisión de los años 80, ahí es donde terminaba el parecido. Carol era una esquelética mujer gris en el color de pelo, palidez, vestimenta y personalidad. No había mucha evidencia que sugiriera que tenía un sentido del humor tampoco.

—Son las 06:05 —dijo, sin sonreír.

Leo le dio a Marcus una mirada de fingido horror.

—¡Buen Dios! Estamos retrasados.

—Tenemos una cita... con el destino —dijo Marcus en un tono demasiado dramático.

Carol los fulminó con la mirada, luego sacudió la cabeza y se acercó a la nevera.

—Un día vamos a hacerla reír —le dijo Marcus a Leo.

Su amigo respondió con una profunda reverencia, apuntando la raja del culo en dirección a Carol.

—Qué gracioso, Leonardo —murmuró. —Muy divertido.

Leo le hizo un guiño.

—Alguien por aquí tiene que serlo.

—Eres el payaso de la clase del 911 —dijo Marcus, ya en camino de regreso a sus escritorios. —El tipo que siempre consigue risas.

Leo hizo un puchero.

—De todos excepto de Carol. Ella está arruinando mi mojo.

—Hey, incluso Shipley piensa que eres divertido, lo que es condenadamente sorprendente teniendo en cuenta que rara vez compone una sonrisa para alguien.

—*¡Taylor!*

Marcus hizo una mueca.

—Mierda. Hablando del diablo.

Shipley estaba en la puerta de su oficina. Él levantó una mano, y al principio Marcus se preguntó si lo iba a saludar. Pero no lo hizo. En su lugar, Shipley señaló con dos dedos sus propios ojos, luego a Marcus.

Marcus asintió. *Lo tengo. Me estás vigilando.*

Se dirigió a su escritorio, mientras que la mirada de su supervisor le seguía. Sabía exactamente lo que el hombre estaba pensando. Shipley estaba orando porque él metiera la pata de nuevo. Pero ya la había liado lo suficiente.

La adicción de Marcus había dado lugar a un sinnúmero de mentiras, robo de drogas y falsificación recetas médicas. Y a pesar de que no se sentía que mereciera su apoyo, su equipo de paramédicos había dado la cara por él, defendiéndolo ante los de arriba. Los altos mandos accedieron a permitirle la rehabilitación y terapia, siempre y cuando Marcus se comprometiera a cumplir las normas. Era un trato justo. Él no haría ningún tiempo en prisión por el robo de las drogas y tendría que cumplir con otras condiciones, y a cambio iba a trabajar en el centro como parte de su rehabilitación.

Recordó el día en que inició en el centro, hacía cinco años. La primera vez que entró en la oficina de Shipley, supo que tendría problemas con el hombre.

—Así que eres un drogadicto —dijo Shipley, refiriéndose a una carpeta que tenía en sus manos.

—Un adicto en recuperación.

Los ojos de Shipley se estrecharon.

—Un drogadicto. No me interesan las personas que se niegan a valorar la vida. Nuestro trabajo aquí es salvar vidas. —Se quedó mirando a Marcus. Con un suspiro, golpeó en la carpeta en el escritorio. —Pero mis manos están atadas, y te han asignado el trabajo. No metas la pata.

—No lo haré.

La boca del hombre se elevó en una mueca burlona.

—Ya lo veremos. ¿No es cierto? Personalmente, creo que no vas a durar ni un mes aquí.

Marcus había sonreído entonces. Reconocía a un macho alfa en cuanto lo veía. También sabía reconocer un reto.

—No me importa una mierda lo que piense, Sr. Shipley. Voy a hacer mi trabajo.

—No te olvides de la prueba de drogas obligatoria cada semana.

—Conozco el trato.

Sí, conocía bien el trato. Se adhería a las reglas, orinaba en una botella de plástico cuando se lo ordenaban y se mantenía lejos de los lugares predilectos de los camellos. Era el precio que tenía que pagar. Siempre que las ansias lo atormentaban, y algunas noches lo atacaban con fiereza, imaginaba a Jane y a Ryan. Recordaba la mirada de desesperación y decepción en sus ojos cuando ella supo por primera vez de su adicción.

Todo había empezado tan inocentemente. Como un paramédico, estaba rodeado por drogas. Las había administrado a las víctimas cuando era necesario. Él las abastecía, las contaba y las reponía. Después de tres agotadores accidentes de tráfico múltiples y un incendio en un apartamento, ambos cobrando decenas de vidas e hiriendo a decenas más, había sufrido de agotamiento y dolor en la espalda y el hombro.

La primera vez que las utilizó, se convenció de que sólo iba a ser aquella ocasión. Se tomó un par de Vicodin de apropiación indebida, y el resto de su día pasó en una niebla productiva de actividad sin dolor. Al principio, era fácil "extraviar accidentalmente" el fármaco cuando necesitaba más. En una ocasión, fingió derramar un frasco para que las pastillas se derramaran en el suelo de la ambulancia. Mientras él y Ashton Campbell, su compañero, limpiaban el desastre, Marcus se embolsó furtivamente uno que otro puñado. No fue uno de sus mejores momentos.

Cuando Ashton comenzó a notar la falta Vicodin, Marcus recurrió al Tylenol 3s, una receta fácil de conseguir. Las rompía en agua fría y separaba la codeína, un opiáceo utilizado para aliviar el dolor. La codeína concentrada entumecía el dolor y tenía el efecto adicional de doparlo. Por desgracia le gustó la sensación un poco demasiado. Se engañó a sí mismo en la creencia de que era más eficiente como paramédico cuando estaba drogado. Lo hacía sentir más confianza, alerta, en control.

¿A quién demonios quería engañar?

Con el tiempo, su adicción se volvió más demandante. La codeína había dejado de funcionar, así que regresó al Vicodin y Percocet. De vez en cuando se inyectaba morfina, cuando el dolor se volvía insoportable. Pronto sus pupilas dilatadas lo delataban.

Jane abordó el tema una noche, pero él se fue de la casa, molesto porque ella lo hubiera acusado –a un paramédico, por el amor de Dios– de ser un adicto. Luego Ashton le dijo a Marcus que sabía acerca de los medicamentos robados.

En cuestión de días, el profundo y oscuro secreto de Marcus salió a la luz. Fue expuesto, humillado y avergonzado. Se le dio a escoger entre rehabilitación o la cárcel.

No había mucho qué elegir.

Jane lo había apoyado. Ella era así de maravillosa, siempre indulgente. Incluso apoyó su decisión de viajar a Cadomin durante una semana, sin ella ni Ryan. De pesca, le dijo.

En realidad, había ido allí para contemplar su vida y las terribles decisiones que había tomado. La caja con la insignia había ido con él. Sería su última vez usando, se prometió. Después enterraría la caja y terminaría con todo. Juró que iría a reuniones, se mantendría sobrio, lo que fuera necesario, tan pronto como regresara a su casa. Pero pasó la mayor parte del tiempo en lo alto de la cabaña drogado con morfina y durmiendo. Eso fue en los días en que aún podía dormir.

Recordó estar sentado en la cabina a la luz de las velas, con una aguja hipodérmica en el brazo. Estaba dormitando, disfrutando la sensación de ligereza, cuando sonó su teléfono celular.

—Marcus, soy John Zur. —El detective continuó diciéndole que Jane y Ryan habían estado involucrados en un grave accidente de coche.

Marcus arrancó la aguja de su brazo y se puso de pie.

—¿Dónde?

—No lejos de Cadomin.

—Voy en camino.

—Marcus, quizá deberías…

Marcus entró en piloto automático. Colgó el teléfono antes de que Zur pudiera terminar lo que estaba diciendo, tomó su abrigo y salió corriendo de la cabaña hacia su coche. Estaba lloviendo, la lluvia era helada, pero apenas se dio cuenta. Todo en lo que podía pensar era en su esposa e hijo, heridos y aturdidos. Lo necesitaban.

Aceleró por la carretera hasta que vio los coches de la policía y el camión de los bomberos. Se detuvo detrás de una ambulancia, estacionó y saltó fuera de su coche.

Zur se dirigió hacia él.

—Marcus, no creo que deberías…

Haciendo caso omiso del detective, Marcus se deslizó por el terraplén fangoso hacia el foso lleno de agua.

Entonces lo vio. El coche de Jane. Se había volteado y estaba medio sumergido en aguas profundas, turbias.

—¡Jaaaane! —gritó. —¡Ryan!

Dos equipos de rescate abrieron la puerta lateral utilizando las quijadas de la vida, el metal chirrió y chilló en rebelión, vertiendo agua en el suelo. En el asiento del conductor, un cuerpo colgaba boca abajo, con el agua hasta la cintura.

Marcus reconoció la chaqueta de Jane inmediatamente.

—¡Nooo!

El resto de esa noche transcurrió en un borrón de parpadeos de las luces y las sirenas.

Y de muerte.

Tenía mucho qué compensar. Penitencia era su segundo nombre.

El teléfono sonó, arrancándolo de sus oscuros pensamientos. Durante las próximas horas archivó papeleo, remitió una llamada sospechosa de incendio provocado a los bomberos y la policía y envió a una ambulancia hacia una posible invasión de hogar, mientras hacía lo posible para no pensar en la reunión a la que había prometido a Leo que asistiría.

Por un breve segundo cuando se quedó mirando la pantalla del ordenador y pensó en por qué iba a las reuniones en primer lugar. Para enmendarse. Para ayudar a mitigar la culpa.

¿Para ser perdonado?

¿Sería eso posible?

4

Edmonton, AB - Jueves 13 de junio de 2013 - 18:24

Cuando Rebecca se detuvo en la casa, lo primero que notó fue la puerta del garaje. Estaba abierta. Aparcó el coche en el camino de entrada y murmuró una maldición entre dientes.

—Te olvidaste de presionar el botón, mamá —dijo Colton.

—Tal vez topó con algo y volvió a subir.

Ella presionó el botón del control remoto y observó la puerta cerrarse. Se mantuvo cerrada. Presionó el botón de nuevo y observó la puerta del garaje abrirse.

—No, mamá fue una idiota —dijo ella con voz alegre mientras guardaba el coche dentro y bajaba la puerta del garaje una vez más.

—¿Qué es un idiota? —preguntó Ella.

Colton resopló.

—Es lo que tú eres, idiota.

—Mami, ¿yo soy una idiota?

—No, cariño. —Rebecca se volvió en el asiento y señaló con un dedo Colton. —Deja de molestar a tu hermana.

Miró el garaje y la puerta de la casa. Nunca bloqueaba la puerta, excepto por la noche. Se puso nerviosa, sabiendo que la casa había sido dejada sin protección. Había habido un par de robos en el barrio últimamente, sobre todo en las casas más grandes, más nuevas. Pero a pesar de que su garaje abierto era una invitación a todos los ladrones y vándalos en la zona, dudaba que alguien se hubiera molestado. El exterior de la casa era sencillo y sin pretensiones, y con pocos lujos, el interior gritaba "mamá del hockey". No era precisamente el mejor lugar para que los delincuentes buscaran electrónicos, drogas o dinero.

Abrió la puerta del coche.

—Esperen aquí. Voy a revisar la casa. Luego volveré a buscarlos.

—Ay, mamá —dijo Colton con un gemido.

—Colton, cuida a tu hermana. Vuelvo en un minuto.

—Está bien, pero te tomaré el tiempo. —Él sonrió. —Comenzando ahora.

Rebecca entró en el pequeño bungalow que Wesley la había convencido de comprar. "Una gran casa que necesita reparaciones", había dicho él. Se había acostumbrado a llamarlo "el despilfarro de dinero," a pesar de que su marido había prometido que manejaría todas las reparaciones y terminaría todo lo que los dueños anteriores habían descuidado. Como los zócalos. No había ni uno solo en toda la casa. ¿Quién vivía en una casa sin zócalos?

En la planta principal, el baño era una molestia constante, atascándose cada vez que alguien arrojaba más de tres hojas de papel higiénico. Y la chimenea en la sala de estar se filtraba en el marco de la ventana, causando que pequeñas bocanadas de humo entraran en la casa. Esto era una gran preocupación para Rebecca, ya que Ella había sido recientemente diagnosticada con asma.

—Nota para mí —murmuró. —Hacer reparar la fuga de la chimenea la próxima semana.

Luego estaba la sala de estar en el sótano, que no tenía techo. Wesley había insistido en que las vigas de madera en bruto y tuberías lo hacían parecer rústico, como una "cueva para hombres". Ella le había dicho que podía quedársela.

Mientras Rebecca caminaba por las habitaciones, miraba a su alrededor para revisar si algo faltaba. Vaciló cerca de la mesa junto a la ventana de la sala. Las fotos familiares parecían desarregladas. Frunció el ceño, examinando la estela de polvo sobre la mesa. ¿Estaba imaginándolo, o la foto de ella y los niños había sido movida?

Reacomodó la fotografía, la miró un momento, luego dejó escapar una risa nerviosa. *Uno de los niños probablemente la volcó.*

Ignorando su paranoia, se apresuró de vuelta al garaje y les hizo señas a los niños. Colton se apeó del lado de la puerta buena, mientras que Rebecca luchaba con la puerta dañada y ayudaba a Ella con su cinturón de seguridad.

—¿Por qué tuvimos que esperar en el coche? —preguntó Ella, con el ceño fruncido.

—En caso de que hubiera ladrones —respondió su hermano.

Los ojos de Ella se agrandaron y se llenaron de temor.

—¿Ladrones?

—Ya sabes, tipos malos. Como la Niebla.

—Colton —advirtió Rebecca. Se volvió hacia Ella. —No hay ladrones en nuestra casa, cariño.

—¿Y qué hay de los tipos malos?

—Nop. Ninguno de esos tampoco.

—¿Estás segura?

Rebecca asintió y tomó la mano de su hija.

—Revisé en todas partes.

—¿En todos lados?

—Sí, cariño. Incluso en la nevera.

Ella se rió.

—Tendrían mucho frío.

—Y serían muy estúpidos —dijo Colton. —Tal vez estén escondidos debajo de la cama de Ella.

—No —dijo Rebecca. —Revisé allí también. —Por encima de su hombro, le lanzó a su hijo una mirada de regaño. *Lidiaré con usted más tarde, señor.*

—Estamos sólo nosotros, polluelos —dijo. —Pío, pío.

Esto provocó que Ella comenzara una ronda de cloqueos agitando los brazos.

Rebecca sonrió.

—La tarea antes de la pizza. ¡Andando! Los dos.

El "polluelo" corrió por el pasillo, su hermano con el ceño fruncido la siguió arrastrando los pies.

Rebecca pidió una pizza para los niños.

Sin ganas de ingerir tantos carbohidratos, sacó un envase de la nevera, levantó la tapa y lo olió.

—Buen Dios, ¿qué *era* esto?

Lo que sea que hubiera sido, ya no era identificable, y lo arrojó en el cubo de la basura debajo del fregadero. En el estante inferior de la nevera encontró las sobras de ensalada griega de la noche anterior. *Esto servirá.*

Se acomodó en el sillón en la esquina de la sala de estar y se comió la ensalada, asimilando el desorden que había en la sala de estar. Wesley siempre había detestado volver a una casa desordenada, así que ella pasaba horas poniendo todo en orden antes de que él llegara a casa. Desde que se había ido de la casa, se había vuelto laxa en la limpieza. Era una especie de liberación.

—Tenemos que limpiar en algún momento —murmuró, caminando hacia la cocina y colocando el contenedor de ensalada vacío en el lavavajillas.

De vuelta en la sala de estar, recogió el suéter de Ella y el uniforme de hockey de Colton y puso una carga de ropa. Guardó el Xbox de

Colton y recogió las Barbies medio desnudas de Ella que se encontraban dispersas sobre el sofá. También limpió lo que parecía mantequilla de maní seca de la mesa de café.

Luego encendió la computadora portátil que estaba en el escritorio en la esquina de la sala de estar. Planeando pagar la factura de la luz, ingresó en la cuenta corriente conjunta.

—¿Qué…?

La cuenta presentaba un saldo negativo. *Wesley.*

Rebecca quería llorar. La próxima semana se vencía el pago de la hipoteca. Eso significaba que estarían entrando en sobregiro de nuevo.

Hizo clic para ver el cheque por dos mil dólares que Wesley había emitido. Se había hecho a nombre de Jeffrey Dover, uno de los tipos con los que su marido jugaba a las cartas cada semana. No era la primera vez que le debía dinero a alguien.

De repente, no sintió ganas de llorar. Quería estrangular a Wesley.

El teléfono sonó.

Al ver el nombre en la pantalla de llamada, ella murmuró:

—Maldita sea.

—Hey, Rebecca —dijo Wesley cuando ella contestó.

—¿A qué debo el placer? —Estaba siendo sarcástica, pero dudaba que él lo notara.

No lo hizo.

—Quería darte las gracias por ser tan accesible acerca de lo de Colton.

—Sí, esa soy yo. Accesible.

Hubo una pausa.

—Suenas molesta —dijo.

—Lo estoy.

—¿Qué pasa?

—No hay dinero en la cuenta bancaria.

—Ah, sí. Iba a mencionar ese cheque, pero se me olvidó.

—¿Cómo pudiste olvidar dos mil dólares?

—Lo recuperaré la próxima semana. Estamos jugando apuestas dobles.

—¡Jesús, Wesley! No puedes garantizar que vas a ganar en el póker. Además, ¿de dónde vas a sacar el dinero para jugar?

—Mike dijo que me prestaría el dinero.

—¿Y si pierdes?

—Cuánta fe tienes en mí. No es extraño que me sienta tan mierda todo el tiempo. No puedo ganar contigo.

—No vuelvas esto sobre mí. Eres tú el que nos puso en el agujero de nuevo. Yo estoy haciendo todo lo posible para mantenernos a flote.

Al menos hasta que el divorcio se concrete, pensó. *Entonces podré ahorrar mi propio dinero.*

—Oh, sí. Eres tan maravillosa por estar apoyándonos a todos. —Había ácido en su voz.

—¿Qué estás haciendo *tú* para proveer para sus hijos? —estalló ella. —A mi abogado y a mí nos gustaría saber.

Se escuchó un rugido bajo en el otro extremo de la línea.

—Rebecca, manejamos esta separación sin un abogado de por medio. Esto se debe a que somos adultos razonables, y estamos pensando en los intereses de nuestros niños. Debería volver. Podemos resolver las cosas. Iré a ver a alguien… un psiquiatra, si quieres.

Sus ojos se humedecieron. *¿Por qué la vida tiene que ser tan difícil?*

Una parte de ella quería rogarle que volviera a casa. Tal vez estaba contribuyendo al problema de ira y desempleo de Wesley. ¿Qué tan buena podría ser su autoestima si ella lo regañaba constantemente? Debería apoyarlo más. Su marido era un hombre orgulloso que había caído en un cruce de caminos en su vida laboral. La economía tampoco ayudaba. Subía una semana y bajaba a la siguiente. Hacía que la búsqueda de empleo a tiempo completo fuera muy difícil. Wesley no era la única persona en busca de trabajo. En cuanto a sus problemas de ira, el asesoramiento podría ayudar.

Pero no irá. Ya lo había intentado antes.

—Deja las cosas como están —dijo, drenada de toda energía.

—Pero ¿cómo podemos solucionar esto si…?

—No podemos solucionar esto, Wesley. Nuestro matrimonio ha terminado.

Silencio.

Rebecca malabareó con el teléfono y se limpió una palma sudorosa en la cadera. Escuchó el tictac de un reloj en algún lugar de la casa y a los niños riendo al final del pasillo.

—¿Wesley?

Ninguna respuesta.

—¡Wesley!

—Tengo una pista sobre un trabajo —dijo finalmente, con voz fría. —Es en el norte. En Fort McMurray.

—¿Has ido a alguna una entrevista?

—Me dirigiré allá mañana por la mañana. No voy a estar de vuelta hasta el domingo. ¿Qué tal si hablamos de todo cuando vuelvas de Cadomin? Por cierto, ¿cómo están las cosas en tu trabajo? He oído que estaban despidiendo gente.

Dile que vas a dejar de trabajar en el Cable Alberta e iniciar un negocio propio. ¡No seas cobarde!

Durante el último año más o menos, había estado jugando con la idea de ser dueña de un pequeño hotel en las afueras de Edmonton, lo suficientemente cerca de la autopista para poder promocionarlo a los viajeros. Cada vez que consideraba mencionárselo a Wesley, se paralizaba.

Lo que haga no importa ahora. No a él.

—Todo está bien —dijo ella. —Hablaremos más tarde.

—¿Becca?

Ella suspiró.

—¿Sí?

—Disfruta de tus vacaciones. —Colgó de golpe.

Ella se quedó sosteniendo el teléfono inerte.

* * *

A las 8:50, Rebecca se sirvió un pequeño vaso de vino blanco y se dejó caer en el sillón reclinable de gamuza sintética en la sala de estar. Lanzó un gemido suave y mentalmente se sacudió los remanentes de su día.

Los niños estaban en la cama. Ella probablemente ya estuviera dormida, soñando con hadas y flores. Colton había estado jugando Jade Empire en su Xbox 360. Le había dado permiso hasta las nueve, después sería hora de apagar las luces. Por supuesto que tendría que recordárselo más de un par de veces. Venía con el trabajo de ser madre. Ella misma recordaba haber leído con una linterna bajo las sábanas cuando tenía la edad de Colton.

Sonrió ante el recuerdo.

Pensando en sus próximas vacaciones, comenzó con su ritual nocturno. Primero encendió el televisor para tener ruido. La consolaba escuchar la voz de otra persona, además de la propia. Algunas noches escuchaba música. Cualquier cosa que no fueran los crujidos y gemidos de la casa. También encendió la luz en la cocina y el baño, además de la lámpara junto a su silla. No le gustaban las sombras o entrar en una habitación completamente oscura. Uno nunca sabía lo que podría estar acechando en la oscuridad.

O en la niebla.

Ya en 2007, un secuestrador de niños en serie había aterrorizado a Edmonton. Los reporteros lo habían apodado "La Niebla" porque atacaba en las noches de niebla. Había llorado cuando se enteró de los cuerpos de los niños que habían encontrado en el bosque.

La Niebla había desaparecido, sin embargo, cuando pensó en la puerta del garaje abierta, se estremeció. *Olvídate de eso, tonta.*

Por la noche, era difícil no pensar en su vida con Wesley. Al menos se había sentido a salvo en su casa.

¿En verdad, Rebecca? ¿A salvo?

Una de las cosas más difíciles a las que tuvo que acostumbrarse cuando Wesley se mudó fue a estar sola. No había sido fácil. Había dependido de él para al menos estar presente. La mayoría de las noches.

Dando sorbitos al vino, cambió los canales del televisor y se detuvo en un episodio de La ley y el Orden. Una mujer estaba siendo acusada después de la muerte sospechosa de su marido. Rebecca se preguntó si el marido había orillado a la mujer a hacerlo. *¿Habría abusado de su esposa al igual que Wesley abusaba de mí?*

Abuso. Un tema desagradable. Incluso en el mundo de hoy era uno de esos secretos ocultos sobre los que nadie quería hablar. Antes de conocer a Wesley, siempre había pensado que las mujeres que no hablaban de ello eran débiles. Ahora sabía la verdad. No era la debilidad lo que les impedía hablar; era el miedo. Especialmente si había niños involucrados.

Se había quedado con Wesley por el bien de los niños, al principio. Había sido su padre quien le había abierto los ojos acerca de la vida que había creado. La farsa de su vida.

—Eres demasiado inteligente como para tomar decisiones estúpidas —le dijo él, no mucho después de su regreso a casa después de su cirugía de corazón.

—¿Qué decisiones estúpidas? —preguntó ella.

—Quedarte.

Ella no le preguntó qué quería decir con eso.

—Él nunca te cayó bien, ¿verdad, papá?

—No, nunca.

—¿Por qué no?

—Porque pude verlo en sus ojos.

—¿Ver qué?

Su padre se dio la vuelta.

—El mismo aspecto que solían tener los míos. Una rabia tan intensa que destruye todo a su paso.

Su confesión la había sorprendido. Ella nunca había conocido ese lado de él que estaba describiendo. Su padre siempre había sido divertido y orgulloso. Parecía feliz la mayor parte del tiempo, aunque sabía que él y su madre discutían a veces. ¿Qué pareja no lo hacía?

—Pero tú nunca golpeaste a mamá —dijo.

—No... pero estuve cerca un par de veces.

—¿Y por eso se divorciaron?

Su padre le acarició la mano.

—Esa fue *una* de las razones por las que nos divorciamos. Cariño, no es fácil ir por la vida con una mujer fuerte como tu madre. Ella tenía sus propias ideas de lo que quería hacer con su vida. Yo tenía las mías.

—Y no eran las mismas —supuso.

El asintió.

—Yo estaba ocupado siguiendo mi camino, y tu madre siguiendo el de ella. Creo que, después de un tiempo, empezamos a alejarnos en lugar de acercarnos. Las trayectorias de algunas personas tienen rumbo fijo hacia el desastre.

Dos meses más tarde, su padre había sufrido un ataque al corazón. Pero nunca había olvidado esas palabras. Rumbo fijo hacia el desastre.

Bueno, eso sin duda resumía su matrimonio.

Esta noche mientras bebía su vino, Rebecca pensó en su propia trayectoria de vida. No tenía idea adónde se dirigía, y eso le daba miedo. Se había desviado tan lejos de Wesley que ahora esperaba que sus caminos se mantuvieran separados. Temía que si se cruzaban de nuevo, resultaría en una colisión que la sumergiría una vez más en una vida de miedo. No podía volver allí de nuevo. No cuando finalmente había aprendido a respirar por sí misma.

En algún lugar de la casa, algo sonó.

Bajando la copa de vino, se dio la vuelta, escuchando cómo la casa se asentaba por la noche. Escuchó un suave sonido de rasquidos detrás de la puerta del garaje. ¡Malditos ratones!

Abrió la puerta y encendió la luz. Nada se movía. Ningún correteo de pequeños pies. Tendría que recordar conseguir algunas trampas para ratón por la mañana. Temía encontrar sus cuerpos sin vida, pero no se podía evitar. Si no los eliminaba, dejarían excrementos y rasgarían las bolsas de basura. Por no hablar de que se propagaban como Gremlins.

Cerró la puerta con llave. Luego se dirigió de nuevo al sillón reclinable y a su vino. Terminó otro vaso y se encontró una de sus películas favoritas en el cable. *Durmiendo con el enemigo*. Se trataba de una mujer, interpretada por Julia Roberts, que ingeniosamente escapa al abuso de su marido y comienza una nueva vida con un nuevo nombre.

Rebecca podía identificarse con eso. A menudo deseaba poder empezar una nueva vida.

Creo que de alguna manera la tengo.

Cuanto más lo pensaba, más se daba cuenta de que no era tan diferente al personaje de Julia en la película. Estaba empezando otra vez, y eso significaba que cualquier cosa era posible. Incluso volver a enamorarse.

Pasó un dedo por el borde de la copa de vino. ¿Qué se sentiría ser tocada por otro hombre? ¿Ser besada con ternura? ¿Hacer el amor? Hacía tanto tiempo, que tenía miedo de haber olvidado cómo hacerlo.

Ella dejó escapar una risa ahogada y se cubrió la boca con la mano. Podía imaginarse a Kelly diciéndole:

—Es como montar en bicicleta. Nunca olvidas cómo.

Su hermana había sido su salvadora durante toda la agitación de los últimos meses. Kelly siempre había estado ahí para ella, incluso cuando

Rebecca la había alejado a veces por defender a Wesley.

Dejó escapar un suspiro y volvió a concentrarse en la película. Julia estaba robando manzanas del árbol en el patio de al lado y que estaba a punto de ser descubierta por su fornido y guapo vecino.

Rebecca sacó una manta del sofá y se acurrucó en la silla. A pesar de que había visto *Durmiendo con el enemigo* una docena de veces o más, todavía llenaba su corazón con una fuerte emoción: Esperanza.

5

Edson, AB - Viernes, 14 de junio de, 2013 - 12:35a.m.

Sentados en filas de sillas antes que Marcus, sus compañeros adictos y Leo sonrieron y lo saludaron, dándole la bienvenida a la reunión semanal de la medianoche de Narcóticos Anónimos. Él fue la última persona en hablar porque llegó tarde como de costumbre, pero lo haría corto y dulce como de costumbre.

—Mi nombre es Marcus, y han pasado un par de semanas desde la última vez que vine a una reunión de NA. Pero no he utilizado.

Irrumpieron los aplausos.

Se aclaró la garganta.

—Mi amigo Leo me convenció para venir esta noche, y a pesar de que he estado bien, él tenía razón. Necesito que me recuerden por qué estoy aquí en primer lugar. Gracias por su atención. —Él asintió con la cabeza, y luego se sentó.

Nadie pareció sorprendido por la brevedad de su declaración o por la falta de detalles. Estaban acostumbrados a ello. Sabía que para el grupo, era un poco misterioso. Nadie sabía toda su historia. Ni siquiera en el centro. Shipley sabía lo básico, pero sólo Leo conocía todos los esqueletos en el armario de Marcus.

El resto de la reunión transcurrió con el típico conocer-y-saludar de costumbre durante el café y las galletas, aunque Marcus no sentía muchas ganas de socializar. Quería ir a casa y acurrucarse en el sofá con Arizona, un poco de pasta y su culpabilidad.

De camino a casa, Marcus hizo lo posible por respirar normalmente mientras Leo conducía su vieja y oxidada Volkswagen por la calle principal vacía. Cuando Leo pasó a través de un cruce de cuatro vías sin detenerse, Marcus negó con la cabeza.

—¿Qué? —ladró Leo. —No hay nadie más en el camino esta hora de la noche.

Era por la mañana en realidad. Casi la una. En cualquier caso, Leo tenía razón acerca de la falta de tráfico. Pero aún así Marcus se sentía frustrado. Su amigo era tan indiferente a desobedecer las leyes de tránsito. ¿No sabía que muchas personas morían cada año debido a algún idiota que no respetaba una señal de alto?

—¿Por qué no les cuentas tu historia? —preguntó Leo.

—No estoy preparado para compartirla.

—Un día, vas a hablar.

—Tal vez.

Leo lo miró con preocupación.

—No debes mantener todo encerrado dentro. No es sano. No te ayudará a recuperarte.

—No creo que vaya a recuperarme nunca, Leo.

—Sé que piensas eso, pero creo que un día lo harás.

Marcus se encogió de hombros.

—Quizás.

—Mira, hombre, sólo habla de ello. Comparte. Confesar es bueno para el alma.

—¿Quieres que admita lo que he hecho? ¿Qué les cuente a todos que maté a mi hijo y a mi esposa?

Leo lanzó un profundo suspiro, luego cruzó sus enormes brazos sobre el pecho.

—Tú no los mataste, Marcus. Ese accidente no fue tu culpa. Un día lo entenderás.

Hubo un silencio incómodo antes de que Leo cambiara de tema.

—¿Quieres parar en mi casa para tomar un café?

—No puedo —respondió Marcus. —Tengo una cita esta noche.

—¿Con quién?

—No es con quien. Más bien con qué. Intentaré una nueva receta esta noche. Linguini de trigo integral con camarones, pimientos rojos y una salsa de crema de vino blanco sin alcohol. —Marcus vio la expresión de deseo en los ojos de su amigo. —¿Quieres cenar conmigo?

Leo negó con la cabeza.

—No puedo. Val me espera.

Cinco minutos más tarde, se detuvieron frente a la casa de Marcus. La puerta del pasajero del VW chilló en protesta cuando Marcus la abrió. Dio un paso fuera.

—Voy a llevar algunas sobras al trabajo.

Leo sonrió.

—Siempre puedo contar contigo, Chef Taylor. Deberías tener tu propio programa de televisión.

Marcus observó a Leo alejarse y ponderó el comentario de su amigo. Tal vez debería empezar a buscar una nueva carrera. No tendría otra opción si continuaba metiendo la pata en el centro. Shipley podría seguir presionando para conseguir que lo expulsaran.

Tal vez un cambio de carrera estaba en el futuro de Marcus.

* * *

Una hora más tarde se dejó caer en el sillón, equilibrando sobre las yemas de los dedos un plato colmado de su creación, linguini. El plato olía celestial y su estómago rugió. Incluso había incluido algunos chiles finamente picados para agregar sabor, y había salteado un puñado de espárragos con un poco de semillas de sésamo como guarnición.

Durante el mes pasado había atravesado por una racha de espárragos. Espárragos salteados en semillas de sésamo y aceite de oliva. O con jugo de limón fresco y eneldo. O enrollados en claras de huevo, migas de galleta y queso parmesano. Espárragos blanqueados, refrigerados y sazonados con jugo de naranja, arrojados en ensaladas verdes o en la pasta. Sí, no había nada que no pudiera hacer con unas lanzas de espárragos.

Arizona entró pesadamente en la habitación, mirando su medio plato vacío con melancolía.

—Hey, chica. Vamos a ir a dar un paseo después. ¿Está bien?

Arizona ladró una vez y giró en un círculo. Se sentó obedientemente frente a él, esperando.

—Está bien, pero tengo que advertirte. Es picante.

Extrajo algunas tiras de linguini de su plato y se las dio a la perra. Ella las devoró de un solo bocado. Él comenzó el ritual de "uno para mí y otro para ti" hasta que el plato estuvo vacío.

Después de comer, Arizona se posó en la alfombra a los pies de Marcus y rápidamente quedó dormida. Haciendo caso omiso de sus suaves ronquidos, se desplazó por los canales de televisión. Un canal estaba mostrando un maratón de repeticiones de *Flashpoint*. Hombre, cómo extrañaba esa serie. Había sufrido de abstinencia de *Flashpoint* durante semanas.

Se decidió por una película de Clint Eastwood. Uno nunca podía equivocarse con Eastwood. Era una de sus películas más recientes, producida y protagonizada por la leyenda del cine.

A mitad de la película, se quedó dormido.

Y ahí estaban Jane y Ryan. Se estaban riendo, jugando en una playa de arena de color rosa coral tan suave como la seda.

Marcus podía sentir la arena entre los dedos de los pies mientras se acercaba a ellos, las cálidas olas rompiendo a sus pies mientras caminaba cerca de la espuma.

Las Islas Bermudas, se dio cuenta.

Recordó el día en que Jane le había suplicado ir ahí.

—No hemos tenido unas vacaciones reales desde que Ryan nació —había dicho ella, —y te vendría bien un descanso. A ambos. —Ella se rió y se acercó a su oído. —Además, podríamos tener sexo vacacional. Mucho.

¿Cómo podía decir que no al sexo vacacional?

Esa noche Jane apareció en la puerta del baño, vestida con algo negro y ajustado.

—¿Te gusta? Lo compré en línea en Victoria's Secret. Para el viaje.

—¿En Victoria's Secret, eh? —Podía ver sus pezones endurecidos a través del encaje. —No estoy seguro de que esté funcionando.

La sonrisa de ella vaciló.

—¿Qué quieres decir?

Marcus tiró de ella hacia él.

—No es ningún secreto. Sé exactamente lo que estás pensando. Y lo que quieres.

—¿Lo sabes, no es así?

Jane volvió la cara y capturó sus labios.

—Así es —dijo cuando se apartó.

Se había pasado el resto de la noche demostrándoselo. Dos veces.

Ahora, en su sueño, los observó en la playa. Jane, toda bronceada y sin preocupaciones, perseguía a Ryan a lo largo de la orilla del océano. Ryan corría hacia atrás, burlándose de ella.

—¡No me puedes atrapar!

Marcus empezó a correr tras ellos, a pesar de que sabía que era un sueño.

—¡No nos puedes coger, papá! — gritó Ryan.

Marcus corrió más rápido, su corazón bombeando de forma errática. Jadeante. Más rápido. Su pulso acelerado. Pero no importaba lo mucho que corría, la distancia entre ellos crecía.

—¡Esperen! —clamó. —¡Espérame!

Aún en marcha, Jane tomó la mano de Ryan.

—No nos puedes atrapar, Marcus.

Vio con horror como sus cuerpos se desvanecían en la luz del sol y las olas borraban sus pies. Después las piernas y los brazos. Cuando desaparecieron por completo, dejó escapar un aullido desgarrador de angustia.

Se despertó aullando.

—¡No me dejen!

Pero estaba solo, con excepción de Arizona, que estaba sentada en el suelo junto al sillón y apoyó la cabeza en su regazo.

—Estoy bien —dijo, acariciando la piel sedosa del perro.

La mirada conmovedora en sus ojos le sugirió que no estaba de acuerdo.

—Sí, lo sé. No me lo creo tampoco.

Por reloj en el manto, estimó que se había quedado dormido durante casi una hora. La película de Eastwood seguía emitiéndose, y el bueno de Clint estaba cargando algunas armas mortales. El héroe de la película iba en busca de venganza, y alguien estaba a punto de pagar.

—Sé cómo te sientes, Clint —murmuró.

Daría cualquier cosa por poder dar caza a la persona responsable de hacer su vida un infierno. Excepto que él no tenía a nadie a quien culpar sino a sí mismo.

El parpadeo de la luz roja del contestador automático llamó su atención. Se había olvidado de comprobar los mensajes al llegar a casa. No es que su teléfono sonara mucho en esos días.

—"Marcus, soy Wanda." —Su suegra. —"¿Vendrás a Edmonton el próximo mes? Para la... ya sabes, ¿la reunión? Llámame cuando puedas, querido." —Hubo una pausa prolongada. —"Marcus, cuídate."

El sabía exactamente a qué reunión se refería Wanda; a la reunión conmemorativa anual para Jane y Ryan. Wanda había hecho lo mismo todos los años desde la muerte de su hija y la muerte de su nieto. Siempre lo llevaba a cabo alrededor del 23 de junio, el cumpleaños de Jane. Una vez, cuando él le había preguntado por qué no hacerlo en mayo, el mes en que Ryan y Jane habían muerto, Wanda le había dicho que no podría funcionar en mayo por el Día de la Madre. No consideraba que el cumpleaños de Jane estaba cerca del día de padre.

Había asistido a los primeros dos homenajes. Tres generaciones de la familia se habían reunido en casa de los padres de Jane, la mitad de ellos bebiendo desde la mañana hasta la noche, mientras que la otra mitad daba vueltas en un estupor afligido. Marcus se había unido a las dos mitades, y todo había ido bien hasta que uno de los tíos de Jane lo empujó contra la pared en el pasillo de arriba.

—No puedo entender por qué estás aquí, —le espetó el viejo. —Los mataste, es como si los hubieras ahogado tú mismo. ¿Dónde estabas cuando te necesitaban? Si no hubieras sido tan egoísta, yéndote a la maldita cabaña tú solo para poder drogarte, nunca habrían conducido hasta allí. ¡Ellos iban a verte *a ti*, inútil pedazo de mierda!

Atormentado por el sentimiento de culpa, Marcus había conducido sin rumbo en la noche. Se detuvo en un callejón del centro habitado por camellos y prostitutas. El sexo no le interesaba, pero las drogas sí. Así que ahogó sus penas en una niebla inducida por la droga que lo dejó inconsciente en el suelo de su cuarto de baño. Sobre su propio vómito.

No había asistido a los últimos tres homenajes. No podía enfrentar la condena en sus ojos. Le había dicho a su suegra que estaba trabajando y no podía conseguir vacaciones. Era mentira, por supuesto. Incluso Shipley no sería tan cruel como para negarle una solicitud de este tipo.

Marcus consideró la invitación de Wanda. *No, no puedo hacer eso de nuevo.*

Eliminó el mensaje.

Detrás de él, Arizona ladró dos veces. Al mirar en su dirección, ella tenía la correa en la boca.

—Está bien, está bien. Entendí la indirecta. Voy a mover mi culo perezoso y llevarte a dar un paseo.

Arizona movió su cola castaña rojiza y dejó caer la correa a sus pies.

La zona residencial donde Marcus vivía tenía pocas casas. La mayoría estaban separadas por árboles viejos y amplios patios. En las sombras, nada se movía. No había coches, ni gente.

—Parece que todo el mundo está dormido —le dijo a Arizona. —Así que no ladres.

El aire era frío, sin brisa.

Conforme Marcus se acercaba al final donde la carretera se convertía en un barranco boscoso, echó un vistazo a la encantadora casa de dos pisos de estilo victoriano en la esquina. Había un cartel de "Se vende" en el jardín delantero.

La casa de la anciana señora Landry. Ella había vivido allí sola, hasta hacía una semana cuando murió mientras dormía. Él había visto la ambulancia estacionada delante. El paramédico le dijo que murió de un ataque al corazón. Pobre mujer. No tenía familia, pero sí más amigos que el propio alcalde. La señora Landry podía hacerse amiga hasta de una avispa.

Antes de su muerte, a los noventa y siete años de edad, la mujer había sido una joya como vecina, siempre amable con cualquier persona que pasara por su casa, y hablando hasta por los codos con cualquier persona que quisiera escucharla. Contrataba a adolescentes de la comunidad y extranjeros para mantener su jardín como la envidia de los vecinos, pero sobre todo, adivinaba Marcus, para tener compañía regular. No era raro verla sentada en el porche bebiendo limonada con la presa involuntaria del día. Sin embargo, en su defensa, sus visitantes parecían felices de hacerlo.

Marcus la había complacido cuantas veces y fue obsequiado con historias de la Segunda Guerra Mundial y de su marido, Richard, merecedor de uno de los más altos honores otorgados a los veteranos de guerra canadienses, la Cruz Victoria.

Inhaló profundamente. El aire estaba perfumado por los numerosos pinos y lilas que se alineaban en la propiedad de la señora Landry. A Jane le hubiera gustado esa casa. Y el patio. Probablemente habría adoptado a la señora Landry también.

Arizona observó el barranco, su lengua colgando a un lado, y él consideró dejarla ir sin correa. Podrían cortar a través de la quebrada. Se abría cerca de un pequeño centro comercial con un 7-Eleven, y tenía antojo de una bolsa de patatas.

El barranco ofrecía más de un acceso directo. Representaba una completa inmersión en la naturaleza, y se utilizaba a menudo como lugar de encuentro para los traficantes de drogas locales, algo para lo que Marcus tenía cero tolerancia. No sería un buen augurio tener la tentación a las afueras de su puerta. Se había dedicado a asustar a cualquiera de los jóvenes matones que encontraba, amenazando con alentar a Arizona contra ellos.

Miró a su perra.

—Sé que quieres ir allí.

Arizona sería una perra feliz. Aunque también acabaría convirtiéndose un gran desastre. ¿Realmente quería pasar la siguiente hora cepillado ramitas, hojas y suciedad de su piel después de que ella se sumergiera en los arbustos y rodara por el camino?

—Lo siento, chica —dijo, dándole golpecitos en la cabeza. —No esta noche. Vamos a tomar el camino largo.

Parecía que a eso se había reducido su vida, a tomar el camino más largo para todo.

6

Rebecca se despertó en una casa oscura. Eso la desorientó. ¿No había dejado las luces encendidas? ¿Se habría cortado la electricidad? Espera, eso no podía ser. La televisión estaba encendida, pero la película se había terminado hacía rato. El reloj de la TV ponía: 01:49.

Se puso de pie, se estiró, y cogió la lámpara. La encendió, y la luz iluminó la habitación. *Debe haber sido un corte de energía.*

Wesley siempre se había encargado de todo lo eléctrico o automotriz. Ahora que él no estaba, que tenía que llamar a alguien que hiciera reparaciones y a un mecánico para encargarse de esos problemas. Ella era inútil tratándose de cualquier cosa mecánica. Ni siquiera había cambiado un neumático desinflado, aunque podía parar en la cantidad exacta a la primera al llenar su tanque de gasolina. No era exactamente algo de lo que se jactaba. Excepto con Kelly.

Entró en la cocina, encendió la luz, y dejó el vaso sobre el mostrador. Sujetada a la nevera con un imán de pavorreal estaba su última lista de tareas. *Hacer que alguien revise la caja de fusibles*, añadió a la parte inferior.

Apagó la luz, dejó encendida la lámpara del salón y se dirigió hacia el final del pasillo. Su dormitorio estaba en el otro extremo, y cuando entró, se estremeció por el aire frío. Había dejado una ventana abierta por la mañana y se había olvidado de cerrarla. Giró la manivela hasta que se cerró, y luego la trabó con llave. Se había vuelto más cuidadosa con las cerraduras de puertas y ventanas después de todo el asunto acerca de la Niebla.

Resistió el impulso de comprobar a Ella y Colton. Estaban a salvo. Ella lo sabía. Tuvo que sacudirse esta sensación extraña que se había apoderado de ella. Le recordaba al tiempo en que había encontrado a Wesley merodeando en la oscuridad. Ella había ido al bingo con Kelly y después habían tomado una copa en Boston Pizza. Era pasada la medianoche cuando llegó a su casa, y todas las luces estaban apagadas. Asumió que Wesley estaría en la cama. En cambio, él la estaba esperando. En la oscuridad.

Esa fue una de las noches muy malas. Una que afianzó el divorcio.

Se sacudió las telarañas de viejos recuerdos y se metió en la cama. Tenía un viaje al qué aspirar. Un tiempo a solas para sanar emocionalmente. Lo necesitaba desde hacía mucho tiempo.

Cerrando los ojos, se deslizó dentro de un sueño agitado. Soñó que estaba nadando en el océano, tratando de escapar de alguien, tratando de alcanzar las luces de la orilla. Si pudiera llegar a ellas, estaría a salvo. Tomó una bocanada de agua salada y se atragantó. Le dolían los músculos por el agotamiento.

¡Nada, maldita sea!

Rebecca estaba tan cansada. Si tan sólo pudiera parar, cerrar los ojos, dormir un poco.

Con un suspiro, cedió ante el agotamiento. Su cabeza se deslizó bajo el agua.

Y se durmió.

7

Edson, AB - Viernes, 14 de junio de 2013 - 12:02 p.m.

—Me alegra ver que finalmente llegaste —dijo Shipley inmediatamente después de que Marcus salió del ascensor.

—Llegué dos minutos tarde, no una hora. —*Imbécil.*

—Tarde es tarde.

Cuando Shipley quería joderle la vida a alguien, Marcus sabía condenadamente bien que no se podía discutir.

—Bien —dijo, mirando a su supervisor directo a los ojos. —Rebaja mi paga por dos minutos.

Shipley se crispó.

—No creas que no lo haré.

Marcus vio a Leo salir de la sala de descanso.

—Lo siento, Pete. No tengo tiempo para charlar contigo.

—Te estoy observando, Taylor.

Marcus pegó una sonrisa en su rostro.

—Espero que te guste lo que ves, entonces. —Con eso, se dirigió hacia su cubículo, abriendo y cerrando las manos.

Cuando Leo lo vio, le dirigió a Marcus una mirada de dolor.

—¿Por qué siempre tienes que aguijonearlo?

—¿*Aguijonearlo?*—Marcus rió. —Veo que has estado leyendo el diccionario de nuevo.

—El diccionario de Sinónimos, en realidad. —Leo sonrió. —¿Sabías que hay como cuatro docenas de sinónimos de la palabra "idiota"?

—¿Encontraste el nombre de Shipley en la lista?

—No estás captando mi mensaje no tan sutil. —Leo cruzó los brazos sobre el pecho. —Marcus, te meterás en problemas si sigues así.

—¡Lombardo! —Shipley ladró detrás de ellos. —Corta la charla. Estoy seguro de que tienes papeleo qué archivar.

Leo rodó los ojos hacia Marcus.

—El Todopoderoso ha hablado. No lo fastidies.

—No más de lo habitual.

Marcus se sentó en su escritorio y se quedó mirando el monitor de la computadora. Cogió el auricular. En el instante en que se lo puso en la cabeza, sonó el teléfono.

—Nueve uno uno. ¿Necesita bomberos, policía o ambulancia?

—¡Ayúdeme! —gritó una mujer. —Ha habido un terrible accidente.

—Señora, ¿necesita bomberos, policía o ambulancia?

—¡Envíelos a todos!

—¿Cuál es la dirección de la emergencia?

—Veinticinco… —Una fuerte explosión la cortó.

—Por favor, repita la dirección, señora.

La mujer balbuceó la dirección de un viejo vecindario residencial.

—Es una casa —exclamó. —Dos pisos.

—¿Cuál es el número del que está llamando? —Cuando la mujer le dio un número de teléfono celular, dijo, —¿Y su nombre?

—Addison. Addison Lane.

—Señorita Lane, dime exactamente lo que sucedió.

—No estoy segura. Acabo de llegar a casa del trabajo y mi… mi casa es… está incendiándose. No sé donde están mis hijos. —La mujer ahogó un sollozo.

—Está bien, señorita Lane, estoy notificando a bomberos y ambulancias en este momento.

Marcus tecleó el código 69-D-6t —fuego estructural, residencial única, con personas atrapadas—. De inmediato avisó a equipos de emergencia y envió bomberos y ambulancia a la dirección.

Detrás de él, Leo se hizo cargo del trabajo de radio con las tripulaciones.

—Incendio en casa habitación —oyó confirmar a Leo. —Niños posiblemente dentro.

—¿Señorita Lane? —dijo Marcus. —¿Está en el lugar ahora? ¿Ve llamas o humo?

—Ambos.

—¿Cuántos hijos tiene usted, señora?

—Tres. Amanda, James y Bryan.

Los dedos de Marcus tropezaron con el teclado.

—¿Ryan?

—Bryan.

El corazón de Marcus desaceleró.

—¡Mis bebés! —Gritó la mujer.

—¿Señorita Lane?

La línea era sorda, pero en la distancia, oyó las sirenas. Por último, la mujer regresó al teléfono.

—Mis bebés están bien —dijo ella, llorando. —Estaban en el centro comercial.

—Me alegra escucharlo.

Él habló con ella hasta que llegaron los equipos de emergencia.

—Gracias —dijo ella en repetidas ocasiones.

—No hay porqué.

Después de desconectar la llamada, Marcus se dio cuenta de que sus manos temblaban y su frente estaba cubierta por una gruesa capa de sudor. Tomó una profunda bocanada de aire y lo soltó lentamente, haciendo todo lo posible para relajarse.

Un aplauso estalló en el centro.

—Bien hecho —dijo Leo, dando palmaditas a Marcus en el hombro.

—¿Qué?

—Rompiste el récord de despacho del Titanic —gritó Rudy desde el otro lado de la habitación.

Rudolf Eisenhauer era un hombre delgado de unos cuarenta años. Se había mudado de Alemania a Canadá hacía unos veinte años con sus padres. Todo lo que Marcus realmente sabía acerca del hombre era que tenía un coeficiente intelectual tan alto que nadie sabía por qué no había sido atrapado por Microsoft o Donald Trump. Tal vez tenía que ver con el hecho de que rara vez hablaba, a menos que se le preguntara algo.

Marcus frunció el ceño.

—¿Rompí el récord de Shipley?

Rudy asintió.

—¿Cuál fue el tiempo de Shipley?

—Cuarenta y ocho segundos —interrumpió Leo. —Desde el comienzo de la llamada al 911 a la hora en que incendios acudió a su llamado.

Shipley sacó la cabeza fuera de su oficina.

—¿Qué está pasando?

Leo le obsequió una sonrisa.

—Marcus rompió su récord.

—Sí, claro.

—Cuarenta y seis segundos —dijo Leo. —Dos segundos menos que su récord.

Shipley avanzó pesadamente hacia ellos, con la cara esculpida en piedra y los ojos fijos sobre Marcus.

—¿Es eso cierto?

Marcus se encogió de hombros.

—Supongo. En realidad, no estaba mirando el reloj.

—No —dijo Leo. —Pero yo sí.

Shipley no sonrió.

—¿Algún herido?

—No estoy seguro —dijo Marcus.

—No celebres hasta que lo sepas.

Shipley giró sobre sus talones y fue tragado por su oficina, cerrando la puerta detrás de él.

—Olvídate de él —dijo Leo.

—Es difícil olvidarse de alguien que está a punto de chocar conmigo. —Marcus levantó y se estiró. —Necesito un café. ¿Quieres uno?

Leo asintió.

En la sala de descanso, Marcus enjuagó su taza. La llenó con café recién hecho y añadió crema y azúcar extra. Leo tomaba su café negro. Cuanto más espeso el lodo, mejor.

Cuando volvió a los cubículos, Leo estaba tomando una llamada.

—Ataque al corazón —articuló Leo, tomando la taza de la mano de Marcus. Bebió un trago, se limpió la boca y dijo: —Señor, ¿Me puede proporcionar su nombre, por favor?

Marcus volvió a su escritorio.

* * *

Las horas pasaron rápidamente. Eso era lo que pasaba generalmente cuando el negocio estaba en auge. Y esa noche definitivamente estaba en auge. Cinco horas después de su turno, ya había habido dos accidentes de tráfico, un ataque al corazón que terminó siendo un caso de mucho gas, dos disputas domésticas y el incendio de una casa.

—Buen Dios —dijo Leo, gimiendo. —Qué noche. ¿Hay luna llena?

—Eso es lo que apesta sobre este trabajo. O bien estamos aquí sentados durante horas haciendo girar los pulgares, agradecidos de que nadie esté lastimado…

—O estamos bombardeados por situaciones de emergencia y no tenemos tiempo para girar nada.

Marcus asintió.

—Eso lo resume todo.

—Sabes, estás empezando a parecerte a Grizzly Adams. ¿Nunca vas a afeitarte?

Marcus acarició su barba hirsuta.

—¿Por qué debería molestarme?

—Nunca vas a conquistar a una dama con ese aspecto —dijo Leo, estrechando los ojos. —Parece que tienes algo que ocultar.

—Quizás lo tenga.

Leo se levantó y subió sus pantalones vaqueros sobre el vientre abultado.

—Es hora de dejar de esconderse, Marcus. Sal. Ten una cita.

—Una cita. ¿Con quién?

—Yo saldría contigo, —dijo Carol. —Excepto que a mi pareja podría molestarle.

—Vaya, gracias, Carol. —Marcus se volvió hacia Leo. —Por lo menos podrías esperar hasta que estemos fuera de la oficina antes de hablar de mi vida privada.

—¿Cuál vida privada?

Leo tenía razón. Desde la muerte de Jane y Ryan, pasaba el tiempo ya sea en el trabajo, o en casa deseando estar en el trabajo. Había intentado salir una media docena de veces. Algunas mujeres eran incluso agradables. Pero ninguna de ellas era Jane.

—Lo siento, hombre. Sé que es duro para ti. Pero odio verte tan... solo.

—Tal vez me gusta estar solo, Leo. —Supo que era mentira tan pronto como las palabras salieron de su boca.

—Escucha, he aquí una idea...

Oh-oh. Cada vez que Leo tenía una idea, por lo general terminaba con Marcus desmayado en el suelo en alguna parte. No sucedía a menudo, pero cuando lo hacía, por lo general significaba problemas. Con P mayúscula.

—No voy a ir de bares, Leo.

—Eso no es lo que tenía en mente. —Pausa. —Sin embargo…

—Tampoco a un club de Desnudistas.

Leo frunció el ceño.

—No eres divertido. Pero esa no era mi idea. —Sus ojos brillaban. —Podríamos inscribirte que en uno de esos sitios para buscar pareja. En línea. Ya sabes, como esos que se anuncian en la televisión.

—No estoy tan desesperado.

Leo arqueó una ceja.

—Bueno, tal vez sí lo estoy. —Marcus se encogió de hombros. — No es lo mío.

—¿Entonces qué lo es?

—No sé. Algo más... normal. Ya sabes, conocer a alguien en una librería o en una cafetería y comenzar una conversación.

Leo resopló.

—¿Cuándo fue la última vez que fuiste a una librería? ¿O a un Starbucks, para el caso? No sales a ninguna parte.

Afortunadamente sonó el teléfono y Marcus se salvó de más

humillaciones. Si había un Starbucks en Edson, no sabía dónde se encontraba. Y el hecho de que no hubiera estado en el interior de una librería en meses demostraba que Leo tenía razón. No salía lo suficiente.

Mientras que Leo tomaba la llamada, Marcus se quedó mirando las baldosas del techo. Probablemente debería hacer un esfuerzo por tener una vida. Se estaba haciendo más y más difícil recordar la suavidad de la piel de Jane y el tono musical de su voz. O su risa. ¿Y Ryan? A veces Marcus pensaba en él como un niño pequeño, a veces como un adolescente.

El hecho era que Jane y Ryan iban desapareciendo de su vida. ¿Qué iba a hacer cuando se hubieran ido por completo? Claro que siempre los recordaría, y siempre los amaría. Nunca olvidaría a su esposa e hijo. Pero eso no significaba que tuviera que permanecer en el limbo. Simplemente no estaba seguro de cómo salir de ahí.

Salir significaba alterar su vida de maneras que ni siquiera podía empezar a imaginar. Cambiar significaba arriesgarse. Arriesgarse significaba un posible fracaso. Estaba muerto de miedo al fracaso. Eso podría enviarle de vuelta hasta el fondo del abismo. Tenía qué evitarlo a toda costa.

Me siento tan condenadamente atrapado.

Esa sensación se quedó con él durante el resto de su turno.

Después de su turno, condujo a casa, sacó a pasear a Arizona y devoró un sándwich de carne asada con mayonesa de rábano picante. Luego paseó a Arizona de nuevo y miró la última película de suspenso de Andrew Gross. Por último, se metió en la cama y trató de dormir.

No dejaba de pensar en la caja de madera con la insignia médica en ella. La que contenía la aguja hipodérmica en su interior y un pequeño vial de líquido claro. ¿Por qué demonios las había guardado?

Luchar contra ello, Marcus.

Se concentró en su respiración. Dentro... fuera... dentro... fuera.

"Papi..."

Ryan estaba a los pies de su cama.

Marcus tragó.

—No me dejes.

—¿Papi? —Ryan tendió una mano pequeña, pero cuando Marcus se estiró para alcanzarla, su hijo empezó a desvanecerse. —Te amo papá.

—Amor…

Pero Ryan ya se había ido.

Marcus se levantó, paseó a Arizona por tercera vez en la noche, y luego se sentó en el sofá durante una larga noche frente a la televisión.

—El insomnio es un infierno—murmuró. Miró a Arizona, que ya estaba medio dormida. —Pero, ¿qué sabes tú de eso, perra afortunada?

8

El viernes por la mañana, Rebecca dejó a los niños en la escuela. Estaban emocionados pensando en su viaje a casa de la tía Kelly, y ya peleaban por lo que querrían hacer allá. Todo lo que Colton quería hacer era ir a nadar a la piscina, mientras que Ella quería recoger flores silvestres y jugar con los "Tris", como todos llamaban a los trillizos.

Rebecca dejó escapar un suspiro de felicidad.

—¡Vacaciones, allá voy!

Se había tomado el día libre para estar lista para el viaje. Planeaba dejar a los niños en casa de Kelly y Steve después de la cena y recogerlos el lunes por la tarde. Así ella pasaría tres noches en un hotelito en Cadomin y dos días completos de relajación.

La idea de dejar a los niños le revolvía el estómago, pero hizo a un lado su miedo. Su hermana y su cuñado podían manejar cualquier cosa que se les ocurriera. Además, ella realmente necesitaba un tiempo a solas.

Echó un vistazo a la lista de verificación sobre su regazo. *Aperitivos para el camino. Libro para colorear y lápices de colores para Ella. Gasolina para el coche. Lavandería. Empacar las mochilas de los niños. Limpiar la cocina y la casa. Cargar los teléfonos móviles (empacar el cargador). Llevar la llave de la casa a Heidi la vecina, en caso de emergencia. Regar las plantas.*

Se dirigió a la tienda Save-On y cogió dos bolsas de patatas fritas de sal y vinagre, y dos botellas de té helado verde y soda. El camino hasta Cadomin era largo, y necesitaría la distracción de aperitivos.

A continuación, se detuvo en Wal-Mart y escogió un libro para colorear de la Bella Durmiente y una gran caja de lápices de crayones brillantes. Con eso Ella se mantendría ocupada y sin dar lata a Kelly, especialmente cuando los trillizos durmieran la siesta. También la ayudaría a mantenerse tranquila, con menos posibilidades de un ataque de asma.

Rebecca se quedó sin aliento, y luego escribió *¡Inhalador!* en su lista. ¿Cómo se le había podido olvidar?

La última vez que había conducido una larga distancia y olvidado el inhalador, casi había terminado en tragedia. Debido a que Wesley se había negado a acompañarlos, ella había conducido hasta Calgary con los niños para ver a su padre, que estaba en el hospital, recuperándose de un bypass triple. La cirugía no había ido bien. El médico indicó que había una multitud de complicaciones. Durante un tiempo pareció que su padre no podría recuperarse. Esa idea había carcomido a Rebecca durante días. Ella y su padre tenían problemas no resueltos. Ser una hija adulta de padres divorciados no lo hacía menos doloroso.

El viaje de regreso desde Calgary había empezado sin incidentes. Habían pasado unos cuarenta minutos cuando Ella empezó a toser en el asiento trasero.

—¿Te puedes encargar, Colton?

Como de costumbre, su hijo se resistió a la responsabilidad adicional.

—Ella sabe qué hacer, mamá.

—Ayúdala.

Con un suspiro exagerado, Colton hurgó en la mochila de Ella.

—El inhalador no está aquí, mamá.

—¿Qué quiere decir con que el inhalador no está ahí?

Colton vació el contenido de la bolsa en el asiento.

—Mami, no puedo respirar —lloró Ella.

El corazón de Rebecca se aceleró mientras ponía la señal para salirse de la carretera muy transitada.

—Trata de tomar una respiración lenta y profunda.

La tos desde el asiento trasero se volvió ronca. Después comenzó la respiración sibilante.

—¿Mamá? —dijo Colton con voz asustada. —No está en su bolso.

Rebecca entró en el arcén, aparcó el coche y saltó. Cuando abrió la puerta de atrás, casi se desmayó al ver la cara gris de Ella y sus ojos hundidos.

—Oh Jesús. —Hizo a un lado la variedad de broches y los marcadores de la mochila abierta de Ella. Luego comprobó el suelo del coche. Nada.

Ella se quedó sin aliento.

—Yo... no puedo... respirar.

Rebecca arrancó el cinturón de seguridad de su hija y la tomó entre sus brazos.

—¡Lo encontré! —gritó Colton, levantando el inhalador.

—Gracias a Dios. —Rebecca soltó un suspiro de pánico.

Minutos después, el ataque de asma de Ella retrocedió, y el color volvió a sus mejillas.

—Yo estaba sentada en el inhalador —dijo Ella, ajena al temor de Rebecca.

Rebecca había continuado vigilando a Ella todo el camino a casa. Había sido un largo viaje.

—No queremos que eso se repita —murmuró ahora mientras tomaba un desvío hacia la farmacia.

Comprar recarga de inhalador, añadió mentalmente a su lista.

Una media hora más tarde, con el inhalador adicional a buen recaudo en la guantera del coche, Rebecca llegó a casa y desempaquetó las provisiones para el viaje. Arrojó una carga de ropa en la lavadora. En la habitación de Ella, apiló calcetines y ropa interior doblados sobre el edredón de Barbie. Ella querría escoger sus propios atuendos.

Rebecca serpenteó hacia el sótano. Era su lugar menos favorito de la vieja casa, y lo evitaba siempre que podía. Con su aire viciado y paredes y techo sin terminar, el lúgubre sótano era el lugar de almacenaje para todo lo que no cabía en otros lugares.

Se abrió paso a través de las pilas de cajas y contenedores hasta que encontró el juego de maletas a su madre le había dado cuando se casó con Wes. ¿Habría sido la manera sutil de su madre de decir que el matrimonio de Rebecca no duraría?

Cargó el equipaje escaleras arriba, luego inhaló profundamente.

—Quiero una casa nueva. Con un sótano terminado.

Wesley siempre decía que era una soñadora.

El teléfono sonó, y ella contestó.

—¿Hola?

—Me alegro de haberte encontrado —dijo Kelly, jadeando como si hubiera corrido una maratón.

El corazón de Rebecca se hundió.

—Oh-oh. ¿Qué pasa?

—Sarampión.

—¿Cuál?

—Todos ellos. Los Trillizos.

—Oh Dios, Kelly.

Su hermana trató de reír.

—Lo sé. Aquí no llueve, diluvia.

Rebecca miró el reloj encima del fregadero de la cocina.

—Tengo que recoger a los niños pronto.

—Es por eso que te estoy llamando. Realmente odio hacerte esto, pero con tres niños con sarampión...

—Kel, no te preocupes. Yo no esperaría que cuidaras de Ella y Colton ahora. Además, Ella no ha recibido la vacuna contra el sarampión.

—Me acordé de eso. Es por eso que quería que lo supieras. —Kelly hizo una pausa. —Entonces, ¿qué vas a hacer? Mamá no puede cuidarlos. Ella está en Yuma.

Rebecca gimió.

—Ya se me ocurrirá algo.

—Lo siento mucho, hermanita.

—No te preocupes. Si no hay otra opción, los llevaré conmigo.

Seguro que no iba a dejarlos con Wesley.

—Eso es lo que pensé que podrías hacer —dijo Kelly. —Sé que Wesley no es una opción.

Kelly siempre podía leer su mente. Bien podrían haber sido gemelas dada la conexión que compartían.

—Tú preocúpate por los trillizos —dijo Rebecca. —Yo no tendré ningún problema ajustando mis planes. El hotel siempre puede añadir un catre.

Kelly rió.

—Creo que es una suerte que no estuvieras planeando una escapada romántica con un apuesto extraño.

—Sí, supongo.

La idea hizo entristecer a Rebecca. Echaba de menos tener a alguien con quién acurrucarse en la noche. Echaba de menos tener a alguien con quien hablar, con quien compartir su día. Claro, tenía los niños, pero no era lo mismo.

—Un día, un apuesto extraño te conquistará —dijo Kelly.

Rebecca rió.

—Veo que todavía estás viviendo en la tierra de la fantasía.

—Siempre, hermana. Las fantasías hacen girar al mundo.

Después de colgar, Rebecca se quedó mirando la pequeña bolsa de aperitivos que había comprado. Necesitaría un poco más si Ella y Colton venían con ella.

Camino a su dormitorio, pasó frente al espejo del pasillo. Haciendo una pausa, se observó en él y pensó en las palabras de su hermana.

Si un apuesto extraño iba a hacer aparición, esperaba en Dios que lo hiciera en un día en que ella hubiera tenido tiempo para ducharse y lavarse el pelo.

Hoy no era ese día.

* * *

Después de un almuerzo tardío, terminó la lavandería. Luego se puso a trabajar en el embalaje de ropa para el viaje, incluyendo un vestido negro liso que no se había puesto en más de un año.

—En caso de que encuentre a un guapo desconocido —murmuró.

Esto la hizo reír. Iba a Cadomin, una ciudad tan pequeña que si parpadeabas, podrías pasarla de largo.

—Sí. ¿Cuáles son las probabilidades?

Al ver a su cargador del teléfono celular en la mesita de noche, lo desconectó de la pared. ¿Maleta o bolso? Con un encogimiento de hombros, lo arrojó en la maleta. Su teléfono tenía más que suficiente batería para que aguantara el viaje. De todos modos, tenía un cargador de coche en la guantera, aunque nunca lo había usado.

Se dirigió hacia abajo y pasó la siguiente media hora preparando bocadillos para el camino. Haría que los niños los empacaran en sus mochilas, y llevaría una pequeña hielera en el frente.

—Ah, botellas de agua.

Por lo general mantenían una caja de botellas de agua en el refrigerador del garaje, pero cuando abrió la puerta de la nevera, se encontró sólo con la envoltura de plástico y cartón, nada de agua.

—Estupendo.

Miró su reloj. Era hora de recoger a los niños. Tendría qué parar en la tienda de camino a casa, todo el tiempo soñando con las vacaciones perfectas, la paz, la libertad, la relajación.

* * *

Para las seis de la tarde, el infierno se había desatado. Ella se había enfurruñado tras hacer una rabieta porque no podía llevar su bicicleta al viaje, y Colton estaba de mal humor en su habitación porque tenía que terminar todos sus deberes antes de irse.

—No entiendo por qué no puedo hacerlos allá —gritó por la escalera.

Porque los dos sabemos que te olvidarás tan pronto como pongas un pie fuera del coche.

—Colton, simplemente hazlo, por favor.

Su paciencia se estaba agotando. Lanzó un suspiro de frustración. Esta no era la forma en que quería iniciar su escapada de fin de semana.

9

—Parece que hoy va a ser un día lento —dijo Marcus.

Leo se asomó sobre su hombro.

—Lento siempre es bueno en nuestra línea de trabajo.

—Sí, lo es. —Marcus suspiró.

Eran los días como este los que le hacían anhelar la adrenalina de los viejos tiempos. Cuando era un paramédico, nunca sabía qué esperar. Cada llamada era diferente. Diferentes personas, lugares, condiciones, traumas. Tan pronto como la alerta sonaba, todo su cuerpo se aceleraba a toda marcha.

Leo le entregó una taza de café.

—Gracias.

—No me des las gracias, aún, Marcus.

—¿Por qué no?

—Es descafeinado.

—¿Tratas de matarme?

—Estaba pensando que bebes demasiado café. Tal vez por eso no estás durmiendo.

No estoy durmiendo porque cuando lo intento, veo a Jane y Ryan.

—Duermo suficiente.

Leo resopló.

—No haces lo suficiente. De nada.

—Por favor, no empieces.

Leo se encogió de hombros.

—Estoy preocupado por ti, hombre. —Se detuvo y movió los pies. —Val quiere que vayas a cenar el domingo.

—Con que eso quiere, ¿no? ¿Quién más irá?

La cara de Leo enrojeció.

—¿Quién dijo que iba a ir alguien más? ¿Por qué no podemos ser simplemente nosotros tres, disfrutando de una buena comida juntos? Somos todos amigos.

Marcus inclinó la cabeza hacia un lado.

—Ajá…

—Jesús, Marcus, eres tan desconfiado....

Marcus no dijo nada, mantuvo su mirada fija en Leo.

Leo dejó escapar un resoplido.

—Bueno, está bien. Val invitó a una de sus amigas del trabajo. Marcy. Es inteligente y muy atractiva.

—Leo, mi buen amigo, tienes que dejar de intentar emparejarme.

—No fui yo. Fue…

—¿Val? —Marcus terminó. —Así que es todo culpa de Val, ¿eh? —Él cogió el teléfono.

—¿Qué estás haciendo?

—Voy a llamar a tu esposa. Es hora de que tenga una charla con ella sobre mi vida amorosa.

—¿Cuál vida amorosa?

Marcus frunció el ceño.

—La que se supone que yo debo controlar.

Leo se inclinó hacia delante y desconectó la llamada.

—Está bien, fue mi idea. No de Val. —Él suspiró como si todo el mundo estuviera sobre sus hombros robustos.

—Lo sabía. —Marcus sonrió.

—Shipley viene para acá —dijo Carol al pasar.

—Qué suerte —murmuró Marcus.

Leo se agachó detrás de la mampara.

—Cobarde.

—Dudo que venga a hablar conmigo —fue la respuesta amortiguada de Leo.

Segundos más tarde, Pete Shipley apareció.

—Te equivocaste en los informes de ayer, Taylor.

—Genial. ¿Qué olvidé esta vez? ¿Poner los puntos sobre las íes?

Shipley golpeó los papeles sobre el escritorio de Marcus.

—Las fechas están equivocadas.

Marcus echó un vistazo a la parte superior del informe, revisando la fecha. Debería decir 13 de junio. En su lugar, decía 12. *¿Qué demonios?*

Tomó el papel y lo sostuvo cerca. El 1 era más oscuro que el 2 e inclinado hacia la derecha. Tendía a escribir sus números verticalmente. Alguien había saboteado deliberadamente la forma. Y sólo había una persona con motivos para hacer algo así de vengativo.

Dirigió a Shipley una mirada sosa.

—El corrector se hará cargo de esto.

Shipley negó con la cabeza.

—Me gustaría que volvieras a escribir las formas.

El hombre estaba buscando pelea. Haría cualquier cosa para provocar a Marcus a hacer un movimiento que terminaría con él en la cárcel.

Marcus sonrió.

—Claro. No hay problema.

La cara de Shipley fluctuaba, pasando de soberbia a la confusión, luego de vuelta a la arrogancia.

—Esto irá a tu archivo. Demasiados errores como este y podríamos pensar que no estás haciendo tu trabajo con la eficacia suficiente para satisfacer tu contrato de rehabilitación.

¿Podríamos? ¿Shipley se habría clonado a sí mismo?

—¿A quién más le has mencionado mi error, Pete?

—Los altos mandos me han pedido que los mantenga informados. Se toman tu rehabilitación muy en serio.

—Al igual que yo.

Se miraron a los ojos de nuevo. Shipley fue el primero en apartar la mirada.

—A trabajar, Taylor. —Shipley miró hacia la mampara. —Y Leo, ya basta de socializar con nuestro adicto aquí. Haz lo que te pagamos por hacer. Trabajar. —Se marchó dirección a su oficina, resoplando y acicalándose en el camino.

La cabeza de Leo apareció por encima de la mampara.

—Vaya pavorreal pomposo.

Marcus rió.

—Tienes una habilidad con las palabras, Leo.

—Tal vez ese debería ser su apodo. Pavorreal pomposo.

—Nah. Titanic le queda mejor. Se dirige hacia el desastre y ni siquiera lo sabe.

—Sí, y un día se va a hundir con su nave.

* * *

La tarde transcurrió sin incidentes después de eso. Marcus volvió a redactar los informes. Cuando se los entregó a Shipley, dijo:

—He decidido hacer copias de mis informes. En caso de que tengamos otro problema con las fechas.

Shipley se retorció en su silla, con el rostro ligeramente rosado.

El mensaje de Marcus estaba claro. No toleraría más sabotaje.

La parte cargada de culpa de él sabía que merecía el desprecio de Shipley. Pero qué demonios, estaba limpio ahora. Trabajaba duro, comía bien y hacía todo lo posible para evitar que el otro Marcus apareciera.

Excepto que todavía tienes esa caja.

¿Por qué demonios seguía aferrándose a ella?

Porque es un recordatorio de todo lo que has perdido.

Jane le había dado la caja de madera con la insignia médica cuando había sido contratado por el SME. Ella no había imaginado lo que iba a almacenar en su interior. Suponía que ella pensó que la usaría para su gemelos, el reloj y el anillo de su padre. Todo había comenzado de esa manera. Incluso había guardado su pasaporte en el interior.

Hasta que comenzó a consumir drogas y necesitó un lugar para ocultarlas.

La caja había sido un lugar seguro. Después de todo, ¿por qué Jane que miraría sus pocas piezas de joyería?

Estúpido.

Recordó la noche en que volvió a casa después del trabajo y encontró Jane sentada en la mesa del comedor, con la caja abierta delante de ella. Tenía los ojos hinchados. Había estado llorando.

—Jane, ¿qué haces?

—Eso es lo que te iba a preguntar.

Se acercó con pasos lentos, su mente barajando todas las mentiras que podría decirle. Su estómago se revolvía con cada paso.

—¿Marcus? —Ella lo miró con lágrimas en los ojos. —¿Por qué hay drogas en esta caja?

Él se inclinó y cerró la tapa. Cerró los ojos, haciendo caso omiso de la atracción magnética de su viejo amigo.

—No te preocupes por eso, querida.

—¿Estás tomando drogas?

Sus ojos se agrandaron con sorpresa.

—¿Por qué me preguntas eso? ¿Acaso no te doy todo lo que necesitas, trabajo duro, y me hago cargo de todo?

—Por supuesto que sí, pero…

—¿Pero qué? ¿No tienes nada mejor qué hacer que husmear entre mis cosas?

—No estaba husmeando.

—¿No? Entonces ¿por qué demonios miraste aquí dentro? —Agitó la caja hacia ella.

—Iba a sorprenderte en nuestro aniversario.

Él resopló.

—¿Sorpréndeme?

Ella se limpió los ojos con el dorso de la mano.

—Iba a hacer ajustar el anillo de tu padre a tu tamaño. Para que pudieras usarlo.

Él apretó los dientes, luchando contra la creciente ira. No estaba solamente cabreado con Jane. Estaba enfadado con su padre por haberle dado un anillo que no le quedaba. Consigo mismo por mentirle a Jane. Con las drogas para volverlo tan débil.

—No has respondido a mi pregunta —dijo ella en tono apagado.

—¿Qué pregunta?

Ella miró dentro de su alma.

—¿Estás tomando drogas?

—Sólo para manejar mi dolor de espalda. No hay problema. —Retiró la mano. —Sé lo que estoy haciendo.

—¿Lo sabes? No hay ninguna etiqueta del medicamento en la botella. ¿Dónde lo conseguiste?

—En el trabajo. No necesitamos recetas, simplemente que alguien dé el visto bueno.

Ella le dirigió una mirada dudosa.

—Mira, voy a dejar de tomar todo, excepto ibuprofeno. Lo prometo.

—¿Entonces te desharás de esto?

Él respiró hondo y se preparó para su mayor mentira.

—No soy un adicto, Jane. No necesito esto. Era una solución rápida. Una solución *temporal*.

Se dirigió a la cocina, abrió el armario debajo del fregadero y tiró la caja en el cubo de basura.

—¿Ves? Se han ido.

Jane se levantó y fue directo hacia él, con las manos temblorosas cuando tocó su cara.

—Estaba muy preocupada, Marcus. Pensé... bueno, ya sabes lo que pensé.

Él sonrió y la besó en los labios.

—No te preocupes por mí. Estoy bien.

Por la mañana temprano, hurgó en la basura hasta que encontró la caja. Después de limpiarla, la ocultó detrás de unas herramientas en el garaje.

Ahora estaba en el baúl de su hermano.

Y lo llamaba. *Úsame. Se sentirá muy bien. Serás libre. No más dolor.*

Tomó un largo trago de café. Estaba frío.

* * *

Durante el descanso para comer, llevó a Leo aparte.

—Tengo que ir a una reunión.

Leo le palmeó el brazo y asintió.

—Iremos juntos.

Carol entró en la sala de descanso, y se alejaron el uno del otro.

—¿Ustedes dos están susurrando secretos por allá? —preguntó Carol.

—¿No te gustaría saber? —dijo Leo con una sonrisa.

La mujer dejó escapar un suspiro dramático.

—Hay muchas cosas que me gustaría saber, Leonardo. Como por qué tu mujer te deja salir en público vistiendo pantalones de pana. ¿No sabes que pasaron de moda en los años 80?

Marcus rió.

—Ella tiene razón en eso, mi amigo. —Se había burlado de Leo por sus pantalones los últimos meses, pero a Leo le gustaba ser diferente.

—¿Qué son ustedes dos, la policía de la moda? —Leo agitó una mano en el aire. —Ustedes dos no sabe nada acerca de la moda. Todo vuelve con el tiempo.

—¿Estás diciendo que estás *adelantado* a tu época? — preguntó Marcus.

Los tres se echaron a reír. Bueno, si es que se podía llamar risa a los resoplidos de Carol.

Se escucharon pasos.

—¡Mierda! —murmuró Leo. —Probablemente es el Titanic.

Se borraron todos los rastros de risa de sus caras en el instante en que Shipley dio vuelta a la esquina. Se dirigió a la cafetera sin decir una palabra a ninguno de ellos.

Tras un pequeño gesto con la mano hacia Carol, Marcus se dirigió a su escritorio. Leo fue justo detrás de él.

—El hombre tiene un radar para cualquier cosa que se parezca remotamente a la diversión —dijo Marcus.

—Tal vez tiene micrófonos en la sala de descanso.

—Tu mafioso interior se está dejando ver de nuevo, Leo.

El teléfono sonó y volvieron al trabajo.

* * *

La tarde transcurrió lentamente con menos llamadas de lo normal. Marcus manejó un incendio en una tienda y una llamada sospechosa que resultó ser una llamada de broma hecha por un par de adolescentes aburridos. La policía estaba de camino a su casa, y Marcus sólo podía imaginar las reacciones de los padres cuando descubrieran lo que sus dulces pequeños habían estado haciendo. Los agentes les darían una advertencia. Tal vez los padres castigaran a los chicos. ¿Quién podía saberlo, con la paternidad en la actualidad?

Se preguntó si Ryan hubiera sido tan travieso si hubiera vivido. Marcus había desperdiciado el tiempo con su hijo. El trabajo se había interpuesto en el camino al principio. Y luego las drogas. Una cosa que siempre podría decir: él nunca había usado cerca de Ryan. Por lo general, se escondía en el garaje a altas horas de la noche. O justo antes de su turno. No era muy responsable de su parte.

Pero había escondido esa caja donde nadie la encontraría. Especialmente Ryan.

¡Para! Deja de pensar en la maldita caja. Apretó los puños. *¡Concéntrate!*

El informe nadaba frente a él. Parpadeó. Luego comprobó dos veces los hechos, registró la fecha y la firmó con su nombre.

Se levantó de la silla, tomó la forma y se dirigió a la sala de fotocopias, donde hizo una copia del informe. De vuelta en su escritorio, guardó la copia en una carpeta en su maletín. Maldito fuera si permitía que Shipley lo saboteara de nuevo.

Por supuesto, él no tenía ninguna prueba de que su supervisor había cambiado las fechas en las otras formas, pero eso no importaba. ¿Quién más lo habría hecho? ¿Leo? ¿Carol? Demonios, incluso con sus modos estirados y sus miradas desaprobatorias, Carol era profesional. No podía decir lo mismo de Pete Shipley.

Te estoy vigilando, Shipley. Si me engañas una vez, la culpa es tuya. Intenta engañarme dos veces y lo lamentarás.

10

Era casi las siete cuando salió de Edmonton y tomó la carretera en dirección a Cadomin.

Los niños estaban enfurruñados en el asiento trasero. Ella estaba cansada por la larga espera, y Colton estaba molesto porque Rebecca se negó a salir de la casa hasta que hubiera completado la última página de la tarea. Dado que las matemáticas no era su fuerte, tomó más tiempo del que cualquiera de los dos había pensado. Entonces él había insistido en llevar su palo de hockey y bolsa de lona con todo su equipo, a excepción de los patines, que ella le había hecho dejar.

Mantuvo el palo en su regazo, mientras que la bolsa yacía metida entre sus pies.

—Deja de patear mi bastón, Ella.

—Mami, Colton está siendo malo —dijo Ella.

—Te portas como una bebé —espetó Colton.

—¡Colton! — advirtió Rebecca.

Desde el asiento trasero una pequeña voz dijo:

—Mami, ¿me estoy portando como bebé?

—No, cariño. ¿Por qué no tomas una siesta?

—No tengo sueño.

—¿Quieres leer en mi Kindle? He descargado algunos libros para ti.

—Está bien.

Rebecca mantuvo una mano en el volante mientras revolvía dentro de su bolso en el asiento del pasajero.

—Aquí. —Sostuvo el lector electrónico detrás de su asiento y lo soltó cuando sintió a Ella sujetarlo. —Hay una luz de noche si se pone demasiado oscuro. Colton, ¿le puede mostrar cómo encen…?

—¿Cuánto tiempo falta para que lleguemos allí, mamá? —interrumpió Colton.

—No mucho. Vamos a estar allí antes de lo que crees.

Con la boca firmemente apretada y las dos manos sujetando el volante, Rebecca se concentró en la carretera. De vez en cuando flexionaba los dedos, tratando de ignorar la sensación de que se había olvidado de algo.

Odiaba conducir de noche, sobre todo cuando había tráfico en la carretera o estaba lloviendo. Esta noche había ambos.

Encendió la radio. Al mirar por el espejo retrovisor, se sintió aliviada cuando vio los ojos de Ella cerrarse. Colton estaba jugando con su iPod. Probablemente Angry Birds.

Oh, quién fuera un niño inocente sin preocupaciones que no sean las de qué juego jugar.

Anhelaba el momento en el que podría relajarse y disfrutar de sus hijos, en lugar de trabajar largos turnos y dejarlos con una niñera. Kelly a menudo cuidaba de ellos cuando trabajaba los turnos posteriores. Al menos tenía eso. Pero ser una madre soltera no era una tarea fácil.

Trató de concentrarse en sus vacaciones familiares. A pesar de que no se había planeado de esa manera, ahora estaba disfrutando de la idea de compartir sus aventuras en Cadomin con sus hijos. Esa podría ser la última vez que estuvieran juntos y verdaderamente felices por un tiempo.

Porque cuando volvamos, tengo que contarles lo del divorcio.

Ella y Colton sabían que su familia tenía problemas. Era por eso que su padre se había mudado. Pero pensaban que era temporal, que él volvería a casa. A pesar de que habían visitado a Wesley en su nuevo apartamento, todavía pensaban que volvería a casa.

Se mordió el labio inferior. *¿Cómo se lo digo a los niños?*

Era una hija de padres divorciados, a pesar de que había sido ya adulta cuando sus padres se habían separado. Se había sentido traicionada y herida. Por ambos padres. ¿Cómo se iban a separar cuando habían estado casados por tanto tiempo? Siempre había sabido que su matrimonio era cualquier cosa menos perfecto. Pero aún así…

Y ahora, iba a hacer lo mismo a sus propios hijos. Lastimarlos.

Ellos se curarán con el tiempo.

Sabía que era cierto, pero eso no facilitaba las cosas.

Cuando volvieran a casa después de este viaje, ella y Wesley se sentarían con los niños y les explicarían lo más suavemente posible por qué mamá y papá no podían seguir casados. Ella no podía contarles todos los hechos. Ella y Colton necesitan saber que los querían mucho. Nada podría cambiar eso.

Entonces ella y Wesley se dirigirían a la oficina de Carter y firmarían los documentos finales. Wesley probablemente presentara un poco de una pelea, pero incluso él tenía que saber en el fondo que su matrimonio había terminado. No había manera de salvar algo tan dañado y roto.

Mientras conducía por la autopista, escuchó el tamborileo de la lluvia y trató de convencerse de que Wesley entraría en razón y firmaría los papeles. Luego, ambos serían capaces de seguir con su vida, por separado. No más drama. No más enojo, ni palabras amargas. No hay más acusaciones. No más golpes o viajes nocturnos al hospital.

Su vida se volvería... suya.

Sonrió. Mi vida, mis reglas.

* * *

Rebecca había estado conduciendo horas casi dos y media cuando vio las señales hacia Edson. Cadomin estaba aproximadamente a una hora y media desde allí.

—¿Alguien necesita ir al baño? —preguntó.

—Yo —dijo Colton.

—Yo también —añadió Ella.

Tomó la salida hacia Edson y encontró una estación de Esso. Aparcó delante de las puertas de los aseos, y se bajó. Ella y Colton la siguieron dentro de la estación, donde recogieron la llave del baño.

—Yo primero —dijo Colton, colándose frente a de ella mientras abría la puerta. Entró, cerró la puerta y se oyó el golpe del asiento del inodoro.

—Realmente necesito ir, mamá —susurró Ella.

Rebecca gruñó.

—Date prisa, Colton. Tu hermana tiene que ir pronto.

Un minuto más tarde oyó el descargar el inodoro, y luego el grifo abierto. *¡Buen chico!*

—Espera en el coche —le dijo cuando salió del baño. —Y no te olvides de cerrar las puertas con seguro.

Mientras Ella corría hacia el baño, Rebecca se mantuvo fuera hasta que Colton estuvo segura en el vehículo cerrado. Evaluó cautelosamente el estacionamiento de la estación de gasolina. Había cuatro vehículos estacionados cerca, tres coches cargando gasolina y un sucio camión que estaba al ralentí cerca del túnel de lavado. Nadie acechaba afuera. Hacía demasiado frío debido a la tormenta.

—No puedo alcanzar el lavamanos, mami —llamó Ella.

Con una rápida mirada por encima del hombro, Rebecca abrió la puerta del baño y entró. Mantuvo la puerta entreabierta para poder mantener un ojo en Colton. Una vez que Ella terminó de lavarse, volvieron al coche y se metieron dentro.

—Voy a encintar mi bastón mientras estamos en camino —dijo Colton, agarrando un rollo de cinta de hockey blanco de su bolsa.

—Ten cuidado de no golpear accidentalmente a Ella —respondió Rebecca.

Estaba más oscuro cuando salieron de la estación de servicio y se dirigieron a Edson. En cuestión de segundos, la madre naturaleza desencadenó un torrente de viento y la lluvia. Rebecca redujo la velocidad y se quedó en el carril de la derecha para que el tráfico más rápido pudiera pasarla. Dos coches la pasaron, un tráfico inusualmente escaso para la zona. La visibilidad era tan mala que apenas podía distinguir las luces de freno del vehículo en frente de ella. Luego desapareció. A excepción de un vehículo detrás de ella, estaba sola en la carretera.

Maldita sea. ¿Por qué no podía esperar la lluvia hasta después de nuestro viaje?

Había estado en la carretera durante aproximadamente media hora cuando una luz brillante apareció en el espejo retrovisor.

—Ella, baja el Kindle, por favor.

—Está dormida, mamá —respondió Colton.

Entrecerró los ojos al mirar luz en el retrovisor, luego dio un rápido vistazo en el espejo lateral. Alguien avanzaba detrás de ella en un vehículo grande. La lluvia y el cielo oscuro hacían difícil ver si se trataba de una furgoneta o un camión. De vez en cuando el conductor se acercaba varios centímetros a su parachoques trasero, demasiado cerca para su comodidad.

La luz reflejada en el espejo retrovisor era cegadora. Ella parpadeó dos veces para aclarar su visión.

—Rebásame —murmuró entre dientes.

Aunque había unos cuantos vehículos en el carril a su izquierda, estaban más adelante en la carretera. El idiota detrás de ella tenía un montón de espacio para cruzar y rebasarla. Tal vez la lluvia le impedía ver con claridad.

Manipuló los limpiaparabrisas y comprobó su velocidad.

—Estoy en el límite permitido, amigo. Rebásame.

—Mamá, ¿con quién hablas?

Miró a Colton por el espejo retrovisor.

—Conmigo misma.

Detrás de la cabeza de su hijo, brillaron las luces. El tipo estaba justo detrás de ella.

Retrocede, amigo. No vas a hacer que vaya más rápido.

Por la posición de las luces, supuso que conducía un camión.

¿Debería parar y dejarlo pasar? No podía ver mucho por delante. No había señales que indicaran un acotamiento.

Se estrujó los sesos. *¿Cuál fue la última señal que pasamos?*

Dios, odiaba conducir de noche.

Optó por detenerse en la primera salida. Afuera ya estaba oscuro. Las luces de la carretera hacían poco para iluminar un camino o un acotamiento ancho donde fuera seguro detenerse. Por lo que podía recordar de la última vez que viajó por esa autopista, la siguiente salida principal estaba todavía a un trecho de distancia en el camino. Estaban en medio de la nada.

Condujo otros cinco minutos. El camión se quedó pegado a su parachoques. Era desconcertante tener a alguien tan cerca de ella. ¿Y si tenía que frenar de golpe?

¿Y por qué es tan persistente este conductor?

El pensamiento la preocupaba. Ser seguida de esta manera le hizo pensar en esas películas de terror en las que amigos confiados eran acosados por un camionero y después torturados y asesinados.

No te detengas hasta que se haya ido.

Rebecca redujo la velocidad por debajo del límite de velocidad. Con suerte el tipo del camión dejaría de seguirla. No era como si su pequeño Hyundai lo refugiara de la avalancha de lluvia.

Rebásame, idiota.

Sí, el Sr. conductor del camión ahora había pasado de ser "amigo" a "idiota".

—¿Ya llegamos, mamá?

—Todavía no, Colton.

—Me gustaría que no estuviera lloviendo.

—A mi también, cariño. —*Más de lo que te imaginas.*

Más adelante una luz de la carretera iluminó un camino de grava. Es probable que condujera a una propiedad privada, pero eso no importaba. Era un lugar perfecto para detenerse, siempre que no hubiera una cadena a través del camino.

Ella dejó escapar un suspiro reprimido. *¡Sí! ¡Finalmente!*

Encendió la luz intermitente derecha y redujo la velocidad. El camión frenó con ella, y el corazón le dio un vuelco.

—Rebásanos.

Se puso en el camino de grava, los neumáticos levantando agua. El camión se detuvo justo detrás de ella. Ella golpeó el volante y ahogó una maldición. De todos los caminos, ¿habría elegido el que pertenecía al propietario del camión? ¿De verdad?

Trató de detenerse en el camino de tierra, pero apenas era lo suficientemente amplio como para un vehículo. Ella no tuvo más remedio que mantenerse en movimiento. En algún lugar por delante tenía que haber un lugar en el que pudiera dar la vuelta. Esperó que el conductor del camión no se molestara mucho por el hecho de que hubiera entrado en su terreno. Algunas personas eran muy protectoras de su propiedad.

Se escuchó un ruido sordo y el coche dio una sacudida.

¿Qué está haciendo este tipo?

—¿Mamá? —gritó Colton. —¿Qué fue eso?

—Está bien, cariño. El camino es un poco difícil.

No era el camino el que había hecho sacudir al sedán. El bastardo conductor del camión había golpeado el parachoques trasero de su coche.

El pulso de Rebecca se aceleró por el miedo. Pensó en todas las películas de terror que había visto al crecer. Las que tenían camioneros psicópatas que cazaban a sus víctimas inocentes con sus enormes armatostes.

¡Jesús!

Comprobando del espejo, vio con horror como los faros de la camioneta detrás de ella se hacían más grandes. Él estaba planeando embestirla otra vez. Ella presionó su pie en el acelerador, zigzagueando a lo largo del camino de tierra hasta que estuvieron rodeados por arbustos y árboles. Tenía encendidas las luces altas en su coche para guiarla a través la carretera en mal estado, pero la lluvia volvía la visibilidad casi nula.

Estaba perdida. No había señalamientos. No había casas. No había farolas.

—Mami, ¿por qué estás conduciendo tan rápido? —preguntó Ella.

—Quiero llegar al hotel —respondió con falsa voz alegre.

Dios, cómo quería llegar a un hotel. O a una gasolinera. A cualquier lugar donde hubiera gente. Y un teléfono.

Pensó en su teléfono celular. Estaba en su bolso, que había aterrizado en el suelo del asiento del pasajero cuando viró para tomar la última curva cerrada.

—Mamá, hay alguien detrás de nosotros —dijo Colton con voz nerviosa.

—Lo sé.

—¿Cómo es que está tan cerca?

—Él quiere pasar, pero no hay espacio.

El camión avanzaba acercándose. Con los árboles y arbustos alrededor de ellos manteniendo lejos la mayor parte de la lluvia, pudo distinguir una fila de luces en la parte superior del camión, del tipo que utilizaban los cazadores. Con éstas y los faros altos encendidos del camión, la luz se convertía en un resplandor enceguecedor.

Ella inclinó el espejo retrovisor para que la luz no estuviera en sus ojos.

El camión que les golpeó de nuevo, esta vez más fuerte.

En el asiento trasero Colton dejó escapar un grito.

—¿Mamá?

—Siéntate, cariño. Voy a encontrar un lugar para dar la vuelta.

Las ramas azotaban el costado del coche mientras se adentraban más en el bosque. Quería llorar. Gritar. Dar la vuelta y volver a casa. Pero esas no eran las opciones. Lo único que podía hacer era seguir el camino hacia Dios sabe dónde y rezar para que hubiera ayuda al final.

¿Qué querría el camionero de ellos?

Miró por el espejo retrovisor. Ella estaba despierta, jugando con sus Barbies, ajena al peligro que estaba latente tras ellos. Colton tenía una expresión temerosa. *Oh Dios. Él lo sabe.*

—Está bien, cariño. Estamos…

El camión chocó contra ellos. Oyó gritar a Ella y Colton. No había nada que pudiera hacer excepto gritar con ellos mientras el coche era arrojado hacia delante, hacia una zona boscosa densa donde las ramas raspaban el exterior del vehículo.

La parte delantera del coche se estrelló contra una masa sólida, y el impacto sacó el aire de los pulmones de Rebecca. A medida que la lluvia llegaba al clímax en un crescendo en el techo, ella cayó de golpe sobre el volante. El dolor recorrió su pecho y costillas, y luchó por permanecer consciente. Su visión vaciló, distorsionando todo delante de ella.

Colton... Ella...

La oscuridad la envolvió.

11

A Marcus le quedaba solamente una hora y media de su turno por transcurrir. Por alguna razón, se sentía inquieto. Culpó de su nerviosismo sobre todo al café que había tomado durante su turno. El cansancio se había deslizado en todas las articulaciones de su cuerpo, y la cafeína era uno de los pocos estimulantes que podía utilizar hoy en día.

Leo le había dado la lata durante el turno, diciéndole que debía dejar la cafeína para que así tal vez finalmente pudiera dormir.

Marcus miró su taza vacía. Tal vez Leo tenía razón.

Definitivamente se sentía nervioso. La última vez que se había sentido así, había estado inyectándose con codeína. Luego había seguido con drogas más fuertes.

Mira a dónde te llevó eso.

Dejar las drogas no había sido fácil. Todavía tenía ansias. Recordaba con toda claridad la sensación de paz etérea que había sentido cuando estaba drogado. Nada le había molestado. Hasta que se descubrió que no podía funcionar sin ello. Sin la adrenalina que quemaba a través de sus venas.

Casi había perdido a Jane como resultado de su adicción.

El teléfono sonó, y una pequeña luz sobre éste parpadeó. Era una llamada de la oficina interior. Shipley.

—¿Necesitas algo, Pete?

—Es hora de tu orina semanal.

Marcus suspiró. Este juego se estaba haciendo viejo.

—Está bien. Estaré allí en un momento.

Mientras se dirigía hacia el baño de los hombres, se preguntó qué en nombre de Dios le había poseído para prometer una prueba de drogas semanal.

Necesitabas el trabajo. Fue por eso.

Además, Leo había sugerido que era la única manera en que Pete Shipley le permitiría ingresar en el centro, y no era como que Marcus tuviera un montón de opciones. Su suspensión muy pública y humillante de los SME había limitado sus opciones. Dado que ya no podía trabajar como paramédico, el 911 era lo más parecido a la fiebre que una vez había sentido haciendo su trabajo. Había completado el entrenamiento en tiempo récord.

Ahora orinaba en un vaso cuando se lo ordenaban.

Aguántate, Marcus. Tú te lo buscaste.

Se abrió la puerta del baño.

—Aquí —dijo Shipley, entregándole un vaso de plástico sellado. —Que sea rápido. Tengo trabajo que hacer.

—Orina en camino.

Shipley le dio una sonrisa forzada.

—Muy gracioso.

Marcus se dirigió al cubículo más cercano.

—Mantén la puerta abierta —dijo Shipley.

—Sí, ya sé cómo es esto. —Marcus miró por encima de su hombro. —¿Quieres mirar?

La cara de Shipley se volvió roja como una remolacha, y se removió incómodo.

—Date prisa.

Marcus tenía ganas de orinar, pero se contuvo y silbó y una de las canciones favoritas de Ryan. *"Esta es la canción que nunca termina..."* Era de un programa de televisión que su hijo había visto cuando estaba en edad preescolar. La canción era un ciclo sin fin. Divertida para los niños, pero irritante como el infierno para los adultos.

Tenía el mismo efecto en Shipley.

—Jesucristo, ¿qué es esa basura que estás silbando?

En lugar de responder, Marcus continuó silbando y, finalmente, llenó hasta la mitad el vaso. Como un beneficio adicional, derramó un poco en el costado.

¿Qué es un poco de orina entre amigos?

—Date prisa. ¿Y puedes dejar de silbar?

—Podría —dijo Marcus, —pero entonces tendría que matarte.

—Ja, ja. Muy divertido. ¿Has terminado?

—¿Qué, este pequeño concurso de meadas? Sí. Creo que he ganado.

La boca de Shipley estaba más apretada que la billetera de un escocés.

—Pásamelo.

Marcus plantó el vaso en la palma de Shipley. Los ojos del hombre se ensancharon cuando se dio cuenta de que el vaso estaba mojado. Shipley usó las puntas de sus dedos para coger el vaso por la tapa. Lo colocó sobre el lavabo, se lavó las manos a fondo y después cogió el vaso con un pedazo de toalla de papel.

—¿A la misma hora la semana que viene? —preguntó Marcus inocentemente.

Shipley apretó los dientes pero no dijo nada.

Marcus sonrió.

—Un placer hacer negocios contigo.

La furia que se desencadenó en Shipley no dejó ninguna duda en la mente de Marcus de que su supervisor estaba imaginando varias maneras de vengarse tortuosamente. Sería mejor que se anduviera con cuidado.

Shipley salió del baño, dejando a Marcus solo y algo insatisfecho. Se lavó las manos, se quedó mirando su reflejo durante unos minutos y trató de ignorar la punzada de miedo.

Disfrutaba de aguijonear a Pete Shipley, pero un día iría demasiado lejos. Y ¿dónde lo dejaría eso? Sin empleo. Sin nadie a quién rendirle cuentas excepto tal vez a Leo. Sin una vida... o una razón para seguir viviendo.

Marcus negó con la cabeza.

—Ya basta.

Se acercó más, observando las bolsas bajo los ojos que se habían profundizado. Había cráteres en los cráteres, y ninguna cantidad de Prep H cambiaría ese hecho. Necesitaba dormir.

—No hay descanso para los malvados —le recordó a su reflejo.

Entonces volvió al trabajo.

Diez minutos más tarde, se armó la gorda.

Mientras Marcus terminaba de enviar a los equipos de emergencia a la escena de un camión cisterna volcado, Leo se hacía cargo de un incendio.

—Está bien, señora —oyó decir a Leo. —¿Cuál es la dirección del incendio? —Hubo una pausa. —Un edificio de apartamentos. ¿Hay alguien dentro?

Marcus entró en modo de despacho, contactando al departamento de bomberos mientras que los eventuales contactaban con Ambulancia y Policía. Al mismo tiempo, Leo mantuvo a la persona que llamó en la línea, transmitiendo la información a Marcus y Shipley conforme llegaba.

La llamada era grave, un incendio de gas en un gran edificio de apartamentos de cuatro pisos en el centro de Hinton. El edificio estaba envuelto en llamas, y un número desconocido de personas quedaron atrapadas en su interior. Otros, visiblemente heridos y en estado de shock, se sentaron en la hierba al otro lado de la calle y vieron como la vida que conocía ardía en llamas.

—Hay un camión de bomberos en el área inmediata —dijo Marcus a Shipley, que se asomaba por encima de su hombro.

—¿Cuántos de los nuestros están disponibles?

—Edson sólo cuenta con dos camiones. Los otros fueron enviados al camión volcado entre aquí y Hinton.

—Y uno se envió a un incendio en un granero hace más de una hora — intervino Leo, cubriendo el micrófono de su auricular.

Shipley se puso de pie con las manos en las caderas.

—Está bien. Taylor, envía nuestros dos camiones.

Un escalofrío recorrió la columna vertebral de Marcus.

—Tal vez deberíamos reservar alguno en caso de que tengamos otra emergencia.

—Las cosas se calmarán después de esto.

—No lo sabemos.

—Bueno, ¿acaso no eres el pesimismo en persona?

—Tengo un presentimiento…

—¿Un presentimiento? —se burló Shipley. —¿Quieres que tome una decisión basada en un presentimiento? —Sus ojos se estrecharon. — ¿Qué estás tomando, Taylor? Deberías saber ya que no estamos en Edmonton. Rara vez vemos tanta acción en una noche. Creo que ya hemos cubierto nuestra cuota.

Marcus abrió la boca para discutir, pero la cerró. Shipley era su supervisor, y tenía más autoridad que una sensación premonitoria rara, algo que nunca antes había experimentado, a pesar de que veía fantasmas. A Jane. Y Ryan. Los niños en el bosque en Cadomin. Los había visto por primera vez unos días antes de que su esposa e hijo murieran. Nunca había contado a nadie acerca de esos niños. Ni siquiera a Leo.

—¿Sigues con nosotros, Taylor?

Marcus parpadeó para alejar el recuerdo de caras pálidas que lo miraban a través de la ventana de la cabaña.

—Sí. Estoy en eso.

Transmitió la dirección del incendio a la estación en Edson, y se conectó con los SME. Segundos más tarde, dos ambulancias estaban en camino. Una tercera estaba siendo enviada desde Edmonton.

—Hay dos helicópteros de rescate en estado de alerta para llevar a las víctimas de quemaduras más críticas al hospital de la de Universidad de Alberta —declaró Leo.

Una sensación persistente se arrastró sobre la piel de Marcus.

Leo frunció el ceño.

—¿Estás bien?

—Creo que he tomado demasiado café.

Fuera lo que fuese, le quemaba en la boca del estómago y comenzó a subir por su garganta hasta que pensó que iba a vomitar.

—Tengo que salir —dijo, haciéndole señas a uno de los eventuales. —Vuelvo en un par de minutos.

—¿A dónde vas? —demandó Shipley.

—A la sala de descanso. Necesito un poco de agua.

Su supervisor lo miró con recelo.

—Siempre y cuando eso sea todo lo que bebas.

—¿Quieres ponerme a prueba para eso también? —estalló Marcus. —Está bien. Adelante.

—Era un decir.

—Bueno, no lo digas.

Marcus se marchó en busca de un vaso limpio.

12

Lo primero que Rebecca notó fueron los tambores. Se filtraron a través de su conciencia, activando una alerta en su cerebro como una alarma de seguridad casera a todo volumen. Excepto que no había sonido, sólo una creciente sensación de peligro.

Dondequiera que estuviese, estaba oscuro. Y frío.

Algo se apretaba contra su pecho. Era difícil respirar. Trató de abrir los ojos, pero algo húmedo goteaba sobre ellos. Gimió, y el ardor recorrió su pecho, haciendo difícil respirar.

¿Qué pasó?

¿Estaba enferma? ¿Tenía la gripe?

La presión en el pecho disminuyó un poco y ella levantó la cabeza, parpadeando para contener la humedad. Trató de enjugar el, ¿sudor...? Un dolor agudo como cuchillo recorrió los dedos de su mano derecha. Miró hacia abajo, pero no pudo ver nada. Trató de flexionar su mano y casi perdió el conocimiento. Al menos dos de sus dedos estaban rotos.

Gimió. *¿Dónde estoy?*

Pasaron unos minutos antes de que la realidad la golpeara.

Estaba en el coche. La débil luz frente a ella provenía de las luces en el tablero de instrumentos medio oscurecido, que ahora podía distinguir. Sin embargo, no era lo suficientemente brillante para hacer un inventario completo de los daños. Alcanzó la luz interior y la encendió. Sus ojos barrieron el salpicadero y el parabrisas. Ambos estaban intactos.

Jadeó. *Tuve un accidente.*

Entonces lo recordó. No había estado sola.

—¿Colton? —gritó. —¿Ella?

No hubo respuesta. ¿Habrían sido arrojados fuera del coche?

Oh Dios...

—¡Colton! ¡Respóndeme!

Luchando contra el pánico, intentó girar en su asiento, pero un dolor agudo en el pecho y las costillas la hizo gritar. El volante estaba incrustado en su caja torácica, inmovilizándola en el asiento del conductor. Se agachó para alcanzar la palanca lateral, con la esperanza de inclinar el asiento hacia atrás y tener espacio para respirar.

La palanca se rompió.

Estiró su mano izquierda, tratando de alcanzar la otra palanca debajo del asiento que deslizaba el asiento hacia atrás, pero no había manera de que pudiera llegar a ella.

Rebecca estaba atrapada.

Miró hacia abajo y vio sangre en su camisa. No tenía idea de dónde provenía. Se tocó tentativamente el pecho con la mano izquierda. Empujó sus costillas y tomó aire con fuerza. Rotas. O por lo menos esguinzadas.

Se tocó la frente y sus dedos se mancharon de sangre. ¿Tendría una contusión? Intentó recordar lo que decían en los programas de televisión acerca de eso, pero todo lo que podía recordar era que no debía quedarse dormida. Se golpeó la mejilla con la mano izquierda. *¡Mantente despierta!*

Las luces del tablero se desvanecieron, y el motor hizo un sonido de golpeteo, por lo que lo apagó.

—¿Ella? ¿Colton? Es mamá. ¿Están bien? —Las lágrimas corrían por sus mejillas. —Necesito que digan algo.

Una vez más, no hubo respuesta.

Una oleada de náuseas la invadió.

—No vomites —susurró repetidamente.

Vomitar la debilitaría aún más. Necesitaba todas sus fuerzas para sacar a sus hijos fuera del coche y llevarlos de vuelta a la seguridad.

Oh Jesús... el camión.

¿Seguiría detrás de ella, esperando? ¿Sería un maníaco que iba a llegar al coche, abrir la puerta de un tirón y arrastrarla fuera? ¿Por qué les estaba haciendo esto?

No vio ninguna señal del camión en el espejo retrovisor, y no podía distinguir nada más allá del parabrisas. La lluvia era demasiado intensa. Sin duda, si él aún estuviera por ahí, podría ver las luces de su camión.

Se fue. Nos golpeó y luego nos dejó aquí para morir.

Tenía los pies entumecidos. El volante probablemente le había cortando la circulación. Eso no podía ser bueno.

La luz interior parpadeó. *Por favor, no te apagues.*

Se asomó por el espejo lateral. Ni siquiera podía ver la luna o las estrellas en el cielo. Debían estar en medio de matorrales y árboles muy densos.

Jaló la manija, pero la puerta no se podía abrir.

—Mierda.

Escuchó un gemido detrás de ella.

—¿Colton? ¿Ella? ¿Están bien?

Ladeó el espejo retrovisor poder ver más del asiento trasero. En la penumbra pudo distinguir dos bultos sombreados en el asiento de atrás, pero no podía decir quién era quién.

Empezó a llorar.

Algo crujió detrás de ella.

—¿Mamá?

Fue el más bajo de los susurros, pero lo escuchó.

—¿Colton?

—¿Qué pasó?

—Tuvimos un accidente. —Esperaba sonar valiente y calmada. —¿Puedes revisar a tu hermana?

—No, pero la siento. Está… —Colton gimió, sin aliento.

Oh, Dios... Ella está herida.

—¿Qué? ¿Qué pasa?

—Está mojado aquí atrás, mamá. En el asiento. —Parecía aturdido, asustado.

—Tal vez se derramó tu bebida.

Tenía que sacar a sus hijos del coche. ¡Ya!

—Mamá, tienes que llamar al 911.

—Lo sé, Colton. —Cerró los ojos, tratando de recordar si había puesto el teléfono celular en su bolso o si lo había dejado en el portavasos. ¿Lo había usado mientras estaban en la carretera? No, estaba segura de que no lo había hecho.

Su mirada se extendió por todo el asiento delantero y hacia abajo en el suelo asiento del pasajero, donde estaba su bolso, con algo de su contenido disperso alrededor como piezas de metralla.

—Creo que mi teléfono en mi bolso, en el suelo.

—¿Puedes alcanzarlo?

Ella extendió la mano, ignorando el dolor punzante en sus dedos. Después de varios intentos, se dio por vencida.

Dejó escapar un gemido.

—¿Ella? ¿Estás despierta, cielo?

Ninguna respuesta.

—Colton, revisa a tu hermana otra vez.

Unos segundos más tarde, Colton dijo:

—Creo que está sangrando.

—¿De dónde?

—De su cara.

Rebecca amortiguó un grito con la mano buena.

—Despiértala. Inmediatamente.

—Ella —dijo Colton, con la voz entrecortada. —Ella, despierta.

—Ella, cariño —llamó Rebecca. —Despierta por favor.

—Ella no se despierta, mamá.

—Está bien, siempre y cuando esté respirando, estará bien. ¿Sabes dónde está su inhalador?

Colton revolvió en el asiento trasero durante unos minutos, el tiempo suficiente para que Rebecca empezara a entrar en pánico de nuevo. Si Ella se despertaba y se daba cuenta de lo que estaba pasando, tendría un gran ataque de asma. Necesitaban el inhalador.

—Lo encontré, mamá.

Ella dejó escapar un suspiro reprimido.

—Guárdalo en tu bolsillo.

—¿Ahora qué hacemos?

—¿Te puedes pasar al asiento delantero?

—Lo intentaré.

Escuchó a su hijo en movimiento, liberó el cinturón de seguridad y después emitió un grito agudo.

—¿Qué pasa, cariño?

—Mi pierna está atorada. No puedo sacarla de debajo de mi bolsa de hockey porque el asiento de delante está presionando sobre ella.

Inspeccionó el asiento del acompañante. Se había movido, deslizándose hacia Colton. En algún momento durante el golpeteo del camino, la bolsa de hockey se había deslizado hacia la puerta trasera, alojándose entre el asiento del acompañante y sus piernas, atrapando su pierna derecha por debajo de él. No había manera de que ella fuera capaz de llegar a la palanca para mover el asiento hacia adelante y liberar a Colton.

El mareo barrió como una ola por encima de su cuerpo. No pudo evitar el pequeño gemido que escapó de sus labios.

—Mamá, ¿estás bien?

—Estoy un poco dolorida, pero no te preocupes por mí.

—Tenemos agua, al menos, —murmuró Colton. —Vi en un programa de supervivencia que tenemos que tener agua o moriremos…

—No nos vamos a morir, Colton.

—…así que tenemos que racionar las botellas de agua hasta que nos rescaten —continuó como si no lo hubiera interrumpido.

Se preguntó si se encontraría en estado de shock.

—Podemos hacer eso, cariño. Racionar el agua.

—Y cualquier alimento.

—Está bien. Ahora voy a pensar por un minuto.

Estaba atrapada detrás del volante con posibles costillas rotas y una mano inútil. Colton no podía moverse debido a su pierna inmovilizada. Ella estaba inconsciente, tal vez con una conmoción cerebral. Y el teléfono celular de Rebecca estaba en el bolso, en el suelo o en algún otro lugar del coche.

El teléfono era su única esperanza. Tenía que encontrar una manera de conseguirlo. ¿Pero cómo? Necesitaba algo largo, con lo que pudiera enganchar su bolso.

¡El palo de hockey!

—Colton, ¿puedes alcanzar tu palo de hockey?

—Sí.

—Muy bien. Pásamelo.

Tuvo que tomar el palo con la mano lesionada y se quedó sin aliento por la agonía que esto le causó. Estirando su brazo izquierdo sobre el volante, trasladó el palo a su mano buena y se extendió hasta donde le fue posible, ignorando el dolor punzante en sus costillas. La punta de la vara descansó en su bolso.

—Puedes hacerlo, mamá —dijo Colton.

Ella rogó a Dios que tuviera razón.

Otra ola de mareo la invadió. Su cabeza se sentía pesada, y la mano que sostenía el palo de hockey se sacudió. ¿Cuánto tiempo podría aguantar antes de desmayarse?

El bolso se deslizó pulgadas más cerca. Ella empujó el mango, tratando de deslizar la punta del palo debajo.

—¡Lo tengo!

Desde el asiento trasero, Colton dejó escapar un suspiro de alivio.

—Ten cuidado de no dejarlo caer.

Alzó el bolso desde el suelo y lo dejó sobre el asiento del pasajero. Con una respiración profunda, extendió la otra mano.

—Maldita sea. —No pudo llegar hasta el bolso. La ventana bloqueaba el otro extremo del palo de hockey, y no había manera de que pudiera maniobrar lo suficiente. —No puedo alcanzar mi bolso.

—Alza más la punta del palo para que tu bolso se deslice por él.

Ella sonrió.

—Eres un genio, Colton.

Casi no había suficiente espacio en la parte delantera para que Rebecca maniobrara y levantara el palo. Con algunos giros de la muñeca, el bolso comenzó a deslizarse por el palo. Cuando estuvo lo suficientemente cerca, ella cambió de mano y tomó el bolso.

—Lo tengo. —Dejó escapar un suspiro agotado.

Ya que estaba atrapada por el volante, tuvo que cambiar de nuevo las manos, aunque su mano derecha estaba entumecida. Con su mano buena, abrió la cremallera y metió la mano dentro. Palpó su libreta del banco, cartera, lápiz de labios. *Venga. ¿Dónde está mi teléfono?*

—Revisa a tu hermana de nuevo —dijo para mantenerlo ocupado.

Metió la mano aún más profundamente en su bolso. No estaba el teléfono celular.

Cuando estuvo segura de haber revisado cada pulgada del bolso, acalló un pequeño grito. ¿Dónde estaba su teléfono?

Tragó saliva.

—Mi teléfono no está en mi bolso. Debe estar en el suelo en alguna parte. Revisaré en el frente, y tú trata de despertar a Ella para que pueda tomar un soplo de su inhalador.

Mientras Colton llamaba el nombre de su hermana, ella se inclinó hacia adelante lo más que pudo. En el piso del asiento del pasajero había un surtido de sobres de banco vacíos y un bloc de notas. Ella agarró el palo de hockey y atizó los sobres. Nada por debajo de ellos. Hizo a un lado el bloc de notas. Su teléfono celular estaba debajo.

—Lo encontré.

—Mamá, la respiración de Ella es sibilante, y ella todavía está durmiendo.

—Trata de darle un soplo de todos modos.

No estaba segura de que fuera a servir, ya que Ella no estaría inhalando la medicación como debía, pero tenían que hacer algo para mantener su respiración bajo control.

Trató de meter la punta del palo de hockey debajo del teléfono, pero sólo empujó el teléfono más lejos. Lo que necesitaba era algo pegajoso.

Se quedó mirando la cinta envuelta alrededor de la hoja del palo de hockey. Era algo que los jugadores hacían para dar a la hoja soporte adicional. Algo que Wesley le había enseñado a Colton. Una de sus buenas acciones paternales.

—Colton, ¿dónde está tu cinta de hockey?

—La tenía. —Pasaron unos segundos antes de que él gritara, —¡La encontré!

—Voy a dirigir el palo de hockey hacia ti, y quiero que pongas un poco de cinta en el extremo. Pero a medida que la enrollas, gírala para que la parte adhesiva quede hacia fuera. ¿Entendido?

—No hay problema, mamá.

Maniobró el palo hacia él una vez más. Minutos después, la tarea se completó y jaló el palo hacia atrás y sobre el asiento del pasajero. Luego lo movió con cuidado para que la punta de la hoja quedara sobre el suelo del asiento del pasajero.

Su visión se nubló y se detuvo. *Por favor Dios, ahora no.*

—¿Lo tienes? —preguntó Colton.

—Aún no.

Unos centímetros más y el bastón haría contacto con el teléfono. Ahora todo lo que tenía que hacer era maniobrar para que la parte adhesiva quedara sobre el teléfono celular.

—Casi lo consigo. ¡Ahí!

Con el teléfono bien pegado a la cinta, rodó el palo lentamente hasta que el teléfono descansó en la parte superior de la hoja.

—Ya lo tengo, pero no puedo llegar a él porque el palo es demasiado largo, así que voy a pasártelo.

Respiró de manera lenta y uniforme mientras se movía. Su mano tembló mientras levantaba el palo sobre el asiento del pasajero y lo apuntaba hacia su hijo.

—Muy bien, mamá. —Colton agarró el teléfono y lo arrancó de la cinta.

—Dame el teléfono.

Se estiró en la medida de lo posible, y Colton hizo lo mismo. Sus dedos rozaron el teléfono celular en su mano, y se mordió el labio inferior cuando éste topó con sus dedos hinchados.

—Lo tengo.

Tan pronto como el teléfono estuvo en su mano ella lo abrió, orando porque no se hubiera roto en el accidente. La pantalla se iluminó mientras una oleada de mareo pasaba a través de su cuerpo. Transfiriendo el teléfono celular a la mano buena, marcó el 911.

—Nueve uno uno —dijo una cálida voz masculina. —¿Necesita bomberos, ambulancia o policía?

Rebecca abrió la boca para contestar y se quedó sin aliento por la agonía.

Luego perdió el conocimiento.

13

Marcus estaba concentrado en el libro electrónico sobre Somnifobia cuando sonó el teléfono.

—Nueve uno uno —dijo. —¿Necesita bomberos, policía o ambulancia?

Una mezcla golpeteo fue seguido por un gemido suave. Luego se cortó la comunicación. *¿Qué demonios?*

—Tenemos una línea muerta —le dijo a Leo, dándole el número de teléfono celular.

Leo se puso inmediatamente en acción, activando la búsqueda y rastreo del número.

—Es un teléfono celular registrado a nombre de Rebecca... Kingston, Calle 12, número1832, en Edmonton. Voy a llamar al número de casa ahora. —Pausa. —No responden.

Marcus llamó al teléfono celular.

—No hay respuesta en su celular tampoco.

—La dirección de su casa se ha registrado a nombre del señor y la señora Wesley Kingston —dijo Leo. —¡Espera! Aquí estamos. Una torre fuera Edson captó su última llamada.

—No es una noche muy agradable para viajar. —Marcus marcó de nuevo el número. —Ella no contesta, y no creo que se trate de una llamada de broma. Envía a la Policía y SME para la zona de la torre. Tal vez vean el vehículo. Voy a seguir marcando a su teléfono celular.

—Hecho.

Marcus tragó saliva. Estas eran las llamadas que odiaba. Alguien por ahí necesitaba ayuda, pero sin una ubicación, todos estaban a ciegas. Oró porque Rebecca Kingston sólo necesitara asistencia menor.

Llamó al teléfono celular nuevo. Nadie contestó.

—Marcus, tenemos otro problema. —La voz de Leo era sombría.

—¿Qué?

—La policía enviará un coche patrulla de la carretera, pero los SME y bomberos no tienen vehículos disponibles. Todavía están trabajando en el incendio del edificio de apartamentos en Hinton.

—Mierda.

—Tal vez la señora Kingston se quedó sin gasolina.

—Esperemos que así sea.

Marcó de nuevo. Uno timbrazo… dos, tres…

—¿Hola? —dijo una mujer con voz débil.

Marcus se levantó y chasqueó los dedos hacia Leo.

—¿Señora Kingston? ¿Rebecca Kingston? Este es el 911. Nos llamó hace unos minutos…

—Accidente de coche —respondió.

—¿Dónde está?

—No estoy segura exactamente. —La mujer comenzó a llorar.

—Está bien, señora Kingston, respire. Vamos a ayudarle.

—Rebecca —dijo. —Me llamo Rebecca.

—Está bien, Rebecca. Esto es lo que necesito. Necesito que me diga cuántas personas están en su vehículo.

—Tres. Yo y mi hijo y mi hija.

—¿Están todos bien?

Oyó otro sollozo.

—La pierna de Colton está atrapada. No sé si esté rota. Dice que no le duele. Está en el asiento trasero. Ella también. Ella está inconsciente y no se despierta. Ella tiene asma.

—La policía ya va en dirección a su área, así que espere. ¿Pueden usted o su hijo salir del coche?

—No, mi puerta no se abre. Y Colton está en el lado de la puerta que se atora.

—¿Se golpeó su lado del coche?

—No lo creo. Sin embargo, recuerdo haber escuchado un sonido chirriante, como si mi puerta se hubiera estrellado contra algo. Creo que es por eso que no puedo abrirla.

—¿Puede llegar a la puerta del pasajero?

—No, estoy atrapada entre el asiento y el volante. —Bajó la voz. —Tengo dos dedos rotos en mi mano derecha y creo que un par de costillas están rotas.

Marcus juró entre dientes. Las costillas rotas podrían conducir a un pulmón perforado. —¿Puede mover el asiento hacia atrás?

—No, no puedo alcanzar la palanca. Y la del costado está rota, así que no puedo inclinar el asiento hacia atrás.

—¿Las bolsas de aire se inflaron?

—No. Fuimos golpeados por detrás.

—¿Qué tipo de vehículo tiene usted?

—Un Hyundai Accent rojo.

—¿Sedán de cuatro puertas?

—Sí.

—¿Con bloqueo central de puertas y ventanas?

—Sí.

Ingresó toda la información y la transmitió al despacho de policía.

—Quiero que tome respiraciones pequeñas y no cuelgue el teléfono. ¿Tiene un inhalador para su hija?

—Sí, Colton se lo dio, pero ella todavía no se mueve, no despierta. No sé qué hacer.

—Es importante que usted permanezca tan tranquila como sea posible, Rebecca. Es necesario mantener la calma por sus hijos. ¿De acuerdo?

—De acuerdo.

—Necesito más información. ¿Me puede decir a dónde se dirigían?

—Cadomin. Necesitaba unas vacaciones.

Él pudo escuchar la auto-recriminación en su voz.

—Estoy seguro de que esas no son las vacaciones que había planeado. Ahora, ¿qué tan cerca estaban de Cadomin antes del accidente?

—No sé. Todo es tan confuso.

Él sacudió la cabeza. Tenían sólo una torre como referencia. Eso dejaba una gran cantidad de terreno por cubrir.

—¿Hubo otros vehículos involucrados en el accidente?

—No fue un accidente —susurró Rebecca.

Marcus se encogió.

—¿Qué quiere decir?

—Fuimos sacados intencionalmente de la carretera. Por alguien en un camión.

Un escalofrío le recorrió la espalda.

—¿Está segura de que él no los golpeó por accidente?

—Estoy segura. —Hubo una larga pausa. —Él estuvo detrás de nosotros por lo menos veinte minutos. Justo en mi parachoques. Había un montón de espacio para que él pasara, pero no lo hizo. —Sollozó. — No entiendo por qué nos hizo esto.

—¿Se ha ido?

—Creo que sí. No puedo ver nada de fuera. Está lloviendo mucho, pero no puedo ver sus luces.

Marcus le hizo señas a Leo. "Golpe y huída." Para Rebecca, dijo:

—¿Me puede dar una descripción del camión?

—Era de color oscuro y tenía luces en la parte superior del techo. Muy brillantes.

—¿Luces de cazador? ¿En la parte superior de la cabina?

—Sí, creo que sí.

—¿Cuántas luces?

—No sé. Eran tan brillantes que no pude contarlas.

Oyó a un niño gritar:

—Mamá, Ella se siente fría.

—¿Está usando su chaqueta? —preguntó Rebecca, el terror en su voz era evidente.

—No. Está en el suelo delante de ella y no puedo alcanzarla —fue la respuesta del chico. —Voy a ponerle la mía.

—Es importante que mantengan a Ella caliente —dijo Marcus. La niña podría estar entrando en shock. —Encienda la calefacción, las luces delanteras y las luces de emergencia. Y haga lo que haga, trate de hacer que la temperatura de Ella suba.

—Entiendo. Colton, si puedes alcanzar su mochila, envuelve tu jersey alrededor de Ella.

—Bien —dijo Marcus. —Tenemos a la policía buscando su vehículo. No debe tomarles mucho tiempo revisar la autopista 47 entre las torres.

Otro sollozo.

—Pero no estamos en la carretera.

El pulso de Marcus se aceleró.

—Pensé que había dicho que se dirigían a Cadomin.

—Lo hacíamos. Pero cuando el tipo en el camión comenzó a seguirnos demasiado cerca, me salí a un camino lateral. Pensé que nos pasaría de largo. Entonces podríamos volver a la carretera. Pero no lo hizo. Se dio la vuelta por el mismo camino. Al principio pensé que era sólo pura mala suerte, que él era el dueño de la propiedad. Pero luego nos golpeó, un tope la primera vez. Luego nos golpeó duro. —Ella bajó la voz. —Fue entonces cuando supe que quería hacernos daño.

—¿Había algún señalamiento en la carretera que tomaste?

—No, nada. Es un camino de tierra, grava tal vez.

Marcus le hizo señas a Leo de nuevo.

—Se desviaron en una carretera lateral.

—Mierda —dijo Leo. —Hay un buen número de desvíos entre la torre y Cadomin, y algo antes de eso.

—Rebecca, ¿tiene un sistema GPS en su vehículo?

—No.

—¿Qué tal en su teléfono celular?

—Es viejo. No tiene aplicaciones, ni GPS.

—De acuerdo. —Hizo una pausa, pensando intensamente. —¿Qué tan lejos avanzó por ese camino?

—No estoy segura. Estaba aterrorizada. No podía ver por dónde iba. Luego llegamos a los árboles, y yo apenas si podía ver el camino. Creo que avancé unos minutos, quizá diez.

Marcus soltó otra maldición.

—¿Qué? —preguntó Leo.

Marcus cubrió el micrófono para que Rebecca no escuchara.

—La policía no va a verla desde la carretera. Está a diez o quince minutos dentro.

—Buen Dios, sin un helicóptero, tendrían que ir por todos los caminos para encontrarla.

Marcus asintió. *Y para cuando lo encontraran, podría ser demasiado tarde.*

—Me siento muy mareada —susurró Rebecca. —No estoy segura de cuánto tiempo podré permanecer alerta.

—Escuche mi voz, y siga tomando respiraciones cortas y uniformes —dijo. —Rebecca, necesito que revise su teléfono y me diga qué tanta carga le queda a la batería.

—Oh Dios... —Pausa. Cuando habló, su voz era ronca. —Me queda sólo una barra. ¿Por qué no lo cargué antes de salir? ¿Qué tan estúpida soy?

—Rebecca…

—Pensé que lo haría cuando llegáramos al hotel. Ni siquiera tengo el cargador conmigo, está en mi maleta. Y ésta está en el maletero. Y el cargador del coche está en la guantera, a donde no puedo llegar.

—¿Qué hay de sus hijos? ¿Alguno de ellos tiene un teléfono?

—No. —Sollozó. —Le dije a Wesley que no necesitaban teléfonos celulares.

Él sabía que ella se estaba culpando a sí misma.

—Nada de esto es su culpa, Rebecca. Además, una barra es buena. Eso es mucho todavía. —Esperaba en Dios estar en lo cierto.

—Pero, ¿y si no pueden encontrarnos? ¿Y si mi teléfono se descarga?

—Los encontraremos que antes de que eso suceda.

—¿Lo promete?

Marcus se tragó el nudo en la garganta que sintió al pensar en Jane.

—Lo prometo. Los encontraremos. También estamos tratando de localizar a su marido. Voy a conectarla con el detective John Zur del departamento de policía de Edson ahora.

—No quiero que cuelgue. —Se escucharon sollozos suaves en el otro extremo. —Usted es todo lo que tenemos en este momento.

—Le llamaré de nuevo en cinco minutos. Y luego cada cinco o diez minutos después hasta le encuentran.

—Pero, ¿y si no puedo responder? ¿Qué pasa si me desmayo?

—¿Colton está despierto?

—Sí.

—Si siente como que se va a desmayar, dele el teléfono.

—De acuerdo.

—La comunicaré con John. Pero voy a llamarle de vuelta en cinco minutos.

—¡Espere! Necesito saber algo.

—¿Qué?

—Su nombre.

Marcus se mordió los labios y miró por encima del hombro a Leo, quien le dio una mirada interrogante. No era el protocolo habitual dar sus nombres. Había reglas que los operadores del 911 tenían que seguir, y una de ellas era el anonimato.

—Por favor —susurró ella.

Al diablo con las reglas.

—Marcus —dijo. —Mi nombre es Marcus.

14

Rebecca le dio al detective Zur la mayor cantidad de información que pudo, luego cerró el teléfono y se limpió las lágrimas.

—Ellos van a venir a encontrarnos, Colton.

—¿Cómo sabrán dónde estamos?

—Pueden rastrear mi llamada telefónica. Hay una antena de telefonía móvil cerca, así saben que estamos en la zona.

Ella entrecerró los ojos y trató de distinguir su entorno. La lluvia seguía cayendo, pero había disminuido un poco. Minutos antes, cuando había encendido el motor, éste tosió como si estuviera en su último aliento. Sólo uno de los faros se iluminó, y reveló que se habían estrellado contra un grupo de árboles. Con las luces altas encendidas y las luces de emergencia intermitentes, mantuvo las luces interiores encendidas y jugueteó con los interruptores en el tablero de instrumentos.

No te acabes la batería.

Después de que el calor en el interior los hizo sudar, apagó el motor y lo puso de nuevo en modo accesorio. Lo encendería de nuevo cuando el aire se enfriara.

Trató de ignorar el miedo intenso que la recorría. Nunca sería capaz de conducir fuera de aquí. Eso significaba que tendrían que sentarse y esperar a que alguien los encontrara. ¿Y si nadie lo hacía?

Miró el teléfono. En cinco minutos Marcus volvería a llamar.

—Mientras esperamos, quiero que hagas algunos ejercicios, Colton.

—¿Ejercicios?

—Necesito saber que estás bien.

Detrás de ella, Colton soltó un resoplido.

—Estoy bien, mamá. Mi pierna ni siquiera me duele.

—Haz esto por mí, ¿de acuerdo?

—Bien. ¿Qué quieres que haga?

—Levante los brazos por encima de tu cabeza y dime si algo te duele.

Él lo hizo.

—Nada.

—¿Te duele la cabeza o el cuello?

—No.

—¿Qué hay con tu pierna buena? ¿Puedes moverla?

—Sip. —Colton empujó la parte posterior del asiento de ella con la pierna no lesionada en respuesta, ajeno al jadeo silencioso de angustia que emitió.

—¿Qué pasa con la otra pierna? —preguntó entre respiraciones. —¿Está sangrando?

—No sé. No puedo ver mucho excepto por mi rodilla.

—¿Te duele la rodilla?

—No.

—¿Qué tal cuando la tocas?

Colton dejó escapar un suspiro.

—Mi rodilla está bien, mamá.

Rebecca contuvo la respiración, luego la expulsó lentamente.

—¿Puedes mover los dedos de los pies?

Hubo una pausa que hizo que su corazón se detuviera.

—Sí.

El alivio la inundó.

—Muy bien, muy bien.

—¿Quieres que de saltos después?

Ella rió.

—Muy divertido, chico duro.

—Y tú puedes hacer flexiones de brazos.

Ella sonrió. Así era Colton, siempre sabía cómo hacer reír a la gente. Y en este momento necesitaba algo para distraerla de la difícil situación en la que estaban, incluso si la risa dolía.

—Ahora comprueba cómo está tu hermana —dijo.

—Está igual.

—Trata de despertarla.

Oyó movimientos en la parte trasera del coche y la suave voz de Colton instando a Ella a abrir los ojos.

—Sigue dormida —dijo Colton en tono sombrío.

La frustración y el pánico hicieron que Rebecca empujara sus manos contra el volante, orando incluso por una pulgada de espacio para poder deslizarse hacia fuera. Gritó en silencio. *¡Déjame salir de aquí! ¡Tengo que ayudar a mis hijos!*

Pero todavía estaba atascada.

Dos minutos más hasta la llamada de Marcus.

Pensó en el hombre sin rostro que había respondido a su llamada de auxilio. Debía ser difícil escuchar las llamadas como la de ella todos los días. Podía imaginarse algunas de las llamadas que recibiría. Víctimas de accidentes... esposas golpeadas, o niños. No era posible salvar a todos. ¿Cómo podría lidiar con eso?

Sonó el teléfono.

—¿Marcus? —dijo.

—¿Como están?

—Tan bien como podemos. Colton puede mover los dedos de los pies.

—Esa es una buena señal.

—¿Así que, cuál es el plan?

—Todavía los estamos buscando. Lamentablemente tenemos un par de llamadas que estamos manejando en este momento.

—¿Qué significa eso?

—Significa que podría tomar algún tiempo encontrarlos.

—¿Qué hacemos hasta entonces?

—Sigue vigilando a Colton y Ella. ¿Cómo está ella?

—Igual.

—¿Cómo está usted?

Ella miró la sangre en su camisa.

—Pregúntemelo cuando estamos fuera de aquí.

—Hemos tratado de localizar a su marido en casa, pero no hay nadie allí. ¿Está en el trabajo?

—Él no vive con nosotros. —Vaciló, y luego agregó: —Estamos separados.

—¿Dónde podemos encontrarlo?

—Él fue a Fort McMurray para una entrevista de trabajo. Wesley tiene un teléfono celular, sin embargo. —Ella le dio el número.

—Le haremos saber cuando lo localicemos.

—Gracias. —Cerró los ojos y respiró hondo. —Marcus, ¿está usted casado?

Hubo una pausa incómoda.

—Lo estuve.

—Lo siento, no quiero ser entrometida. No quiero que cuelgue de nuevo.

—Puedo permanecer en la línea durante unos minutos. Siga

revisando esa barra.

—Lo haré. —Se humedeció los labios secos. —¿Estuvo casado durante mucho tiempo?

—El tiempo suficiente, supongo.

—¿Tiene hijos?

Oyó sonidos apagados antes de que él respondiera:

—Tenía un hijo. Ryan.

Tenía.

—Lo siento. No debería estar preguntando estas cosas.

—No se preocupe por eso. Es necesario mantener la calma, y si hablar le ayuda, hablemos.

—Pero, su hijo...

—Murió. Con su madre.

—¿Cómo? —susurró ella.

Hubo una larga pausa antes de que él dijera:

—En un accidente de coche.

—Oh Dios…

—¿Rebecca? No pienses eso. Eso no va a pasar contigo y tus hijos.

Ella miró por encima del hombro a Colton. Estaba leyendo.

—¿Vives solo? —A medida que las palabras salían de su boca, puso una mano contra sus labios y trató de no reírse de su curiosidad.

—No, vivo con Arizona. Y un fantasma llamado culpa.

—¿Arizona? Es un nombre bonito. ¿Es tu novia?

La risa llenó el receptor.

—Se podría decir que sí —dijo Marcus, riendo. —Arizona es mi perra. Un setter rojo.

Su respuesta la hizo sonreír.

—¿Cuál era el nombre de tu esposa?

—Jane.

—Háblame de ella. ¿Cómo era?

—Era inteligente, divertida, peculiar a veces.

—¿En qué sentido?

—Le encantaban los números. La numerología. Era su hobby. Tres y sietes, sus números favoritos. Jane planeaba todo alrededor de esos números.

—No sé mucho acerca de la numerología, pero sí sé que se supone que el trece es un número de mala suerte. Ayer fue decimotercero, y anoche cuando me di cuenta, casi cancelé mi viaje. —Ella soltó una risa auto condescendiente. —Creo que debería haberlo hecho. Mira dónde estoy ahora.

—Por lo menos no era un viernes trece —ofreció él.

Ella rió.

—Sí, porque, ¿cuánto peor podría haber sido?

Marcus permaneció en silencio.

Habla de otra cosa, Rebecca.

—¿Tu esposa era madre y ama de casa, o tenía una carrera?

—Era diseñadora de software en BioWare.

Rebecca frunció el ceño.

—¿No son los creadores de Jade Empire?

—Sí, entre otros.

—Mi hijo juega ese juego. ¿Tu esposa lo creó?

—No.

Rebecca miró a Colton, luego dijo:

—Es un poco extraño, ¿no te parece?

—¿Qué cosa?

—Colton estaba jugando Jade Empire antes de salir. Y ahora estoy hablando con alguien cuya esposa trabajaba para la compañía. Creo que eso es raro.

Ahora estaba divagando. Cualquier cosa con tal de mantenerlo en la línea.

Marcus dejó escapar una risa suave.

—Supongo que sí es raro. Es un mundo pequeño.

—Así es. —Pausa. —Así que eres operador del 911.

—Ese soy yo.

—Un superhéroe.

—¿Perdón?

Ella sonrió.

—Un superhéroe del 911.

Lo oyó reír, un sonido agradable.

—Me estás imaginando en mallas y una capa en este momento, ¿verdad? —dijo él. —¿Con el número 911 en mi pecho?

—Algo así. Quiero saber más acerca de tu esposa. ¿Cómo se conocieron?

—Empezamos a salir en la escuela preparatoria. Eso demostró que los opuestos se atraen en efecto. Jane era una geek de la computadora, introvertida, pequeña como un duende, apenas pasaba el 1.50 de estatura. Yo era el chico malo rebelde, que se alzaba sobre ella con más de 1.80.

—Ella debe haberse sentido muy protegida.

—Supongo que sí.

—¿Qué hicieron después de graduarse?

—Encontramos un pequeño apartamento cerca de la Universidad de Alberta y vivimos juntos para ahorrar dinero para una boda cinco años después, cuando yo estuviera en marcha con mi carrera médica y pudiera mantener a una esposa.

—Parece un buen plan.

—Yo también lo creía. Pero incluso el mejor de los planes puede tomar un desvío.

Alguien le dijo algo a Marcus, pero no pudo distinguir las palabras.

—Tengo que colgar ahora —dijo él.

El terror se filtró en sus huesos.

—¿No puedes permanecer en la línea durante unos minutos más?

—Lo siento. Voy a llamar de vuelta en diez minutos esta vez.

—Marcus, escucho un torrente de agua. Realmente cerca. ¿Crees que estamos en el agua?

—¿Hay agua en el suelo?

Ella miró hacia abajo.

—No.

—Si ves agua en el suelo, llámame. Tengo que colgar ahora.

—Va a parecer una eternidad —dijo con un gemido.

—Lo sé. Pero voy a llamar. Lo prometo. Antes de irme, tengo una última pregunta. ¿Tu esposo o cualquier otra persona que conozcas posee un camión como el que los golpeó?

—No.

Colgaron.

Le tomó un minuto entender la última pregunta de Marcus. *¿Wesley?*

—¿No están aquí todavía? —preguntó Colton.

—No exactamente.

—¿Por qué te reías?

—El hombre 911 dijo algo gracioso.

—Después de que lo llamaste superhéroe.

Ella sonrió por encima del hombro a su hijo.

—Él va a ayudar a rescatarnos. Eso lo convierte en un superhéroe en mi mente.

—Das pena, mamá.

Ella rió.

—Tal vez. Pero aún así me amas.

Colton sonrió. Junto a él, Ella se agitó.

—Creo que se está despertando, mamá.

Rebecca se estiró para verla.

—¿Ella? Ella, cariño. Hora de despertar.

Ella emitió un suave gemido.

—Todavía se siente un poco fría, pero su respiración no es tan sibilante ahora —dijo Colton.

—Gracias, querido. Estás haciendo un gran trabajo cuidando de Ella.

—Ella-Bella —dijo él en tono triste.

Lo vio extender la mano y acariciar la cara de Ella. Colton era un amoroso hermano mayor. Cuando quería serlo. Cuando ella *necesitaba* que lo fuera. A pesar de su rivalidad de hermanos, sus hijos se amaban, y Rebecca no podía pedir nada más.

Cerró los ojos. El agotamiento total la estaba alcanzando.

—Mamá, ¿Quieres agua?

—Por supuesto.

Él le pasó una botella de plástico. Tomó un sorbo y se la devolvió.

Cerró los ojos de nuevo. La fatiga envió su imaginación a toda marcha.

Navegaban a lo largo de la costa del sur de California. El barco se balanceaba y se mecía suavemente. Arriba... abajo... arriba. Casi podía sentir el viento cálido. Y el vapor frío del agua de mar contra su cara.

Se dejó llevar a la deriva en el mar.

15

—¿Qué diablos crees que estás haciendo? —Shipley se cernió sobre el escritorio de Marcus, su boca curvada en una mueca furiosa.

—Estoy ayudando a una víctima de accidente a mantener la calma.

—Le diste tu nombre e información personal. No es muy profesional de tu parte.

Marcus apretó los puños. Nunca había querido tanto golpear a alguien.

—¿Quieres que sea profesional? Rebecca Kingston está atrapada dentro de su coche con sus dos hijos. Está atrapada detrás del volante, por el amor de Cristo. Su hijo puede tener una pierna rota y no puede moverse. Su hija es asmática y está inconsciente. Y encima de eso, nadie tiene una maldita pista sobre dónde están. Sí, voy a ser profesional. No voy a golpearte. Eso es lo más profesional que voy a ser.

—¿Me estás amenazando?

—Retrocede, Pete. Hay momentos para ser profesional y momentos para ser humano. —Él frunció el ceño hacia Shipley. —Pero tú no sabes nada acerca de esto último, ¿verdad? —Se puso de pie y Shipley retrocedió.

Leo se adelantó.

—Marcus...

—Necesito un café. Voy a la sala de descanso. —Miró a Shipley. — Sí, ya sé que no es un descanso programado. No estés aquí cuando vuelva.

Shipley se encogió de hombros.

—Esto no ha terminado, Taylor. Cruzaste una línea.

Marcus se dio la vuelta.

—No. Tú cruzaste una línea cuando decidiste interferir con mi llamada. Tenemos recursos limitados. Estamos en una situación de Código Rojo. Sin paramédicos, ni bomberos, ni vehículos de rescate de ninguna clase y un único coche patrulla. Incluso STARS está ocupado, por lo que no hay helicópteros. El reloj está corriendo. Si no encontramos a Rebecca, Colton y Ella pronto, esto no será una operación de rescate. Va a ser una operación de recuperación de cadáveres.

Tras eso, avanzó a zancadas hacia la sala de descanso. Leo corrió detrás de él sin decir nada.

Marcus agarró una taza limpia, la llenó de café y tomó un largo trago antes de darse cuenta de que había olvidado añadir la crema y el azúcar. Se dirigió a la nevera y sacó la crema. Sus manos temblaban tanto que derramó la mayor parte de la crema sobre el mostrador.

—Es necesario que te calmes —dijo Leo.

—Ese hombre es un imbécil. ¿Por qué está incluso haciendo este trabajo? A él no le importa una mierda nadie aparte de él.

—Eso no es cierto —dijo alguien.

Marcus se volvió y vio a Carol en la puerta.

—¿No han oído la historia sobre su esposa? —preguntó ella.

Tanto Marcus como Leo negaron con la cabeza.

Carol cogió un paño y empezó a limpiar el mostrador. Después de un minuto, dijo:

—La esposa de Peter Shipley murió hace siete años. Justo antes de Navidad.

—Eso no explica por qué me odia tanto.

—Marcus —dijo Carol, dándole una taza limpia —Su esposa recibió un disparo durante un asalto a una tienda de conveniencia. El hombre que la mató buscaba dinero para comprar drogas. —Ella le dirigió una mirada penetrante.

Marcus parpadeó.

—Era un adicto.

—Sí.

—Bueno, eso explica por qué el radar de odio de Shipley se centra en Marcus —dijo Leo.

—Me sorprende que no lo supieran —dijo Carol.

Ella salió de la sala de descanso tan silenciosamente como había entrado.

—¿No sabías nada de la esposa de Shipley? —le preguntó Marcus a Leo.

—Había oído rumores.

—¿Por qué nunca me lo dijiste?

Leo se encogió de hombros.

—Creo que nunca surgió.

—Porque yo siempre estaba demasiado ocupado odiándolo de vuelta.

—Este no es momento de preocuparse por Shipley. Sospecho que tendrás un montón de tiempo para pensar en él más tarde. —Leo hizo un gesto hacia la puerta. —Debemos volver a nuestros escritorios.

—Sigue siendo un imbécil.

—Estoy de acuerdo.

—Estás frunciendo el ceño, Leo. ¿Por qué?

—Nunca te había visto tan nerviosos por una llamada.

—Alguien trató de matar a una mujer y sus hijos. Ella está haciendo todo lo posible para mantener la calma. Ni siquiera puede abrazar a sus hijos en este momento.

—No me puedo imaginar cómo debe sentirse —dijo Leo.

—Yo sí puedo. Sé exactamente cómo se siente. Impotente. Desesperanzada. Sola.

—Así que hiciste todo lo posible para ayudarla, darle esperanza y hacer que se sienta menos sola. No hay nada malo en eso.

—Que se lo digan al Titanic.

Leo palmeó el brazo de Marcus.

—Los encontrarán a tiempo.

—Eso espero.

—Hasta entonces, tenemos mucho trabajo por hacer.

Marcus entró en el vestíbulo, y luego se detuvo.

—¿Intentaste llamar al teléfono celular del marido?

—Sí, nadie respondió.

—Rebecca dijo que están separados y que se fue a Fort McMurray a ver lo de un trabajo. —Marcus frunció el ceño.

—¿Qué pasa?

—Sigo pensando en ese camión, el que la chocó. Se salió de la carretera intencionadamente. Alguien quería matar a Rebecca. No puedo imaginar que alguien sea tan insensible como para tratar de matar a una mujer y sus dos hijos.

—Hay una gran cantidad de gente mala por ahí, Marcus.

—Lo sé. Pero aún así... él está dispuesto a matar a dos niños. Eso lo convierte en un monstruo.

—Sé lo que estás pensando.

—¿Lo sabes?

—Te estás preguntando si el marido tuvo algo qué ver con esto.

—Bueno, él estaba convenientemente lejos por negocios en el

momento exacto en que alguien trata de matar a su esposa.

—¿Él es dueño de un camión?

—Su esposa dice que no. —Avanzó con pasos largos por el pasillo. —Pero tal vez alquiló uno. Vamos a ver.

Leo lo siguió de vuelta a su escritorio.

—Sabes, si tenemos razón y el marido trató de matarla, tal vez no se haya acabado. Probablemente deberíamos decirle a alguien sobre nuestra teoría.

—A Titanic no. —Marcus se mordió el labio, pensando. —Voy a llamar a John Zur. Es un amigo detective y un buen tipo.

—Estamos rompiendo un centenar de reglas ahora, ¿lo sabes?

—¿Por qué parar ahora, Leo? Vamos por la ciento uno.

Marcó el número. Cuando Zur respondió, Marcus le contó sobre Rebecca Kingston y el camión misterioso.

—Me pregunto si el marido, que está convenientemente lejos, tuvo algo que ver con el choque y fuga.

—Estoy en la carretera —dijo Zur. —Me llamaron por el incendio de apartamentos en Hinton. Circunstancias sospechosas. Pero voy a llamar y poner al tanto al capitán sobre el marido.

—Esperaba que tú pudieras verificarlo.

—Haré lo que pueda, pero estamos muy atareados en este momento. Debe haber una maldita luna llena. Hay demasiado ajetreo esta noche.

—Entiendo.

—¿Han encontrado ya a la mujer?

—No.

Hubo una pausa.

—Estoy seguro de que la encontrarán.

—¿Qué pasa si no pueden encontrarla a tiempo, John? Tenemos un vehículo de la policía buscándola a lo largo de un buen tramo de carretera. Eso es todo. Y Rebecca y Colton están heridos. Su hija, Ella, es asmática.

—Marcus. —La voz de Zur dejó traslucir un atisbo de advertencia. —Mantente enfocado y objetivo.

—Estoy concentrado. Quiero encontrar a esta mujer y sus hijos. Ese es mi objetivo.

—No te involucres emocionalmente.

—¿Cómo diablos voy a evitar eso?

Zur dejó escapar una risa ligera.

—Te entiendo. Créeme, no es fácil. Lucho con eso todos los días. Al final, tenemos que recordar que estos son casos. Y no somos nada más que una solución temporal del problema. Eventualmente siguen con sus vidas y nosotros seguimos con la nuestra.

—Creo que este Wesley Kingston puede ser un peligro para su

esposa.

—Va a ser investigado, Marcus. Por mí. Me fue asignado el caso.

—Zur suspiro. —Tú sabes tan bien como yo que el cónyuge suele ser nuestro primer sospechoso. Hasta que no se descarte que el marido lo hizo, vamos a estar vigilándolo muy de cerca.

—Hazlo, John.

—Escucha, te llamaré si me entero de algo nuevo sobre Kingston.

—Estaré esperando. —Marcus dijo adiós y colgó el teléfono.

Minutos después Leo golpeó su escritorio.

—No tengo nada. Ningún otro vehículo registrado a nombre de Wesley Kingston, excepto una camioneta. Un Buick Rendezvous. ¿Estás seguro de que vio un camión? Una camioneta podría ser lo suficientemente fuerte para hacer bastante daño.

Marcus negó con la cabeza.

—Vio un camión con luces de caza.

—Tal vez lo alquiló.

—Todavía no estamos cien por ciento seguros de que fuera el marido.

—Hay que recabar más información sobre ella. ¿Dónde trabaja?

—No lo sé. —Marcus le dio una mirada sombría. —No pregunté. ¿Cómo estamos en cuanto a vehículos de emergencia?

—Nada ha cambiado.

—Mierda.

Marcus se puso de pie y comenzó a caminar alrededor de su cubículo. Echó un vistazo a su reloj. El tiempo pasaba con lentitud, cada segundo haciendo tictac con precisión implacable.

—Tengo que hacer algo, Leo.

—Lo haces. Estás haciendo tu trabajo.

—A la mierda el trabajo.

Por encima del hombro vio a Shipley apoyado en la puerta de su oficina como si no tuviera ninguna preocupación en el mundo.

—¿Algún problema, Taylor? —llamó Shipley.

Marcus no le hizo caso y volvió a su asiento. Después cogió el teléfono y marcó.

—John, ¿saben algo de Rebecca Kingston?

—Todavía estamos buscándola —dijo Zur. —Podremos tener algunos vehículos libres en una hora más o menos.

—Una hora será demasiado tarde. —Marcus no sabía cómo lo sabía, pero lo hacía.

—Si tuviéramos más personal, habríamos enviado a alguien en otro coche —añadió Zur. —Lo siento, Marcus. Esta es una situación Código Rojo. No hay servicios de emergencia disponibles. Estamos haciendo nuestro mejor esfuerzo.

—¿Y el camión que la sacó del camino?¿Alguien lo ha visto, lo han reportado?

—Tenemos reportes de testigos oculares. Su marido nunca alquiló un camión. Al menos no a su nombre.

—¿Y todavía no han sido capaces de localizarlo?

—No. Kingston no contesta.

—Qué conveniente.

—Mira, en cuanto sepa algo, te llamaré.

Marcus miró el reloj.

—Llama a mi teléfono celular.

—Lo haré.

Tan pronto como Marcus colgó, Leo le dio un codazo y le pasó una hoja de papel.

—¿Esta es la hora en que la lluvia golpeó la zona? —Marcus preguntó.

—Sí.

—Así que si ella estaba una media hora después de Edson, eso la ubicaría cerca de aquí. —Marcus señaló un punto a lo largo de la autopista 47 en el mapa en su monitor. Consultó la hoja que Leo le había dado. —Empezó a llover por aquí.

—¿Cuánto tiempo condujo bajo la lluvia?

—Tal vez quince o veinte minutos. Pero se tuvo que retirar de la carretera, y no tenemos idea de cuánto tiempo estuvo desmayada antes de llamarnos. —Hizo un cálculo aproximado. —Eso la pondría en algún lugar de esta área. —Dibujó un círculo con su dedo alrededor de un área del mapa.

—El río McLeod pasa cerca de ese tramo de la carretera —dijo Leo. —Y tiene un número de afluentes. Eso podría ser lo que escuchó. El río.

—Al menos ahora sabemos dónde buscar. —Marcus se apartó de la mesa, se levantó y cogió su chaqueta del respaldo de la silla.

—¿Qué estás haciendo?

—Lo único que puedo hacer. Voy a buscarlos.

—¡Marcus! —murmuró Leo. —¿Estás loco? No puedes sólo levantarte y salir a buscarla.

—Mírame. —Palmeó el hombro de Leo. —Mira, mi turno está a punto de terminar. Tenemos recursos limitados y nadie más puede ir a buscarlos. Sabemos que no está lejos de aquí. —Se dirigió a la ventana y miró hacia fuera. —La lluvia ha amainado. Podría ser capaz de ver el lugar donde se salió de la carretera.

—¿Qué hay de Shipley? Sabes que se va a molestar.

—Lidiaré con él más tarde. En este momento tenemos a una madre y dos niños que cuentan con nosotros. Somos su única esperanza, y no me puedo sentar a esperar que los vehículos de emergencia estén disponibles cuando sabemos que podría estar a veinte minutos de aquí.

—Ella dijo que estaba por lo menos a media hora de distancia.

Marcus sonrió.

—No si yo conduzco.

—Cuídate, hombre. Haré lo que pueda desde este lado para suavizar las cosas.

—Asegúrate de estar al lado del teléfono.

Marcus se dirigió hacia la puerta, pero no sin antes echar un vistazo hacia el despacho de Shipley. El hombre no estaba a la vista. *Por fin, un golpe de suerte.*

—Si él te dice algo, dile que esto fue mi idea y que tú trataste de detenerme.

—¡Espera!

Leo corrió por el pasillo y a través de la puerta de las escaleras. Volvió a los pocos minutos, con la cara enrojecida y jadeando. En sus manos tenía un equipo de emergencia y dos tanques de oxígeno.

—Tomé prestados los respiradores de la sala de entrenamiento — dijo entre resuellos. —Es posible que los necesites.

—¿Prestados? Estos son para la formación de paramédicos. Shipley va a estar enojado.

Leo se encogió de hombros.

—Sólo tienes qué devolverlos antes de que Titanic siquiera note que no están.

—Gracias, Leo.

—No me des las gracias todavía. Quizá tenga qué confesar, y puede que no tengas un puesto de trabajo al que volver.

—Hay otros trabajos.

Qué extraño. Por primera vez, Marcus sintió una sensación de liberación ante la idea de llevar a cabo alguna otra carrera. Claro, había una pequeña posibilidad de que pudiera volver a ser paramédico, una vez que había echado fuera las drogas y superado su período de prueba. ¿Pero incluso quería eso? Ya no estaba seguro.

Leo lo siguió por el pasillo.

—Llámame tan pronto como los encuentres. Y, ¿Marcus? —Vaciló y se mordió el labio inferior.

—Escúpelo, Leo.

—Sabes que esto no es parte de tu trabajo.

—Lo sé.

—Puede que no los encuentres a tiempo. Puede ser que no todos sobrevivan. ¿Estás preparado para eso?

—No voy a fallar, Leo. No esta vez.

—Marcus…

—Es curioso cómo las cosas regresan a veces al punto de partida.

¿Será casualidad?

Leo gruñó.

—O el destino. Ve por ellos.

Marcus salió apresuradamente del centro con dos pensamientos en la cabeza. El primero, que iba a encontrar a Rebecca y a sus hijos. El segundo, que iba a sacarlos de ahí, vivos.

16

Cerca Cadomin, AB - Viernes, 14 de junio de 2013 - 23:42

Rebecca abrió los ojos lentamente, parpadeando varias veces para aclarar su visión. La invadieron las imágenes del choque, Ella inconsciente en el asiento posterior, Colton con la pierna atrapada entre los asientos.

Su frente se sentía restirada. La tocó. Sangre seca. Esa era una buena señal, al menos.

Aspiró con cuidado y se estremeció cuando una afilada daga de dolor atravesó sus costillas. Definitivamente estaban rotas. Se preguntó cuánto tiempo podría permanecer consciente.

¿Qué pasa si muero aquí, con Ella y Colton en el asiento trasero? Sacudió su cabeza. ¡No! No puedo pensar de esa manera.

—Mamá, ¿estás despierta?

—Sí, Colton.

—Tenía miedo de que no despertaras. —Escuchó el temblor en su voz. —No dejaste caer el teléfono, ¿verdad?

Tuvo un momento de inquietud cuando creyó que lo había hecho, pero encontró con su teléfono celular escondido de forma segura entre su pecho y el volante.

—No, lo tengo. *¡Gracias a Dios!*

Miró el teléfono. El hombre de 911 debería llamar pronto.

Marcus.

Pensó en su voz, en lo relajante y reconfortante que era. Había bondad en su tono. Y algo más. Tristeza. Su esposa había muerto. Y su hijo. ¿Cuáles eran sus nombres? Jane y... Ryan.

Eso le hizo pensar en Wesley. Abrió su teléfono y marcó su número. Sin respuesta. Si él todavía estaba en la carretera, no cogería el teléfono. Le dejó un mensaje.

—Wesley, hemos tenido un accidente de coche. Ella y Colton están bien, creo. He llamado al 911. Están buscándonos ahora. —Comprobó la batería. —No puedo llamar de nuevo. Mi batería es demasiado baja. Te llamaré cuando estemos seguros. —Colgó.

—Nos van a rescatar, ¿verdad, mamá?

Apretó el teléfono contra su mejilla.

—Sí, cariño. Pronto.

El teléfono sonó.

—¿Marcus? —dijo ella.

—Sí, soy yo. ¿Cómo estás?

—Igual. —Ella bajó la voz. —Estoy segura de que me he roto un par de costillas, y tengo miedo de tener algún daño interno.

—Estamos tratando de localizar más vehículos de búsqueda para ustedes. —Su voz sonaba ahogada. —Lo siento, Rebecca.

—¿Por qué lo sientes? No has hecho nada malo.

—Me siento un poco impotente aquí.

Se mordió el labio.

—Estás pensando en tu esposa, ¿verdad?

Pausa.

—Sí.

—Y en tu hijo.

—Ryan. Era un buen chico.

—Apuesto a que eras un buen padre.

—Trataba. No fue fácil quedar embarazados. Ryan fue un regalo.

Él le contó que, cuando estaba en su segundo año de medicina, Jane había quedado embarazada. Sin pensarlo dos veces, él había dejado la escuela de medicina (para consternación de sus padres), y consiguió un trabajo como asistente de laboratorio. Luego se casó con Jane en una tranquila boda familiar en el patio trasero de sus padres. A los cuatro meses de embarazo, Jane tuvo un aborto involuntario.

—Eso es horrible —dijo Rebecca. —Lo siento mucho.

—Me sumergí en el trabajo, mientras que Jane se recuperaba. Lo intentamos de nuevo durante tres años. No pensé que alguna vez fuera a suceder.

—Y luego pasó.

—Sí. Ryan nació y todo cambió.

—Los niños hacen eso, ¿verdad?

—Mira Rebecca, mientras estamos buscándolos, necesitamos

obtener tanta información como sea posible sobre el golpe y fuga. Edmonton enviará algunos coches patrulla para ayudar a localizar el camión.

—¿Qué necesitas?

—¿Conoces a alguien que querría hacerte esto? ¿Alguna persona que se haya molestado contigo o quiera desquitarse?

—Debería sentirme ofendida de que pienses que podría tener tales enemigos, pero me he estado preguntando lo mismo. Honestamente, no puedo pensar en alguien que quisiera sacarme de la carretera.

—Mencionaste que tú y tu marido se separaron. ¿Cómo ha ido?

—Tan bien como se podía esperar, supongo. No somos enemigos, si eso es lo que estás pensando. Wesley tiene su carácter, claro. Pero él nunca haría algo como esto. —Un atisbo de duda la acometió. —Sobre todo a sus hijos.

—Dijiste que está en Fort McMurray. ¿Cuándo se fue?

—No estoy segura. Se supone que nos reuniremos cuando regrese, para hablar las cosas. Sobre el divorcio.

—¿Y él está de acuerdo con romper los lazos?

Rebecca tomó un pequeño respiro.

—No le he hecho saber todavía que procedí con el divorcio.

—Pero él ya se lo espera, ¿verdad?

—Creo que sí. Pero a veces pienso que Wesley todavía quiere que volvamos a estar juntos.

—¿Y tú?

—Mi matrimonio se acabó. Ha sido así desde hace tiempo. Tengo que seguir adelante. Al igual que Wesley.

—¿Sabes dónde se está quedando en Fort McMurray?

El corazón le dio un vuelco.

—No. Maldición, nunca pregunté.

—¿Tu marido tiene acceso a camiones grandes, tal vez de algún amigo?

—No. Ya te lo he dicho, Wesley no tiene nada que ver con esto.

—Probablemente no. Pero la policía querrá investigarlo todo. —Lo oyó aclararse la garganta. —Háblame de tu matrimonio.

—¿Qué quieres saber? Nos casamos, tuvimos dos hijos, empleos demandantes, un estilo de vida ocupado, nos distanciamos, y ahora aquí estamos.

—¿Alguna vez te amenazó?

Ella tragó saliva.

—Él no es una persona horrible. En realidad no.

—Rebecca, necesito que seas honesta. ¿Alguna vez te lastimó físicamente?

Miró por encima del hombro a Colton. Él estaba escuchando cada palabra.

—Sí, pero no puedo entrar en detalles. ¿Entiendes?

—Entendido. Entonces tu marido era abusivo físicamente.

—Sí.

—¿Y verbalmente?

—A veces.

—¿Sexualmente?

—No.

—¿Era abusivo con Ella o Colton?

—¡No! —exclamó, un poco demasiado fuerte. —Nunca lo habría permitido. Es una de las razones por las que solicité el divorcio.

—¿Temes por tus hijos?

Ella suspiró.

—Wesley no es del todo malo. Tiene un lado muy dulce. Por eso me enamoré y me casé con él. Pero tiene problemas. Y no sólo de lo que estamos hablando. —Se cubrió la boca con la mano y susurró: —Problemas de juego.

—¿Tienen problemas financieros a causa de ello?

—Algunos. Ha perdido en grande durante el último año, por lo que nuestros fondos están un poco agotados.

—¿Problemas de bancarrota?

—No, todavía no. Y esperemos que nunca. Obtuvo un pequeño préstamo de su padre.

—¿A qué te dedicas, Rebecca?

—Trabajo para la compañía de cable de Alberta. Soy representante de servicio al cliente, o RSC. Mi trabajo es estable, lo que es bastante bueno.

—¿Recuerdas algo más sobre el camión que te golpeó?

Su pregunta salió de la nada. Ella se había dejado llevar por una sensación de seguridad con sus otras preguntas.

—Nada nuevo.

—¿Qué hay de la carretera que tomaste para salir de la autopista? ¿Hay algo, incluso el más mínimo detalle que pueda ayudarnos a identificar su ubicación?

Ella cerró los ojos y visualizó el camino en el que había girado, pero nada especial le vino a la mente.

—El camino estaba despejado al principio. No había nada más alrededor excepto campos de cultivo. Luego segundos más tarde, había árboles y arbustos a ambos lados.

Algo se agitó en su memoria. Luego desapareció.

—Si se te ocurre algo más —dijo Marcus, —llama al 911 inmediatamente. No esperes mi llamada.

—De acuerdo, lo haré.

—¿Ella está despierta?

—No. —Se volvió con precaución. —Colton, comprueba cómo está Ella.

Pasaron unos segundos, luego Colton dijo:

—Se siente fría otra vez.

—Ella está fría —dijo en el teléfono. —No tenemos nada más con qué darle calor.

—Maldita sea —murmuró Marcus.

Ella bajó la mirada hacia el teléfono.

—Y tenemos otro problema.

—¿Cuál?

—La batería de mi teléfono tiene sólo media barra.

Hubo una larga pausa en el otro extremo de la línea.

—¿Marcus?

—Estoy aquí. —Lo oyó aspirar profundamente. —Tenemos que conservar esa batería, así que tendremos que colgar.

Ella contuvo un sollozo. Este hombre, este desconocido, era su línea de vida. Puede que fuera la última voz que escuchara.

—¡Espera! —dijo ella. —¿Vas a llamar de vuelta en diez minutos?

—Sí, pero habrá que ser breves. —Colgó.

17

La lluvia martilleante había amainado, pero las carreteras estaban todavía mojadas, y los charcos en la carretera provocaban que la SUV de Marcus se rezagara. Una ráfaga de viento había llegado a la región, y podía sentir el tirón en su vehículo. Había estado conduciendo durante unos cinco minutos cuando marcó el número de Rebecca en su dispositivo Bluetooth. El teléfono sonó cuatro veces antes de que ella contestara. No era una buena señal.

—Lamento haber tardado tanto en llamar —dijo.

—Supongo que estás muy ocupado —respondió Rebecca.

Él escrutó el interior de la camioneta. *Sí, estoy ocupado.*

—¿Como estás?

—No tan bien.

—¿Qué pasa?

La escuchó suspirar.

—Estoy mareada... tengo sueño.

—No te duermas, Rebecca. Tienes que permanecer despierta. Permanece en la línea conmigo. —Aferró el volante hasta que sus nudillos se pusieron blancos.

—Voy a tratar de retroceder, alejarme de estos árboles. Tal vez pueda encontrar mi camino de regreso a la carretera o a la autopista.

Él esperó, escuchando los sonidos de su respiración y el motor mientras lo encendía.

—Me he movido hacia atrás —dijo, —tal vez unos tres metros. Pero hay otro problema. Uno de los faros del coche se rompió y el otro es tan tenue que no puedo ver ni un metro por delante de mí.

—Aparca. No te preocupes por tratar de volver a la carretera. Es muy peligroso si no puedes ver por dónde vas. Lo último que quieres hacer manejar a ciegas por ahí.

Ella bajó la voz.

—He intentado girar el volante un poco, pero está presionado con tanta fuerza contra mí que fue una auténtica tortura.

—Lo has hecho bien, Rebecca. Tómate un respiro. Descansa.

—Por lo menos tuve una descarga de adrenalina —dijo con una risa corta. —Ahora estoy despierta.

—Eso es bueno. Escucha... tengo que colgar. Pero voy a seguir llamando cada cinco minutos más o menos. ¿De acuerdo?

—Bueno.

—Sé que tienes miedo, pero hay que ser valiente por Colton y Ella. ¿Puedes hacer eso?

—Lo intentaré.

Maniobró la pantalla del GPS y se obtuvo un mapa de la zona. Ella podría estar en cualquier lugar.

—Necesito que trates de recordar algunos puntos de referencia.

—No puedo recordar nada. Estaba lloviendo muy fuerte y el exterior era muy oscuro.

—A veces pensamos que no recordamos, pero está justo allí, detrás de un velo. Así que piensa, Rebecca. Dejaste tu casa y entraste en la autopista en dirección a Cadomin.

—Sí. Yo quería llevar a los niños a ver la cueva. —Su voz se quebró.

—¿Te detuviste en la carretera para cargar gasolina?

—No, llené el tanque antes.

—¿Pararon para ir al baño o para comprar bocadillos?

—Sí, hicimos una parada en Edson. Los niños necesitaban ir al baño. Estuvimos allí menos de diez minutos. Luego regresamos a la carretera en dirección sur, hacia Cadomin.

—¿Cuánto tiempo condujiste antes de notar el camión detrás de ti?

—No estoy segura. Creo que estuve en la carretera durante unos diez minutos, pero pudo haber sido más tiempo. Una vez que empezó a llover, no me di cuenta del tiempo. Estaba demasiado ocupada concentrándome en el camino.

—Escucha, Rebecca, creo que podemos reducir su ubicación.

—Oh Dios... Por favor ayúdanos. —Ella dejó escapar un sollozo.

—Estoy trabajando en ello. ¿Cuánto tiempo condujiste bajo la lluvia?

—No tengo ni idea. Tal vez quince, veinte minutos.

—Lo estás haciendo bien. Pero tengo que colgar ahora. Yo…

—¡Espera! —chilló. —¡Él ha vuelto!

—¿Qué?

—Veo las luces detrás de mí —sollozó. —Viene por nosotros, Marcus. Voy a arrancar el motor.

—Rebecca, trata de mantener la calma. Podría ser alguien…

Oyó el acelerar el motor de su coche.

—No puedo huir de él —gritó Rebecca.

El chirrido de metal sobre metal hizo a Marcus encogerse.

—¿Rebecca?

Ella gritó.

—¡Vamos por un precipicio! Marc…

Silencio.

—¿Rebecca?

Sin respuesta.

—¡Rebecca!

La línea estaba muerta.

Llamó a la línea directa de Leo en el centro.

—El bastardo no se fue, Leo.

—¿Qué?

—Se estrelló contra el coche de nuevo. Rebecca dijo que empujó su coche por un acantilado.

—Pero no hay acantilados en la zona.

—Lo sé. No tiene ningún sentido.

Nada lo tenía.

—No hay acantilados —dijo Leo en voz baja, —pero hay algunos taludes empinados lo largo del río McLeod.

Marcus se encogió.

—¿El río? Oh, demonios.

18

Las luces interiores estaban encendidas, y Rebecca hizo un balance de su entorno. Aunque no podía ver nada más allá de las ventanas, supuso que estaban en el fondo de una zanja o una cantera. Afortunadamente, el coche no se había volteado o rodado, pero había aterrizado con estrépito. El extremo delantero del coche estaba inclinado ligeramente hacia abajo, y el volante presionaba aún más sobre sus costillas.

—¿Va a volver? — gritó Colton.

Inhaló unas cuantas respiraciones irregulares y trató de calmar su pulso acelerado.

—No, cariño. Se ha ido.

—¿Estás segura?

—Sí, Colton. Él no va a volver.

Ella no sabía si esto era cierto o no. Todo lo que veía en el espejo retrovisor era oscuridad total. El camión aún podría estar por ahí, esperando.

Tenía frío, y sus dedos de las manos y pies estaban entumecidos. Los movió, tratando de forzar la circulación de vuelta a sus extremidades. Trató de empujar el volante lejos, pero sólo envió dolorosas dagas a su pecho y la hizo sentir mareada.

—Mamá, Ella está jadeando de nuevo —dijo Colton detrás de ella.

—Dale otra descarga con el inhalador.

Rebecca quería gritar, llorar, desahogarse. Cada fibra de su ser estaba enfurecido por su situación. Sus hijos la necesitaban y ella no podía hacer nada.

—¿El tipo del 911 volverá a llamar pronto? —preguntó Colton.

—En cualquier momento, cariño.

—Bien.

Ella trató de arrancar el coche, pero el motor estaba muerto. Intentó mover la puerta, pero se mantuvo atascada.

—Prueba abrir tu puerta de nuevo, Colton.

Lo oyó gruñir por el esfuerzo, y mentalmente se pateó a sí misma por no haber hecho arreglar la maldita puerta.

—No cede —dijo.

De vez en cuando, el coche daba pequeñas sacudidas sutiles. En algún lugar dentro de la niebla de su mente sabía que eso no era bueno, a pesar de que esta vez el movimiento era más suave, casi pacífico. A veces el coche se estremecía, como si el suelo debajo de éste hubiera cedido un poco. Y juró que escuchó un ruido seco.

—Mis pies se están congelando —dijo Colton.

—Trata de poner tu pie bueno detrás de mi asiento. Tal vez puedas masajearlo para hacerlo entrar en calor.

—Mamá, creo que nuestras botellas de agua se derramaron en el suelo.

Ella movió sus pies y oyó salpicaduras suaves. Bajó la mirada hacia el suelo cerca del freno. Agua. Frunció el ceño. Una gran cantidad de agua.

Fue entonces cuando finalmente lo entendió. ¡Agua! El coche había aterrizado en el agua.

El pánico se elevó en su pecho y subió hasta la garganta. *¡Oh Dios mío! ¡El coche se está hundiendo!* Un gemido escapó de su boca.

—¿Qué pasa? — preguntó Colton, su voz teñida de miedo.

—Nada —mintió ella, su mente acelerada tratando de recordar todo lo que había oído acerca de los vehículos sumergidos y cómo escapar de ellos. —Mis costillas me duelen un poco.

Mantén la calma. Trata de no hacerle saber lo que estás pensando. No hasta que él lo tenga que saber.

Encendió su teléfono y marcó el número 911. Un extraño respondió.

—Necesito hablar con Marcus —dijo ella, luchando por contener el pánico en su voz.

—¿Rebecca? —inquirió el hombre. —Marcus la va a llamar desde su teléfono celular.

—Me dijo que debía llamar si… —bajó la voz, rezando para que Colton no pudiera oírla, —había agua en el suelo del coche.

—Y asumo que la hay —dijo el hombre con voz tranquila.

—Sí.

—Rebecca, esto es lo que vamos a hacer. Usted cuelgue. Llamaré a Marcus y le diré que la llame de inmediato. ¿De acuerdo?

—Bien.

—Y, por cierto —dijo el extraño, —mi nombre es Leo.

—Gracias, Leo. —Ella colgó.

Por favor, Marcus, llama y dime qué hacer.

El teléfono sonó.

—¿Marcus?

—Aquí estoy, Rebecca.

—¿Recuerdas lo que me pediste que buscara? Está en el suelo. Y el coche continúa moviéndose de vez en cuando.

—Háblame del movimiento.

—Al principio era ocasional, pero ahora es constante.

—Descríbelo.

—Es como si estuviéramos en equilibrio sobre un balancín. Y de vez en cuando se siente como si nos deslizáramos hacia adelante, y, a veces parece que caemos unos cuantos centímetros. Es probablemente mi imaginación.

Marcus tragó saliva.

—Podrían estar colgando, meciéndose en un terraplén de algún tipo, o una pequeña colina. —Temía la idea de que su coche pudiera estar de morro en el río.

—No traten de abrir las puertas —le dijo.

Ella gimió.

—No se abren de todos modos.

—¿Puedes percibir si el agua está entrando rápidamente?

Ella movió su pie.

—Está casi al nivel de la parte superior de mi pie, pero no entra a borbotones.

—Bien. Mantenerme informado de qué tan alto sube el agua. Hazme saber si alcanza la mitad de tu pantorrilla.

Ella se estremeció ante la idea.

—Estamos en un río o lago, ¿verdad?

—Si hubieran aterrizado en aguas profundas, el coche se hundiría rápidamente. Sabemos que no están lejos de Edson. Hiciste un trabajo increíble ayudándonos a reducir su ubicación.

—Pero todavía no saben exactamente dónde estamos.

—No. —Ella podía oír la frustración en su voz. —¿Cómo están los niños?

—Colton todavía está atrapado detrás del asiento. Ella apenas se ha movido.

—Continúen administrándole la medicina para el asma.

—¿Qué pasará cuando se acabe?

—Los encontraremos antes de que ocurra.

—Tengo miedo —susurró, apretando el teléfono celular.

—Lo sé.

—Habla conmigo. Necesito una distracción para no perder el valor frente a Colton. ¿Por qué eres operador 911? ¿Qué te hizo elegir ese trabajo?

—Quería ayudar a la gente.

—¿Debido a que no pudiste ayudar a tu esposa e hijo?

—Supongo. Y porque ya no podía hacer el trabajo para el que entrené en un principio.

—¿Cuál era ese?

—Yo era paramédico.

—No es demasiado diferente a lo que estás haciendo ahora. —Ella se masajeó los dedos helados. —¿Por qué dejaste ese trabajo?

—No tuve otra opción.

—¿Fuiste despedido? ¿Por qué despedirían a una buena persona como tú?

Ella escuchó un suspiro.

—No era tan buena persona en aquel entonces. Tomé algunas malas decisiones.

—¿Qué tipo de decisiones?

—Me lesioné el hombro en un rescate de montaña. El médico me recetó algunos analgésicos de alta resistencia. Después de un tiempo, dejaron de funcionar. Algunas noches el dolor era insoportable, pero todavía tenía que hacer mi trabajo.

—¿Por qué no te tomaste un tiempo libre para poder sanar?

—Estábamos cortos de personal, y no podía permitirme el lujo de tomar tiempo libre.

—¿Así que tomaste medicamentos recetados? ¿Por qué sería un problema si un médico los prescribió?

—Cuando los medicamentos dejaron de ser eficaces para soportar dolor, traté de obtener una receta para algo más fuerte, pero me dijeron que no sería capaz de funcionar si lo tomaba.

—¿Así que intentaste ignorar el dolor?

—Ojalá lo hubiera hecho. No, tomé una decisión que me ha perseguido desde entonces.

—¿Qué decisión?

Lo escuchó inhalar profundamente.

—Robé medicamentos de nuestros suministros de paramédicos.

—Y te convertiste en adicto —adivinó ella.

Marcus se aclaró la garganta.

—Sí.

—Así que te despidieron.

—Lo llamaron suspensión temporal. Dijeron que podía encontrar otro trabajo cuando hubiera dejado el vicio. Entonces podría volver a ser paramédico. Leo me ayudó a conseguir un trabajo en el centro de respuesta a emergencias.

Ella pasó saliva.

—¿Tu esposa sabía sobre tu adicción?

—Sospechaba. Pero ella nunca conoció el alcance de la misma. Traté de protegerla de esa parte de mi vida.

—Cuando tu esposa y tu hijo murieron, ¿estabas…?

—Estaba drogado en una cabaña en Cadomin.

Era tan intensa la amargura en su voz que ella se estremeció ante sus palabras.

—Salí de la cabaña tan pronto como lo supe, pero para cuando llegué a la escena del accidente... ya era demasiado tarde. —Las cuatro últimas palabras salieron en un susurro tenso.

Una lágrima se deslizó por su mejilla y ella la dejó allí, absorbiendo el hilo de calor que emitió antes de que se enfriara.

—¿Cómo murieron exactamente? —Tan pronto como las palabras salieron de su boca, ella deseó no haberlas dicho.

—El coche de Jane golpeó un trozo de hielo en la carretera y rodó por una zanja.

Algo en su voz sugería que no estaba contándolo todo.

—¿Quieres hablar de ello? No tengo nada mejor que hacer que escuchar.

—No se supone que debiera estar contándote la historia de mi vida.

—Necesito una distracción, Marcus. No puedo dejar de pensar en dónde estoy, donde están mis hijos. Háblame. Sobre cualquier cosa.

—Me alejé de ellos —comenzó. —Estaba encerrado en una cabaña en el bosque, cerca de la cueva de los murciélagos. Convencí a Jane de que necesitaba un tiempo para pensar, para aclarar mi cabeza. Insistí en que iría una semana a pescar, nada más. Pero mentí. Fui allí con las drogas. Tenía planeado permanecer en una niebla de olvido.

—¿Y lo hiciste?

—Durante cuatro días estuve tan drogado que no supe de mí. Empecé a imaginar cosas, a ver cosas.

—¿Qué tipo de cosas?

—A unos niños. En los bosques alrededor de la cabaña. Vestían pijamas, incluso cuando hacía mucho frío fuera.

—¿Te dijeron algo?

—Al principio no. Pero me dejaron señales de que estaban allí. Regalos extraños en mi puerta.

Rebecca se estremeció.

—¿Y todo esto era imaginario?

—A excepción de los regalos. Eran reales. Frutas, caramelos... no puedo explicarlo.

—Tal vez alguien te estaba jugando una broma.

—Eso pensé también. Así que le pregunté a la dueña de la cabaña si había niños en la zona.

—¿Qué dijo ella?

—Me miró de manera extraña, sacudió la cabeza y se alejó. Supuse que sabía que yo estaba drogado. Probablemente pensó que estaba alucinando. No estoy seguro de que no lo estuviera.

—¿Y entonces qué hiciste?

—La siguiente vez que fui a Hinton a conseguir víveres, localicé a un traficante en el parque y le compré dos tabletas de Vicodin. Para adormecer las visiones extrañas, me dije. Supuse que estaría de vuelta a la normalidad después de eso y no necesitaría nada más.

—Pero no funcionó —supuso.

—Así es. Seguía viendo a esos niños. Dos días más tarde, le compré un frasco de heroína y un paquete de agujas hipodérmicas a un niño en el parque. No recuerdo mucho. Me pasé dos días tumbado en el sofá en un aturdido estupor. Entonces recibí la llamada en la que me dijeron que Ryan y Jane habían estado en un accidente de auto. Me metí en mi coche y conduje. Pero no llegué a tiempo.

—Lo siento tanto, Marcus. Se nota que los amabas mucho.

—Eran mi mundo. Hasta que las drogas se apoderaron de mi vida. Ellos murieron por mi culpa.

—No fue tu culpa —argumentó.

—Sí, lo fue. Jane conducía para ir a verme, probablemente para llevarme a casa.

—Aún así... —Hizo una pausa, buscando las palabras adecuadas. —No fue tu culpa. Fue un accidente. Un giro horrible del destino.

Ella escuchó ruidos en el otro extremo de la línea. Luego, sonó un bocinazo. ¿Desde cuándo tenían bocinas como esas en un edificio de oficinas?

—Marcus, ¿dónde estás?

—Estoy en la carretera.

Ella se llenó de esperanza al instante.

—¿Estás buscándonos?

—Sí.

Contuvo las lágrimas.

—Pensé que estabas en el centro de respuesta del 911.

—Te estoy llamando desde mi teléfono celular, así que sólo tienes que remarcar si necesitas llamarme.

—¿No enviaste a otros a buscarnos?

—Voy a ser honesto contigo, Rebecca. Tenemos demasiados vehículos de rescate en el campo ya comprometidos en otros lugares. Cuando llamaste, nos quedaba sólo un coche de la policía.

—¡No! —gritó ella, y emitió un sollozo ahogado. —Así que además de un vehículo de la policía, ¿nadie más nos está buscando?

—Yo sí. —Su voz era firme esta vez, llena de determinación. —Voy a estar allí pronto. Tienes que colgar ahora. Te llamo en cinco minutos.

—Realmente eres un superhéroe —dijo ella con un gemido.

Desconectó la llamada y se metió el teléfono entre el sujetador y la piel.

—¿Colton? ¿Cómo estás ahí?

Sin respuesta.

Se esforzó por escuchar y oyó el familiar sonido de ronquidos suaves. Colton estaba bien. Probablemente fuera mejor que estuviera durmiendo. Al menos así no sentía el frío.

Hablando de frío...

Movió los dedos de los pies dentro de sus zapatos. Apenas podía sentirlos, ni el cuero barato de su último derroche en Payless. Pero sí sentía algo. El agua en los tobillos.

Las luces interiores se encendieron y apagaron como una luz estroboscópica. No quería pensar en lo que sucedería una vez que las luces se apagaran y se sumergiera en la oscuridad completa. La mera idea la hizo estremecer.

Sacando el teléfono de su sujetador, alumbró con él hacia el suelo. Había agua marrón turbia cubriéndole los tobillos por completo.

Si no los encontraban pronto, contraería hipotermia. Si es que no lo había hecho ya.

Pensó en Colton. Su pierna estaba atrapada, lo que significaba que su pie estaba sumergido en agua helada también.

Apuntó la luz de su teléfono hacia el asiento trasero y movió el espejo para poder verlo. Había logrado encontrar su equipo de hockey y tenía una sudadera envuelta sobre Ella. Sus mallas y otras piezas del equipo estaban apiladas encima de él, lo cual no era una gran barrera contra el frío.

—Oh, Colton... Ella... —sollozó.

Una de las hombreras de Colton se resbaló y aterrizó en el suelo.

Marcus le había hecho prometer que llamaría si el agua subía.

Dirigió la tenue luz de su teléfono celular hacia el parabrisas, pero no pudo ver nada más allá del vidrio. Sólo el negro olvido.

¿Y si ya estamos bajo el agua?

Sintió bilis en la garganta, y luchó para mantenerla a raya. Su estómago se apretó, y luego dio un vuelco. Sujetando el volante para mantener el equilibrio con su mano buena, se inclinó lo más lejos que pudo hacia el asiento del pasajero y vomitó. El olor era abrumador, una combinación de acidez y azufre. A miedo y a muerte.

Abrió su teléfono, vio el número de teléfono de Marcus y pulsó para llamar.

19

Cerca de Cadomin, AB - Sábado, 15 de junio de 2013 - 12:03a.m.

Habían pasado unos veinte minutos desde que Marcus había dejado Edson y la lluvia finalmente había amainado. Sin embargo, aún no había señales del Hyundai de Rebecca. No había visto ningunas huellas frescas que condujeran a alguno de los caminos secundarios. ¿Ya habría pasado la zona en la que Rebecca había sido forzada a salir de la carretera?

Estaba a punto de dar la vuelta cuando un escalofrío se deslizó sobre su cuerpo. Todos los vellos de sus brazos se erizaron. La sensación le hizo pensar en la cabaña en Cadomin, en la que había estado antes del accidente de Jane y Ryan. La de los niños fantasmales en el bosque.

Los faros de su camioneta alumbraron algo en el medio de la carretera.

Hundió el pie en el freno. *¿Jane?*

Parpadeó, pero la visión de su esposa muerta permaneció. Estaba de pie en medio de la carretera, señalando hacia adelante como si lo animara a seguir conduciendo.

Luego se desvaneció.

—¡Sigue conduciendo! —gruñó él. Ya pensaría en el fantasma de Jane más tarde.

El teléfono sonó.

—¿Todo bien, Rebecca?

—Sí, si se le puede llamar "bien" a estar atrapada en un coche dentro del río. —Había un toque de humor seco en su voz, pero la preocupación lo reemplazó rápidamente. —El agua está subiendo, Marcus.

¡Mierda! Eso era lo último que necesitaban.

—¿Todavía se están moviendo?

—Sí, pero no tanto.

Su mal presentimiento aumentó desmesuradamente. Rebecca había conducido fuera de la carretera, entre los árboles, por Dios sabía cuánto tiempo. Había unos pocos lagos en la zona, y el río McLeod con todos sus afluentes. El segundo ataque del conductor del camión misterioso podría haber empujado el vehículo de Rebecca dentro el río.

—¿Estás segura de que no viste nada antes de salir de la carretera? —preguntó. —¿Algo en el bosque o en la carretera, tal vez? Tengo que averiguar dónde saliste de la carretera.

—Todo lo que vi fueron árboles. Ni siquiera estoy segura de haber tomado un camino de verdad. Podría haber sido un condenado sendero, por lo que sé.

Marcus miró por la ventana mientras su camioneta aceleraba por la carretera, sus mirada saltando de un lado a otro. Había numerosas vías no pavimentadas y caminos de tierra que conducían a arbustos a ambos lados. Era un callejón sin salida.

—¿Qué hay de Colton? —dijo de repente.

—Él está durmiendo. —Ella sonaba como si estuviera a punto de llorar.

—Tal vez él vio algo. Tú estabas manejando, tratando de ver el camino por delante. Tal vez él vio algo que tú pasaste por alto. Pregúntale.

—¿Colton? —lo llamó, su voz más fuerte. —Despierta, cariño. Tengo una pregunta para ti. ¿Viste algo cuando salimos de la carretera?

Marcus no pudo entender la respuesta de Colton.

Segundos más tarde, Rebecca regresó al habla.

—Él dice que vio cerdos. Cerdos voladores. —Ella dejó escapar un sollozo. —Oh Dios, está alucinando. Creo que Colton está en estado de shock. Creo que es demasiado tarde.

—No digas eso. Todavía estoy aquí, sigo buscándolos.

—Si es demasiado tarde, quiero que me prometas algo.

—Hey —dijo, tratando de sonar alegre, —no haremos esto ahora. Nada de ese tipo de conversación.

—Marcus, escúchame. Por favor. —La oyó inhalar. —Si no lo logramos, no me gustaría que te culparas a ti mismo. Has hecho todo lo que cualquiera podría pedir y más. Es el destino, ¿recuerdas?

—El destino es un maldito bastardo —dijo entre dientes.

—Estoy de acuerdo. Así que prométeme, nada de culpa.

Marcus maldijo entre dientes y dio un puñetazo en el volante. Luego tomó una respiración profunda.

—Lo prometo. Nada de culpa.

—Mis pies están tan insensibles que no puedo sentir mis dedos.

Casi podía palpar su miedo.

—Un momento, Rebecca. Espera.

—Tengo miedo de colgar. Esta podría ser mi última llamada.

Apenas escuchó sus palabras mientras algo se aparecía por delante. ¡Un anuncio! Uno que había olvidado. Y tallada en madera estaba una imagen de dos cerdos robustos con alas.

—Oh, Dios mío —dijo, eufórico. —Cerdos voladores.

—¿Qué?

—Encontré los cerdos, Rebecca. Colton no estaba alucinando. Es un anuncio a un costado de la carretera de una granja de cerdos. Cerró hace unos años. Estoy cerca.

Un segundo más tarde, Rebecca dijo:

—Colton dice que vio a los cerdos en el cielo, por encima de los árboles. Pero eso no tiene sentido si se trata de un anuncio a un lado de la carretera. —Ella sollozaba incontrolablemente ahora.

—Creo que hay una señal en el edificio. Eso debe ser lo que vio. Un momento.

Unas pocas yardas por delante, Marcus vio el camino de tierra que conducía a la granja de cerdos. Había ido por ese camino antes. Con Jane. Solían comprar carne aquí. Si su recuerdo era exacto, el camino serpenteaba hacia el río y daba vuelta para volver a la carretera aproximadamente un kilómetro y medio hacia el sur.

—Ya sé donde abandonaron la carretera —dijo. —Puedo ver el camino.

—¡Date prisa, Marcus! El agua me llega a las rodillas.

—¡Mamá! —oyó gritar a Colton. —¡El coche está llenando de agua! ¡Tenemos que salir!

—Lo sé, cariño, la ayuda viene en camino —gimió Rebecca. —¡Marcus! ¡Ayúdanos!

Había surcos profundos tallados en el lodo por delante de él. Dos conjuntos de huellas de vehículo, el de Rebecca, y otro de neumáticos anchos de camión con rodaduras pesadas.

Marcus pisó a fondo el acelerador y aceleró por el camino. Se desvió, casi pasando de largo un árbol arrancado que había caído sobre la carretera.

—Estoy casi en la granja. Veo las huellas de sus de neumáticos. Casi estoy allí.

El SUV brincaba y se sacudía mientras él avanzaba por la carretera a una velocidad vertiginosa.

—¡Veo la granja!

Por encima del edificio había una veleta de plata que estaba iluminada por una luz suave. Los cerdos voladores de nuevo.

—Cerdos voladores en el cielo —murmuró. Eso era lo que Colton había visto.

—¿Puedes vernos? —imploró Rebecca. —El agua llega hasta la mitad de mis pantorrillas.

—Estoy casi en el río. —En el otro extremo, escuchó a Colton llorando. —Trata de mantener la calma.

La voz de Rebecca estaba llena de terror.

—El agua está entrando más rápido, Marcus.

La línea de árboles se terminó, y el río apareció a su izquierda, agitado y formando remolinos. Pero no había ningún coche. Siguió el camino junto al río tan rápido como pudo, sus neumáticos entrando y saliendo de las grietas llenas de barro. *¡No dejes que me quedo atascado en el barro ahora!*

A pesar de que no estaba seguro creer en un Dios, se encontró rezando desesperadamente a un ser superior. *Por favor, déjame llegar a tiempo. Por favor, Dios.*

Apretó el Bluetooth con fuerza a su oído.

—Rebecca, estoy cerca de ahí.

—Tengo que salir. Tengo que sacar a mis hijos.

Mientras Marcus daba vuelta a otra esquina, los faros de su coche barrieron a lo largo del lado de la carretera, iluminando el río. Aún nada.

—Rebecca, haz sonar la bocina.

Él bajó la ventanilla y se asomó. A lo lejos escuchó algo.

—¡Otra vez!

Entonces lo escuchó, claro como una campana.

—Están más adelante.

—¿De verdad? —gritó Rebecca. —¿Puedes vernos?

Lo primero que vio fueron dos pares de huellas de neumáticos embarradas que conducían hacia el río. Desaceleró la camioneta y notó una pequeña pero afilada cresta de terreno que se alineaba con la orilla del río. Un árbol fornido tenía un boquete en un lado y lo que sólo podía ser pintura roja raspada en la corteza.

Sólo le tomó un segundo juntar todas las piezas del rompecabezas. Este era el lugar donde el coche de Rebecca había quedado colgando. Había sido empujado a la parte superior de la cresta, donde se había tambaleado mientras se raspaba contra el árbol que había bloqueado la puerta.

Maniobró el todoterreno lo más cerca posible de modo que los faros iluminaron el borde de la orilla. Este era el lugar donde el camión los había embestido una vez más, enviando su coche disparado a través del aire hacia el agua.

—Debería poder verlos en cualquier momento, Rebecca.

Aparcó y saltó de su vehículo. Con el teléfono celular escondido en el bolsillo y el Bluetooth activado, se acercó a la orilla. Barrió la zona con su linterna. Había una caída de alrededor de dos metros y medio hasta el agua, y a su derecha, unos escalones de concreto conducían a un muelle de madera rugosa que se extendía seis metros dentro del río, directamente frente a él. Algo en el extremo del muelle brillaba con una luz tenue.

Allí estaba el coche de Rebecca.

Al intentar escapar del camión había conducido hacia el río, y el impacto final del camión había impulsado su vehículo hacia el aire. Después de un corto vuelo, el Hyundai había aterrizado a mitad del muelle, astillando algunos de los gruesos tablones. Ahora el coche tenía casi una cuarta parte sumergida, la parte delantera más inmersa que la parte posterior.

Maldito sea el infierno.

No pasaría mucho tiempo antes de que el muelle se colapsara por completo y el coche se hundiera completamente dentro del agua. Se le acababa el tiempo, y también a Rebecca y a sus hijos.

—Veo su coche —dijo, con el corazón hundiéndose en su pecho.

—¿Estás aquí?

—Deberías poder ver la luz de mi linterna. Detrás de ti. —Él la saludó.

—Veo la luz. Marcus, por favor date prisa.

Un rayo onduló en el cielo nocturno. Un trueno resonó unos diez segundos más tarde.

—¿Qué fue eso? —gritó ella.

—Se avecina otra tormenta.

Lo último que necesitaban era otro aguacero. El agua estaba ahora casi a la mitad de la ventanilla del conductor en el exterior.

Él explicó rápidamente dónde estaba y cómo el muelle era la única cosa que les impedía hundirse.

—La siguiente parte va a ser difícil. Hay que ser muy valiente y hacer todo lo que les digo.

—Lo haré. ¿Qué es lo que tengo que hacer?

Tras abrir la portezuela de la camioneta, él cogió los respiradores y el kit.

—Dile a Colton que suba a Ella en su regazo. Él tiene que mantener su cabeza por encima del agua.

La oyó repetir sus palabras a Colton.

—Bien. Ahora escucha con atención. La presión del agua en el exterior de su coche hace que sea imposible abrir las puertas. Así que van a tener que escapar por las ventanas.

—Pero la batería no funciona. No podemos bajar los cristales.

—Voy a romperlos. Uno a la vez. El tuyo primero.

—Pero, ¿eso no hará que el coche se hunda más rápido?

Él cerró los ojos.

—Sí, pero ya se están hundiendo, Rebecca.

—Oh, Dios…

—¿Qué tan alto llega el agua en el interior? —preguntó, comprobando los niveles de oxígeno en los tanques. Los dos estaban completos.

—Hasta mi cintura. —Ella le dijo algo a Colton. —Colton dice que el agua está hasta sus rodillas. Tiene a Ella, gracias a Dios. Colton, tienes que sostener a Ella. Mantén su cabeza por encima del agua.

—Tengo que colgar —dijo él, —y cuando lo haga, quiero que llames a Leo al 911 y le digas que estamos en la granja de cerdos de Angelo. ¿Puedes hacer eso?

—Sí.

Marcus se aseguró de que las linternas de emergencia estuvieran aseguradas a las correas de los respiradores.

—Voy a nadar hacia el coche dentro de un segundo.

—Date prisa.

Buscó en el kit hasta que encontró un llavero ResQMe azul brillante. La herramienta de rescate era utilizada por numerosas organizaciones de emergencia para los rescates rápidos de vehículos, e incluso el público podía comprarlos. Una pulsación sobre el vidrio de vehículo liberaría una espiga cargada por resorte que rompería una ventana lateral. También tenía un cortador para cinturones de seguridad oculto bajo el clip de plástico.

Se guardó el ResQMe en el bolsillo de los vaqueros.

—Dile a Leo que voy por ustedes.

—¿Cómo vas a rescatarnos a todos tú solo?

—¿Todos saben nadar?

—Sí. Hice que los niños tomaran lecciones.

—¿Qué hay de ti?

—Yo era salvavidas cuando tenía dieciséis años. Pero estoy muy atascada aquí.

Luego él le hizo la pregunta que causaba que su estómago se encogiera.

—¿Cuánto tiempo puedes aguantar la respiración?

—No sé. Un minuto, tal vez más. Nunca me he cronometrado. —Había temor en su voz.

—¿Qué hay de Colton? —preguntó.

—Él puede recoger una media docena de pesas del fondo de la piscina en una sola inmersión. Eso probablemente tarda más de un minuto, ¿verdad?

—Probablemente. —Se dirigió hacia la orilla del río. —De acuerdo... no están lejos de la costa. Tal vez a seis metros. Todo lo que tienen que hacer es mantener sus bocas por encima del agua hasta que llegue allí.

—Lo haremos.

—Tengo dos tanques respiradores de oxígeno pequeños. Cada uno está preparado para dos personas, por lo que tenemos suficiente aire para todo el mundo. Ahora escucha. El agua te sumergirá a ti primero debido al ángulo del coche, así que voy a darte el primer tanque. Luego iré con los niños.

—¿Qué hay de Ella? Todavía está inconsciente.

—Tendrá una máscara que le cubrirá la nariz y la boca. Todos nosotros la tendremos. Los niños compartirán un tanque. Tú y yo vamos a compartir el otro. Una vez que los saque de ahí, todos vamos a nadar a la superficie juntos. Yo llevaré a Ella. Asegúrate de decirle a Colton exactamente lo que va a pasar y lo que voy a hacer.

—Él estará aterrado cuando el agua entre —susurró.

—Lo sé. —Él se frotó la frente. —Tengo que colgar ahora.

—Adiós, Marcus.

—Recuerda llamar a Leo.

—Lo haré.

—Y recuerda respirar, Rebecca.

Después pulsar el botón de desconexión, clamó:

—¡Jane! ¡Ayúdame a ayudarlos! *Por favor, déjame llegar a ellos y sacarlos del coche a tiempo.*

20

Cerca de Cadomin, AB - Sábado, 15 de junio de 2013 - 12:11a.m.

Rebecca llamó al amigo de Marcus, Leo.

—Él va a nadar hacia nosotros —dijo mientras le explicaba rápidamente su situación.

—Marcus es un buen nadador —dijo Leo. —Él sabrá qué hacer. ¿Qué tan alto está el nivel del agua dentro de su coche?

—Más arriba de mi cintura. Mis hijos están en la parte de atrás, donde el agua está más baja.

—Espere. —Un segundo más tarde, Leo regresó. —Tengo buenas noticias.

Ella dejó escapar un suspiro.

—Me caerían muy bien justo ahora.

—Tenemos a una ambulancia y dos coches patrulla en camino. Están a quince minutos de distancia.

—Dudo que tengamos quince minutos.

—Mantenga la calma. La ayuda está en camino. Y, ¿señora Kingston?

—¿Sí?

—Estoy orando por usted y sus hijos.

—Gracias, Leo. Eso también me caería muy bien.

Cortó la llamada, y luego miró por encima del hombro y vio la expresión de terror de su hijo. Le dirigió a Colton una sonrisa temblorosa.

—Cuando Marcus rompa mi ventana, quiero que sujetes a tu hermana y contengas la respiración si el coche se llena. —El miedo en los ojos de su hijo casi la ahogó, pero ella siguió adelante. —Marcus nos va a rescatar. ¿Entiendes?

—Está bien. Me aferraré a Ella, y te prometo que no la soltaré.

—Marcus dice que estamos muy cerca de la orilla. ¿Crees que puedas nadar con el dolor de tu pierna?

Colton asintió y se limpió las lágrimas en su mejilla.

El coche se estremeció, y ellos chillaron cuando se sacudieron hacia adelante.

Ella respiró hondo.

—El coche va a llenarse de agua muy rápido, Colton. Vas a tener que aguantar la respiración, pero no por mucho tiempo. Marcus tiene tanques de oxígeno. Ya sabes, como un equipo de buceo. Él me va a dar el primer tanque tan pronto como abra la puerta. Luego les dará uno a ti y a Ella.

—¿Tanques de buceo? Genial. ¿Qué hay de ti, mamá? Estás atrapada. ¿Cómo vas a salir?

—No te preocupes por mí. Me las arreglaré.

—Y tenemos al superhéroe —dijo Colton con una amplia sonrisa.

—Sí. —Ella se encogió cuando un dolor abrasador estalló en su pecho. —Sólo prométeme que serás valiente.

—Lo prometo.

—Te amo, cariño —dijo ella, tragando un sollozo.

—Yo también te quiero, mamá.

—Estoy muy orgullosa de ti, Colton. Eres tan fuerte y…

Se quedaron en completa oscuridad.

Colton dejó escapar un chillido.

—¡Enciende las luces de nuevo!

Rebecca manoteó los controles del salpicadero.

—¡Venga! —exclamó entre dientes. —¡Enciende!

Las luces se encendieron, apagaron, y volvieron a encenderse.

Se tapó la boca con una mano. Tenía miedo de moverse o respirar. Si ella sentía tal miedo por quedarse en la oscuridad, sólo podía imaginar el miedo de su hijo. *Contrólate, Rebecca.*

—Colton, voy a darte mi teléfono celular. Si las luces se apagan, puedes abrirlo y encenderlo. ¿De acuerdo? Voy a tener que arrojártelo.

—Lo atraparé. —La determinación valiente en su voz la hizo sonreír.

Se volvió y se quedó mirando a los ojos de Colton. Le temblaba la mano mientras sujetaba el teléfono. Había sido su línea de vida. Literalmente.

Puedes hacerlo.

Ella arrojó el teléfono celular y suspiró de alivio cuando él lo atrapó.

—Cuando salgamos de aquí, tal vez deberías intentar con el béisbol —dijo ella, tratando de inyectar un poco de humor a una situación escalofriante.

—¿Puedo llamar a papá? —le preguntó Colton con voz temblorosa.

—Puedes intentar.

Se mordió el labio inferior para no llorar. No tenía caso ahorrar la energía de la batería ahora. Colton necesitaba oír la voz de su padre. Para decir adiós.

Ella sacudió su cabeza con fuerza. *¡No! Vamos a sobrevivir.*

—Papá no contesta —dijo Colton.

—Déjale un mensaje. —Su voz se quebró en la última palabra.

Hubo silencio en el asiento trasero.

—¿Colton?

—Colgué. No supe qué decir.

—Está bien, cariño. Él sabe que lo amas. Y papá te ama.

Colton empezó a sollozar.

—Por favor, deja de llorar —dijo ella, deseando poder sujetarlo en sus brazos. —Sé que tienes miedo, cariño. Yo también, pero tenemos que tener fe. Tenemos que creer que vamos a estar fuera de aquí pronto.

—¿De verdad piensas eso?

—Sí, lo sé. Sé valiente, cariño.

Escuchar sus sollozos la hizo enojar. No con él, sino con su propia inutilidad.

Hirviendo de frustración, agarró el volante y lo empujó con todas sus fuerzas. Con las caras de sus hijos en su mente, trató de zafarse. Pero cada movimiento enviaba severos dolores como cuchilladas a través de sus costillas.

Sus ojos se anegaron con lágrimas, y se le agotó toda la energía. A medida que sus emociones se colapsaban, lloró tan silenciosamente como le fue posible para que Colton no escuchara. No había nada más que pudiera hacer excepto rezar por un milagro.

21

Cerca de Cadomin, AB - Sábado, 15 de junio de 2013 - 12:11a.m.

Otro destello irregular con forma de rayo cruzó el cielo, y un golpe seco se escuchó unos cinco segundos después.

—Maldita sea —murmuró Marcus. La tormenta se estaba acercando.

Abrió la puerta del coche, arrancó el Bluetooth de su oreja y lo arrojó en el asiento del pasajero junto a su teléfono celular. Se quitó la camisa y se colgó las correas de los tanques de oxígeno por encima del hombro. Con una linterna en la mano, se metió en el río. El agua estaba fría, pero él siguió adelante. El terreno descendía bruscamente. Se lanzó al agua y nadó hacia el coche. Le llevó menos de cinco minutos.

Cuando llegó a la puerta del conductor, las juntas debajo de la parte delantera cedieron y el coche se deslizó más profundamente en el río.

¡Mierda!

Golpeó con la linterna la parte superior del coche y oyó una respuesta silenciosa.

¿Cuánta agua hay dentro?

La manija de la puerta estaba fuera de su alcance, por lo que se sumergió. No se molestó con la máscara. Se trataba de una inmersión de reconocimiento. Además, necesitaba conservar el aire en su tanque en caso de que no pudiera liberar a Rebecca de inmediato y tuviera que salir con ella.

La puerta no se movió. Alumbró una ventana con la linterna. El ángulo inclinado del coche había empujado a Rebecca sobre el volante.

—¡Aprisa! —articuló ella.

Él asintió con la cabeza, y luego nadó a la superficie y alumbró dentro de la ventana trasera. Colton había empujado a Ella inconsciente arriba sobre la parte superior del respaldo del asiento, contra el vidrio trasero. El agua estaba hasta el pecho del chico.

Cuando Colton percibió la luz, el niño aterrado apretó la cara contra la ventana y gritó algo. Fue desgarrador de presenciar.

Marcus le dio a Colton la señal de OK, y levantó un dedo. *Un minuto más, y estarán todos fuera.* Rezó para que el niño lo entendiera.

La sincronización correcta era esencial. Marcus sabía que tenía que darle el primer tanque a Rebecca en cuanto rompiera la ventana. Estarían conteniendo la respiración mientras el coche se llenaba. Tendría que abrir la puerta de atrás, asegurar las máscaras de los niños y conseguir llevarlos hasta la orilla.

Luego volvería por Rebecca.

La pregunta era, ¿podría sacarlos vivos a todos?

22

Cerca de Cadomin, AB - Sábado, 15 de junio de 2013 - 12:15a.m.

Rebecca dejó escapar un grito victorioso tan pronto como vio la tenue luz que se movía en el agua hacia ellos.

—Marcus está aquí. Afuera del coche. —Volvió la cabeza y vio a Ella, que estaba encima del asiento trasero. —Eres brillante, hijo. Ese es el lugar perfecto para tu hermana.

El coche se sacudió y se movió hacia adelante, y cada uno de ellos dejó escapar un grito.

—¿Qué está pasando, mamá? —gritó Colton.

—Sólo un poco de movimiento. Mantén la calma.

Rebecca sabía lo que había sucedido. El coche se había hundido más dentro del río.

Colton se quejó.

—¿Estás bien, cariño?

—¡Estoy casi libre, mamá! El asiento se movió hacia adelante. Mi pierna está casi libre.

—Eso es impresionante, cariño. Sigue trabajando en ello. ¿Cómo está Ella?

—Está respirando muy fuerte.

—Dale otra dosis.

—Perdí el inhalador —dijo en un tono triste. —Está en el agua en alguna parte.

Ella tomó una inhalación fortalecedora, pensando en el inhalador de repuesto que estaba encerrado en la guantera.

—Está bien. Marcus está aquí ahora.

—¡Estoy libre! —gritó Colton segundos más tarde.

Cuando él medio caminó, medio nadó hacia ella, Rebecca levantó una mano y sacudió la cabeza.

—¡No! No te muevas. No queremos que el coche se mueva más todavía. Quédate atrás y mantén la cabeza por encima del agua. La de Ella también.

—¿Pero qué hay de ti? Tal vez pueda liberarte.

—No, cariño. Tenemos que confiar en Marcus. Él sabrá qué hacer.

Algo golpeó contra el coche. Rebecca golpeó la ventana en respuesta.

La luz se acercó. Entonces vio a Marcus. Su cara estaba distorsionada por el agua sucia y la luz tenue, pero nunca se había sentido tan contenta de ver a alguien en toda su vida.

Ella lanzó un profundo suspiro.

—¡Aprisa!

Nadó hacia la parte trasera, y un minuto después, desapareció.

—¡Ayúdanos! —sollozó Colton, golpeando la ventana.

—Cariño, sé que tienes miedo, pero tenemos que mantener la calma.

—¡Quiero salir, mamá! ¡Sácanos!

—Lo sé.

Lloró abiertamente ahora, meciéndose hacia adelante y hacia atrás, abrazando su pecho. El corazón le dolía por su hijo y por Ella. *Dios, por favor... si no puedes salvarnos a todos, salva a mis hijos. Salva a Ella y Colton. Por favor...*

No podía imaginar la vida sin sus bebés. No concebía el hecho de nunca poder abrazarlos de nuevo.

—¿Y si morimos aquí? —preguntó Colton.

La pregunta envió carámbanos de hielo bajando por su espina dorsal.

—No nos vamos a morir.

—Pero, ¿y si nos ahogamos?

—Marcus no va a permitir que eso suceda.

No sabía por qué confiaba tanto en un extraño para salvarlos, pero había habido algo en la voz de Marcus que la hacía sentir tranquila, le hacía creer que todos saldrían vivos de esa pesadilla.

Bajó la mirada hacia el volante que la inmovilizaba. *O al menos algunos de nosotros sobrevivirán.*

Con una alta probabilidad de daño interno y definitivamente algunas costillas rotas, dudaba que tuviera fuerzas para nadar, y mucho menos para salir del coche. Marcus estaría ocupado con los niños. Para cuando los llevara a la orilla y volviera por ella, podría estar muerta.

Pero Colton y Ella estarán vivos.

Sonrió, imaginando su vida a medida que crecían. ¿Serían adolescentes rebeldes? ¿Wesley sería capaz de manejarlos? ¿Qué iban a hacer con sus vidas? ¿En qué se convertirían?

El agua había subido hasta sus pechos. Aunque la mayor parte de su cuerpo estaba entumecido por el frío, mantuvo sus manos sobre su cabeza y flexionó los dedos helados de vez en cuando. Respirar le hacía daño en las costillas, y trató de controlar su respiración irregular. Una oleada de náuseas recorrió su cuerpo. Su visión se volvió borrosa, y sin importar cuánto parpadeara, no lograba enfocar.

Por favor Dios, no dejes que me desmaye ahora.

Pero Dios no estaba escuchando.

23

Con la máscara en su lugar, Marcus se sumergió al lado del coche. Podía ver la luz color marrón procedente del faro. Las luces interiores parpadeaban, encendiendo y apagando. Alcanzando el lado del conductor, sujetó la linterna delgada en una mano y la agitó sobre la ventana.

Rebecca no se movía. Ella se había desmayado, y su boca estaba a unos centímetros del agua.

Tenía que actuar con rapidez.

Dirigió la luz al asiento de atrás y saludó a Colton. El niño se trasladó a la ventana y golpeó el cristal. Fue así como Marcus se dio cuenta de que Colton ya no estaba atrapado en la parte posterior. Era libre.

¡Gracias a Dios por eso!

Colton señaló a su hermana, le sonrió a Marcus y dio el pulgar hacia arriba. El chico estaba listo.

Ahora venía la parte difícil.

Marcus regresó a la ventanilla del conductor y sacó la herramienta ResQMe de su bolsillo. Sosteniéndola con una mano, colocó la cuchilla en medio de la ventana. Empujó hacia abajo, sintiendo la dureza del muelle dentro del dispositivo. Una red de grietas apareció y el agua se filtró en el interior del coche.

Un segundo después la ventana cedió a la presión. Empujó los fragmentos de vidrio a un lado y empujó un tanque a través del agujero. Fijó la máscara sobre la boca de Rebecca, drenando el agua de ella mientras trataba de ignorar los movimientos agitados en la parte trasera del coche y los gritos de Colton.

¡Espera, Colton! ¡Ya voy!

Marcus miró hacia el asiento de atrás y vio a los niños pegados a la ventana trasera, donde había una pequeña bolsa de aire. Duraría quizá unos treinta segundos.

Se trasladó hacia la puerta trasera. *Bien, ahora es cuando la sincronización lo es todo.*

Con un movimiento rápido del ResQMe, la ventana trasera se hizo añicos. Encajó su cuerpo dentro de la ventana para frenar el flujo de agua y poder llegar hasta los niños. Con su peso añadido, el coche se deslizó aún más dentro del río. Tomó una respiración profunda, la sostuvo y se quitó la máscara. Sin tiempo que perder, la deslizó sobre el rostro de Ella y la drenó. Segundos más tarde, el agua del río llenó el interior del coche y éste se hundió, aterrizando en el suelo del río con un ruido sordo.

Por el rabillo del ojo, vio a Colton tomar una última bocanada de aire. El muchacho sujetó su brazo y apuntó hacia su boca mientras sus ojos se ensanchaban con alarma. Marcus sujetó la máscara secundaria alrededor de la cabeza del niño y pulsó el botón de descarga. Un segundo más tarde, Colton asintió y levantó un pulgar.

Chico valiente.

En segundos tenía el tanque atado a la espalda del chico. Pero ahora Marcus necesitaba aire. Pasando a la parte delantera del coche, acomodó su cuerpo entre el asiento del conductor y el pasajero, asegurando entonces la máscara secundaria del tanque de Rebecca en su rostro. En tanto que tomaba unas cuantas bocanadas de aire, examinó a Rebecca. Ella todavía estaba inconsciente, con el pelo a la deriva como filamentos de algas alrededor de su cara. Él palpó su pecho. Su respiración era espasmódica. No es una buena señal.

Miró por encima del hombro a sus hijos. Estaban sentados en el asiento trasero. Colton les había puesto el cinturón de seguridad para evitar que flotaran hacia arriba contra el techo del coche. El muchacho no se daba cuenta de lo peligrosas que eran sus acciones. El cinturón de seguridad podría atascarse.

Marcus palpó la herramienta ResQMe en su bolsillo. Todavía la tenía. En el peor de los casos, podría cortar los cinturones de los niños.

Evaluando la situación, se dio cuenta de que sólo había una cosa que podía hacer. Tenía que llevar a los niños a un lugar seguro y volver por Rebecca después. Lo que más le alarmaba era la posibilidad de que Rebecca recuperara la conciencia y descubriera que sus hijos no estaban. Si ella entraba en pánico, podía lastimarse seriamente, especialmente si una costilla rota había perforado su pulmón, como sospechaba.

Tomó una respiración profunda, la retuvo, luego se retiró la máscara y se trasladó hacia los niños. El cinturón de seguridad se liberó con facilidad, y tiró de Colton y Ella hacia él. Señaló hacia la puerta y comenzó a salir, pero Colton tiró de su mano y señaló a su madre.

Marcus negó con la cabeza y señaló hacia arriba. Luego arrastró a ambos niños fuera por la puerta y comenzó a nadar a la superficie. Con Ella bajo el brazo, aferró a Colton y utilizó la otra mano para tirar de ellos hacia arriba.

Unas cuantas brazadas después, salieron a la superficie.

Colton se arrancó la máscara. Jadeante, gritó:

—Usted tiene que volver por mi madre.

Marcus se quitó la máscara.

—Lo haré. Tan pronto como los lleve a la orilla.

—Yo puedo llevar a Ella.

Marcus negó con la cabeza.

—Lo siento, hijo, pero los voy a llevar a la orilla primero. Tu madre nunca me lo perdonaría. ¡Ahora, nada!

Pareció tomarles una eternidad llegar a aguas poco profundas. Colton se quitó el tanque, se lo pasó a Marcus y corrió hacia la orilla. Marcus lo siguió de cerca, con Ella balanceándose en sus brazos. Cuando llegaron a su coche, él la dejó en el asiento de atrás y le quitó la máscara. Le tomó el pulso. Era débil pero regular.

—Entra —le dijo a Colton.

El muchacho se subió al lado de su hermana. Estaba temblando violentamente, así que Marcus encendió el motor y reguló la temperatura. Extrajo dos mantas del kit de emergencia y las envolvió alrededor de ambos niños.

—Colton, quédate aquí con tu hermana. ¡No te muevas! ¿Entendido?

—Entendido. —Los dientes del niño castañeaban.

Marcus alcanzó su teléfono celular del tablero.

—Aquí está mi teléfono. Llama al 911 y pregunta por Leo. Dile que Ella y tú están a salvo, pero necesitamos una ambulancia.

Colton asintió.

Marcus revolvió el pelo mojado del niño.

—Ahora voy a volver por tu mamá.

Las lágrimas corrían por las mejillas del chico.

—Ella dijo que tú nos salvarías.

Mientras corría hacia el río, Marcus esperó en Dios que no fuera demasiado tarde.

24

Cerca de Cadomin, AB - Sábado, 15 de junio de 2013 - 12:20 a.m.

Rebecca sintió una presión inusual en su cara. Luchando contra las oleadas de vértigo, abrió los ojos y parpadeó dos veces. Su alrededor eran nebuloso.

¿Dónde estoy?

Extendió la mano para secarse los ojos, pero su mano flotó en cámara lenta, luego se impactó contra algo duro. Sus dedos rozaron el objeto, trazando su contorno.

Una máscara.

Fue entonces cuando sus recuerdos se precipitaron hacia atrás. *Estoy en el coche. Estamos en el río, bajo el agua. Oh, Dios... Ella y Colton.*

Dejó escapar un suspiro y se giró en su asiento. La parte trasera del coche estaba vacío. El miedo se deslizó por su garganta, y el corazón le dio un vuelco en el pecho. Apaciguó su terror cuando vio que la puerta trasera del coche estaba abierta.

Y tengo puesta una máscara de oxígeno. ¡Marcus! Él tiene a los niños.

La luz interior atenuó y se extinguió. La oscuridad la engulló.

Sintió el tanque frío a su lado. Marcus lo había atorado entre los asientos. Pasó sus dedos sobre las correas y descubrió algo largo y estilizado unido a ellas. Una linterna.

Con cuidado, tiró de ésta hacia ella y la encendió. Gimió de alivio. Esa transitoria y triste oscuridad la había hecho sentir como si estuviera enterrada viva.

Mantén la calma. El vendrá por ti.

Lo único que podía hacer en ese momento era escuchar el sonido errático de su respiración.

Nunca había sentido tanto frío en toda su vida, ni siquiera cuando Wesley la había llevado a esquiar en Whistler, BC, y ella había aterrizado en un banco de nieve en la parte inferior de la colina de conejito. Ella le había dicho que no sabía esquiar, pero él lo había hecho sonar tan condenadamente fácil. Recordó que habían ido de vuelta al hotel después de eso y se había sumergido en el jacuzzi durante más de una hora para conseguir sacar el frío de sus huesos.

Voy a necesitar más que una hora en un jacuzzi ahora.

Tosió y lanzó un grito de agonía. ¿Dónde estaba Marcus?

Apuntó la linterna hacia la ventana rota. Nada se movía.

Se estaba haciendo más difícil respirar. *¿Se terminaría el oxígeno del tanque?*

Apuntó la luz hacia el tanque. El medidor señalaba que estaba casi lleno. Así que ¿por qué era tan difícil respirar? ¿Estaba teniendo un ataque de pánico?

Algo llamó su atención. Una brillo en el agua.

Marcus venía por ella.

Dejó escapar una tos sibilante y trató de recuperar el aliento. Una opresión ondulatoria se ciñó alrededor de su pecho y costillas, apretándola como si fuera presa de una monstruosa boa constrictor. Exprimió todo aliento fuera de su cuerpo, dejándola sin aire y estremeciéndose por las náuseas.

Dejó caer la linterna.

Buscó a Marcus girando su cabeza alrededor. Su luz se percibía más cerca. Casi había llegado. Tardaría un minuto más tal vez. Podía aguantar ese tiempo. Tenía qué hacerlo.

Los segundos pasaban con una lentitud implacable.

Entonces lo vio.

Marcus nadó hacia la ventana e hizo un gesto con la linterna y una pequeña herramienta hacia el cinturón de seguridad. Ella asintió y señaló su máscara, esperando que él entendiera que estaba teniendo problemas para respirar. La mirada que le dirigió le hizo darse cuenta de que sabía exactamente el peligro que corría.

Él tiró de la puerta del coche. Una vez abierta, cortó el cinturón de seguridad, liberándola de su sujeción. Manipuló la palanca lateral del asiento, pero nada se movió. Luego metió la mano bajo sus piernas para alcanzar la palanca que empujaba el asiento hacia atrás.

Ella cerró los ojos y trató de no pensar en el dolor. En su lugar, se concentró en Colton y Ella. Estaban a salvo. Tal vez en una ambulancia.

Iban a ser calentados y cuidados, y eso era todo lo que importaba.

Sintió un pequeño estallido cerca de sus costillas. Cuando abrió los ojos y miró hacia abajo, se dio cuenta de que Marcus había deslizado su asiento hacia atrás. Era libre.

Él desatascó el tanque de entre los asientos. Deslizando su brazo por la correa, ancló su tanque al de ella. Luego se acercó a ella. Ella puso sus brazos alrededor de su cuello, aferrándose a él y llorando mientras él la sacaba del coche. Con un brazo alrededor de su cintura, la arrastró a través del agua turbia.

Cuando llegaron a la superficie, sus ojos se dirigieron a los múltiples rayos de luz brillante procedentes de la orilla. Faros. Una ambulancia y dos coches de policía, con luces intermitentes sobre los tres, estaban aparcados junto a un coche. Y todos los faros apuntaban hacia el río.

Flotando en el agua, Marcus se quitó su máscara, y luego la de ella.

—La ambulancia está aquí —dijo, su voz llena de alivio.

—Sí, tu amigo Leo me pidió que te dijera que estaba en camino. Te habría llamado para decírtelo, pero ya estabas en el agua.

Él le dirigió una sonrisa radiante.

—Vamos a llevarte a la orilla, Rebecca Kingston. Tus hijos te están esperando.

25

Acompañado por la luz de un relámpago y el retumbar de un trueno, Marcus sacó a Rebecca del río. Fue recibido por Ashton Campbell y Gabbie Gros, dos paramédicos que había conocido en sus días en el campo.

—Hola, Ash —saludó Marcus.

—¿Qué tienes ahí?

—Ella tiene al menos una costilla rota. —Marcus colocó a Rebecca en la camilla.

Los paramédicos entraron en acción inmediatamente, comprobando sus signos vitales y evaluando sus heridas antes de envolver una manta de emergencia a su alrededor. Gabbie le dio una manta a Marcus también, y él la puso sobre sus hombros, temblando mientras su cuerpo luchaba para recuperar un poco de calor.

—Mis hijos —murmuró Rebecca con ojos delirantes.

—Su hija sufrió un ataque de asma agudo —dijo Gabbie. —Le dimos prednisolona oral, oxígeno y salbutamol nebulizado.

—¿Está estable? — preguntó Marcus.

Gabbie asintió.

—Está fuera de peligro. Les pusimos oxígeno a ella y a su hermano. Tienen hipotermia menor. —Ella palmeó el brazo de Rebecca. —Y la pierna de su hijo sufrió un esguince, pero no hay fractura. Aparte de eso, no hay nada de qué preocuparse. Sus hijos van a estar bien.

—Es por usted por quien hay que preocuparse ahora, señora Kingston —dijo Ashton a medida que introducían la camilla en la ambulancia. —Marcus, tenemos que irnos. La tormenta se está acercando, y tenemos que llevarla al hospital.

—¿A qué hospital?

—Al de Hinton. Edson no tiene camas disponibles. Por los recortes.

Ashton le indicó a Marcus que se hiciera a un lado.

—¡Espere! — dijo Rebecca, agarrando el brazo de Marcus. — Tienes que venir con nosotros. Nos has salvado.

—No puedo ir en la ambulancia. No es el protocolo. —Incluso mientras lo decía, Marcus enumeró todas las reglas de protocolo que ya había roto. *Habrá mucho qué pagar más tarde.*

—Nos veremos en el hospital —le dijo. —Lo prometo.

Dentro de la ambulancia, Ella y Colton yacían lado a lado en una segunda camilla. Con mantas apiladas encima, sus pequeñas caras eran apenas visibles.

Colton levantó una mano y saludó.

—Eres un superhéroe.

Marcus le devolvió el saludo.

—Ten cuidado, amigo. Nos vemos en el hospital.

—¡Taylor! —llamó alguien.

Marcus se dio la vuelta. John Zur se encontraba a unas yardas de distancia, y el detective no se veía muy feliz.

—Mierda —murmuró Marcus entre dientes.

Se dirigió hacia Zur, pensando en todas las excusas que podía dar para justificar su flagrante falta de respeto a las normas. Pero sólo había una excusa que se le ocurría que tenía sentido. Rebecca y sus hijos habían necesitado que alguien les ayudara, y Marcus habían sido el único "alguien" disponible.

Los segundos se convirtieron en minutos mientras Zur lo estudiaba.

—¿Qué ha pasado, Marcus?

—Puedes ver lo que ha pasado, John. —*Salvé a una mujer y a sus hijos. Están vivos debido a mí. No dejé que murieran como Jane y Ryan.*

Cuando Zur terminó de sermonearlo, Marcus echó un vistazo a su reloj. Eran las 12:39. No podía creer lo mucho que su vida había cambiado en las últimas veinticuatro horas.

—¡*Marcus!*

Volvió a la ambulancia. En el interior, Rebecca estaba discutiendo con Ashton y Gabbie.

—Hey, no les dificultes su trabajo —dijo con severidad fingida. — Hay que dejar que ellos se encarguen de ti.

—Necesitaba hablar contigo —dijo ella, recostándose de nuevo.

—Te veré en el hospital. Podemos hablar todo lo que quieres

entonces.

Miró hacia él, luego sonrió.

—Tu voz corresponde a tu apariencia.

—¿Qué?

—Te ves exactamente como te imaginaba.

—¿Quieres decir empapado, temblando y castañeando los dientes? ¿Eso es lo que imaginabas? —Él rió.

—Te ves como un hombre decente. Un poco tosco, quizá.

La sonrisa que ella le dedicó envió un calor intenso a través de su cuerpo.

—Rayos, no estoy seguro si eso es bueno o no.

—Es algo bueno —dijo. —En el teléfono, tu voz me hizo pensar en Russell Crowe.

Él agitó una mano en el aire.

—Nah. Me han dicho que me parezco más a Gerard Butler. Antes de comenzar a hacer ejercicio.

Ella rió.

—No estás en tan mala forma. De lo contrario no habrías sido capaz de hacer lo que hiciste esta noche.

—Bueno, tú eres incluso más bonita de lo que te imaginé. Incluso si estás empapada y tu cabello está apelmazado.

Ella se tocó el pelo.

—No estoy en mi mejor momento, ¿verdad?

Él sonrió.

—Supongo que tendré que esperar y ver cómo te ves estando seca. Ahora ve.

Mientras él se daba la vuelta, ella gritó:

—¡Una cosa más!

—¿Qué cosa? —preguntó él, mirando por encima de su hombro.

—Gracias por encontrarnos.

—De nada. Ahora acuéstate.

—Sí señor.

—¡Hey, Marcus! —gritó Gabbie.

—¿Sí?

—Te echamos de menos. ¿Cuándo vas a volver?

—Creo que no lo haré. Mis días como paramédico han terminado. —Y por una vez, él estaba en paz con ese pensamiento.

—Descansa un poco —le dijo a Rebecca. —Tus niños necesitan que te restablezcas. —Y él también.

Observó como Gabbie y Ashton cerraban las puertas, y la ambulancia se fue por el camino. Zur y el otro patrullero los siguieron en sus respectivos vehículos, sin luces intermitentes ni sirenas.

Marcus subió a su coche. Antes que nada, tomó una larga bocanada de aire, exhalando lentamente. Luego se quedó mirando por la ventana hacia el río, tratando de extinguir las imágenes de un niño aterrado atrapado bajo el agua. Colton tenía más fuerza de lo que sabía. ¿Y Rebecca? Era una luchadora también.

Miró por el espejo retrovisor. Un rostro le devolvió la mirada.

Jane.

Por alguna razón, no se sorprendió al verla, a pesar de que la parte racional de su cerebro le dijo que era imposible. Tenía miedo de darse la vuelta, en caso de que ella desapareciera.

—Hola, duende.

Ella sonrió.

—Lo hiciste. Los salvaste.

Sus hombros se estremecieron cuando empezó a sollozar.

—Lamento no haber podido salvarlos a ti y a Ryan. —Se cubrió la cara con las manos.

—Sé que lo haces.

—No puedo soportar ver la acusación en tus ojos. O saber que sientes que les fallé a ambos.

La expresión de Jane estaba llena de amor.

—Marcus, ¿acaso no sabes que nunca te acusaría de eso? Mírame.

Él alzó la mirada de vuelta al espejo.

—¿Qué ves ahí? —ella preguntó.

Lo que vio hizo que su corazón se ensanchara. Amor, perdón, aceptación… estaba todo ahí en sus ojos.

—Te quiero de vuelta —susurró él con voz ronca. —A ambos. Los extraño tanto, Jane.

Se veía increíblemente hermosa, su cabello reluciente, su piel sonrojada con color y… ¿vida?

—Nosotros también te extrañamos. —Se inclinó hacia delante, y su mano fría le acarició la mejilla. —Pero es tiempo de que sigas adelante con tu vida.

Él le besó los dedos.

—Te amo, Jane.

—Lo sé.

—Nunca te olvidaré.

—Eso lo sé también.

Él miró fijamente el espejo, deseando que ella se quedara.

—¿Recuerdas lo que siempre me decías cuando llegabas a casa después un día muy difícil? —preguntó ella.

Sacudió la cabeza.

Jane volvió a sonreír.

—Decías, 'la vida es para los vivos.' Y lo es. Tienes mucho por qué vivir. Eres un buen hombre con un buen corazón. Las personas te necesitan. Sobre todo ahora.

—Nadie me necesita.

—Ella lo hace. Y sus hijos.

—¿Rebecca me necesita, a otro adicto en su vida? No, lo dudo mucho.

Jane asintió.

—Todavía necesita que la rescaten.

—¿Qué quiere decir? Ella está a salvo ahora.

—Alguien trató de matar a Rebecca y sus hijos. Alguien la sacó de la carretera intencionalmente. —Se detuvo y lo miró profundamente a los ojos. —Sabes lo que eso significa.

¿Lo sabía?

—¡Mierda! —dijo él. —Lo van a intentar de nuevo.

Marcus dio marcha atrás con el coche y se dio la vuelta, en dirección a la carretera. Un trueno resonó cerca, y sintió la tierra temblar debajo del coche.

Es hora de salir pitando de aquí.

Un rápido vistazo en el espejo le convenció de que su pasajero se había ido. Se ocuparía de su evidente colapso mental más tarde. En ese momento tenía que llegar al hospital.

Mientras aceleraba por el accidentado camino, buscó su teléfono en el asiento junto a él. ¿Dónde diablos estaba? La última vez que lo vio fue cuando...

Se lo di a Colton.

Golpeó el volante.

—¡Mierda! ¡Mierda! ¡Mierda!

Una vez que los periodistas publicaran la historia, el que la quería muerta sabría que había fallado. Y Marcus apostaba diez a uno a que el tipo volvería para terminar el trabajo. Rebecca necesitaría un guardia apostado en la puerta. Los niños también. Si él no hubiera perdido su teléfono celular, podría haber llamado a Zur para advertirle. Pero Zur sabía que el conductor había vuelto. Él sabría que Rebecca todavía estaba en peligro.

¿O no?

26

Cerca de Hinton, AB - Sábado, 15 de junio de 2013 - 12:48 a.m.

Dentro de la ambulancia, Rebecca giró la cabeza y vio a sus hijos dormir.

—Van a estar bien, señora Kingston —dijo la paramédico femenina.

—¿Cuál es tu nombre?

—Gabrielle. Gabbie. —La mujer señaló con la cabeza al otro paramédico. —Ese es Ashton.

Rebecca sonrió.

—¿Tienes hijos, Gabbie?

La mujer asintió.

—Uno.

—Casi perdí a los míos esta noche.

—Pero no lo hizo.

—No. —*Gracias a Marcus.*

—Estaremos en el hospital dentro de aproximadamente una hora —dijo Ashton. —Trate de descansar un poco.

—Es más fácil decirlo que hacerlo —murmuró.

La verdad era que tenía miedo de quedarse dormida. Miedo de que esto fuera un sueño y al despertar se encontraran aún atrapados bajo el agua en el coche. La idea hizo que sus músculos se contrajeran, y se esforzó por respirar.

Respirar...

* * *

Rebecca no tenía idea de cuánto tiempo habían estado conduciendo, pero al menos ahora podía sentir sus pies otra vez. También estaba tan caliente que había empezado a sudar, pero los paramédicos no querían que se quitara la manta.

Extendió su mano y tocó la mano de Colton. Estaba caliente ahora. Se veía tan pequeño y vulnerable con la máscara de oxígeno en su rostro. Ella también.

—Ya casi llegamos —dijo Ashton. —Háganos saber si siente alguna molestia.

Ella asintió.

—Estoy bien.

—¿Cree poder hablar? —preguntó Gabbie, recogiendo un sujetapapeles y una pluma.

—Sí.

—El detective Zur nos pidió que recabáramos un informe rápido mientras estamos de camino al hospital, siempre y cuando se sienta suficientemente bien para ello. ¿Está bien?

—Sí.

—¿Recuerda algo que no ha dicho a la policía?

Rebecca negó con la cabeza.

—No.

—Y no conoce a nadie que posea un camión como el que los golpeó.

—No.

—¿Alguien tiene algo en su contra? Un ex amigo, compañero de trabajo... amante, tal vez.

Rebecca se sonrojó.

—No que yo sepa. Y para aclarar, no tengo ningún ex amante. He estado con Wesley durante años. Y sólo con él.

Gabbie arqueó las cejas.

—Usted le dijo al detective Zur que su marido no tenía nada que ver con el atentado contra sus vidas, sin embargo, los registros médicos muestran que usted ha tenido una serie de lesiones que son concluyentes con el abuso.

—El detective sabe sobre esto. Se lo dije. Es una de las razones por las que me voy a divorciar. La principal razón. Sí, me ha lastimado en el pasado, pero Wesley no es el tipo de persona que podría asesinar a alguien.

Gabbie y Ashton intercambiaron miradas escépticas.

—Se los digo —insistió Rebecca, —él nunca trataría de matar a sus hijos. Ama a Ella y a Colton.

—¿Él sabía que iban con usted? —preguntó Ashton.

Ella parpadeó, tratando de recordar su conversación con Wesley. Se llenó de pavor.

—Bueno, no, no exactamente. Sabía que yo me iría. Los niños se iban a quedar con... —Su voz se apagó. *¡No! ¡No podía ser Wesley!*

¿Estaría en etapa de negación? ¿Podría Wesley haber orquestado el intento de asesinato? ¿Estaría realmente tan ansioso por deshacerse de ella?

Gabbie comprobó su pulso.

—¿Se iban a quedar dónde, señora Kingston?

—Con mi hermana.

Wesley había sabido que ella planeaba irse y se suponía que los niños se quedarían con Kelly.

—¿Usted y su ex discutieron recientemente? —preguntó Gabbie.

—No realmente.

Rebecca pensó en el dinero faltante. Wesley era un apostador, un adicto desesperado, fuera de control.,.

Y la gente desesperada hace cosas desesperadas.

—¿Qué pasa, señora Kingston? —preguntó Gabbie.

—Yo... él... él necesitaba dinero. Siempre... necesita dinero. Él... apuesta.

La ambulancia golpeó un bache, y la acometió un ataque de tos. Cuando se calmó, dijo:

—Se está haciendo más difícil... respirar.

—Tenemos que darle más oxígeno —dijo Ashton.

Mientras colocaban una máscara sobre la nariz y la boca de Rebecca, otro episodio de mareo la invadió.

—No... dejen que… me ahogue.

La cara del paramédico flotó frente a ella.

—Sus pulmones colapsaron.

—Un momento, señora Kingston —dijo Gabbie, su cara apareciendo y desapareciendo por momentos.

Más palabras flotaron a la deriva.

—El neumotórax... tubo en el pecho...

En un parpadeo, se sumió en la oscuridad.

27

Marcus aparcó cerca de la entrada de urgencias del hospital. Tomó nota de los dos coches patrulla aparcados cerca. Ambos estaban vacíos. *Eso es una buena señal. Deben estar en el interior.*

Pasó a través de las puertas y se dirigió al mostrador de admisión.

—Rellene este formulario y tome asiento en la sala de espera —dijo la recepcionista sin levantar la vista.

—No soy un paciente —repuso. —Una ambulancia trajo a una madre y sus dos hijos. Necesito saber a dónde fueron llevados.

La mujer arrugó el ceño y lo miró por encima de las gafas de montura metálica.

—¿Y usted quién es?

—Marcus Taylor. El tipo que los sacó del río.

—Un momento por favor. —La mujer cogió el teléfono, marcó un número, dijo algo en el receptor, y luego colgó. —El niño y la niña están en el tercer piso, sala 312.

—¿Y su madre?

—Ella está en cirugía. Pulmón colapsado.

—Maldición.

—Sr. Taylor, la policía está con los niños. Ellos quieren hablar con usted.

—¿El detective John Zur?

La recepcionista asintió.

—Y otro oficial.

Marcus se apresuró hacia los ascensores principales. Pinchó el botón, y observó los números descender lentamente desde el 4 al 3. Se detuvieron en el 2. Con un gemido de frustración, giró sobre sus talones y se dirigió a las escaleras. Los subió de dos en dos.

En el tercer piso, siguió las indicaciones hasta la habitación 312.

Un oficial de policía montaba guardia fuera de la habitación. Otra buena señal.

Marcus mostró su identificación al hombre.

—Soy Marcus Taylor. Trabajo en el centro del 911 en Edson. He encontrado a la madre y a los niños.

El oficial asintió y abrió la puerta.

—Lo están esperando.

Lo primero que Marcus vio fue a dos niños apoyados contra las almohadillas blancas almidonadas en las camas. Ambos estaban sonriendo, con las caras enrojecidas y saludables.

Cuando Colton lo vio, la cara del niño se iluminó como si fuera Navidad.

—¡Es Marcus! —le dijo a su hermana.

Marcus se acercó a las camas.

—Hola, ustedes dos. Están disfrutando de la comida del hospital, por lo que veo.

—La enfermera nos dio gelatina verde —dijo la pequeña Ella.

A pesar de que sólo la había visto brevemente en la ambulancia y había pasado poco tiempo con Rebecca, se daba cuenta que Ella era la viva imagen de su madre, con el pelo rubio, ojos azules y cara bonita.

John Zur estaba sentado en una silla junto a la cama de Colton.

—Los dos lo están haciendo bien, Marcus. Se han zampado un plato de pollo y papas fritas. —Dejó escapar un breve gruñido. —Y me han estado hablando sin parar de un *superhéroe* que los salvó. Supongo que no sabes nada acerca de eso, ¿verdad?

Marcus hizo una mueca.

—No he visto a nadie en mallas y capa.

—Nos referíamos a *ti* —dijo Colton, riendo.

—Sí, gracias, amigo. —Marcus revolvió el pelo del niño. Estaba seco ahora. —Escucha, tengo que hablar con el detective Zur. Vamos a estar justo fuera de la habitación.

Después de cerrar la puerta, Marcus asintió al guardia, luego se volvió hacia Zur.

—Tenemos un problema, John.

—¿Te refieres al conductor?

—Exactamente. Es poco probable que este fuera un golpe y fuga al azar. En el camino hacia aquí me di cuenta de que el que quiere a

Rebecca muerta no va a estar feliz cuando descubra que ha fallado.

—Y lo más probable es que lo intente de nuevo —dijo Zur con un movimiento de cabeza. —Yo pensé lo mismo. Vamos a apostar un guardia fuera de su habitación una vez que salga de cirugía.

—¿Escuchaste algo sobre eso?

—Dijeron que tardaría un par de horas. Mientras tanto, he estado interrogando a los niños. La niña no recuerda mucho.

—Ella tuvo un ataque de asma y estuvo inconsciente durante toda la ordalía. —Marcus negó con la cabeza. —Probablemente sea lo mejor. ¿Colton recuerda algo?

—Nada además de los cerdos voladores. —Zur dejó escapar una risita. —¿Granja de cerdos de Angelo?

—Angelo Pucelli. Supongo que creyó que era un ángel, de ahí el logotipo. Se trasladó a Calgary hace unos siete años, después de que su esposa fue diagnosticada con leucemia.

—¿El lugar ha estado cerrado desde entonces?

—Sí. —Miró a Zur a los ojos. —Jane y yo solíamos ir allí.

—Extraña coincidencia.

Marcus pensó en el fantasma de Jane en el asiento trasero de su coche.

—No tienes ni idea.

—¿Por qué, qué está pasando?

—Te lo contaré más adelante, tal vez. En realidad, no tiene relación con este caso. —Se apoyó contra la pared y se asomó por el pasillo, en busca de alguien que pareciera sospechoso. —¿Crees que será tan estúpido como para venir aquí?

—Tal vez. Rebecca va a estar aquí unos cuantos días, recuperándose.

—¿Qué hay de los niños? ¿Y su padre?

—Se estableció contacto con la Policía Montada en Fort McMurray, donde su marido supuestamente fue a buscar un trabajo. Están buscándolo.

—¿Crees que fue el ex?

—Por lo general lo es. Pero tiene que ser un bastardo enfermo si está dispuesto a matar a sus niños también.

—Rebecca dijo que fue una decisión de última hora. Su hermana iba a cuidar de ellos para que pudiera irse sola. Eso fue lo que le dijo al ex.

—¿Así que él creía que iría sola?

—Sí, pero la hermana le falló, y Rebecca se llevó a Colton y Ella con ella. Muy de última hora. Wesley Kingston no lo sabía.

—Se ve cada vez más como nuestro sospechoso número uno.

—¿Vas a detenerlo?

—No hay suficiente evidencia en su contra. Vamos a traerlo para interrogarlo, sin embargo. —El teléfono celular de Zur zumbó. —Sí... bien... ¿esta noche? No hay problema... gracias.

Después de Zur colgó, Marcus preguntó:

—¿Encontraron a Wesley Kingston?

—Sí. Exactamente donde dijo que estaría. Estuvo en entrevistas, luego fue a un bar. Dejó su teléfono en el hotel. Está en camino de vuelta. Estará aquí en unas ocho horas.

—Me gustaría estar allí cuando lo entrevistes.

—Marcus...

—Por favor, John. Quiero escuchar lo que tiene que decir. Haré todo lo que me digas. Mantendré la boca cerrada.

Zur gruñó.

—¿Es eso posible?

—Ja-ja.

Una atractiva doctora de unos cuarenta años se acercó.

—¿Es usted el Sr. Kingston?

Marcus negó con la cabeza.

—Él está a unas ocho horas de distancia.

La doctora se detuvo con una mano en la puerta.

—¿Es usted detective?

—Es un superhéroe.

—Él es el tipo que los rescató —dijo Zur. —Los niños lo están llamando un superhéroe, y ahora cree que puede volar.

La doctora sonrió.

—Hay medicinas para eso.

Marcus le hizo a Zur una mueca exagerada, pero no dijo nada. La mujer no sabía que era un adicto en recuperación.

—¿Se sabe algo de la madre de los niños? —preguntó Zur a la doctora.

—Lo último que oí fue que todo iba bien. La cirugía puede tardar de dos a seis horas. —Abrió la puerta, luego los miró por encima del hombro. —Colocaremos a la paciente a la habitación de al lado. Pondremos allí a la madre para que pueda estar cerca de sus hijos.

Zur asintió.

—Vamos a apostar guardias en ambas puertas.

—Gracias —agregó Marcus.

Ella entró en la habitación y la puerta se cerró. Marcus la miró y se mordió el labio inferior.

—La doctora Burns ya fue comprobada —dijo Zur. —Al igual que la enfermera del turno de día, la del turno de noche y el Dr. Monroe, el cirujano que opera a la señora Kingston.

—Me lo imaginé.

—Entonces, ¿por qué estás tan preocupado?

—Alguien tiene algo en contra de Rebecca y sus hijos. Y ella está en cirugía, luchando por su vida una vez más. ¿Por qué no debería estar preocupado?

—Estará bien, Marcus.

—Eso espero.

—Asegúrate de que este tipo pueda ver a Rebecca Kingston una vez que haya salido de la operación —le dijo Zur al guardia, señalando a Marcus. —Que tenga acceso a las dos habitaciones, en cualquier momento. —Le sonrió a Marcus. —Ahora ve a visitar a los niños.

—Gracias, John.

—Es posible que lamentes esas palabras. —Zur ladeó la cabeza hacia la puerta. —Los dos están sobre excitados por el pudín de chocolate y gelatina. Diviértete. Tengo que reportarme en la estación y presentar mi informe inicial. Vuelvo más tarde para comprobar a todo el mundo.

—Nos vemos.

—Oh, casi lo olvido. —Zur buscó en el bolsillo de su chaqueta. —El muchacho me dio tu teléfono celular. Dice que se lo prestaste.

—Sí. —Marcus se metió el teléfono celular en el bolsillo trasero. —Gracias.

—Esa es una muy buena foto de Jane y Ryan.

Le tomó a Marcus un segundo darse cuenta de lo que quería decir.

—El protector de pantalla.

Zur asintió, y luego hizo un gesto rápido con la mano y desapareció por el pasillo.

Marcus esperó a que la doctora saliera antes de entrar en la habitación. En el interior, fue recibido por amplias sonrisas y risitas.

—¿Qué están haciendo? —preguntó, receloso.

—La Dra. Burns dijo que podríamos comer más pudín después de la cena —dijo Ella.

Marcus rió.

—¿Ella dijo eso? Qué suerte.

—¿Cuándo estará aquí mamá? —preguntó Colton.

—¿Qué dijo la doctora Burns?

—Dijo mamá tuvo que someterse a una operación. —El chico levantó la vista hacia Marcus, mientras tiraba de la manta nerviosamente. —¿Va a estar bien?

—Por supuesto. Es dura de pelar, tu madre.

—¿Vas a esperar aquí hasta que venga?

Marcus asintió.

—No tengo ningún mejor lugar dónde estar. Además, quería hacerte algunas preguntas.

—Ah —gimió Colton. —Ya le dije a ese tipo policía todo lo que recuerdo.

—A veces los recuerdos son escurridizos. —Marcus hizo una mueca y enroscó sus manos en garras. —Se esconden fuera de la vista. Hasta que algo los hace salir. —Se acercó a las camas, y los niños chillaron de risa.

Sonrió, esperando que nadie viniera a decirles que guardaran silencio. No había nada mejor que el sonido de la risa de los niños. Dios, cómo extrañaba ese sonido.

Se sentó al lado de la cama de Colton.

—Así que dime, ¿estaban emocionados por ir en este viaje con su madre?

Colton negó con la cabeza.

—Al principio no. Se suponía que nos quedaríamos con la tía de Kelly, pero mis primos se enfermaron. —Él sonrió. —Eso me alegró. No el que estuvieran enfermos, sino que no tendría que ir allí.

—¿No te gusta ir con tu tía Kelly?

—A Colton no le gusta jugar con los bebés —interrumpió Ella. —Pero a mí sí.

—Los bebés pueden ser divertidos —dijo Marcus, haciendo caso omiso de la mueca burlona que cruzó por la cara de Colton. —Pero quizás no para Colton. Le gusta hacer otras cosas. Cosas de hombres, ¿verdad?

—Sí —dijo Colton con un movimiento de cabeza. —Yo quería ir a ver la cueva de los murciélagos en Cadomin.

—Así que cuando su madre les dijo que tendrían que ir, se alegraron.

Otro asentimiento.

—¿Le dijiste a tu padre a dónde irías?

—Intentamos llamarle cuando estábamos en el coche. —Su boca tembló. —Bajo el agua. Pero él no respondió.

—Así que nunca le hicieron saber que irían a Cadomin.

—No.

—Cuando estaban en camino, ¿viste algo extraño?

—Esos cerdos voladores.

Marcus rió.

—Tienes buena vista, chico. Así es como yo supe dónde estaban. —Palmeó el brazo del chico. —Cuando estaban manejando, ¿se detuvieron en algún lugar?

—En una gasolinera.

—¿Y todos ustedes fueron al baño allí?

—Sí.

—¿La puerta estaba abierta?

—Fuimos adentro por la llave —interrumpió Ella.

—¿Alguno de ustedes vio o habló con alguien dentro?

—No —dijeron.

—¿Vieron a alguien afuera?

Ella sacudió la cabeza. Lo mismo hizo Colton, pero luego inclinó la cabeza hacia un lado como si estuviera pensando.

—¿Qué? —presionó Marcus.

—Cuando mi madre estaba recibiendo la llave para el baño, vi a un hombre afuera.

—¿Que estaba haciendo?

—Vigilándome. Como si pensara que yo iba a robar algo.

—¿Le contaste a tu madre sobre ese hombre?

Colton negó con la cabeza.

—No quise que *ella* pensara que yo quería robar algo.

—¿Le dijiste al detective Zur sobre el hombre?

—No. Se me había olvidado hasta ahora.

—¿Cómo se veía el hombre?

Colton se encogió de hombros.

—Creo que parecía un tipo normal.

—¿Qué color de cabello tenía?

—No lo sé.

Los dedos del muchacho apretaron las sábanas de manera tan tensa, que Marcus supo que no obtendría nada de él si se mantenía en ese estado. Necesitaba aligerar el ambiente.

—Está bien... ¿el hombre llevaba ropa puesta, o estaba desnudo?

Los ojos del niño se abrieron y soltó un resoplido.

—Llevaba ropa, tonto.

—¿Tenía puestos pantalones o una falda?

Ella se rió.

—Una falda.

Colton negó con la cabeza.

—Pantalones. Jeans. Realmente viejos y sucios, como los pantalones vaqueros de trabajo de mi papá para cuando arregla el coche.

Marcus asintió.

—Ahora estamos llegando a algo. ¿Recuerdas de qué color era su chaqueta?

—No llevaba una. Usaba una camiseta.

—¿Una camiseta lisa, o tenía palabras o algún diseño?

—Ambos. —Colton entrecerró los ojos, tratando de recordar. —Tenía un coche... Y tal vez el nombre de una calle... creo. —Sus ojos se dilataron abiertos. —Y tenía una gorra de béisbol. De los Aceiteros de Edmonton. Es por eso que no pude ver su pelo. —Su voz se hizo más excitada. —¿Hice un buen trabajo recordando?

—Excelente trabajo. ¿Le contaste al detective todo esto?

—Me acabo de acordar ahora, a excepción de los pantalones vaqueros.

Marcus sacó su teléfono móvil y llamó a Zur. Le transmitió la información sobre el hombre en la gasolinera.

—Gorra de los Aceiteros de Edmonton, jeans viejos, sucios y una camiseta con un coche y un nombre de calle en él.

—Pondré a uno de nuestros hombres a trabajar en ello —dijo Zur.

—Llevaremos algunas fotos de logotipos de camisetas más tarde esta noche. Tal vez tengamos suerte y alguien más vio a este tipo.

—¿Qué hay de alguna cámara de seguridad? ¿La estación de servicio tiene una?

—Sí, alguien de tecnología está trabajando ya en ella. Sí vimos a un tipo cerca de la puerta cuando la señora Kingston y sus hijos entraron. Pero no pudimos identificarlo.

—¿Qué tal a su vehículo?

—Aparcó fuera de la vista de las cámaras.

—Mierda. —Marcus miró a los niños, que estaban sonriéndole. —Quiero decir, muerda.

—Usted ha dicho una mala palabra —murmuró Ella tan pronto como él colgó.

—Sí, lo hice. Lo siento.

—Está bien —dijo Colton. Él bajó la voz para que Ella no pudiera oírlo. —Mi papá dice la palabra con J a veces.

Marcus no supo qué decir a eso.

28

Cuando Rebecca abrió los ojos, el sol de la mañana iluminaba la habitación del hospital con un resplandor color naranja. No tenía ni idea de qué hora era, pero sabía dónde estaba y por qué.

La cabeza le dio vueltas cuando trató de moverla.

Alguien le tocó la mano. Una joven enfermera.

—Todo está bien, señora Kingston. La cirugía ha ido bien, y sus hijos están justo al lado.

—¿Puedo verlos? —preguntó Rebecca con voz áspera.

—El Dr. Monroe quiere que descanse un poco antes. No querrá que sus hijos la vean aún aturdida, ¿verdad?

—No, supongo que no.

—Además —dijo la enfermera, moviéndose hacia la puerta. —Usted tiene otro visitante. ¿Se siente preparada?

—¿Quién es?

—Un hombre. Un policía tal vez. Lo siento, no sé su nombre. ¿Quiere que vaya a preguntárselo?

—Así está bien. Déjalo entrar.

Rebecca se lamió los labios. Tenía la boca seca y le dolía la garganta. Pero la presión que había sentido alrededor de sus costillas y el pecho se había ido.

Levantó las cobijas.

—Supongo que todo está donde debe estar —dijo alguien.

Ella dejó caer las cobijas y miró al hombre de pie en la puerta. Su rostro estaba maltrecho pero era atractivo, y sus pálidos ojos azul-grisáceos centelleaban.

Ella parpadeó.

—Marcus, no puedo creer que aún estés aquí. Supuse que te habrías ido a casa.

—¿Y perderme esta reunión feliz? No es probable. —Cruzó la habitación y se detuvo junto a la cama. —Prometí que te vería aquí, y soy un hombre de palabra.

—Sí, lo eres. Pero no esperaba que esperaras aquí por horas.

Él se encogió de hombros.

—¿Quién dijo que lo hice? Tal vez fui a cenar, o fui de compras.

Ella se rió entre dientes.

—El doctor dijo que había un hombre molestando a todos preguntando por noticias de mi estado cada quince minutos mientras yo estaba en la sala de operaciones. Sé que no era Wesley.

—¿Cómo te sientes?

—Como si hubiera sido empujada fuera de la carretera por un maníaco.

La expresión de Marcus decayó.

—Lo siento. Fue una mala broma. —dijo ella. Cautelosamente se tocó el vientre. —Estoy bastante adolorida.

—Eso te pasa por conducir dentro de un río.

Ella trató de sonreír, pero le causó dolor de cabeza.

—No lo hice exactamente a propósito.

—Lo sé. —Estudió los contornos suaves de su cara. —Te ves bien cuando estás seca.

—Es bueno saberlo. Tú también.

Él le ofreció el vaso de agua que estaba junto a la cama, y ella tomó un sorbo antes de decir:

—¿Cómo están mis hijos?

Marcus acercó una silla a un lado de la cama y se sentó.

—Tu hijo e hija están disfrutando de un subidón de azúcar en el Hotel Hinton.

Ella frunció el ceño, luego se dio cuenta que se refería al hospital.

—Espero que se estén comportando.

—Están bien. Ahora están viendo Shrek. —Se detuvo un minuto. — Espero que eso esté bien.

—Sí.

No podía apartar los ojos de su cara. Este era el hombre que la había salvado. Y a sus hijos. Esos ojos y esa sonrisa pertenecían al hombre que había hablado con ella cuando no quería más que gritar y llorar. La había mantenido cuerda cuando su mundo era pura locura.

—Eh, ¿tengo pudín en la cara? —preguntó él.

Ella sonrió.

—Perdón por mirarte fijamente. Es sólo que... —No supo qué decir a continuación.

—Ya sé. Estás tratando de averiguar cómo un tipo con una voz tan atractiva como la mía puede tener este aspecto. —Se frotó la barbilla hirsuta.

Ella contuvo la risa.

—No es exactamente lo que estaba pensando. Pero sí, te iría bien un afeitado.

Marcus se encogió de hombros.

—He estado un poco ocupado. Ya sabes, siendo un superhéroe y todo. —Se reclinó hacia atrás en la silla y estiró las piernas debajo de su cama.

—Vaya. Eres bastante modesto.

Él sonrió.

—Sólo estoy repitiendo tus palabras.

El hombre era más que encantador. Y estaba coqueteando con ella. No podía recordar la última vez que un hombre había hecho eso. Se sentía bien, de algún modo.

—¿Te sientes suficientemente bien como para hablar sobre el camión? —Preguntó él.

—Ya veo. Primero haces que me sienta cómoda y confiada, y luego empiezas con las preguntas.

—Lo siento. Puede esperar.

—Te estaba tomando el pelo. —Ella soltó un largo suspiro, y luego agregó: —No vi mucho. Un camión con luces de caza. El camión era de color oscuro. Eso es todo lo que recuerdo.

—Y Wesley no posee un camión con esas características.

Ella lo miró.

—No, y nunca le haría daño a sus hijos. —Se dio cuenta cuando él desvió la mirada hacia el suelo que no le creía. —Él no lo haría, Marcus.

—Colton vio a un hombre fuera de la estación de servicio cuando se detuvieron.

—¿En serio? Yo no vi a nadie.

—Estabas ocupada consiguiendo la llave. El tipo llevaba una gorra de los Aceiteros, una camiseta con un coche impreso y pantalones vaqueros sucios.

Ella cerró los ojos, obligándose a recordar.

—Yo no lo vi.

—Mencionaste que viste un par de coches y un camión en el estacionamiento. ¿Dónde estaban exactamente?

Al abrir los ojos, asintió.

—Los coches estaban cerca de las bombas. El camión estaba... —
Contuvo un aliento agudo.

Marcus se puso de pie.

—¿Estás bien? ¿Quieres que llame al médico?

—No, estoy bien. No es eso. —Se humedeció los labios de nuevo.
—Me acordé de algo.

—¿De qué?

—Ese camión tenía luces en la parte superior, como el que me sacó
del camino.

—¿Estás segura? —preguntó Marcus, sentándose de nuevo.

—No pensé en ello antes porque no estaban encendidas en la
gasolinera. El camión estaba al ralentí, pero las luces estaban apagadas.
Incluso los faros. —Ella captó su mirada. —Eso es raro, ¿verdad? Por lo
general, si te detienes y mantienes encendido el motor, no apagas los
faros.

Marcus asintió.

—Creo que es tu camión.

—¡Era azul! —soltó. —Como ese azul metálico brillante. Azul
marino.

—¿Estás segura?

—Completamente. Las luces alrededor de las bombas de gasolina lo
iluminaban.

—¿Algo más?

Ella sonrió.

—Cuando me alejaba, pasé por el camión. No estaba prestando
atención en ese momento, pero sí lo noté en el retrovisor.

—¿Qué viste?

—Bolas. —Ella se sonrojó. —Ya sabes, esos testículos de toro
metálicos que algunos tipos cuelgan en el enganche de sus camiones.

Marcus rió.

—Ah, esos aspirantes a vaquero con estilo.

—Palurdos.

Ambos rieron.

—Entonces —dijo él, —viste un camión azul marino metálico con
luces de caza en la parte superior y bolas de toro en el enganche.

Puesto de esa manera, a ella le hizo gracia. Pero su sonrisa se
desvaneció rápidamente.

—¿Por qué alguien haría esto?

—No estamos seguros. Mi amigo el detective Zur está trabajando en
ello. Están revisando el video de seguridad de la estación de servicio.

—Pero todos ustedes piensan que Wesley tuvo algo que ver con
esto.

—¿Tienes algún enemigo?

—No. No que yo sepa.

—¿Ha molestado Wesley a alguien últimamente?

—Probablemente.

—Es por eso que la policía lo está considerando como sospechoso. —Marcus se inclinó hacia delante y le cogió la mano. —Tenemos un guardia en tu puerta, Rebecca. En la de los niños también. El que hizo esto podría volver.

—Debido a que todavía estoy viva —dijo en voz baja.

—Sí.

—¿Vas a trabajar?

Le soltó la mano.

—Me he tomado un… permiso de ausencia.

Ella se incorporó sobre los codos.

—No es una ausencia voluntaria, ¿verdad?

La mirada de Marcus se desplazó hacia la pared, luego a la ventana.

—Estoy suspendido. Hasta que se complete una investigación. Es el precio que se paga cuando se rompen las reglas.

—Lo lamento.

Sus ojos volvieron a fijarse en los de ella.

—Oye, no lo hagas. Yo no lo lamento. Me vendrá bien un poco de descanso.

—Supongo que ser operador del 911 no es fácil.

—Algunos días.

—Y este fue uno de ellos —dijo con sequedad.

Se encogió de hombros.

—Fue un día difícil. —Luego sonrió. —Pero sería un superhéroe patético si no enfrentara desafíos.

—Bueno, yo soy tu fan número uno.

—Hablando de números —dijo. —¿Recuerdas que te conté sobre el hábito de Jane de sumar las fechas?

—Sí.

—¿Y tú dijiste que el treceavo era un día desafortunado para planificar tu viaje?

¿A dónde quiere ir con esto?

—Ajá.

—Según Jane, tienes que sumar todos los números y reducirlos a un solo dígito. Así que junio es seis. Más trece, eso es diecinueve. Luego se suman el uno y el nueve, lo que es igual a diez. Después se suman el uno y el cero, lo que equivale a…

—Suena bastante enrevesado —dijo ella con una risita.

—No he terminado. Uno y cero es igual a uno. A continuación, sumas los números en el año 2013, lo que equivale a seis. Luego añades el uno, y ¡listo!

Ella sonrió.

—Siete. Un día de suerte. ¿En serio?

Él se encogió de hombros.

—Todavía estás aquí.

—Tienes razón. Eso es muy afortunado, considerando todas las cosas.

Ella bostezó y él se puso en pie.

—Voy a dejarte descansar.

—Por un rato —accedió ella. —Luego quiero ver a mis hijos.

Marcus se acercó a la puerta.

—Dulces sueños.

—¡Espera!

Él se volvió.

—Hoy es 15 de junio de 2013 —dijo. —¿Eso a qué equivale?

—A nueve —respondió después de un momento.

—¿Qué significa un nueve?

Él le sonrió.

—Estoy bastante seguro de que significa 'fuera con lo viejo y venga lo nuevo.' Significa que se ha completado un ciclo, y mañana puedes empezar de nuevo.

Cuando la puerta se cerró detrás de él, ella analizó sus palabras. ¿Podría realmente empezar de nuevo? ¿Sería el día de mañana el comienzo de una nueva vida? Y, ¿formaría Marcus Taylor parte de esa vida?

A las tres preguntas, se dijo: *Eso espero.*

29

Mientras Colton y Ella visitaban a su madre, Marcus estaba sentado en la habitación de los niños y sondeaba a Zur para obtener información.

—¿Ella recordó algo más?

—Nada. Y hemos comprobado al marido a fondo. Su coartada es sólida. Hay testigos que lo ubican en el bar en Fort McMurray cuando todo esto sucedió.

—Tal vez contrató a alguien y le pagó en efectivo.

—No encontramos grandes retiros de efectivo que no pudieran ser explicados.

—El tipo es un apostador, John. Tal vez ganó algo de dinero y lo utilizó para pagarle al camionero.

—Estamos investigando todas las posibilidades.

—¿Revisaron los antecedentes de ella?

—¿De Rebecca Kingston?

Marcus asintió.

—Está limpia. No tiene antecedentes, ni arrestos. Ni siquiera una multa por exceso de velocidad.

—¿Tampoco hay afiliaciones religiosas extrañas?

—¿Quieres decir como una secta?

—No sería la primera vez que un culto atacara a una madre.

—No, es Presbiteriana.

—¿De verdad? ¿La investigaron tan a fondo que conoces su

religión?

Zur sonrió.

—Está en su expediente del hospital, Marcus.

—Oh.

Se hizo el silencio en la sala.

Marcus se rascó la cabeza. ¿Quién diablos querría muerta a Rebecca? ¿Quién se beneficiaría de ello?

—¿Todavía crees que es el ex? —preguntó Zur.

—Casi siempre es el ex. —Cuando Zur entrecerró los ojos, Marcus agregó: —Veo la *Ley y el Orden* un montón ahora.

—Créeme, todavía estamos vigilando a Wesley Kingston. Se ha codeado con algunas personas equivocadas en los últimos años a causa de sus deudas de juego. Tal vez la señora Kingston no era el objetivo. Tal vez era su marido.

—¿Piensas que tal vez alguien estaba tratando de enviarle una advertencia?

—Tiene sentido. Él acumula deudas y no puede pagar, y van tras él. Tal vez pensaron que estaba conduciendo el coche. O decidieron darle un escarmiento a través de su esposa e hijos. Eso le daría a la mayoría un incentivo para pagar.

Marcus se frotó la cara.

—Las adicciones, hombre. Arruinan la vida de todos.

—A menos que decidan conseguir ayuda. —Zur lo palmeó en el brazo. —¿Tú cómo vas?

Marcus se encogió de hombros.

—Ya sabes cómo es. Ir a las reuniones, sentirse culpable, querer usar, volver a las reuniones, sentirse culpable. Es un círculo vicioso.

—Pero lo estás haciendo. Tomaste la decisión correcta. —Zur lanzó un profundo suspiro. —Lo último que quiero es ser llamado a una escena y encontrarte muerto. Eres demasiado buen tipo para ir por ese camino. Recuérdalo. Las personas te necesitan.

¿Como Rebecca y sus hijos?

Marcus pensó en ellos, en cómo todo habría resultado diferente si él no hubiera cogido el teléfono anoche y respondido a su llamada al 911. Claro, Leo hubiera hecho todo lo posible por ayudarla, pero él seguía las reglas. La mayor parte del tiempo.

—Escucha —le dijo Zur. —Tengo que irme. Voy a pasar por algunos casinos para hablar con la gente de allí. Tal vez obtengamos una pista.

—Tienes que atrapar a este tipo, John.

—Lo haremos. Cuenta con ello.

Marcus observó a su amigo alejarse por el pasillo. Tan pronto como Zur entró en el ascensor, Marcus se volvió hacia el guardia y le dijo:

—Voy a estar de vuelta en una hora más o menos. Si Rebecca o los niños me necesitan...

—Se los diré.

Había un lugar al que Marcus tenía que ir. Urgentemente.

* * *

Cuando entró en la pequeña sala veinte minutos más tarde, Marcus trató de no llamar la atención. Sintiendo cierta vacilación por estar en un lugar desconocido, escaneó la habitación, tomó nota de los extraños allí y se sentó en una silla en la fila de atrás.

—Mi nombre es Bert —dijo el hombre en el podio, —y soy un adicto.

—Bienvenido, Bert, —murmuró Marcus junto con el grupo, mientras luchaba por controlar la abrumadora necesidad que corría a través de todos los nervios de su cuerpo.

Estaba tan concentrado en su respiración que no se dio cuenta cuando alguien se sentó a su lado. Pero sí notó cuando su brazo le dio un codazo. Levantó la mirada.

Leo le sonrió.

—Sabía que te encontraría aquí.

—¿Qué estás haciendo aquí? —susurró Marcus.

Leo bajó la voz.

—Vine a verte.

—Estoy bien, Leo.

—Sí, puedo verlo. Es por eso que estás sentado en una reunión de Narcóticos Anónimos.

—No voy a usar.

—Es bueno escucharlo.

Una mujer sentada frente a ellos giró la cabeza y los miró.

—Shh...

Como un colegial regañado, Marcus cruzó las manos sobre el regazo. Leo lo imitó. Se sentaron en silencio durante la reunión, cada uno luchando contra sus propios demonios personales.

Después, dijo Leo:

—Vamos por algo de comer.

Marcus le siguió afuera.

—¿Vamos en un solo coche?

—Seguro. Yo conduzco.

Marcus siguió a Leo hasta su coche y se subió en el asiento del pasajero. Leo se instaló detrás del volante, pero no arrancó el motor.

—¿Qué pasa? —preguntó Marcus.

Leo sacudió la cabeza lentamente.

—Pensé que te iba a perder, hombre.

—Bueno, pues no. No te has deshecho de mí.

Leo lo miró de soslayo.

—¿Valió la pena?

—¿Te refieres a romper las reglas, ser suspendido y encontrar a Rebecca y a los niños?

—Sí.

—Valió la pena cada segundo. Lo haría de nuevo.

Leo suspiró.

—Eso es lo que me da miedo.

Marcus sonrió.

—Hey, no te preocupes por mí. De verdad. Nunca me he sentido mejor. Siento como si mi vida estuviera finalmente encarrilándose. Como si un peso hubiera sido levantado de mi pecho. Nunca me había dado cuenta de lo difícil que era respirar antes.

—Así que dime, ¿cómo los encontraste, exactamente?

—Intervención divina.

—¿Qué, viste fantasmas de nuevo, o Dios habló contigo esta vez?

Marcus rió.

—No me creerías si te contara.

—¿Fueron los fantasmas, o Dios?

—Tal vez un poco de ambos. Caray, no lo sé. Tal vez lo imaginé todo.

—¿A quién viste… a Jane?

La sonrisa de Marcus se desvaneció.

—Tan claramente que casi podía tocarla. Y esta vez no estaba soñando.

—¿Cómo lo sabes?

—Porque estaba conduciendo. Anoche vi a Jane de pie en medio de la carretera, luego sentada en el asiento trasero de mi coche. No es la primera vez que sucede.

—¿Habías visto al fantasma de Jane antes?

Marcus asintió.

—Y a Ryan.

La boca de Leo se abrió, pero permaneció en silencio.

—¿No me crees, Leo?

—Creo que tú lo crees.

—Entonces probablemente debería contarte sobre la primera vez que vi fantasmas. ¿Recuerdas cuando fui a la cabaña cerca de la cueva en Cadomin? Mientras estaba allí usé drogas, pero eso no explica todo lo que pasó.

—¿Como qué?

—Como los regalos que empecé a recibir en mi puerta. O los niños que vi en el bosque.

Leo se encogió de hombros.

—Probablemente no eras el único que alquilaba una cabaña.

—En realidad, aparte de mí y tal vez tres trabajadores del petróleo, no había nadie más, excepto Irma, la dueña de las cabañas.

—Y no había niños.

—Ninguno. De hecho, Irma dijo que los últimos niños que habían estado en la zona habían muerto en un incendio.

—¿Crees que viste sus fantasmas?

—¿Qué otra cosa podrían haber sido? No sabía nada acerca de estos niños antes de verlos. Y nada más puede explicar las cosas extrañas que encontré fuera de mi cabaña. —Él frunció el ceño y se rascó la barbilla. —Yo estuve allí justo antes que la madre... ya sabes, aquella cuyo hijo desapareció en aquel entonces. El que fue secuestrado por la Niebla.

—Esa fue una época temible para los padres.

—Lo sé.

—¿Qué ibas a decir de la madre?

—Leí en el Edmonton Journal que se hospedó en la misma cabaña que yo había alquilado. La madre... Sadie algo. Me fui tan rápido que no tuve tiempo de limpiar. Debe haber visto las agujas. —Apartó la mirada. —Los periódicos dijeron que ella admitió que había ido allí para suicidarse, pero dijo algo la detuvo. Me pregunto...

Leo dejó escapar un resoplido.

—Está bien amigo, estás empezando a sonar un poco chiflado. O ponemos dentro de ti algo de comida, o vamos a comprarte una de esas chaquetas especiales que se amarran por la espalda.

—Me pregunto si tal vez ella los vio también. A los niños fantasmas.

Leo puso en marcha el coche.

—¿Vamos al Montana's? Podría comer algunas costillas a la barbacoa y papas fritas. Y mientras esperamos, vas a contarme los detalles sobre estos fantasmas, entre ellos Jane. Quiero saberlo todo.

30

Por la tarde, Rebecca se sentía un poco mejor. El medicamento que le habían administrado la había aturdido un poco, pero estaba tan feliz de ver a Ella y Colton, que incluso los medicamentos no podían ocultar la alegría en su voz.

—Espero que se estén comportando muy bien con el médico y las enfermeras.

Los niños estaban sentados en las sillas, sus batas de hospital excesivamente grandes envueltas alrededor de ellos para mantenerlos calientes. El Dr. Monroe había permitido que se quedaran en su habitación y vieran la televisión con ella por la tarde.

La puerta se abrió, y el oficial de policía asomó la cabeza.

—Va a haber un cambio de turno dentro de media hora, señora Kingston. Pensé que querría saber.

—Gracias.

Tener un guardia en la puerta la hacía sentir segura, pero no evitaba que ella se preocupara por el conductor del camión. ¿Iba a intentarlo de nuevo? ¿Por qué?

Cada vez que cerraba los ojos, veía destellos de recuerdos y sus músculos se tensaban. Recordó la frialdad amarga del agua... y la certeza absoluta de que iba a morir en la oscuridad, sola.

—Y entonces Marcus nadó hacia el coche —le estaba contando Colton a Ella por centésima vez, —y nos dio máscaras de buceo. Pero estabas dormida, así que no viste nada.

—Y nos rescató —dijo Ella con un asentimiento firme.

—Mamá dice que solía ser como, un médico o algo así.

—Un paramédico —corrigió Rebecca.

—Sí, uno de esos tipos. —Colton frunció el ceño. —¿Crees que estuvo alguna vez en una de esos helicópteros STAR?

—Vas a tener que preguntárselo la próxima vez que nos visite.

La idea de que Marcus Taylor viniera de visita le hizo sentir mariposas. Muy agradables. Era innegable que tenían una conexión debido a todo lo que había sucedido.

Pero es más que eso.

Ella quería saber más acerca de él. La última vez que lo había visto, había percibido un atisbo de vulnerabilidad en su accidentado pero hermoso rostro. Mientras hablaban, notó como una ola de emociones lo invadían: pena, culpa, alivio, alegría... e ira. Cuando le había contado más acerca de su situación financiera y las apuestas de Wesley, vio sus ojos llenarse de ira.

Se sintió aliviada, sin embargo, al saber que su marido estaba fuera del radar de la policía como sospechoso. Él nunca haría algo tan horrible. Marcus había dicho que estaban buscando otras pistas, que la afición por el juego de Wesley a lo mejor no era responsable. Pero no podía hacer frente a ese pensamiento en este momento. Todo lo que quería hacer era abrazar a sus hijos... y respirar.

—Mami necesita un abrazo delicado —dijo.

Colton y Ella estaban ansiosos por complacerla. A medida que envolvían sus brazos alrededor de ella, conscientes de todos los tubos y cables, los estrechó cerca y escuchó su corazón latiendo en sus pechos.

Vida. Era algo por lo que valía la pena luchar. Y maldita fuera si permitía que cualquiera les hiciera daño a los niños otra vez. Ni Wesley, ni nadie más.

Había llamado a Kelly tan pronto como pudo hablar. Había tratado de disuadir a su hermana de salir de inmediato hacia Hinton.

—Estoy bien —le había prometido a Kelly. —Los médicos están cuidando de mí, y tengo un guardia de la policía en la puerta. Los niños también.

Habían hablado del "accidente".

—Debería haberme llevado a los niños —dijo Kelly.

—Nadie sabía lo que iba a pasar, hermana. Es decir, ¿alguna vez en tus sueños más locos habías imaginado que un conductor de camión me sacaría del camino?

—No, pero ¿quién querría matarte?

Rebecca no podía contarle sobre las apuestas de Wesley. O que la policía sospechaba que alguien quería enviarle a Wesley un mensaje a través de la muerte inminente de Rebecca. No quería asustar a su hermana.

—Ellos lo atraparán —le había dicho a Kelly.

Su hermana había insistido en cuidar de Rebecca una vez que fuera dada de alta, dentro de un día o dos. Kelly ya había hecho arreglos para quedarse con ella durante unos días, pero la idea ponía a Rebecca muy nerviosa. Si alguien todavía la quería muerta, entonces su casa no iba a ser segura para ninguna de las dos.

Podría pedirle a Wesley que volviera a mudarse a la casa. El pensamiento la hizo encogerse. Sabía lo que pasaría si lo hacía. Wesley se aprovecharía de la situación, de su debilidad, y cuando menos lo esperara estaría de vuelta de forma permanente. Y si había una cosa de la que estaba absolutamente segura, era que ya no quería nada con él. El divorcio no podía llegar lo suficientemente pronto.

Pensó en su adicción al juego. *Puede que no haya intentado matarme y a los niños directamente, pero sus acciones podrían ser las responsables.*

Miró el reloj junto a la puerta. Wesley no tardaría en llegar.

—Mami, estoy cansada —dijo Ella.

—¿Quieren tú y Colton ir a tomar una siesta a su habitación? Creo que yo necesito una también.

—Yo no estoy cansado —se quejó Colton.

—Ve la televisión entonces. Pero no pongas el volumen demasiado alto. Deja dormir a tu hermana.

Cuando se fueron, ella cogió el teléfono del hospital y la tarjeta de visita junto a él.

—¿Marcus? —dijo cuando él respondió. —Sé que probablemente estés ocupado, pero...

—¿Que necesitas?

Escuchar su voz la reconfortó de inmediato.

—Quisiera hablar contigo.

—¿Quieres que vaya al hospital?

—Si no es demasiado inconveniente.

—Estaré ahí en un momento.

* * *

Cuando Marcus entró en su habitación del hospital, lo primero que Rebecca notó fue que se había afeitado. También se había puesto loción para después del afeitado, una mezcla terrosa, con sándalo y almizcle.

—Te afeitaste —dijo ella, mordiéndose el labio ante lo absurdo de su comentario.

Él se frotó la barbilla suave.

—Sí, Leo me aconsejó que me arreglara un poco. Dijo que parecía que había estado de juerga durante tres días.

—Pero no lo hiciste. —Era una afirmación, no una pregunta. —Leo suena como un buen amigo.

Arrastró una silla al lado de la cama.

—El mejor.

—¿Cuánto tiempo hace que lo conoces?

—Pareciera que desde siempre. —Él rió. —Conocí a Leo en el trabajo, cuando yo era paramédico.

—¿Trabajaba contigo?

—No. En ese entonces, él no estaba en condiciones de trabajar para nadie. —Se detuvo como si estuviera reuniendo las palabras adecuadas. —Me llamaron a una situación, hace unos quince años. Masculino desconocido inconsciente en un bar.

—Ah, y ese era Leo.

El asintió.

—No puedo entrar en detalles, por la confidencialidad y todo eso pero he de decir que estaba en mal estado. Incluso estuvo a punto de morir esa noche.

—Pero no lo hizo, y ahora son amigos.

—Tenemos mucho en común, Leo y yo. Ambos tenemos mucho que expiar.

Miró por la ventana, pensando en la adicción a las drogas de Marcus. Había afectado su carrera y su matrimonio. Al igual que la adicción al juego de Wesley. Ella sabía lo mucho que les había afectado a ella y a los niños.

Así que ¿por qué estaba siquiera considerando incluir a Marcus Taylor en su vida?

Porque te gusta. Porque no es Wesley.

—¿Conoció Leo a Jane? —preguntó ella.

—Sí. Solíamos tener cenas de fin de semana con él y su esposa, antes de que se casaran.

—Así que, técnicamente, lo salvaste a él también.

Él se sonrojó.

—Yo era parte del equipo de rescate que respondió a la llamada.

—Pero lo visitaste después.

Marcus se encogió de hombros.

—Fui a ver cómo estaba en el hospital. Nos pusimos a hablar, y antes de que me diera cuenta, éramos amigos.

Ella sonrió.

—A veces sucede así de rápido.

Hubo una larga pausa.

—¿Cómo has estado, Marcus?

—Creo que yo debería ser el que hiciera esa pregunta. Te ves mejor.

—Me veo terrible.

Se inclinó sobre ella, examinando su rostro. Cuando tocó la pequeña cicatriz en la barbilla, ella se estremeció. Se había sentido avergonzada de la cicatriz durante tanto tiempo, no por cómo lucía, sino por lo que representaba.

—¿Accidente de la niñez? —preguntó él.

—No exactamente.

—¿Tu marido?

Ella asintió con la cabeza y abrió la boca como si fuera a decir algo, pero luego la cerró rápidamente.

—No me ha... golpeado en mucho tiempo.

El músculo en la mandíbula de Marcus se tensó.

—No debería haberte golpeado en absoluto.

—Lo sé.

—¿Lo denunciaste?

Ella sacudió la cabeza.

—No pude. Los niños...

—Él necesita saber que no está bien golpear a una mujer. O a cualquier persona, para el caso.

—Tienes razón. Lo sé. Pero tuve que darle una segunda oportunidad. Por el bien de Ella y de Colton.

Él suspiró.

—Creo que entiendo mejor que nadie lo de las segundas oportunidades.

—Después de la última vez que Wesley me hizo daño, le dije que quería el divorcio. Acudí a Carter, mi abogado, y le conté todo. Y tenemos los registros de los hospitales para respaldar mi historia. Cuando nos reunimos con Wesley, Carter le dijo que yo no presentaría cargos si él accedía a un divorcio amistoso. Y también tenía que estar de acuerdo en que yo tendría la custodia exclusiva de los niños.

—Eso no debe haber ido demasiado bien.

—A él no le gustó. Pero no discutió.

—Posiblemente todos estamos mirando esto desde el punto de vista equivocado. Tal vez no se trata de dinero. Tal vez se trata de los niños.

—Él nunca podría obtener la custodia de ellos, incluso si yo muriera. Carter se encargó de eso también. Kelly y Steve fueron nombrados como tutores, y Wesley tendría el mismo arreglo que ahora. Él estuvo de acuerdo en todo.

—De otro modo lo demandarías por abuso.

—Sí. Y no hay manera de que él renunciara a su libertad para luchar en los tribunales. Por eso no creo que contratara a ese tipo para matarme.

—No es la única explicación posible. La policía tiene otros sospechosos. Pero nadie más tiene un motivo tan fuerte.

—El dinero, quieres decir.

—¿Quién más se beneficiaría de eso, además de Wesley?

—Nadie. —Ella dejó escapar un suave gemido. —Sigo repasando todo en mi cabeza. Nada tiene sentido. No entiendo por qué alguien haría esto. ¿Qué ganarían con matarme?

—La policía cree que tal vez se suponía que era un mensaje. Para tu marido.

—Próximamente ex-marido. Y ¿qué mensaje le enviarían con eso, exactamente?

Marcus se encogió de hombros.

—Tal vez que podían hacerle daño en cualquier momento y en cualquier lugar. Tal vez pretendían asustarte. Asustarlo a él.

—Pero el tipo me sacó de la carretera y me empujó a un río.

—Podría ser que las cosas fueron un poco demasiado lejos.

—Pero todavía crees que este tipo podría venir en pos de mí otra vez.

—Tal vez. No podemos descartar eso. —Se inclinó hacia delante. —Es mejor prevenir que lamentar, ¿no te parece?

—¿Qué pasará cuando me vaya a casa? Pueden dejarme salir mañana o al día siguiente.

—Estoy seguro de que van a apostar un guardia de la policía en tu casa.

—Los niños se van a quedar con mi hermana. No se los he dicho aún.

—¿Por qué no te quedas allí también?

Ella sacudió su cabeza.

—No puedo correr el riesgo de que quien hizo esto me siga hasta ahí. No voy a poner a Kelly y su familia en peligro.

—¿Así que vas a quedarte sola en tu casa?

—Kelly dijo que se quedará conmigo. No quiero que lo haga. Es demasiado peligroso. Y nunca me lo perdonaría si algo le pasara. —Ella respiró hondo. —Yo quería saber... si tú quizás, eh... tal vez considerarías... quedarte conmigo. Durante unos días, hasta que atrapen a este tipo. Incluso te podría pagar. Como a un guardaespaldas.

Sus ojos se abrieron con sorpresa.

—Pienso que no es una buena idea.

—¿Por qué no?

—No soy realmente del tipo guardaespaldas. No soy un héroe.

Ella inclinó la cabeza hacia un lado y se le quedó mirando.

—¿De verdad? Nos has salvado ya una vez.

—Eso es diferente.

—¿Cómo? Viniste a buscarnos cuando no había nadie más que pudiera hacerlo. Si no hubiera sido por ti, todos estaríamos muertos. Eres la elección perfecta, principalmente por una razón.

—¿Cuál?

—Confío en ti, Marcus. —Vio duda en sus ojos. —Con mi vida.

—No deberías. Tengo la mala costumbre de dejar que las personas…

—Sólo di que sí —lo interrumpió. —Por favor. Necesito saber que no voy a estar sola cuando me den de alta del hospital. Y tengo que decirle a Kelly que tengo a otra persona en quien puedo confiar y que estará conmigo. —Ella suspiró. —Sé que es mucho pedir. Realmente lo sé. Pero tengo la sensación de que van a atrapar a este tipo pronto. Así que tal vez sean sólo unos días. Quizá una semana. —Ella extendió la mano y tocó la de él. —Ya que no estás trabajando en este momento, no me dirás que tienes mejores cosas que hacer.

Y ella no podía decirle que temía que él tuviera una recaída. Por su culpa. Si volvía a drogarse debido a la tensión por estar suspendido, ella nunca se lo perdonaría.

—Olvidas que tengo un perro —fue su respuesta entre dientes. —Arizona.

—Me encantan los perros. Tráela.

—Ella no es pequeña.

Rebecca sonrió.

—Tengo una casa grande, con patio grande.

Se miraron el uno al otro.

Finalmente Marcus asintió.

—Si es lo que quieres.

—Sí.

—De acuerdo, entonces.

Sonriendo, ella le levantó la cabeza en la dirección a la taquilla.

—Mi bolso está ahí. ¿Podrías traérmelo?

Cuando le llevó su bolso, ella buscó hasta que encontró sus llaves, un bolígrafo y un cuaderno.

—Voy a escribir mi dirección para ti. Esta llave es de la puerta de entrada. Debe haber una luz en la parte exterior. Tiene un contador de tiempo, por lo que debería estar encendida para cuando llegues ahí.

—¿Quieres que vaya hoy?

Ella hizo una mueca.

—Sí. Si te parece bien. Realmente necesito algo de ropa para mí y los niños. Olvidé pedírselo a Kelly. Todo lo que tenemos aquí está rasgado o con sangre.

La cara de Marcus enrojeció.

—¿Y quieres que yo lo haga?

—Sí. Lo que sea que encuentres en las habitaciones de los niños estará bien. Y unos pantalones vaqueros y una camiseta para mí. Están en el armario de mi habitación, en un cajón. Um… sujetador y ropa interior

—ella se ruborizó esta vez —en el cajón por encima de ese. Y hay chaquetas en el pasillo del frente.

—¿Estás segura de que no quieres pedírselo a tu hermana?

Ella sacudió la cabeza.

Cuando no ofreció ninguna explicación, él asintió con la cabeza y dijo:

—Ah, tienes miedo de que ella vaya a tu casa, en caso de que alguien esté esperando allí.

Ahora ella se sentía como una mierda. ¿Qué le daba derecho a pedirle que se pusiera en peligro por ella una vez más?

—No debería estar pidiéndote esto. Lo siento. Ya has hecho tanto por nosotros.

Él sonrió.

—Considéralo hecho, Rebecca. Estoy seguro de que el detective Zur ya tiene un coche patrulla frente a tu casa. Y un oficial revisará el interior antes de que regreses. Pero tienes razón. No se puede ser demasiado cuidadoso.

Él le dirigió una inclinación de cabeza y luego se dirigió hacia la puerta.

—¿Marcus?

Se detuvo y la miró por encima del hombro.

—¿Sí?

—Gracias por todo.

—No me des las gracias todavía. Podría comerme toda tu casa. ¡Me muero de hambre!

31

La risa de Rebecca siguió a Marcus por el pasillo.

Entró en un ascensor vacío y sacudió la cabeza con desconcierto.

—¿A qué demonios accedí?

Eh, vas a dormir en la misma casa que una hermosa mujer a la que te sientes fuertemente atraído, y tratar de pretender que estás ahí sólo para protegerla.

Marcus golpeó la palma de su mano contra su frente.

—Eres un idiota. ¿Y ahora vas a hurgar en su ropa interior? *¿Qué demonios?*

El ascensor se detuvo en el segundo piso, pero nadie entró. Cuando las puertas se cerraron, sus pensamientos derivaron de nuevo hacia Rebecca. Se merecía a alguien mejor que Wesley Kingston en su vida. Y ese alguien no era Marcus.

—Ella todavía está casada oficialmente —se recordó. *Y es guapísima.*

Su oferta para quedarse con ella era estrictamente profesional. No tenía a nadie más a quién recurrir. Era un acuerdo de negocios. Eso es todo lo que era. Incluso si él no aceptaba ni un centavo de ella, lo que no haría. Sería como hacer un favor a un viejo amigo.

Excepto que ella no es realmente una vieja amiga. Más bien una nueva.

El ascensor lo llevó hasta el nivel principal, y avanzó en línea recta hacia el ala de emergencia. La sala estaba repleta de acción, pero él se dirigió hacia la salida exterior, zigzagueando a través de la multitud de piernas fracturadas, gente con tos y una mujer muy embarazada rodeada de una camada de seis niños a su alrededor.

En el estacionamiento, encontró su coche, se metió dentro y echó un vistazo a la dirección que Rebecca había escrito. *Edmonton... correcto. ¡Maldición!*

Le tomaría alrededor de tres horas llegar allí, tal vez veinte minutos para recoger la ropa y otras tres horas para llegar de nuevo al hospital. Estar lejos de ella durante tanto tiempo no le sentó bien.

Tomó su teléfono celular y llamó a John.

—Voy rumbo a la casa de Rebecca para recoger algo de ropa para ella y los niños. ¿Tienes un coche vigilando el lugar?

—Sí. Se los diré.

—Gracias, John. ¿Alguna noticia sobre el camión o el conductor?

—En realidad, sí. Por fin tenemos una pista. Hay una tienda de informática frente a la estación de Esso. Tienen cámaras en las ventanas, y una de ellas funciona 24/7, filmando hacia la calle. La estamos revisando ahora.

—Espero que atrapen a este tipo.

—Yo también. Escucha, Marcus, ¿cuáles son tus planes para los próximos días? Oí que te suspendieron.

—Me voy a quedar con Rebecca un tiempo. Hasta que atrapen a este tipo.

—¿De verdad? —La voz de Zur sonaba más que un poco aturdida.

—Ella no quería pedírselo a su hermana. No quiere ponerla en peligro. Y el ex está fuera de la cuestión, ya que todavía piensas que es sospechoso. —Marcus hizo una pausa. —Aún lo crees, ¿verdad?

—Ninguna otra cosa tiene mucho sentido. No pudo ser un golpe y fuga al azar. Él la estaba esperando, la siguió, se aseguró de que terminara en el río McLeod.

—¿Se ha sabido algo de los casinos?

—Hasta ahora nada. Todavía estamos haciendo preguntas. Todo lo que necesitamos es la respuesta correcta.

—Está bien, voy a estar de vuelta en alrededor de seis horas y media. ¿Estarás al pendiente de Rebecca y los niños por mí?

—Definitivamente. Todavía tenemos un par de preguntas para ella. Y el ex.

—¿Han revisado el lugar donde vive?

—No pudimos obtener una orden judicial. No hay suficientes pruebas.

—Mierda. ¿No puedes siquiera mirar sus registros telefónicos o correos electrónicos?

—Nop. No hasta que tengamos la orden.

Marcus apretó los dientes.

—Por entonces podría haberse deshecho de todo. Especialmente si alguien lo amenazó en un correo de voz o correo electrónico.

—Lo sé. Pero tenemos que hacer esto conforme a la ley. Hemos hecho una petición para una orden de registro. Deberíamos tenerla para mañana, tal vez al día siguiente.

Marcus se masajeó las sienes.

—Mañana puede ser demasiado tarde. Si Wesley Kingston tiene algo que lo involucre con el intento de asesinato a su esposa, habrá desaparecido para cuando lleguen allí.

Zur soltó un resoplido.

—La gente piensa que es fácil de borrar archivos e información de un ordenador. No lo es. Nuestros chicos de tecnología pueden extraer datos que se eliminaron hace años. Casi siempre hay un rastro. Te lo prometo, si Kingston tiene algo incriminatorio, lo encontraremos. —Él dejó escapar una risita. —Ahora hablemos de ti y la señora Kingston viviendo juntos.

—No es nada de eso, John.

—¿Ah, no? —Otra risa. —Creo que es *exactamente* así. Pero hazte un favor. Espera hasta que se seque la tinta en sus papeles de divorcio antes de intentar algo.

—No pienso intentar nada.

—Entonces será mejor que empieces a pensarlo. A ella le gustas.

Marcus parpadeó.

—¿Tú crees?

Se escucharon más risas, y luego Zur dijo:

—Adiós, Marcus.

Marcus puso en marcha el coche y se alejó del hospital. Tras colocar el aparato Bluetooth en su oreja izquierda, llamó a Leo.

—¿Te diriges hacia tu casa? —preguntó Leo.

—No, me voy a quedar en Edmonton durante unos días.

—¿Para poder mantener un ojo en esa mujer Kingston?

—Buen intento. En realidad, accedí a quedarme en su casa durante unos días.

—¿Por qué harías eso?

Marcus inspiró profundamente.

—Está aterrorizada creyendo que quien trató de matarla pueda volver e intentarlo de nuevo. Incluso la policía piensa que es una posibilidad.

—¿Qué pasa con sus hijos?

—Estarán en casa de su tía. Eso deja a Rebecca sola en su casa sin ningún apoyo que no sea un coche patrulla afuera.

—Si va a tener a un policía vigilando, es más que probable que va a estar bien.

—¿Por qué me lo pones tan difícil, Leo? Estoy tratando de ser un buen tipo.

—Lo siento, hombre. No puedo evitar preocuparme por ti. Me parece muy inusual que muestres tanto interés en uno de nuestros interlocutores.

—Rebecca no es solamente una interlocutora. No para mí. No después de todo esto.

Leo suspiro.

—Sé que sientes algún tipo de conexión con ella. No voy a discutir eso. Pero yo creo que te estás apresurando, sin considerar las consecuencias.

—¿Qué hay que tener en cuenta? Voy a dormir en su sofá para que no esté sola, no dormiré con ella.

—¿Estás seguro de eso?

Marcus apretó la mandíbula.

—Me has estado dando lata durante meses para que salga más, y conozca a alguien. Bueno, ¿adivina qué? Lo hice. Bueno, de acuerdo, la conocí en el trabajo, pero ¿quién puede decir que haya algo de malo en eso? Me gusta. Yo creo que le gusto. En este momento, todo lo que importa es que se sienta segura. Y puedo hacer eso por ella.

—No estoy seguro acerca de esto, Marcus.

—Yo sé lo que estoy haciendo es poco... poco ortodoxo. Pero ella me pidió que me quedara, y no pude decir que no. Demonios, es sólo por unos días. No es como si me estuviera mudando de forma permanente con ella.

Hubo una larga, incómoda pausa.

A continuación, Leo dijo:

—Está bien. Haz lo que tengas que hacer.

—Gracias.

—No es que no confíe en tu juicio. Es sólo que yo…

—No confías en mi juicio.

Leo rió.

—Me preocupo por ti. No me puedes culpar por eso.

—Lo sé, Leo. Y lo aprecio. Realmente. Pero estoy bien. Por primera vez en mucho tiempo siento como si hubiera recuperado mi vida.

—¿Te sucedió algo más en el río?

—¿Qué quieres decir?

—Quiero decir... que suena como si hubieras tenido una experiencia cercana a la muerte o algo así. Ya sabes, ver la luz y todo eso. Tal vez te ahogaste y luego volviste a la vida.

Marcus rió.

—Deberías escribir libros con tanta imaginación. No, no me ahogué. No hubo ninguna experiencia cercana a la muerte tampoco. Ningún túnel o luz brillante, excepto por la linterna.

—Así que esta mujer, Rebecca. ¿Es ardiente?

La pregunta tomó a Marcus por sorpresa.

—Eh... supongo.

—¿Supones? Eso es patético, hombre. O es ardiente, o no lo es.

—Está bien. Es ardiente. —*Humeante.*

—Tráela a cenar una noche.

Marcus se pasó una mano por la frente y se centró en la carretera.

—Marcus, ¿estás ahí?

—Sí, Leo. Te escuché. Y la invitación. No voy a prometer nada. Puede ser que yo no le guste. Estoy algo oxidado en cuanto a captar señales.

—¿Pero ha habido señales?

—Creo que sí.

—Bueno, eres su *superhéroe.*

Marcus se incorporó.

—¿Qué? ¿Dónde has oído eso?

Leo estalló en risas.

—Ah, hombre. Se corrió la voz en el hospital y se esparció por todas partes. Oí que Carol te está fabricando una capa.

—Mierda.

—Hey, no te preocupes. Lo hiciste bien, Marcus. Muy bien. Estoy orgulloso de ti.

—Gracias.

—Ahora, ¿qué quieres que haga con Arizona?

—Voy a recogerla antes de irnos a casa de Rebecca. Y, ¿Leo? Aprecio mucho que cuidaras de Arizona por mí.

—No hay problema. Salvo que vas a tener que convencer a mi mujer de no adquirir un perro ahora. Eso es totalmente tu culpa, amigo.

Marcus rió.

—Haré mi mejor esfuerzo, pero sé que una vez que alguien mira a los grandes ojos castaños de Arizona, quedan enganchados.

—No tendré un perro.

—Está bien, Leo. Sigue diciéndote eso. Adiós. —Colgó.

En el largo viaje a Edmonton, Marcus reflexionó sobre el atentado contra la vida de Rebecca y todos los escenarios posibles.

Seguía oyendo la voz de John Zur en su cabeza.

A ella le gustas.

¿Podría ser verdad?

32

Cuando Carter Billingsley entró en su habitación del hospital, Rebecca le sonrió.

—No tenías que conducir todo el camino hasta aquí para verme.

—Sí, tenía qué. Era lo menos que podía hacer. Sabes que tu padre y yo éramos viejos amigos. —Carter se inclinó y la besó en la frente. —Eres como una hija para mí.

—¿Así que los niños te pueden llamar abuelo, entonces?

Su ceño se arrugó.

—Mejor vamos a dejarlo en tío Carter, ¿de acuerdo?

—Me alegro de verte —dijo con un suspiro. —Han sido unos días duros.

Arrastró la silla, acercándola.

—Me han dicho que serán aún más duros.

Ella apretó los ojos para contener las lágrimas y asintió, sin confiar en su voz.

—Rebecca, quiero que sepas que las cuentas adicionales han sido pagadas con el dinero de tu abuelo. Las tuyas también. —Él levantó una mano para hacerla callar. —Sé que especificó que el dinero iba a ser dedicado exclusivamente a los niños, pero tú y yo sabemos que él haría esto por ti. Él querría que obtuvieras el mejor cuidado sin tener que preocuparte por el pago de facturas más tarde.

Una lágrima se le escapó y ella la limpió.

—Gracias.

—¿Hay algo que pueda hacer por ti o los niños?

—Sacar a Wesley de mi vida. Sé que va a estar en la de ellos, pero quiero que este divorcio finalice. Cuanto antes, mejor.

La boca de Carter se adelgazó.

—Ciertamente, puedo ayudar con eso. Tengo los papeles de divorcio aquí conmigo. Todo lo que necesito es la firma de Wesley. ¿Dónde lo encuentro?

—No estoy segura.

Carter inhaló profundamente.

—¿La policía cree que tuvo algo que ver con esto?

—Lo están investigando, pero estoy segura de que Wesley *no* trató de matarnos a mí y a los niños.

—¿Alguna vez te contó que me llamó para preguntar acerca de los términos de tu herencia?

Ella sacudió su cabeza.

—Quería saber si podía tomar prestado de ello y devolverlo más tarde.

—Pero tú le aclaraste que no podía.

—Sí. Y no estaba demasiado feliz por eso, Rebecca. Me nombró con un par de calificativos no muy agradables. A ti también, si no recuerdo mal.

—¿La policía habló contigo?

—Todavía no. Esa es la otra razón por la que estoy aquí. Tenía una llamada de un detective Zur. Quiere ver tus archivos, revisar lo de la herencia. ¿Tengo tu permiso para mostrárselos?

—Dale todo lo que necesite, Carter. Quiero que esta pesadilla termine. Y eso no sucederá a menos que lleguemos a la verdad.

Él se inclinó y le palmeó el hombro.

—Si hay algo más que necesites, pídelo.

—Necesito recuperar mi vida. Con mis hijos. Necesito sentirme a salvo de nuevo. Necesito que encuentren al bastardo que hizo esto.

En la puerta, Carter dijo:

—Espero que lo hagan. Mereces un poco de felicidad en tu vida.

—Gracias, Carter. Eres el mejor.

—Recuerda eso cuando llegue la factura —dijo con una risa.

Ella escuchó sus pasos alejarse por el pasillo.

Después cogió el teléfono y llamó al teléfono celular de Kelly. Rápidamente la puso al corriente acerca del plan en que Marcus se quedaría con ella durante unos días. Kelly no se sintió encantada con la idea, en absoluto.

—¿Qué quieres decir con que dejarás que un desconocido se quede contigo? —demandó Kelly. —Te dije que yo lo haría.

—Te necesito para mantener a los niños seguros.

—Pero tú tienes que estar a salvo también.

—Lo estaré. Marcus no dejará que nada me suceda.

—¿Estás segura de esto, Rebecca? Quiero decir, no conoces muy bien a este tipo, Marcus. Y tenerlo durmiendo en tu casa... uf... no estoy muy segura de esto, hermana. Pienso que sería mejor si yo me quedo contigo.

—No. Esto es lo que quiero. Sin ofender, Kelly, pero no es como que pudieras hacer mucho si alguien irrumpe en medio de la noche.

—Cielos, me haces sonar tan impotente.

—Lo siento. Pero la verdad es que no me siento segura contigo en mi casa. Me preocuparía que resultaras lastimada. Este tipo me tiene en la mira, y necesito saber que el resto de mi familia está a salvo.

—Está bien, está bien. Mientras estés segura acerca de este tipo del 911.

—Nunca he estado más segura de nadie en mi vida.

—Tienes que has admitir, Rebecca, que es un poco extraño cómo abandonó su trabajo y vino a su rescate.

—Él no *abandonó* su trabajo. Sintió que tenía que hacer lo correcto. Y lo correcto para él era tratar de encontrarnos. Ahora deja de ser tan ingrata. Deberías estar feliz de que Marcus viniera a rescatarnos. De lo contrario, no estaríamos teniendo esta conversación.

Hubo un largo silencio en el otro extremo.

—No estoy siendo ingrata —dijo Kelly finalmente. —Estoy muy feliz de los haya encontrado a ti y a los niños. Pero estoy preocupada por ti. Y por este tipo. Es un... —la voz de Kelly se apagó.

—¿Qué? —presionó Rebecca. —Escúpelo.

—Dijiste que era un adicto.

—Adicto en recuperación.

—Es la misma cosa. ¿Estás segura de que no va a robar tus medicinas, o dinero o joyas?

Rebecca exhaló una respiración contenida.

—Sé que estás preocupada por mí, hermana, pero confía en mí. Tengo un buen ojo para la gente.

Kelly dejó escapar un resoplido.

—Uh... y ¿qué pasa con Wesley?

—Está bien, ahí me atrapaste. No fue una buena elección. Pero de verdad, no te preocupes por Marcus Taylor. Él es uno de los buenos, y no hay muchos por ahí. Confío en él; él no va a robarme. Además, los únicos fármacos que tengo en casa son aspirina infantil y jarabe para la tos de Buckley. Te aseguro que Marcus no es tan desesperado.

—Bien —dijo Kelly. —Ya estoy en camino. Estaré allí en unas tres horas.

—Te quiero, hermanita.

—Yo también.

Rebecca colgó y pensó en Marcus. Había tenido una racha de mala suerte, especialmente con las muertes de su esposa y de su hijo. Encima de eso, estaba luchando contra su adicción a las drogas, y había sido suspendido de un trabajo que disfrutaba. A él le gustaba ayudar a la gente. Se notaba. Sin embargo era modesto, sin tratar de ser el centro de atención, sin buscar reconocimiento.

Incluso cuando le había contado acerca de la anciana con el gato, podía decir que realmente se preocupaba por la gente. A diferencia de Wesley, que se preocupaba sólo por una persona: él mismo.

Eran dos hombres muy diferentes. Uno la aterrorizaba. El otro la hacía sentirse... viva.

Kelly le había insistido durante semanas para que comenzara a tener citas. Rebecca había argumentado que no podía salir con nadie hasta que estuviera legalmente divorciada. Ella no traicionaría sus votos, incluso si Wesley lo había hecho. La verdad, la idea de tener citas la aterraba. ¿Cómo hacía uno para conocer a hombres decentes a su edad? ¿Citas por Internet? Había demasiados chalados por ahí. ¿Servicios de citas? ¿Y si no encontraba a nadie que no fuera uno de esos idiotas que pensaban que tener dos niños era exceso de equipaje?

No, preferiría dejar que el destino interviniera. Encontraría a alguien cuando fuera el momento adecuado. Y eso era lo que siempre le había prometido a Kelly.

—Tal vez el destino ya ha intervenido —murmuró.

¿Querría Marcus salir con una mujer con dos niños?

¡Hey! Te estás adelantando mucho a los acontecimientos. Así que te gusta el tipo. Eso no significa que a él le gustes también. No de esa manera. Tal vez él no está interesado en tener una relación con nadie.

Pero, ¿y si lo estaba?

33

Marcus se detuvo delante de la casa de Rebecca. Al ver el coche patrulla en la calle, le dio al agente uniformado un asentimiento y fue directo hacia él.

—¿Marcus Taylor? —preguntó el funcionario mientras salía de su coche.

—Sí.

—¿Tienes identificación?

Marcus sacó su cartera del bolsillo de la chaqueta y mostró su carnet de conducir.

El oficial asintió en conformidad.

—Eres el tipo que los rescató. Vi tu foto publicada en todas las noticias. Felicidades, amigo. —El hombre sonrió. —Así se hace.

—Gracias. —Marcus echó un vistazo a la casa. —¿Ha venido alguien por aquí?

—No, ha estado mortalmente tranquilo durante todo el día.

—¿Dijo el detective Zur si había alguna pista sobre quién lo hizo?

—¿Conoces a Zur?

—Somos viejos conocidos.

—¿Eres un ex-policía?

—Ex paramédico. Trabajamos juntos en algunos casos.

El oficial sonrió.

—Zur es uno de los mejores. Lo último que oí fue que estaban revisando una pista en una cinta de vídeo. Vieron a un tipo en ella, en un camión como el que la víctima vio.

—Rebecca.

—¿Perdón?

—El nombre de la víctima. Rebecca Kingston.

—Ah, sí.

—Estoy aquí para recoger algunas cosas para Rebecca y los niños. No debería tardar más de quince minutos. —Marcus se alejó un paso, pero luego se detuvo.

—¿Cuándo es el cambio de turno?

—A medianoche.

—Asegúrese de revisar la parte trasera de vez en cuando.

—Lo haré, señor Taylor.

* * *

Dentro de la casa, Marcus se detuvo en el vestíbulo para orientarse. La cocina estaba a la derecha. La sala de estar y el comedor formal a la izquierda. Modelo abierto. Sin planta superior, por lo que supuso que las habitaciones estaban en el otro extremo de la casa.

Avanzó por el pasillo, haciendo lo posible por ignorar los retratos de la familia en la pared. Los de una pareja feliz y sus hijos.

Se detuvo a medio camino y se quedó mirando al hombre de la foto. Wesley Kingston. No era mal parecido, tenía quizá cuarenta y cinco años, con cabello escaseando.

—¿Tú hiciste esto? —murmuró Marcus.

Por supuesto, la foto no respondió.

La primera habitación que revisó parecía ser una habitación libre. No había muchos objetos personales en ella, y no parecía que se usara mucho. Se preguntó si Wesley había dormido allí después de Rebecca descubriera su infidelidad, o si había sido echado de la casa de inmediato como se merecía.

En realidad no era asunto de Marcus, pero aún así...

La siguiente habitación a la que entró pertenecía a Ella, todo era de color rosa y princesas. Encontró un par de pantalones vaqueros limpios y una blusa de flores, calcetines y ropa interior. Luego procedió a la habitación al otro lado del pasillo. La de Colton. Era la habitación típica de un niño, decorada en tonos grises y azules, con figuras de acción en los estantes en las paredes. Algunos artículos de deporte y ropa sucia estaban esparcidos por el suelo.

Reunió un cambio de ropa limpia para el niño.

La tercera habitación era la suite principal. Decorada con buen gusto, tenía un aire de frescura, con sus grandes ventanales y enorme cuarto de baño. El vestidor era de tamaño modesto y se puso a mirar las perchas, estudiando la ropa que colgaba allí.

Dos docenas de perchas vacías habían sido empujadas a un lado, y Marcus sospechó que el hombre ya había transportado la mayor parte de sus pertenencias a su propio lugar. Había, sin embargo, tres camisetas de gran tamaño que eran demasiado grandes para ser de Rebecca. Marcus se preguntó si ella dormía en ellas, como Jane había hecho a menudo.

Era extraño estar allí, en la habitación de esta mujer, mirando su ropa y ponderando tales intimidades, pero no podía evitar que los pensamientos se agolparan en su cerebro. ¿Estaría lista para divorciarse? ¿Estaba lista para seguir adelante?

Había conocido a otras mujeres que habían perdonado transgresiones sexuales de su pareja, y habían sido capaces de salvar su matrimonio. ¿Rebecca querría intentarlo? ¿O habría superado a Wesley?

¿La habrá superado él?

Encontró un par de jeans y una blusa abrigadora pero floja. *Estos deberían bastar.*

Cuando abrió otro cajón, se enfrentó a un nuevo dilema: seleccionar un sujetador y unas bragas. Todo era de encaje y colores pasteles... sedoso.

Jesús, Marcus. Es sólo ropa. Deja de pensar como un pervertido.

Era realmente ridículo. Allí estaba él, con la cara roja y sudando, sorteando a través de la ropa íntima de Rebecca, y todo en lo que podía pensar era en verla usándola.

Agitando la cabeza, cogió un puñado de encaje y lo metió en el montón de ropa para niños. Abandonó el armario, sintiendo que debería disculparse. Por suerte, no había nadie allí para presenciar su vergüenza.

Deambuló por la habitación, notando una pequeña muestra de fotos que estaba encima de un álbum de fotos. Él cogió una foto. Rebecca y Wesley, con los brazos envueltos alrededor del otro. Había sido tomada en Disneyland, pre-niños. Habían sido felices. Alguna vez.

Movió los otros cuadros y levantó el pesado álbum de fotos. Una voz en la parte posterior de su cabeza sugirió que no debería, que ahora estaba siendo deliberadamente entrometido, pero él ignoró la voz. Pasando las páginas, vio retazos de la vida de Rebecca delante de él. Fotos de cuando ella y Wesley habían empezado a salir. Fotos de la boda. Los nacimientos de Colton y Ella. Varias fiestas y eventos a los que había asistido con su marido.

Estudió una de las fotos de una fiesta. Rebecca se veía tan feliz. Estaba mirando a Wesley con tanto orgullo. Una multitud de personas se habían reunido alrededor de ellos. Algunos daban palmaditas a Wesley en la parte posterior.

La mirada de Marcus barrió a través de las caras de la multitud. ¿Qué habría hecho Wesley Kingston para justificar tal atención y aprobación?

Un hombre de pelo plateado con un traje caro se situaba a unos pies de distancia de la feliz pareja. Su expresión no era de admiración, sino de menosprecio. ¿Sería uno de los acreedores de Wesley? El tipo le parecía vagamente familiar.

Marcus desprendió la cubierta transparente y despegó la foto de la página.

En la parte posterior, alguien había escrito:

"Fiesta de verano en Kingston, Bentley y Coombs. Dimos al padre de Wesley la noticia sobre Ella."

¡Ajá! Walter Eugene Kingston, el famoso abogado corporativo.

Ese era el tipo de mayor edad. El padre de Wesley. El hombre tenía su mano en todas las cosas mega-corporativas. Por la expresión de su rostro en la foto, parecía que no estaba contento por algo.

Si las miradas mataran...

¿Podría ser que Papá Kingston quisiera a Rebecca fuera del cuadro por alguna razón? Si era así, ¿qué ganaría él?

Se metió la foto en el bolsillo. Se la daría a John después.

Sonó su teléfono. Cuando respondió, dijo:

—¿Tus orejas estaban ardiendo, John?

—Espero que estés diciendo cosas buenas de mí —dijo Zur.

—Pensando en ti, en realidad. Entonces, ¿qué ha pasado?

—Encontramos el camión y al conductor.

El corazón de Marcus se aceleró.

—¿Lo tienes en custodia?

—Aún no. —Zur se aclaró la garganta. —El nombre del individuo es Rufus Delaney. Múltiples arrestos previos y tres órdenes de arresto pendientes. Por robo, intento de violación y asesinato en segundo grado. No es el tipo de persona con la que querrías que saliera tu hija.

—O cualquier otra persona que conozca.

—Un coche patrulla trajo a uno de sus asociados conocidos por otro cargo hace aproximadamente cinco minutos. El individuo hizo un trato y delató a Delaney. Lo ubicó en el Hotel Rosedale, en el centro de Edmonton. La Policía de Edmonton está registrando su habitación ahora. Le hemos enviado fotos de él a todo el mundo en el hospital. Delaney no se acercará ni a dos metros de la habitación de Rebecca. Te haré saber cuando lo encontremos. Y si podemos averiguar quién lo contrató. Quien lo haya hecho probablemente sabe de lo que Delaney es capaz.

Violación y asesinato. Ese podría haber sido el futuro de Rebecca.

Gracias a Dios que Delaney decidió sacarla de la carretera en vez de eso.

Marcus entró en la cocina y encontró una bolsa de plástico. Acomodó la ropa dentro, salió de la casa, saludó al oficial afuera y corrió a su coche. Con Delaney suelto, Marcus no quería nada más que estar de vuelta en el hospital. Pisó el acelerador y salió a toda velocidad, rezando para no ser detenido por exceso de velocidad.

34

Cuando Kelly llegó al hospital, Rebecca rompió en enormes sollozos ahogados.

—No puedo creer que estés aquí. Estoy tan contenta de verte.

—¿Puedo abrazarte? —preguntó su hermana, con lágrimas escapando de sus ojos.

—Más te vale.

Kelly envolvió sus brazos alrededor de ella, muy suavemente.

—Temo hacerte daño.

—No lo harás. Soy más fuerte de lo que aparento.

Kelly arqueó una ceja.

—Eso es lo que todo el mundo me dice —explicó Rebecca. —Que soy más fuerte de lo que parezco.

—Y aquí estás, llorando como una gran bebé cobarde.

—Sí. Esa soy yo.

La sonrisa de Kelly se desvaneció.

—En serio, Rebecca, casi te mueres. Tú y los niños.

—Pero todos estamos a salvo.

—Gracias a ese operador del 911.

Rebecca sonrió.

—Marcus estuvo bastante fantabulouso.

Kelly estudió su cara como si estuviera buscando algún signo de demencia.

—Entonces, ¿cómo es este tipo, de sesenta y cinco años y calvo?

Rebecca le dirigió una mirada irónica.

—Eh, no.

—¿Así que es de setenta y calvo?

—Dudo que sea mucho mayor que yo. Y no es calvo.

—Creo que te gusta —dijo Kelly en voz cantarina. —Piensas que es sexy.

—Oh, basta.

Kelly se sentó en el borde de la cama.

—Te alegrará saber que la madre de Steve ha secuestrado a mis hijos. Así Ella y Colton no estarán expuestos al sarampión.

Rebecca resopló.

—Lo haces sonar como la peste.

—Juro que lo es. Entre el llanto, rascarse, el vómito, los baños y los quejidos, no he tenido un segundo para cepillar mi pelo, mucho menos para orinar sola. Tuviste suerte, Hermana. Ni Colton ni Ella tuvieron sarampión.

—No. Ellos tuvieron a Wesley.

Kelly apretó los labios.

—Es bastante imbécil.

—Y algo más.

—Espero que sus pelotas se pudran —murmuró Kelly.

—Qué asco.

Kelly se encogió de hombros.

—Es lo que se merece.

—Gracias por conducir hasta aquí, hermana.

—Hey, ¿para qué son las hermanas?

—Cuando salga de aquí, voy a estar en deuda contigo. En grande.

Kelly sonrió.

—Estoy contando con eso. Steve y yo necesitamos un fin de semana. Solos, sin niños. Así que, ¿adivina dónde se va a quedar?

—Cuando quieras.

Kelly la abrazó.

—Voy a ir a traernos un bocadillo de la cafetería. ¿Qué quieres tú?

—Si puedes encontrar un sándwich que no parezca que va a irse caminando por sí solo, tráeme uno.

Diez minutos después de que Kelly se fue, Rebecca recibió otro visitante. Wesley.

Tragó con fuerza ante la visión de él de pie en la puerta de su habitación. Un oficial de policía estaba junto a él.

—Sr. Kingston —dijo el oficial, —no puede entrar en la habitación.

—Pero ella es mi esposa, por el amor de Cristo.

El guardia miró a Rebecca.

—Está bien —dijo ella. —Ambos pueden entrar.

No era estúpida. La policía estaba investigando las conexiones de Wesley. A pesar de que rogaba que estuvieran equivocados y que él no estuviera involucrado, no estaba dispuesta a arriesgar su vida.

—Becca —dijo Wesley, acercándose a la cama con una rosa roja en una mano.

—Es suficientemente cerca. —Ella levantó una mano. —Todo lo que tengas que decirme se puede decir desde donde estás.

—Y-yo no lo podía creer cuando me enteré. —La cara de Wesley estaba pálida, sus ojos llenos de preocupación. —¿Y los niños? —Su voz se quebró.

—Están bien. Y yo también.

—Oh, Dios mío. Cuando pienso en que todos pudieron haber muerto... me pone enfermo.

Parecía sincero. Pero él la había engañado antes.

—Sabes que creen que tuviste algo que ver con esto —le dijo.

—Rebecca —dijo Wesley con un gemido, —no puedes creer que haría algo como esto. Nunca te haría daño, o a los niños. Sé que las cosas están mal entre nosotros en este momento, pero esperaba que tú…

—¿Qué? ¿Te perdonara? ¿Dejaría que te mudaras de nuevo con nosotros? Ella sacudió su cabeza. —Eso nunca va a suceder.

—Te juro que no tuve nada que ver con lo que te pasó.

—No intencionalmente, tal vez. Pero tus acciones... —Ella se encogió de hombros.

—Lo siento —estalló Wesley. —Pero esto no es mi culpa.

—Supongo que lo averiguaremos, ¿no es cierto?

Cuando miraba a Wesley, todo lo que sentía era desprecio. Por su adicción al juego, su aparente falta de juicio, incluso por su pobre intento de una disculpa. Se había metido en algo que era más grande que cualquiera de ellos. Y casi les había costado todo.

Wesley se pasó una mano por el pelo y miró al oficial.

—¿Puedo ver a mis hijos?

El oficial asintió.

—Se aplican las mismas reglas, sin embargo. Ningún contacto.

—¿Puedo volver a verte? —le preguntó Wesley.

Rebecca miró al oficial.

—¿El detective Zur va a interrogar a Wesley?

—Sí. Él está en camino.

El alivio la invadió.

—Vamos a ver qué pasa, Wesley.

—Me alegro de que estés bien. —Le entregó la rosa al guardia.

Después de que la puerta se cerró detrás de él y estuvo sola otra vez, Rebecca rompió en llanto. Lloró por todo lo que había perdido, su matrimonio, su fe en el amor. Después lloró por todo lo que casi había perdido, a Ella y Colton. Si su padre había tenido algo que ver con que ellos hubieran sido empujados fuera de la carretera, no tenía idea de cómo se los iba a explicar.

35

En el Departamento de Policía de Hinton, Marcus estaba de pie en el lado del observador del cristal de una sola vía, mientras que el detective John Zur entrevistaba a Kingston en la sala de interrogatorios contigua.

Wesley Kingston tenía un abogado de aspecto ingenioso presente, probablemente un regalo de Papá Kingston. El abogado estaba en sus treinta y cinco años y se lamía los labios continuamente, como si estuviera hambriento de un caso que lo impulsara hacia el centro de atención. Este podría ser ese caso, si el marido de Rebecca había contratado a alguien para asesinarla.

Zur había advertido a Marcus que todavía estaban considerando el ángulo en que Kingston había contratado a alguien para hacer el trabajo. La herencia de los niños era más que suficiente incentivo. Estaban revisando exhaustivamente sus registros de teléfonos y correo electrónico.

—Nunca haría nada que dañara a mis hijos —protestó Kingston una vez más.

—Sin embargo, heredaría una suma de dinero considerable si su esposa e hijos estuvieran muertos —dijo Zur. —Eso sería un motivo para una gran cantidad de personas, especialmente aquellos que están acumulando grandes deudas.

—Siempre he sido capaz de pagar lo que debo. No hay nadie que me persiga o me amenace. —Kingston frunció el ceño hacia su abogado. —El único dinero que se desperdicia en este momento es en este tipo.

—A caballo regalado no se le ve el diente —dijo el abogado. —Tu padre quiere que obtengas la mejor defensa.

—¿Para qué? —rugió Kingston. —¡Yo no hice nada! —Se puso de pie y caminó en el pequeño espacio detrás de su silla. —Como he insistido en numerosas ocasiones, no tengo ni idea de quién podría hacer esto. No he sabido nada de nadie. Yo no contraté a nadie para hacerlo. Amo a mis hijos. Amo a mi esposa.

—Entonces, ¿por qué tuvo una aventura? —preguntó Zur.

Kingston se detuvo, se encogió de hombros, y luego se dejó caer en la silla.

—Simplemente... sucedió. Rebecca y yo no nos llevábamos bien. Estábamos en dos caminos diferentes. Conocí a Tracey hace años.

—Este asunto ha estado sucediendo durante, ¿cuántos años?

—Unos cinco años tal vez. No estoy seguro. Tracey y yo hemos terminado y regresado.

—Pero ahora están juntos, viviendo juntos incluso.

—Mi matrimonio ha terminado. Ha sido así durante mucho tiempo.

—Entonces, ¿por qué no ha firmado los papeles del divorcio y seguido adelante?

Kingston cruzó los brazos sobre el pecho.

—Creí que tal vez ella cambiaría de opinión. Quizá los dos lo haríamos. Quería estar seguro de que estaba haciendo lo correcto. Eso es lo que pensé, así que le envié los papeles de vuelta a su abogado.

—¿Quiere saber lo que pienso? —preguntó Zur, inclinándose hacia adelante. —Creo que no quiso firmar los papeles porque una vez que lo haga, no tendría ningún acceso al dinero que se supone que deben heredar sus hijos. Creo que se ha estado conteniendo por ello. Y creo que contrató a Rufus Delaney para deshacerse de las tres cosas que se interponen en su camino.

—No me está escuchando —dijo Kingston con voz cansada, —No conozco a ningún Rufus Delaney.

Zur deslizó una foto hacia Kingston.

—¿No tiene idea de quién es este tipo? ¿Nunca lo conoció? Quizá lo contrató a ciegas, recomendado por uno de sus compañeros de juego, tal vez.

Kingston negó con la cabeza.

—No.

—Este tipo —Zur tocó la foto, —empujó intencionalmente a su esposa e hijos fuera de la carretera y dentro de un río helado, donde quedaron sumergidos bajo el agua, conteniendo la respiración, probablemente pensando que iban a morir allí.

Kingston se estremeció y se rompió en sollozos ahogados.

—Juro que no fui yo.

—Su hijo e hija, esos hermosos niños, casi murieron.

Kingston se cubrió el rostro.

—Nunca le haría daño a Colton o a Ella. ¡Los amo!

—Hemos terminado aquí —dijo el abogado, tocando el brazo de su cliente.

—Sr. Kingston —dijo Zur, —es libre de irse. Por ahora. No salga a ninguna parte. Podemos tener más preguntas para usted más tarde. — Echó una mirada hacia el espejo unidireccional y levantó los hombros sutilmente.

Tras el cristal, Marcus apretó la mandíbula.

—Mierda.

Wesley Kingston saldría de la estación, ya que no había suficiente evidencia contra él para retenerlo allí.

Marcus consideró todo lo que el hombre había dicho. La coartada de Kingston era sólida. Había estado en Fort McMurray.

La puerta se abrió y entró Zur, con una carpeta manila bajo el brazo.

—No tenemos nada, Marcus.

—Así que si él no lo hizo, estamos de vuelta a la teoría de que alguien le estaba enviando un mensaje a causa de lo que les debía.

John cerró la puerta.

—Hemos comprobado los casinos. Él tiene algunas deudas, pero no por mucho. Recientemente pagó un préstamo de dos mil dólares.

—El dinero que Rebecca dijo que le faltaba en su cuenta.

Zur asintió.

—Tenemos a Delaney, sin embargo. Lo tenemos en imágenes de seguridad en la estación de gas. En la búsqueda en su casa encontramos la gorra de béisbol y la camiseta de la ruta 66 con un Mustang en ella. Y la pintura en su camioneta coincide con la pintura en el coche de la señora Kingston.

—Suena como a que tienes lo suficiente para encerrarlo durante mucho tiempo.

—Sí, excepto que estamos esperando que esté listo para hacer un trato, y delate a quien esté detrás de todo esto.

—¿Qué clase de trato?

—Quizás menos tiempo en prisión. No se sabe todavía. La fiscalía está elaborando una propuesta.

—Jesús, John. No podemos dejar que Delaney salga impune. Él tiene que pagar por sus acciones. Trató de matarlos, por el amor de Dios.

—No va a salir impune. Va a ir a la cárcel, no hay duda de ello. Vamos a ofrecerle una prisión de mínima seguridad a cambio de darnos el nombre de quien lo contrató.

—¿Cuando lo interrogarás?

—Estará aquí en unos veinte minutos.

—¿Puedo…? —Marcus señaló la ventana de una sola vía.

—Sí. —Zur se aclaró la garganta. —He oído que vas a quedarte con la señora Kingston durante unos días. ¿Seguro que es una buena idea?

—Ella no tiene a nadie más.

—Pareces estar un poco demasiado cerca de este caso. Se supone que debes ser imparcial.

—¿Quién lo dice? ¿Los Criterios y Regulaciones de los Servicios de Emergencia?

—Exactamente.

—Si no lo has notado, no estoy trabajando actualmente. Fui suspendido. Estoy en mi tiempo libre. Y técnicamente, cuando dejé mi escritorio, estaba a unos minutos terminar mi turno. Fui a buscar a Rebecca en mi tiempo libre.

Zur asintió.

—Apégate a esa historia.

—No es una historia. Es la verdad.

Zur se lo quedó mirando sin decir nada.

—Tu radar de la verdad no está funcionando bien, John. Y no sólo conmigo.

—¿A qué te refieres?

—A Wesley Kingston.

—¿Qué hay con él?

—Te estaba diciendo la verdad. Él no contrató a Delaney. No les haría daño a sus hijos, sin importar cuán enojado estuviera con Rebecca, ni la cantidad de dinero que le debiera a alguien.

—¿Cómo lo sabes?

—Lo vi en sus ojos.

—¿Qué viste?

—Su amor por sus hijos. Yo fui padre también una vez, ¿recuerdas? Él no es personalmente responsable de esto. Nunca pondría en riesgo la vida de sus hijos.

—Pero lo escuchaste. No tenía idea de que estaban con Rebecca. Ese fue un cambio de última hora en sus planes.

—Sí, pero Delaney vio que estaban con ella. Él le hubiera informado todo al que lo contrató, revelando que los niños estaban allí. Y esa persona despiadada es quien dio la orden, sin importarle la muerte de dos niños inocentes. Kingston no es tan despiadado.

—Entonces, ¿quién lo es?

Marcus lanzó un profundo suspiro y sacudió la cabeza.

—No tengo idea.

—De acuerdo con Kingston, todo el mundo ama a su esposa. Ella no tiene enemigos, no ha tenido altercados con nadie y nadie más se beneficiaría de su muerte. Es más inocente que una monja católica.

Marcus se trasladó a la puerta.

—Tengo que verla.

—¿Qué hay de Delaney?

—¿Me llamarás si menciona algún nombre? —Se detuvo en el pasillo. —Y, ¿John? Te apuesto abonos para los Petroleros a que no va a nombrar a Wesley Kingston.

John sonrió.

—Hecho. Me caería bien un tiempo libre.

—No serás tú quien los gane.

—Espera un minuto. —John buscó en la carpeta, después le entregó una foto de un hombre sin afeitar que no sonreía.

—¿Rufus Delaney?

—Sí. Muéstraselo a la señora Kingston. A ver si ella lo conoce de algún lado.

Marcus se guardó la foto en el bolsillo de la chaqueta y se alejó.

Algo le molestaba. Se le estaba pasando algo demasiado elusivo para atrapar.

36

Rebecca revisó su reflejo en el espejo de mano que la enfermera le había prestado. Sus ojos azules estaban enmarcados por valles hondos, pero aparte de eso, se veía presentable. Se había lavado la cara y cepillado el cabello, tareas simples normalmente, pero no esa noche. Sus costillas todavía dolían.

Ante la insistencia de Rebecca y después de una visita de tres horas, Kelly se había ido de vuelta a casa para estar con sus hijos. Había sido una difícil despedida, pero Rebecca tranquilizó a su hermana asegurándole que estaría en casa pronto.

Marcus había llamado para hacerle saber que estaba de vuelta en la ciudad con la ropa que había prometido llevarle. Se había detenido en la estación de policía primero, donde Wesley estaba siendo interrogado. Se sintió aliviada al oír que su marido no estaba encerrado en una celda. No había manera de que Wesley hubiera intentado matarlos.

—Hola —dijo Marcus desde la puerta.

Cohibida, deslizó el espejo debajo de las sábanas.

—Hola.

—¿Cómo te sientes?

—Mejor. —Entonces ¿por qué su estómago se retorcía en nudos?

—Qué bueno. ¿Y los niños?

—Están dormidos. Supervisados por un agente de policía.

Marcus asintió, luego se acercó a la cama. Dejó la bolsa de plástico sobre la mesa auxiliar.

—Espero que esto les vaya bien.

—Estoy segura de que si. Gracias.

La conversación parecía inusualmente poco natural, y el aire se sentía cargado de electricidad. Era como si ambos quisieran decir algo, pero se vieran refrenados por el miedo.

—Alguien te trajo una rosa —dijo él.

Ella miró el florero en la ventana. Contenía la rosa roja que Wesley le había llevado.

—Una oferta de paz, supongo.

—¿De tu marido?

—Dentro de poco, mi ex.

—Tengo algo que mostrarte —dijo él después de un largo silencio.

—Acerca una silla.

Él sacó algo de su bolsillo.

—¿Has visto a este hombre?

Rebecca tomó la foto.

—¿Este es el hombre?

Marcus asintió.

Se quedó mirando la fotografía, pensando en las veces que había ido de compras, conducido a la escuela, ido a trabajar. Pasó un dedo sobre la cara del hombre. Tenía crueldad en los ojos y maldad en cada línea de su cara.

Este hombre trató de matarnos a mí y a mis hijos.

—¿Te parece familiar? —presionó Marcus.

—No, nunca lo había visto en mi vida.

—¿Estás segura?

—Completamente. ¿Cuál es su nombre?

—Rufus Delaney.

Ella sacudió su cabeza.

—Nunca escuché de él.

Marcus se desinfló con un siseo suave.

—Maldita sea. Realmente esperaba...

—Yo también.

Le tendió la foto. Esta vez, sus dedos se tocaron. Se miraron el uno al otro, y Rebecca se preguntó lo que él estaría pensando. ¿Habría sentido un escalofrío de electricidad en la punta de sus dedos como ella?

Marcus se acercó a la ventana y se quedó mirando el cielo estrellado.

—Rebecca, alguien contrató a Delaney para matarte. Alguien que te odia tanto, tiene que ser alguien que conoces. O alguien que una vez conociste. ¿Qué hay de relaciones pasadas?

—¿Quieres decir, novios antes de conocer a Wesley?

—Sí. ¿Te enganchaste con alguien que pueda estar enojado contigo por alguna razón?

—¿Engancharme? —Ella sonrió. —Sabes, actualmente ese término significa algo más que salir con alguien a cenar o al cine.

—Yo, eh... bueno, me refería a tener citas.

Ella se rió de su obvia incomodidad.

—Nunca tuve muchas citas. Y los chicos con los que salí eran decentes. No era una rebelde. Yo no me 'enganchaba' con los chicos malos.

—¿Qué hay de amistades casuales? ¿Alguna de ellas finalizó en términos poco amistosos?

—Ninguna que yo recuerde.

—¿Has recibido llamadas de broma recientemente?

—El detective Zur ya me preguntó eso. No. Ninguna llamada, ni correo electrónico extraño o cartas, ni coches siguiéndome, que yo sepa. Nada fuera de lo común. Ni siquiera puedo recordar la última discusión que tuve con nadie, aparte de Wesley. Oh, espera, creo que mi hermana y yo discutimos sobre los castigos para sus hijos.

Sabía que sonaba bastante desdeñosa, pero se sentía frustrada, maldición.

Marcus dejó escapar un gemido.

—Nada de esto tiene sentido.

—Lo sé. Pero te lo digo, a menos que sea un vendedor por teléfono molesto porque dejé el teléfono sobre la mesa y me alejé mientras divagaba, no tengo ni idea de quién estaría lo suficientemente enojado conmigo como para tratar de matarme.

—Tendré que recordar ese truco de la mesa.

—En realidad no funciona. Siempre vuelven a llamar.

Mientras Marcus se sentaba de nuevo, llamaron a la puerta.

—Adelante —dijo Rebecca.

Wesley asomó la cabeza con una sonrisa en su rostro.

—¿Estás recibiendo visitas?

Ella suspiró.

—No creo que tengamos nada más que decir.

Vio el ceño fruncido en la cara de Marcus.

—Marcus, este es mi... eh, Wesley. Wesley, él es Marcus Taylor, el hombre que nos sacó del coche.

Wesley abrió la puerta del todo y entró en la habitación con una mano extendida.

—No puedo agradecerle lo suficiente, Sr. Taylor. Si no hubiera estado ahí... —Negó con la cabeza y miró a Rebecca. —Mi mujer y mis hijos están vivos gracias a usted.

Rebecca se dio cuenta de que Marcus asintió bruscamente, pero no ofreció su mano.

—Becca —dijo Wesley, —hay alguien más a quien le gustaría verte.

Rebecca miró por encima de su hombro.

—Ah, la otra mujer.

Tracey Whitaker le dirigió una sonrisa tímida y olfateó.

—Rebecca. Espero que no te importe, pero tan pronto como oí lo que pasó le pedí a Walter que me trajera aquí. Sabíamos que Wesley se dirigiría directamente aquí tan pronto como se enterara. —Se desplazó cerca de la cama. —Estaba tan preocupada cuando me enteré del accidente. Y los niños. No podía creerlo cuando Wesley me dijo lo que pasó. Y ahora estás aquí, con guardias de la policía en tu puerta. ¡Oh, Dios mío! —Divagó durante unos segundos y luego dijo: —¿Cómo están los niños?

Rebecca no podía responder. Su mente estaba demasiado entumecida por el brillo que emergía de la mano izquierda de Tracey.

—¿Estas comprometida?

Tracey cubrió el anillo.

—Yo, eh... nosotros... Wesley y yo te lo íbamos a decir después. En un mejor momento.

Rebecca tragó con fuerza.

—No existe un mejor momento.

—Lo siento —dijo Tracey, mirando al suelo.

No era que Rebecca no lo hubiera visto venir. Lo había anticipado desde algún tiempo atrás. ¿No había sido ella quien le preguntó a Wesley si tenía planes de boda? ¿Y no le había dicho él que le informaría si los hubiera?

Miró a su futuro ex marido.

—¿Cuándo es el día feliz?

—Vamos a elegir una fecha tan pronto como finalice el divorcio — dijo Wesley. Al menos tuvo la decencia de parecer avergonzado.

—Felicidades. Espero que sean felices. —Se sorprendió al descubrir que lo decía en serio.

Marcus se puso de pie.

—Eh, yo debería irme, los dejo para que hablen.

Pasó junto a Wesley y tenía una mano en la puerta, cuando Rebecca llamó:

—¿A qué hora estarás aquí mañana para recogerme?

—El Dr. Monroe dijo que te daría de alta al medio día. Estaré aquí para entonces.

Ella hizo un gesto con la mano.

—Adiós, Marcus.

Después que él se fue, ella dejó escapar un bostezo.

—Es tarde, Wesley. Podemos hablar en otra ocasión.

—Mi padre quería venir y…

—Ahora no. Más tarde, tal vez. Aprecio su preocupación, pero estoy cansada.

Wesley abrió la boca como si fuera a discutir, pero Tracey tiró de su brazo.

—Esperamos que te recuperes pronto —dijo Tracey.

Rebecca apretó los labios.

—Yo también.

—Iremos a ver a los niños ahora. —Wesley hizo pasar a Tracey al pasillo. —Cuídate, Becca. Oh, nos vamos a quedar en Hinton durante la noche. Regresaremos por la mañana. —La puerta se cerró tras sus últimas palabras.

Lo último que quería era ver a Wesley de nuevo. Pero Colton y Ella eran sus hijos, por supuesto que estaba preocupado por ellos.

En el fondo de su mente había un pequeño atisbo de duda.

No; Wesley no tuvo nada que ver con esto.

Pero, ¿y si estuviera equivocada?

—¿Señora Kingston?

—¿Eh? —Levantó la vista. El guardia estaba en la puerta.

—¿Está bien, señora Kingston?

—Sí. Pero estoy cansada.

—Estaré justo afuera por si necesita algo.

—Todo lo que necesito es dormir. —*Y respuestas.*

37

En una habitación del Holiday Inn, Marcus había dormido sus habituales dos horas. Al despertar, se quejó. Su cuerpo se sentía como si lo hubieran machacado. Cada movimiento dolía, incluso atarse los cordones de los zapatos. Pero eso no le impidió apresurarse al hospital para ver a Rebecca.

Antes de ir a su habitación, se detuvo en la cafetería del hospital para tomar el desayuno.

Vio a Zur pie junto a la máquina de capuchino.

—¿Qué haces aquí, John?

—Bueno, no vine por el menú. —Zur dejó caer una bandeja con un bocadillo de aspecto rancio con carne extraña sobre una mesa, y le indicó a Marcus que se uniera a él.

—¿Viniste a visitar a la señora Kingston de nuevo?

Marcus llenó un vaso de papel con cappuccino de vainilla.

—Estaba a punto de subir.

—¿Cómo le va?

—Está bien. Excepto que su marido y su amante se presentaron ayer por la noche.

Zur encogió.

—Auch.

—Sí, pensé que era un movimiento de muy mal gusto de parte de Kingston.

—El tipo no es demasiado brillante.

Marcus asintió.

—Lo sé. Esa es la otra razón por la que estoy seguro de que no orquestó el intento de asesinato de su esposa. El tipo no tiene las pelotas.

—Tuvo las suficientes para engañarla.

—Está comprometido con esa mujer ahora. Rebecca se enteró anoche.

—Doble auch. Eso es como poner sal en una herida.

—Deberías haber visto la cara de Rebecca. Estaba muy herida. Pero creo que se da cuenta de que su matrimonio terminó.

—Ya lo sabía. Fue ella quien solicitó el divorcio.

Marcus se encogió de hombros.

—¿No mantendrías la esperanza de que las cosas cambiarían si tú y Lily pasaran por una mala racha?

—Por tanto tiempo como pudiera. Pero no si ella estuviera involucrada con otro hombre.

Marcus reflexionó sobre eso por un momento fugaz.

—Kingston la ha estado engañando durante cinco años. —Un escalofrío le recorrió la espina dorsal. —Vaya bastardo.

—Pero no es un bastardo asesino.

—Aún así —dijo Marcus, —no va a ganar ningún premio al marido del año.

—Tal vez lo haga mejor la segunda vez. Algunos hombres lo hacen. —Zur arqueó una ceja.

—¿Estás hablando de mí? Espera, no. No estoy buscando casarme próximamente.

Zur dejó escapar un largo suspiro.

—Marcus, Marcus... uno de estos días, vas a tener que examinar tus emociones con más detalle. Dejar entrar a alguien. Enamorarte de nuevo. Hemos sido amigos demasiado tiempo como para tratarte con delicadeza. Necesitas tener una vida.

—Suenas como Leo.

—¿Leo Lombardo? ¿Tu compañero del 911?

—Sí, ¿lo conoces?

—Nos conocimos en el funeral de Jane.

El aire alrededor de Marcus se volvió espeso.

—Lo siento —dijo Zur.

—¿Por qué? ¿Por mencionar el nombre de Jane? No es tabú.

Zur se removió en su silla.

—¿No lo es?

La mirada de Marcus se desvió hacia la puerta francesa que se abría hacia un terrario lleno de plantas.

—Creo que no he sido muy abierto acerca de lo que siento por Jane y Ryan. Ha sido duro. No están aquí. Yo sí.

—Tú mereces estar aquí.

—¿Lo hago? —Miró fijamente a los ojos de su amigo. —Ellos tenían más que ofrecer a este mundo que yo. Ellos deberían estar vivos. Yo no.

Zur negó con la cabeza.

—Si hubieras muerto en lugar de ellos, ¿qué habría pasado con Rebecca Kingston y sus hijos?

Ninguno habló. Los segundos se convirtieron en minutos.

Por último, Marcus dijo:

—¿Obtuviste algo de Delaney?

Él ya sabía la respuesta. Si Delaney hubiera entregado a su cómplice, Zur le hubiera llamado de inmediato.

—Lo amenazamos con aislamiento, y no se quebró.

—Parece un poco inusual.

—¿A qué te refieres?

—Si Delaney tomó un trabajo por encargo y sacó algo de dinero del trato, pareciera que estaría dispuesto a delatar a quien lo contrató a cambio de tal vez una sentencia más leve o algunas ventajas. ¿Pero no dice nada?

—Alguien ejerce un gran control sobre él.

—¿Estás pensando en la mafia? ¿Regresamos a la teoría del casino?

—No sé, Marcus. Vamos en círculos aquí. Nosotros... —Zur se mordió el labio.

—¿Qué? Escúpelo.

Zur sacó algo viscoso de su sándwich y se limpió los dedos en una servilleta.

—Esperábamos que quien contrató a Delaney hiciera algún movimiento mientras la señora Kingston estaba en el hospital. Estamos jugando con la idea de crear una trampa.

—¿De qué tipo?

—Una que implica la señora Kingston.

Los ojos de Marcus se agrandaron.

—¿Quieres utilizarla como cebo?

—Estaría a salvo. Tendría un montón de protección.

—¡No! ¡No puedes hacer eso!

Zur dejó el sándwich a medio comer.

—Mira, nos estamos quedando sin opciones. El que atacó a Rebecca es muy probable que lo intente de nuevo. Una noche, cuando esté sola en casa tal vez, cuando no estés alrededor para protegerla.

—No puedes poner en riesgo su vida de esa manera. Ella tiene hijos que la necesitan.

—Creemos que podemos agravar las cosas, sacar a esta persona de su escondite. Entonces lo atraparíamos. Estaría bajo llave. Rebecca y sus hijos estarían a salvo. ¿No es eso lo que quieres?

—Por supuesto. Pero, ¿no puedes utilizar un doble o algo? ¿Tal vez un agente encubierto?

Zur soltó un resoplido.

—Eso es para las películas. No tenemos el presupuesto para eso. Marcus, tendríamos a alguien en su baño en bata mirando su habitación a través de cámaras. Colocaríamos agentes de paisano fuera de su puerta. Y yo estaré allí, no muy lejos de su habitación.

Marcus meditó el plan, con el estómago revuelto en rebelión. No le gustaba. Algo podría salir mal.

¿Pero y si lo atrapan? Rebecca nunca tendría que volver a preocuparse.

—¿Cuál es el plan exactamente? —preguntó.

—Haríamos que los médicos informaran de una recaída en su salud. Tal vez esté inconsciente. De manera simultánea, informamos sobre un accidente en algún lugar, algo a lo que la policía tendría que responder. Lo publicaríamos en las noticias, todo el mundo en relación con el caso se enteraría, y dejaríamos saber que tuvimos que retirar al guardia de su puerta debido a esta falsa emergencia. Las noticias viajarán rápidamente.

—Pero vas a estar aquí.

Zur asintió.

—Voy a estar en la estación principal, a pocas puertas de la habitación de la señora Kingston.

—¿Y los niños?

—Los moveremos a la cuarta planta —Pediatría—, para estar seguros.

—¿Cuántos oficiales cerca de la habitación de Rebecca?

—Cuatro. Estarían posicionados como enfermeras o pacientes. Y luego sería cuestión de esperar.

Marcus suspiró.

—¿Vas a decírselo a Rebecca?

—Ya lo hicimos. Necesitábamos su permiso.

—Ya que ella se va a poner a sí misma en peligro.

—Sí, pero puedes estar tranquilo. Vamos a tenerla bien protegida. —Zur tragó su café y se limpió la boca con la manga. —Marcus, sé que esto no es la estrategia óptima, pero nos quedamos sin pistas. E ideas. Si no tratamos de hacer salir a este tipo, podría esconderse bajo tierra durante meses.

—Y atacar cuando nadie lo está esperando.

—Exactamente.

—Tengo que ver a Rebecca.

Zur puso de pie.

—Vamos, entonces. Estamos colocando todo en posición ahora. Vas a tener un par de minutos antes de que finja su recaída. De hecho, podrías ayudar a hacerlo más creíble.

En el camino a la habitación de Rebecca, Zur lo puso al corriente de todos los detalles.

38

En una habitación privada en la UCI, Rebecca se preparaba para la actuación de su vida. Ya había sido avisada sobre qué esperar y cómo actuar apenas consciente si alguien entraba en la habitación después de que la hubieran despejado.

Marcus estaba sentado cerca de la cama, masajeando sus sienes. Su mandíbula apretada y resoplidos ocasionales daban a entender que no estaba contento con el plan.

Pero tenía que hacerlo. Ella no tenía otra opción. No si quería volver a respirar, o vivir su vida sin miedo.

Le dio al detective Zur una sonrisa temblorosa.

—Está bien... Estoy lista.

—Genial. Vamos a estar fuera de su puerta, observando cada...

—Rebecca, no tienes que hacer esto —interrumpió Marcus. —Pueden atrapar a este tipo de otra manera.

—¿De qué otra manera? —Interrumpió el detective Zur. —No tenemos ninguna pista. No tenemos una idea de quién contrató a Delaney. Si no lo atrapamos ahora...

—Va a escapar y esconderse —terminó Rebecca. —Necesito hacer esto, Marcus. Así no estaré siempre mirando por encima del hombro, preguntándome si alguien va a atacarme de pronto. O a los niños.

Una enfermera se cernió sobre ella, fijando una línea intravenosa a una bolsa de plástico vacía.

—¿Para qué es eso? —preguntó Rebecca.

La enfermera miró al detective, quien le dio una ligera inclinación de cabeza.

—Vamos a colocar un goteo IV falso. Irá a esta bolsa, no a su brazo.

—¿Por qué harían eso?

La enfermera se mordió el labio.

—Es por si alguien intenta... eh, alterar el líquido IV.

—Alterar. —Rebecca parpadeó, luego miró al detective Zur. —¿Cree que alguien va a tratar de drogarme?

—Posiblemente. Creemos que van a tratar de sacar provecho de su 'recaída' y hacer que su muerte parezca un accidente.

—Supongo que eso es mejor a que entren y me disparen. —Ella se encogió. —¿Qué impedirá que hagan eso?

El detective Zur sacudió la cabeza.

—El que planeó esto ha sido muy inteligente hasta ahora. Querrá entrar y salir lo más rápido posible. No se arriesgaría a disparar.

—¿Y si tiene un silenciador? — preguntó ella.

El detective miró a Rebecca, luego a Marcus y de nuevo a ella.

—Creo que ustedes dos ven las mismas películas. Escuche, señora Kingston, la primera tentativa contra su vida ocurrió en una ubicación remota lejos de testigos. Si usted y sus hijos no hubieran sobrevivido, no tendríamos a Delaney. Podría incluso haber parecido un accidente, como si hubiera tomado el camino equivocado y salido de la carretera.

—Y usted piensa que el que contrató a este tipo Delaney todavía quiere no haya testigos ni pruebas que conduzcan a él.

El detective Zur asintió.

—Y una muerte que parezca accidental.

—Además, inyectarte una droga le da tiempo para escapar —dijo Marcus. —Así hay menos posibilidades de que lo atrapen.

—Exactamente —acordó el detective.

—Así que voy a estar aquí y pretender que estoy alternando dentro y fuera de la conciencia, y tratar de no quedarme dormida. —Ella suspiró. —Creo que puedo hacer eso.

—Tenemos dos cámaras instaladas en su habitación —dijo Zur. —Una dirigida a la puerta y la otra a su cama.

—Por lo que verá todo.

Él asintió, y luego hizo una seña a un oficial que estaba en la puerta.

—No tuvimos tiempo para cablear su habitación con micrófonos, así que el cabo Raddison va a asegurar un micrófono a su almohada.

Rebecca tomó una respiración profunda.

—¿Pero lo atraparán aunque no diga nada?

—Todo lo que se necesita es que haga un intento y lo tendremos en la cinta de video.

—¿Y si se trata de ahogarme con una almohada?

—Cada almohada se ha removido de su habitación, excepto en la que está acostada. Estaremos aquí segundos después que él haga un movimiento. —Zur echó un vistazo a su reloj y cogió el control remoto del televisor. —Ah, hora del espectáculo.

Sintonizó una estación de televisión local, y Rebecca se quedó sin aliento. Su fotografía estaba en la pantalla. Debajo de ella, la leyenda decía, "Víctima de golpe y fuga sufre complicaciones graves."

La cámara enfocó a una reportera de pie fuera del hospital.

—Rebecca Kingston, víctima de un brutal atentado de golpe y fuga que incluyó a sus dos hijos, permanece en estado grave en el Hospital de Hinton. Las fuentes dicen que la mujer está dentro y fuera de la conciencia debido a complicaciones de la cirugía de pulmón. Sus dos hijos se quedarán al cuidado de su tía esta tarde, mientras que Rebecca Kingston continúa luchando por su vida.

La cara de un hombre apareció en la pantalla.

Rebecca se estremeció. Rufus Delaney.

Ella reconoció su rostro de la foto que Marcus le había mostrado. Este era el hombre que la había empujado fuera de la carretera.

—Apáguelo, por favor —pidió en voz baja.

El detective le dio una mirada de disculpa, y luego apagó la televisión.

—¿Así que ahora todo lo que haré es quedarme aquí y esperar? —le preguntó ella.

—Sí. Vendré a supervisar de vez en cuando, al igual que una de las enfermeras, para asegurarnos de que esté bien. No queremos que entre en pánico y tenga una recaída de verdad.

—Estoy seguro de que eso es muy reconfortante —murmuró Marcus.

Ella extendió la mano hacia él.

—Estoy bien. Y voy a estar bien. Esta fue mi decisión.

Cuando le tomó la mano y se la apretó, él se sintió rejuvenecido con energía.

—Yo también me quedaré por aquí —dijo.

—No puedes permanecer en este piso —argumentó el detective Zur. —Tu cara ha salido en todas las noticias. Por salvar a Rebecca y a sus hijos.

Marcus se encogió de hombros.

—Entonces tendrá sentido que esté dando vueltas por aquí.

Los labios del detective se fruncieron.

—No puedes interferir.

—No lo hará —dijo Rebecca. —¿Verdad, Marcus? Vas a permanecer a una distancia segura y dejarlos hacer su trabajo.

—Bien.

—Puedes sentarte en la sala con el equipo de grabación —dijo el detective Zur. —Ahí podrás ver y oír todo lo que pasa en esta habitación.

—Ahí tienes. Todo arreglado. —Rebecca intentó sonreír.

—Lo estará —dijo Marcus. —Una vez que atrapemos a ese hijo de puta.

Rebecca miró al detective.

—¿Puedo hablar con Marcus a solas, por favor?

—Por supuesto. No tarden más de cinco minutos. Marcus, cuando hayan terminado, reúnete conmigo en la sala de examen frente a la estación de enfermeras.

—De acuerdo.

Cuando se quedó sola con Marcus, sus manos empezaron a temblar y sus labios se agitaban de miedo.

—No estoy segura de si puedo hacer esto.

—Sí puedes.

—Pero un tipo podría venir aquí y tratar de matarme.

—Podría. No siquiera estamos seguros de que alguien vaya a aparecer. E incluso si lo hace, no va a llegar muy lejos. Zur lo atrapará. —Acarició su mano, sus dedos se sentían tibios contra su piel. —No voy a dejar que te pase nada. Lo prometo. Ya confiaste en mí una vez antes, ¿recuerdas?

—Es un poco difícil de olvidar.

—16 de junio de 2013 —dijo él.

—¿Perdón?

—La fecha de hoy. Es un día 'uno'. Un nuevo comienzo, ¿recuerdas?

Ella sonrió.

—Me gusta cómo suena eso.

—Sé valiente. Eres una mujer fuerte, Rebecca Kingston. Y cuando todo esto termine, tú y yo iremos a celebrar.

Ella se le quedó mirando con sorpresa.

—¿Me estás pidiendo salir? ¿En una cita?

—¡Se acabó el tiempo! Me tengo que ir ahora.

Se fue antes de que ella pudiera argumentar.

Un segundo más tarde, ella se dio cuenta de que no había respondido a su pregunta.

39

Geraldo y Simms, dos agentes de paisano, estaban sentados ante un escritorio improvisado —la mesa de revisión —supervisando la transmisión en vivo y apenas notaron la presencia de Marcus mientras caminaba por la habitación. De vez en cuando enviaban un informe de estado a Zur.

—Jesús —murmuró él. —¿Cuánto tiempo va a tomar esto?

No esperaba una respuesta. Y no recibió una.

Todo el piso había sido desalojado del personal no esencial. Los pacientes habían sido secretamente desviados a otras áreas de la planta, mientras que la seguridad del hospital había restringido a todos los visitantes. Sin embargo, no había habido ningún movimiento cerca de la habitación de Rebecca.

Vamos, idiota. ¡Muerde el anzuelo!

Marcus había pasado las últimas horas viendo el video de la habitación de Rebecca. Sólo la enfermera, que había sido aprobada por la policía, y John Zur habían entrado. Este último lucía imponente vestido con la indumentaria de médico, con un estetoscopio alrededor de su cuello y una etiqueta de identificación falsa pegada al bolsillo de la chaqueta.

Marcus se acercó a uno de los técnicos y escuchó.

—¿Necesita algo, señora Kingston? — preguntó la enfermera, echando un vistazo sobre su hombro y mirando a la cámara. Ella dio el pulgar hacia arriba.

—Tal vez un vaso de agua —dijo Rebecca.

La enfermera desapareció en el baño y regresó a los pocos segundos.

Después de que Rebecca tomó unos sorbos, la enfermera dijo:

—Tengo que vaciar el vaso. Un paciente inconsciente no necesitaría agua potable.

—Entiendo.

Marcus admiraba el coraje de Rebecca. Había pasado por tanto. Había sobrevivido el abuso a manos de su marido y un intento de asesinato que casi había sido fatal. Y ahora estaba atrayendo a un asesino.

Su teléfono celular sonó.

—Hey, John. ¿Alguna noticia?

—Nada todavía. La seguridad es estrecha, pero no ha habido reportes de nadie sospechoso entrando en el hospital. Por supuesto, sería útil saber a quién demonios estamos buscando.

—Sigo repasando todo lo que me dijo Rebecca. Nadie más parece beneficiarse de su muerte excepto…

—Wesley Kingston. Lo sé. Mostramos su fotografía alrededor del hotel donde se alojaba Delaney. Nadie lo reconoce. Lo que sí conseguimos fue un dato interesante sobre Delaney, sin embargo.

—¿Cuál es?

—Cuando revisamos sus registros bancarios, encontramos un gran depósito en efectivo.

—¿Que tan grande?

—Veinticinco mil.

—Mierda. No hay manera de que Kingston tuviera esa cantidad de dinero guardado por ahí.

—Nop. Y no lo ganó en los juegos de azar. Cobramos algunos favores, le hicimos algunas preguntas al casino —bajo amenaza de cierre temporal.

—Déjame adivinar. Kingston no *pidió prestados* veinticinco mil tampoco.

—En todas las cuentas, Wesley Kingston apenas sobrevivía. ¿Tiene motivos? Por supuesto. Pero él no contrató a Delaney.

—Entonces, ¿quién diablos lo hizo?

—Tu conjetura es tan buena como la mía, Marcus. Todavía estamos excavando alrededor, comprobando sus deudas. Parece que debe unos pocos miles, pero a menos que los casinos están mintiendo, eso es todo.

—Los casinos no son conocidos por su honestidad.

—Sí, así que estamos de vuelta a la vieja teoría. Esa en la que alguien está tratando de enviarle un mensaje a Kingston. Vamos a traerlo de vuelta para ser interrogado si nada sale bien aquí esta noche.

La imagen en el monitor vaciló.

—¿Qué está pasando? —preguntó Marcus a Geraldo.

—¿Qué quieres decir?

—¿No viste el movimiento en la cámara?

—Es probable que fuera una subida de tensión. Las cámaras están trabajando. No hay nada de qué preocuparse, señor.

Marcus observó fijamente la pantalla. Cuanto más miraba, más seguro estaba de que había alguien en la habitación con Rebecca. Alguien de pie cerca de su cama.

—¿No pueden ver eso? —preguntó.

—¿Ver qué? —estalló Simms.

Marcus estaba a punto de señalar la sombra cerca de la cama, pero había desaparecido.

—Rebobina la cinta —exigió.

Simms apretó la mandíbula, pero obedeció. La cinta corrió de regreso un minuto y medio, luego paró y reprodujo la grabación.

—No veo nada —dijo Geraldo.

Simms fulminó a Marcus con la mirada.

—Yo tampoco.

Eso hacía tres de ellos.

Mierda...

—¡Marcus! — gritó Zur desde el teléfono.

—Lo siento, John. La cámara en la habitación de Rebecca parpadeó por un segundo.

—No te preocupes. Ella está bien. Están transmitiendo la grabación a mi tableta para que pueda ver todo lo que ves. Tal vez deberías ir a tomar un café, tomar un descanso. Esta podría ser una larga noche.

Marcus dudó. Lo último que quería hacer era marcharse.

—La tenemos cubierta —dijo Zur. —Bebe un café, despeja la cabeza, y luego vuelve a la sala de examen. Podríamos estar esperando toda la noche.

—Está bien. Voy a tomar un breve descanso.

Marcus colgó la llamada, luego agarró su chaqueta del gancho en la pared. Tomaría un poco de aire fresco, traería de vuelta un poco de café y se acomodaría para una larga espera.

—¿Ustedes dos quieren algo? —preguntó, sintiéndose benévolo.

—Un café con doble crema para mí —dijo uno.

—Negro —respondió el otro. —Y una rosquilla, si tienen alguna.

Ninguno de los dos levantó la vista.

Marcus suspiró. Parece que tenía un encargo de café que hacer. Qué demonios, al menos saldría de la habitación por un tiempo. Estaba empezando a volverse loco, viendo cosas que no estaban ahí.

Pensó en Jane y Ryan. Había estado viendo a sus fantasmas durante seis años. Ellos lo visitaban por la noche. Él siempre había insistido en que eran simplemente sueños. Pero Jane había hecho acto de presencia ayer cerca del río McLeod, y no había manera de que hubiera soñado eso.

¿Qué significaba todo eso?

¡Significa que tienes que dormir, imbécil!

Zur tenía razón. Marcus necesitaba despejar su cabeza.

40

La cabeza de la lámpara proyectaba sombras suaves en las esquinas de la habitación mientras Rebecca estaba en la cama, mirando los pequeños agujeros en los azulejos del techo, jugando un juego de conectar los puntos. Mientras trazaba las líneas mentalmente, su mente volvía una y otra vez al pensamiento que la acosaba.

¿Quien la quería muerta?

Su pulso se aceleró, a pesar de que las máquinas a su lado no lo registraron. Los monitores estaban encendidos, dando la ilusión de que ella estaba conectada. Pero ella no lo estaba.

Había un silencio tan espeso que casi la ahogaba. Era roto ocasionalmente por pasos intermitentes. Cuando ella los oía, tenía un segundo para fingir la inconsciencia antes de que el detective Zur o la enfermera entraran y le aseguraran que estaba haciendo lo correcto.

Necesitaba que esta pesadilla terminara. No quería nada más que sostener a sus hijos en sus brazos y decirles que todo estaba bien.

Lo estará. Pronto.

Ni siquiera quería considerar lo que sucedería si el plan del detective Zur fallaba. Claro, Marcus había aceptado quedarse con ella por un tiempo, hasta que encontraron al que estaba haciendo esto, pero no podía esperar que se quedara para siempre.

Su cuerpo se estremeció cuando se imaginó el rostro amable de Marcus. Sus manos fuertes y voz suave. Se había dado cuenta que a él no le convencía el plan del detective de Zur. Temía por ella. Ya había la salvó una vez, era natural que se sintiera un poco responsable de ella.

¿Eso es todo lo que es? ¿Esta conexión entre nosotros?

Tal vez ella había estado leyendo mal las señales. Parecía bastante tonto pensar que había algo más que una relación salvador/víctima desarrollándose aquí. Y tal vez un poco de coqueteo inocente. Los dos eran adultos. Estaba soltero y ella casi divorciada. Tal vez él no pensaba en ella de la forma en que ella había estado pensando en él.

Al menos Colton y Ella estaban a salvo. Kelly y Steve los habían recogido y llevado de vuelta a Edmonton.

Se imaginó sus dulces rostros, y las lágrimas se agruparon en sus ojos. *Mis bebés.*

Pero incluso pensar en ellos no mantenía el terror fuera de su alma.

¿Qué pasaría si la policía llegaba demasiado tarde? ¿Y si ella moría esta noche?

Un movimiento en la esquina de la habitación le llamó la atención. Parpadeó. Las sombras ahí ondulaban como si alguien estuviera de pie allí. Entrecerró los ojos y por un segundo, casi podría jurar que había una mujer en su habitación.

Pero no había nadie.

Lo más curioso fue que en lugar de estar horrorizada por la idea de que alguien estaba en su habitación, sentía una extraña sensación de paz. Como si estuviera siendo vigilada por una presencia amorosa y tranquila.

Contuvo una risa. *Buen Dios. ¿Ahora estás imaginando un ángel de la guarda?*

Una brisa flotó sobre ella, e inhaló el aroma del sándalo.

Extraño. No se supone que las enfermeras usen perfume. Y yo no estoy usando nada.

Entonces, ¿de dónde provenía el olor?

Un sonido interrumpió sus pensamientos.

Pisadas.

Acercándose a su habitación.

La puerta se abrió y ella cerró los ojos, esperando que la enfermera o el detective Zur se identificaran.

Silencio.

Tal vez se había imaginado los pasos también.

Con precaución, abrió lentamente un ojo. No vio a nadie al principio. Estaba a punto de abrir ambos ojos, cuando una voz susurró:

—*Mantén los ojos cerrados*. —Era la voz de una mujer que no reconoció.

Los pasos se acercaron a la cama, y Rebecca aplacó las sacudidas de su corazón. Un escalofrío recorrió su cuerpo.

—*Mantén la calma* —susurró la voz en su oído.

¿Qué diablos? ¿Por qué un asesino le diría que mantuviera la calma? ¿Y cómo sabía que ella estaba consciente? No tenía sentido.

La persona de pie junto a su cama se inclinó sobre ella. Rebecca lo notó porque la luz tenue que sentía detrás de sus párpados cerrados se volvió más oscura.

—Lo siento, Rebecca —dijo una segunda voz.

Esa voz *sí* la reconoció.

41

Hinton, AB - Domingo, 16 de de junio de 2013 - 23:08

Marcus subió las escaleras hasta el primer piso y pasó por delante de la cafetería en camino hacia la sala de emergencias. Mientras avanzaba hacia las puertas exteriores, notó la presencia de un hombre de pie cerca del ascensor, discutiendo con un oficial de policía.

Marcus frunció el ceño. ¿Qué demonios estaba haciendo allí Wesley Kingston?

—Quiero ver a mi esposa durante unos minutos —estaba diciendo Kingston al oficial.

—Lo siento, señor, pero el detective Zur quiere que permanezca aquí. Él bajará en unos minutos.

—¿Algún problema? —Marcus mostró al oficial su identificación. —Soy Marcus Taylor, del 911. —Estaba seguro de que ahora todos los oficiales de guardia sabían que tenía autorización. —El detective Zur puede responder por mí.

—Ya lo hizo —dijo el oficial. —El Sr. Kingston insiste en ver a su esposa.

Marcus se volvió hacia el marido de Rebecca.

—Wesley, su esposa está la Unidad de Cuidados Intensivos.

—Lo sé. Quiero asegurarme de que está bien.

—Está inconsciente.

El hombre se encogió, y una pequeña parte de Marcus se sintió complacida por el dolor de Kingston.

—Están haciendo todo lo posible —dijo Marcus. —Vamos a tomar un café.

—Tracey me está comprando uno. Y algo de cenar. Me habría reunido con ella en la cafetería, excepto que fui detenido. —Miró al oficial. —Por este hombre. Incluso me inspeccionó como si fuera un delincuente común o algo así.

El oficial se encogió de hombros.

—Estoy siguiendo órdenes.

—Vamos a sentarnos en alguna parte —dijo Marcus con un suspiro.

Por mucho que no anhelara la compañía de Kingston, parecía que no sería capaz de escapar de ella. Alguien tenía que calmar al hombre, o podría arruinarlo todo.

—Estoy seguro de que quiere lo mejor para su esposa, así que confíe en mí cuando le digo que estará bien.

—Pero en las noticias dijeron que había tenido una recaída. Se suponía que debía ser dada de alta hoy.

—Son cosas que pasan. Están cuidando bien de ella. —Marcus tomó una respiración profunda. —¿Vio a alguien más alrededor del hospital que conozca?

Kingston negó con la cabeza.

—Parece un depósito de cadáveres aquí. Tranquilo como la muerte.

El tipo era ajeno a lo inapropiado de su comentario, teniendo en cuenta dónde estaban.

—Probablemente se esté preguntando por qué me importa, ya que Becca y yo nos vamos a divorciar.

Marcus se encogió de hombros.

—No es mi asunto.

Wesley Kingston miraba al suelo.

—He cometido un montón de errores. Demasiados para llevar la cuenta. Pero hay dos cosas que hice bien, Colton y Ella. No soy un mal padre. Amo a mis hijos. Y no importa lo que Becca y yo seamos, amigos o enemigos, eso nunca va a cambiar.

—La policía cree que contrató al tipo que condujo el camión que sacó a su esposa fuera de la carretera.

—Yo nunca haría una cosa así. Además, ¿cómo podría contratar a alguien? ¿De dónde sacaría esa cantidad de dinero?

—¿Qué cantidad?

—La que se necesite para contratar a alguien. —Kingston lo miró a los ojos. —Le juro, Sr. Taylor, que no tuve nada que ver con esto. Yo no odio a Rebecca. Estoy siguiendo adelante con mi vida. Tengo una prometida, y estoy dejando el juego. No somos ricos bajo los estándares de nadie, pero con el tiempo voy a conseguir un mejor trabajo, y hasta que lo haga, el ingreso de Tracey del asilo de ancianos es suficiente para sobrevivir.

—¿Así que no le debe dinero a alguien?

—¿Quiere decir como a los casinos? —Kingston negó con la cabeza. —Como le dije al detective, tenía algunas deudas pequeñas, pero las pagué la semana pasada.

—Del dinero que Rebecca había ahorrado.

—No, Tracey obtuvo un préstamo.

Marcus vio a Zur aproximarse. Se levantó.

—Tengo que irme, Sr. Kingston. Su cita ha llegado.

Wesley Kingston recibió al detective con un suspiro triste.

—¿Cómo está Rebecca?

Zur echó un vistazo a Marcus.

—Ella aún está inconsciente. Lo llevaré a verla dentro de un momento. Primero, tengo algunas preguntas más qué hacerle.

Con su chaqueta enrollada bajo un brazo, Marcus les dejó hablar y pasó a través de las puertas de emergencia hasta la acera. El aire de la noche era vigorizante, y él inhaló como si pudiera ser su último aliento. Después de un minuto o dos, el frío se filtró a través de la delgada camisa de vestir que llevaba. Se estremeció.

Estaba a punto de ponerse la chaqueta cuando un trozo rectangular de papel cayó del bolsillo y flotó por el estacionamiento. Su reacción inicial fue de ignorarlo. Probablemente fuera un recibo. Pero algo le hizo precipitarse detrás del papel. Lo agarró antes de que volara sobre los arbustos.

Era la foto que había tomado de la casa de Rebecca.

Corriendo de vuelta a la entrada del hospital, sujetó la foto bajo la luz y la estudió. Rebecca se veía más feliz de lo que nunca la había visto. Wesley parecía un poco nervioso, pero feliz. En el fondo, una multitud de personas estaban reunidas alrededor de ellos, con copas de champán alzadas en un brindis de felicitación.

La mirada de Marcus pasó sobre los rostros desconocidos.

Hasta que vio uno que reconoció.

Oh, demonios...

Campanas de alarma sonaron en su cabeza.

Sus ojos recorrieron los arbustos cercanos. A continuación, los coches aparcados en el aparcamiento.

Nada parecía fuera de lugar.

Entonces, ¿por qué se sentía como si una corriente de electricidad crepitara bajo su piel?

¿Jane?

Apareció en una niebla de resplandor sereno, su hermoso rostro y la mirada melancólica que expresaban un desaliento que se apoderó de su corazón. Ella estiró su mano.

Cuando él alargó la suya, ella le susurró una palabra.

—*Aprisa*...

42

Rebecca espió entre los ojos semicerrados. Su sospecha era correcta. La voz pertenecía a alguien de quien nunca habría sospechado. En cierto modo tenía sentido, a pesar de que siempre se habían tratado con cortesía una a la otra, y Rebecca no era una amenaza.

Así que ¿por qué estaba Tracey Whitaker en su habitación, vestida con uniforme de enfermera y sosteniendo una jeringa?

Siguiendo las instrucciones, Rebecca fingió somnolencia.

—Hola, Tracey. ¿Qué estás h-haciendo a-aquí?

Tracey se inclinó sobre ella.

—Vine a terminar el trabajo.

—¿Q-qué quieres decir? —Rebecca silenció un bostezo exagerado, rezando para que el detective Zur estuviera captando cada palabra en la cinta. —¿Qué trabajo? ¿De qué estás hablando?

—Se suponía que murieras, Rebecca. Rápido y fácil. —Tracey se encogió de hombros. —Bueno, tal vez no tan rápido. Pero se suponía que sería un simple golpe y fuga, sin ningún sobreviviente.

—Pero tú y Wesley se van a casar. No me interpongo en tu camino. Lo puedes tener. No hay necesidad de hacer esto.

Tracey sacudió la cabeza.

—Rebecca, no tienes ni idea. Por supuesto que tengo que hacer esto. Por el dinero.

¿El dinero? ¿Esto era por la herencia de los niños?

—Tú sabes que Wesley no puede tocar ese dinero —dijo Rebecca intentando sonar atontada.

—Él podrá si estás muerta antes del divorcio. Entonces conseguirá automáticamente la custodia de Ella y Colton, y todo lo que viene con ellos. Incluyendo el dinero que su abuelo les dejó. Wesley tendrá la firma de autorización.

—No estoy segura de que funcione de esa manera.

Tracey sonrió.

—Ya hemos consultado a un abogado. El tipo insistió en que no hay un plan de contingencia. Si te mueres, Wesley recibe el dinero.

—Es para los niños. —*¿Dónde diablos está el detective Zur?*

Tracey colocó sus manos a cada lado de la almohada de Rebecca, luego se inclinó cerca de su cara.

—No será difícil hacer un gasto que parezca que es para ellos y no para nosotros.

—No puedo creer que Wesley esté involucrado en esto —dijo Rebecca arrastrando las palabras. —No puedo creer que el padre de mis hijos estaría de acuerdo en asesinar. A mí o a sus hijos. Dios mío...

Tracey rió.

—Wesley no tiene las pelotas para hacer lo que se necesita. —Una sonrisa malévola iluminó su rostro. —Pero yo sí.

—La policía te atrapará —dijo Rebecca. *¡Si es que alguna vez llegan aquí!*

Tracey levantó la jeringa.

—¿No crees que sé qué tipo de fármaco a usar? Hay docenas que no van a aparecer en una autopsia, a menos que uno supiera qué buscar. No, querida Rebecca, dormirás hasta que tus pulmones dejen de bombear oxígeno a tu cerebro y al cuerpo. La policía pensará que sufriste complicaciones por la cirugía de pulmón. —Se trasladó al poste de líquido intravenoso e inyectó el fármaco en la línea.

—Por favor, Tracey.

La mujer tapó la aguja hipodérmica y la guardó en su bolsillo. Luego se inclinó y besó la frente de Rebecca.

—No va a doler nada. Lo prometo.

—Tracey, por favor. Piensa en lo que está haciendo.

—He estado pensando en esto durante meses. No has sido fácil de espiar. Tracey rió. —Casi me atrapas, ¿lo sabías?

—¿De qué estás hablando?

—En el último partido de hockey de Colton. Todos ustedes fueron a verlo, y yo convencí a Wesley de que estaba resfriada para poder ir a hacer un poco de reconocimiento. Cuando me llamó después del partido para decirme que irías a Cadomin, supe exactamente lo que necesitaba hacer. Pero primero tenía que averiguar tu ruta exacta. Afortunadamente, dejaste un mapa sobre la mesa para mí.

Rebecca pensó en esa noche. *¡La puerta del garaje abierta!*

—¿Entraste en mi casa?

Tracey se acercó.

—He estado en su casa muchas veces. Incluso he estado en tu cama. Con Wesley.

Rebecca echó un vistazo a la puerta.

—Eso no me sorprende. Wesley tiene un mal hábito de tomar decisiones asquerosas.

Tracey la observó, arrugando la frente en confusión. Después de un momento, sacudió la cabeza y dijo:

—El pequeño cóctel que preparé para ti actuará en cualquier momento. ¿Por qué no cierras los ojos y te duermes?

—Porque no estoy cansada, zorra estúpida.

Tracey sujetó el brazo de Rebecca y se fijó en la zona donde la aguja IV debería haber estado insertada.

—¿Qué demonios? —Tiró de la bolsa de suero, sacándola de debajo de las sábanas.

Fue el turno de Rebecca para sonreír.

—Lamento decepcionarte. Supongo que has desperdiciado esas drogas en nada.

—Entonces menos mal que traje un repuesto. —Tracey levantó un bisturí.

43

Marcus buscó en el área de espera de Urgencias a Zur, pero el detective se había ido. Al igual que Wesley Kingston. Se metió en la cafetería y encontró a Kingston sentado en una mesa, solo.

—¿Dónde está tu novia?

—No tengo ni idea. Pensé que estaba aquí, comprando la cena. Intenté llamarla, pero no contesta. Tal vez fue a sacar algo de su coche. —Kingston frunció el ceño. —¿Por qué?

Marcus no respondió. En vez de hacerlo, corrió hacia los ascensores, mientras buscaba con desesperación su teléfono celular en el bolsillo de la camisa. En el ascensor pulsó con fuerza el botón del tercer piso y marcó el número de Zur.

—¿Qué pasa, Marcus?

—Creo que sé quien está tratando de matar a Rebecca, y no es un hombre. Es una mujer. Tracey. La prometida de Wesley Kingston.

—¿Qué te hace pensar eso?

—Encontré una foto en la casa de Rebecca —Cuando Zur comenzó a interrumpirlo, dijo, —tenía permiso para estar allí. No preguntes. Te lo contaré más tarde. De todas formas, encontré una foto de una fiesta en el bufete de abogados del padre de Kingston. Dice en el reverso que acababan de revelar la noticia sobre Rebecca estando embarazada de Ella.

—¿Qué tiene eso que ver con esta mujer, Tracey?

—Ella está de pie en la multitud y no se ve muy feliz por la noticia.

—¿Cómo es?

—Es alta, tal vez 1.77 metros. Delgada. Largo cabello rojo, ojos castaños. ¿Cómo está Rebecca?

—Estoy viendo la transmisión. La Sra. Kingston está bien. Pero estamos teniendo algunos problemas con el sonido. Se está cortando, creo que ella lo desprendió por moverse demasiado.

—¿Está sola?

—No. La enfermera está con ella.

—¿La misma enfermera que revisaron?

Hubo una pausa en el otro extremo.

—Mierda —fue la respuesta de Zur. —Creo que es la novia. Ella ha estado hablando con la señora Kingston, inclinada sobre ella. — Murmuró algo que Marcus no pudo escuchar.

—¿Qué pasa? —demandó Marcus.

—Seguridad encontró a nuestra enfermera escondida en el armario de un conserje hace dos minutos. Está inconsciente, pero viva. No esperábamos a una mujer, Marcus, y lleva puesto un uniforme. Lo pasamos por alto.

Marcus dio un puñetazo en la pared del ascensor.

—Voy a estar allí de inmediato.

—No, no. Tengo suficientes hombres aquí para manejar esto.

Hubo más murmullos en el otro extremo, a continuación, Zur dijo,

—¡La tenemos! Tracey Whitaker acaba de inyectar algo en el IV. No te preocupes, no está realmente conectado a la señora Kingston. Vamos a entrar. —Se cortó la comunicación.

Marcus saltó sobre las puntas de sus pies.

—¿Por qué me tocó el ascensor más lento jamás fabricado?

Sonó un ding descarado y las puertas se abrieron. Marcus corrió por el pasillo, maldiciendo en voz baja por no tomar el ascensor central, en el que habría salido mucho más cerca de la habitación de Rebecca.

Al doblar la esquina, vio a seis agentes de paisano con sus armas en la mano. Zur, con su equipo médico, estaba de pie ante la puerta de Rebecca, su arma apuntando hacia dentro.

El corazón de Marcus dio un brinco.

—¿Que está pasando?

—Toma de rehenes — respondió el oficial más cercano a él.

Marcus no podía respirar. *Rebecca...*

Observó con horror como Zur retrocedía, y Rebecca apareció en la puerta. Detrás de ella estaba Tracey, aunque la apariencia de la mujer había cambiado. Su cabello estaba retorcido en un moño, llevaba un uniforme de enfermera y las gafas con montura negra que había confiscado de la enfermera real.

Tracey sujetaba un bisturí contra el cuello de Rebecca.

—Sra. Whitaker, baje el arma —dijo Zur.

La mujer sujetó a Rebecca con más fuerza.

—¡Retrocedan!

—Sra. Whitaker, soy el detective John Zur. Está cometiendo un terrible error.

—¡Es ella quien cometió el error! —gritó Tracey. El cuchillo rozó el cuello de Rebecca y dejó un delgado hilo de sangre.

—Díganos lo que quiere —dijo Zur. —¿Qué necesita?

—Necesito que ella muera, como se suponía que debía.

Los ojos llenos de pánico de Rebecca se encontraron con los de Marcus, y él trató de enviarle fuerza mental. *Espera. No hagas nada. Deja que John lo maneje.*

—Rebecca Kingston tiene dos niños pequeños —dijo Zur. —¿Usted quería matarlos también?

—¡No! —gritó Tracey mientras las lágrimas corrían por sus mejillas. —No se suponía que estuvieran allí. Wesley dijo que se quedarían con su tía.

—¿Así que el Sr. Kingston no sabía que estaban con su madre?

Los ojos de Tracey brillaron de pánico.

—No, era *ella* quien se suponía que muriera. Así es como él lo quería, como lo planeó. Él le pagó ese tipo para sacarla de la carretera. Me dijo que yo tenía que terminarlo, que entonces sí íbamos a conseguir el dinero de seguro. No había otra forma en que pudiera pagar el maldito préstamo.

Marcus tragó saliva. Él y Zur se habían equivocado con Wesley Kingston. El hombre *sí había* planeado el asesinato de Rebecca. ¡El muy bastardo!

—Sra. Whitaker... Tracey —dijo Zur en tono tranquilo. —Si bajas el cuchillo, te puedes ir.

—Sí, claro. —El cuchillo tembló y se hundió un poco más.

—Te doy mi palabra. Puedes salir por esas puertas. No te seguiremos.

—¿Y todo lo que tengo que hacer es dejar ir a esta perra?

—Sí.

Lo que sucedió después fue un borrón de movimiento y sonido. Tracey sacudió la mano hacia arriba, y se oyó un disparo. Alguien gritó. Tracey y Rebecca se derrumbaron hacia atrás, golpearon la pared y aterrizaron en el suelo. El bisturí cayó sobre las baldosas, aterrizando en un charco de sangre.

—¡Rebecca! —gritó Marcus.

Un oficial lo detuvo.

—Zur la tiene, Sr. Taylor. Ella está bien.

—Pero vi la sangre —respondió con un gemido.

—Pertenece a la mujer Whitaker. El detective Zur le disparó. Está muerta.

—Tengo que ver a Rebecca. ¡John!

Zur miró a su alrededor, vio a Marcus y corrió hacia él.

—No puedo permitirte avanzar más, Marcus. Es una escena del crimen. Pero lo que voy a hacer es llevarla contigo tan pronto como hayamos tomado su declaración. Ve a esperar en la sala de examen con Simms y Geraldo.

—Kingston se encuentra en la cafetería —dijo Marcus.

Zur asintió.

—Lo tenemos. Él ya está bajo custodia. Hablaremos más tarde, ¿de acuerdo?

Cuando Zur se alejó, Marcus se esforzó por echar un vistazo a Rebecca. Dejó escapar un suspiro de alivio cuando la vio moverse, ilesa. Ella estaba bien. Bueno, tan bien como podía estar después de que Tracey le pusiera un cuchillo en la garganta.

Observó como Zur se llevaba a Rebecca a su habitación. Sin nada que hacer, Marcus deambuló por el pasillo, repasando los acontecimientos de la noche en su cabeza.

Tracey Whitaker y Wesley Kingston habían conspirado para asesinar a Rebecca.

Sacudió la cabeza. ¿Cómo podía haberse equivocado tanto con Kingston?

El dinero.

No el dinero que los niños heredarían, sino el dinero utilizado para pagarle a Delaney. Eso era lo que había confundido a Marcus. Había estado tan seguro de que Kingston no tenía acceso a una cantidad tan grande de dinero. ¿Veinticinco mil dólares? Pero había sido Tracey quien había conseguido el pago. Una perra insensible.

Y ahora, una perra insensible *muerta.*

Kingston...

El tipo estaba comiendo la cena en la planta baja, por amor de Dios. La mente maestra había estado justo bajo las narices de todos.

Marcus tomó un desvío y se dirigió hacia la escalera. Bajando dos escalones a la vez, estuvo en la planta principal en menos de dos minutos. Unos pocos pacientes deambulaban por ahí, junto con tres pasantes y un médico de urgencias.

Enfiló por el pasillo, determinado a golpear la cara de Kingston hasta volverla pulpa. Cuando llegó a la cafetería, encontró a Wesley Kingston de pie cerca de una mesa con las manos esposadas a la espalda, mientras que un agente le leía sus derechos.

—No tuve nada que ver con esto —gritó Kingston.

El oficial llevó a Kingston hacia Marcus. Se miraron a los ojos a medida que pasaban.

—No fui yo —insistió Kingston. —Lo juro, ¡yo no traté de matarla!

—¡Y una mierda! —dijo Marcus, apretando los puños en sus costados. —Tracey ya admitió que ustedes planearon todo. Vas a caer por intento de asesinato. De tu esposa y tus dos hijos, hijo de puta.

—Están equivocados —sollozó Kingston. —Nunca les haría daño. No tengo ninguna razón para querer muertos.

—Se me ocurren unas *ochocientas mil* razones.

Kingston negó con la cabeza.

—Lo que estás sugiriendo es absurdo. No soy capaz de matar.

—El dinero puede hacer que la gente haga cosas desesperadas —dijo Marcus entre dientes. —Cosas que pensaban que nunca serían capaces de hacer.

—Yo no hice esto —siseó Kingston. —Tracey…

—Está muerta —le espetó Marcus. —Eso fue lo que conseguiste con tu plan. Una novia muerta y una sentencia de prisión.

Se llevaron a Kingston entre gritos de protesta y negaciones.

Marcus se pasó una mano temblorosa por el pelo y lanzó un gemido reprimido. Había desperdiciado demasiado tiempo con Kingston. El hombre recibiría su merecido.

Se dirigió hacia el ascensor y entró.

Hora de contarle a Rebecca que la pesadilla finalmente ha terminado.

44

Las manos de Rebecca temblaban mientras el Dr. Monroe inspeccionaba los puntos de sutura en su costado.

—Todo se ve bien aquí —dijo el médico antes de salir de la habitación.

Rebecca observó el reloj de la pared y se preguntó cómo su vida se había descarrilado tanto. ¿En qué momento había tomado este desvío hacia el infierno? Y ¿qué había hecho para merecer tales atrocidades?

—Todavía no lo puedo creer —le dijo al detective Zur, que estaba sentado junto a la cama. —¿Tracey Whitaker? —Ella sacudió la cabeza lentamente.

—Era una mujer desesperada. La quería fuera de la vida de su marido, para poder tener un futuro con él. Y el dinero.

—Y Wesley estuvo de acuerdo en todo. —Ahogó un sollozo. —No puedo creer que me haya equivocado tanto con él. Estuve casada con él, por el amor de Dios. ¿Cómo pude haber juzgado tan mal su carácter? ¿Cómo pude permitir que mis hijos estuvieran cerca de él?

El detective se encogió de hombros.

—Usted no lo sabía.

Ella apretó los dientes, y dijo:

—Bueno, debería haberlo sabido.

—Trate de no ser tan dura consigo misma, señora Kingston. Algunas personas son estafadores y mentirosos. Ellos encuentran maneras de tergiversar la verdad, adaptarla a sus realidades. Su marido y la Srita. Whitaker, ambos son maestros de la manipulación. Ellos querían que viera sólo lo que ellos le presentaban.

—Pero fui tan ingenua.

—Por desgracia, no conseguimos sacar nada de Rufus Delaney. Todavía no ha hablado. Y lo poco que captamos de la Srita. Whitaker no es realmente suficiente para tener la certeza de que su marido sabía que su hijo e hija iban con usted. Es posible que la Srita. Whitaker le diera la orden a Rufus. Puede que ella supiera dónde estaban sus hijos.

Rebecca se estremeció.

—Ellos casi murieron.

—Están vivos y a salvo. Y usted también. No podríamos haber capturado a Delaney y a Whitaker sin su ayuda. Así que... gracias.

—Estoy contenta de que esto haya terminado.

El detective Zur asintió.

—El peligro terminó. Le advierto sin embargo, que los próximos meses no van a ser fáciles. Vamos a procesar a su marido. Él va a ser acusado de intento de asesinato. Si lo vinculan a Delaney, podría ser acusado de contratar a un asesino a sueldo. Estamos todavía en busca de pruebas contundentes en contra de su marido.

—¿Quiere decir que podría salir libre?

—Voy a hacer todo lo posible para que eso no suceda.

—Gracias.

El detective sonrió.

—Puede agradecérmelo mejorándose y llevando a su familia a casa.

—Eso es lo que planeo hacer.

El detective se puso de pie.

—Tengo que volver a la estación. ¿Supongo que verá a Marcus más tarde?

—Creo que sí. Ustedes dos se conocen desde hace tiempo, ¿no es así?

Él asintió.

—Varios años.

—¿Cómo era él antes de que su esposa y su hijo murieran?

—Era un buen tipo. Digno de confianza. Divertido. Y un gran cocinero. Por supuesto, eso fue antes de que tomara algunas decisiones equivocadas.

—Se refiere a las drogas.

El detective Zur alzó una ceja.

—¿Marcus le ha hablado de eso?

Ella asintió.

—Tuvimos mucho tiempo para hablar. Por el teléfono, cuando estaba en el río. Él me ayudó a estar tranquila. —Levantó la mirada hacia él. —Parece sorprendido.

—Lo estoy. Asombrado, en realidad.

—¿Por qué?

—El Marcus Taylor que conozco ha sido más bien... cerrado. Habló conmigo un poco después del accidente. Luego se cerró completamente. Desde que Jane y Ryan murieron, se ha vuelto más introvertido, no tan divertido.

—Él me hizo reír un par de veces.

El detective la observó, y su rostro se iluminó de pronto.

—¿Le gusta él?

Ella se sonrojó.

—Yo...

—Olvide que pregunté. No es asunto mío.

—Todavía estoy casada.

Zur se acercó a la puerta.

—Ya ha iniciado el proceso de divorcio, señora Kingston. Si le gusta Marcus, hágaselo saber. Él es el tipo de persona que sabrá esperar.

—¿Cree que la gente puede cambiar después de años de malas decisiones?

—En mi línea de trabajo —dijo, —he visto que sucede muy a menudo. Pero algunas personas tienen que tocar fondo antes de resurgir y darse cuenta de lo que es importante en la vida. La parte más difícil para esas personas es saber exactamente cómo tocar fondo. —Él lanzó un profundo suspiro. —Usted no tiene que preocuparse por Marcus. Él lo hizo hace seis años.

—Cuando Jane y Ryan murieron.

Él asintió.

—Las cosas han sido inestables desde entonces, pero está volviendo en sí. Ya he notado un cambio en él. Y tengo la sensación de que usted va a ser mejor para él que cualquier droga.

—No estoy segura de que eso sea un cumplido.

El detective sonrió.

—Créame, lo es.

* * *

Rebecca miró el reloj por enésima vez. Era casi la medianoche y todavía no sabía nada de Marcus.

Tal vez no va a venir.

Se preguntó si él había regresado al hotel a dormir.

Él no duerme. Padece Somnifobia.

Encendió la televisión y vagó por los canales. Nada le interesó, y sus ojos se dirigieron hacia la puerta.

Pensó en Wesley. ¿Estaría en una celda de la cárcel, maldiciendo porque sus planes habían sido frustrados? ¿Se sentiría furioso porque ella y los niños todavía estaban vivos?

Se dio una patada mental por creer en sus mentiras.

Codicia. Uno de los siete pecados capitales.

Rezó por que Wesley se sintiera tan frío y miserable como ella lo había estado cuando estaban atrapados en el coche.

Entonces pensó en Ella y Colton. Quería acurrucarse y llorar por ellos, por lo que estaban a punto de sufrir. En cuestión de horas descubrirían su padre había intentado matarlos, a ellos y a su madre. ¿Cómo vivirían los niños con eso?

¿Cómo viviré yo con eso?

El aire de la habitación se movió como si una brisa hubiera soplado desde una ventana abierta. Pero la ventana estaba cerrada.

Tuvo la clara sensación de que alguien estaba inclinado sobre ella. Y entonces escuchó una suave voz femenina: *"Vivirás con esto, Rebecca, un día a la vez."*

Sus ojos se cerraron y una sensación de felicidad se apoderó de ella.

Un día a la vez.

45

Marcus entró de puntillas en la habitación de Rebecca, con un ramo de flores variadas de color azul en su mano. Eran las únicas que quedaban en la tienda de flores del hospital, y habían tenido un globo azul adjunto que anunciaba el nacimiento de un bebé. Él quitó el globo y lo dejó atado al pomo de una puerta.

—Hola —dijo ella desde la cama.

—Hola. —Examinó la habitación, y notó un jarrón con una marchita rosa roja solitaria en el alféizar. —¿Quieres que me deshaga de eso?

—Por favor —dijo con evidente alivio.

—Éstas eran todo lo que tenían abajo —dijo, señalando el ramo.

—Las flores azules son mis favoritas.

Combinan con tus ojos, quiso decir.

—Yo, eh, quería que tuvieras algo colorido y brillante a la vista.

—Estas paredes lucen muy estériles, ¿verdad?

Él rió.

—Color blanco hospital.

—Recuérdame nunca ordenar ese color de pintura.

Hubo un momento de silencio incómodo.

—¿Cuándo estás…?

—¿Tú crees…? —dijo ella al mismo tiempo.

Se sonrieron el uno al otro.

—Tú primero —dijo él.

—Me preguntaba si irías a visitarme alguna vez. A Edmonton.

Él arqueó una ceja.

—¿Te gustaría que lo hiciera?

—No lo sugeriría si no fuera así. —Su expresión se volvió seria. —Yo no me ando con rodeos, Marcus. Y estoy bastante segura de que tú tampoco. Me gustaría conocerte.

—Sin mi capa, quieres decir.

Ella se rió, y el sonido envió escalofríos por su espina dorsal.

—Está bien. Iré a verte a Edmonton.

Su sonrisa irradiaba pura dicha, y él esperó que no volviera a desaparecer.

—Tú comenzaste a decir algo —le recordó ella.

Él se encogió de hombros.

—Quería saber cuándo saldrías de aquí.

—Lo haces sonar como si estuviera en la cárcel. —Ella se encogió.

—¿Estás pensando en Wesley?

—Todavía estoy teniendo problemas para aceptar todo lo que hizo. No lo vi venir. Nada de eso.

Marcus apretó los labios.

—¿Cómo podrías? Él es el padre de tus hijos. Y a pesar de lo que había hecho en el pasado, nunca imaginaste que sería capaz de matar.

Ella se estremeció.

—Creo que soy bastante tonta.

—No lo eres. Fuiste manipulada por alguien en quien una vez confiaste.

—¿Qué va a suceder ahora?

—El sistema procesará a Wesley, y obtendrá justicia para ti, Ella y Colton. ¿Cómo están ellos, por cierto?

Ella sonrió.

—Volviendo loca a Kelly.

46

Rebecca abrió la puerta principal, y luego se volvió hacia Marcus.

—No puedo agradecerte lo suficiente por todo lo que has hecho por nosotros.

—Me alegra poder ayudar.

—¿Ayudar? —Ella dejó escapar una risa triste. —Hiciste más que eso. Mis hijos y yo siempre estaremos en deuda contigo.

—No estoy buscando un pago.

Ella entró en su casa. Se sentía como si hubiera estado lejos durante meses en lugar de días.

—¿Quieres entrar? Podría preparar algo de cenar.

—Probablemente debería irme.

Ella inclinó la cabeza hacia un lado.

—Me trajiste a casa, Marcus. Preparar la cena es lo menos que podría hacer.

—Bien —dijo él, entrando y cerrando la puerta. —Pero todavía tienes que descansar. Yo prepararé la cena, siempre y cuando tengas comida en la casa.

Ella sonrió.

—No puedo prometer una despensa surtida. No compré mucho antes de salir. Pero puede que haya algo en la nevera o en el congelador.

Marcus le ayudó a quitarse la chaqueta. Ella contuvo el aliento cuando el dolor se encendió alrededor de su pecho.

—¿Ves? —dijo Marcus. —¿Qué te dije? Necesitas descansar.

Ella se dejó caer en el sofá, agradecida por seguir su consejo, y hubo un momento de silencio incómodo mientras él apoyaba sus pies en el sofá y se sentaba en la silla frente a ella.

—Por lo menos no tendré que preocuparme por Colton y Ella esta noche —dijo ella.

Él asintió.

—Fue agradable por parte de tu hermana quedarse con ellos y darte una noche para ti misma.

— Kelly es así de buena. Siempre parece saber lo que necesito.

—Mi hermano Paul era un poco así, a pesar de que estaba absorto en su carrera militar. Era un buen soldado.

—Debe haber sido muy duro para ti cuando murió.

—Sí. Fue difícil para todos. La muerte de Paul dejó un enorme agujero en nuestra familia. Parece que tengo un montón de agujeros.

Ella lo miró a los ojos y vio un amargo dolor allí.

—¿Jane y Ryan?

Él asintió.

—¿Tienes té de algún tipo?

—Creo que sí. ¿Herbal o regular?

—Té verde, si tienes. Y no te muevas, yo lo traeré. Sólo dime dónde está todo. —Estaba a punto de irse, pero se detuvo. —Dejé de tomar cuando dejé las drogas, a pesar de que nunca he tenido ningún problema con el alcohol. Pensé que deberías saberlo.

Admirando su honestidad, lo observó mientras se entretenía en la cocina, le dio instrucciones para encontrar el té y la tetera, luego accedió a ordenar ensaladas de Boston Pizza, ya que Marcus no pudo encontrar nada rescatable en la nevera.

—Así que, cuéntame más acerca de esta fobia del sueño que tienes —dijo cuando él le entregó una taza.

—Somnifobia. Es un asco. Daría cualquier cosa por ser capaz de meterme en la cama y dormir más de dos horas de un tirón.

—¿Qué pasa cuando intentas dormir?

—Mi corazón empieza a latir con fuerza. Mis palmas sudan. Siento que estoy sin aliento. Tan pronto como me quedo dormido, despierto con un sobresalto. A veces veo cosas que no están allí.

—¿Qué tipo de cosas?

Él sacudió la cabeza y se quedó mirando la chimenea.

—Fantasmas, principalmente. Lo sé, es una locura. Es por la falta de sueño. Pero a veces... —Se encogió de hombros.

—¿Qué?

—Ellos parecen tan reales.

—¿Tu esposa y tu hijo?

—Sí.

—¿Paul?

—Solía verlo, pero ha pasado mucho tiempo desde que me visitó.

—Tal vez él está en paz ahora.

Alzó los ojos y la miró.

—Sabes, muchas mujeres simplemente se reirían de una confesión como esta. Pensarían que estoy loco.

—¿Lo estás?

Se rió entre dientes.

—Hay días en que yo mismo me lo pregunto.

—¿Como recientemente?

—Sí. Los últimos días han sido muy raros.

—Vaya, gracias.

Él rió.

—No me refería a ti.

—Ha sido más que raro. —Su sonrisa se desvaneció. —No todos los días tengo que luchar por mi vida porque mi marido y su amante me quieren fuera de la jugada. —Todavía no lograba aceptar el hecho de que Wesley había planeado todo.

—Lo siento mucho, Rebecca. No puedo imaginar lo que estás pasando.

—Probablemente es mi culpa que la policía no la considerara.

—¿Qué quieres decir?

—Cuando el detective Zur me preguntó por Tracey, le dije que éramos corteses, que no había resentimientos.

—Tú creías que era cierto. Ella no te dio ninguna razón para pensar lo contrario.

—Sí la investigaron —dijo ella, tratando de recordar lo que Zur le había dicho acerca de Tracey justo antes de que ella dejadara Hinton. — Ella no estaba viviendo con Wesley, y nadie sabía que estaban comprometidos. Ese feliz acontecimiento ocurrió hacía unos días, de acuerdo con Tracey. Ella nunca había sido arrestada, y le dijo cosas muy lindas a la policía acerca de mí. Y puesto que sus registros bancarios no mostraban nada inusual, la policía no la consideró como sospechosa.

—Ya no tienes que preocuparte por ella.

Ella asintió.

—Lo sé.

La imagen del cuerpo de Tracey cayendo al suelo, arrastrándola hacia abajo con ella, seguía repitiéndose en su mente. La policía había separado a Tracey de ella, y todo lo que Rebecca había visto era la sangre.

Se encogió ante el recuerdo.

—Wesley tiene su sangre en sus manos.

—Por poco tuvo la tuya y la de los niños también.

Ella contuvo las lágrimas.

—Wesley le dijo a tu amigo el detective que él le había mencionado la herencia de los niños a ella. Él sigue afirmando que no tuvo nada que ver con esto. Es un buen mentiroso. —No podía mantener el resentimiento fuera de su voz.

—Y ahora está encerrado. No tendrás que preocuparte por él durante mucho tiempo.

Su mirada recorrió la sala de estar. Había tanto ahí que le recordaba a Wesley. Demasiado.

—Creo que voy a vender la casa y mudarme.

—¿A dónde?

—No sé. A algún lugar tranquilo. Que no me recuerde la vida que tuve con él.

—El mercado inmobiliario está bastante mal en este momento.

—¿Qué propones que haga?

—Espera unos meses. A ver si el mercado mejora, y si lo hace, entonces vende.

Ella sonrió.

—¿Alguna vez pensaste en dedicarte a los bienes raíces?

—No. He estado manteniendo los ojos abiertos, sin embargo. Hay algo Jane y yo habíamos planeado hacer.

—¿Qué cosa?

Se encogió de hombros.

—Tal vez te lo cuente un día. En este momento, debes centrarte en lo que vas a hacer.

Ella dejó escapar un pequeño gemido.

—No tengo ni idea. ¿Cómo se vuelve a la normalidad cuando las cosas han sido cualquier cosa menos normales?

Él se inclinó hacia delante, y en un principio ella pensó que iba a tocarla, pero juntó las manos en su regazo.

—Un día a la vez.

—Hablando de eso... —Ella tomó una inhalación profunda. —¿Vas a ir a una reunión esta noche?

—Estaba pensando hacerlo. A menos que quieras que me quede aquí.

Ella sacudió su cabeza.

—Lo último que necesito es una niñera, Marcus.

—No me importa quedarme por una noche. Así no estarás sola.

—El coche de policía que estaba aparcado fuera se ha ido porque no hay ninguna amenaza. Tracey está muerta y Wesley está en la cárcel. No hay nada más que temer. Estoy segura. Además, es momento de que cuides de ti mismo, para variar. —Ella inclinó la cabeza hacia él. —Me sentiría mejor si supiera que estás en una reunión esta noche.

Marcus frunció el ceño.

—¿Te preocupa que pueda tener una recaída?

—Si es así, pensaré que fue mi culpa. —Contuvo la respiración y esperó su respuesta.

—Nunca es culpa de nadie más —dijo. —Cuando un adicto se droga, es su elección. Siempre.

—Entonces, ve a una reunión. Cuando termines, vuelve aquí.

Él la miró con sorpresa y ella añadió:

—Puedes dormir en el sofá. O ver la televisión.

—¿Por qué cambiaste de opinión?

Ella apartó la mirada.

—A pesar de que ya no estoy en peligro, la idea de quedarme sola en la casa es un poco inquietante. Me sentiría mejor si alguien más estuviera aquí aunque sólo sea por una noche.

—No hay problema.

Ella lo cogió del brazo.

—Antes de irte, ¿me puedes hacer un favor?

—Claro que sí. ¿Qué necesitas?

—El médico me dio algunos analgésicos y algo para ayudarme a dormir. Están en mi bolso, junto a la puerta. ¿Puedes ponerlos en la cocina, cerca del fregadero? Creo que eso es lo más lejos que voy a llegar. Al menos hasta que regreses.

Él la miró, con el rostro serio y sombrío.

—¿Me estás poniendo a prueba?

—¿Eh?

—Con las drogas.

—¡No! —Sus ojos se agrandaron por la conmoción. —Eso es lo último que haría. Quiero esas píldoras donde pueda llegar a ellas fácilmente. Eso es todo.

La cara de Marcus enrojeció.

—Lo siento. Y-yo… estoy demasiado acostumbrado a la sospecha, supongo.

Ella agitó una mano en el aire.

—Olvídate de eso. Confío en ti.

La observó, con escepticismo grabado en su rostro.

—Eres demasiado amable, Rebecca Kingston.

—Amable. Yupi. Justo lo que toda mujer quiere oír.

Cuando parecía que él se iba a disculpar de nuevo, ella se rió.

—Estoy bromeando.

Lo observó mientras se ponía la chaqueta y abría la puerta.

Haciendo una pausa en la puerta, él le dijo:

—Probablemente no deberías, sabes.

—¿No debería qué?

—Confiar en mí.

Ella meditó sus palabras cuando la puerta se cerró tras él. *Demasiado tarde, Marcus.*

47

Marcus encontró una reunión de Narcóticos Anónimos a unos quince minutos de distancia de la casa de Rebecca. Se recluyó en el sótano de una pequeña iglesia pentecostal. Por mucho que extrañaba la multitud familiar de sus reuniones habituales, encontró un poco de consuelo en estar en una habitación rodeado de completos extraños. Y sin ninguna presión para hablar.

Lo último que quería hacer era admitir lo mucho que ansiaba drogarse, especialmente después de la tensión de los acontecimientos recientes. El pequeño diablo sobre su hombro trataba de convencerlo de que podía usar sólo un poco, lo suficiente para tranquilizarse. La parte racional de su mente —se negaba a llamarle angelical—, le recordaba la espiral descendente por la que bajaría rápidamente si usaba.

Escuchar a un hombre contar su historia, cómo lo había perdido todo, incluyendo a su esposa, hijos, trabajo y casa y ahora estaba viviendo en las calles en el centro al este de Edmonton, trajo a él la realidad de la adicción a las drogas. Un adicto no tenía el control; las drogas lo hacían. Y no había tal cosa como un pequeño desliz. Drogarse era drogarse, sin importar la cantidad o el fármaco de tu elección.

Decisiones... a eso se reduce todo.

Marcus pensó en Leo. Su mejor amigo había logrado cambiar su vida después de que el alcoholismo y la cocaína casi lo arruinaron. Ahora estaba casado con una gran mujer y tenía un trabajo que disfrutaba. Leo había tomado todas las decisiones correctas.

Cada mañana, cuando Marcus despertaba, lo primero que hacía era una elección: "Hoy no voy a usar drogas, no importa la tentación. Hoy voy a decir ¡No!".

—¿Alguien más tiene algo que aportar? —preguntó el encargado de la reunión.

Nadie habló.

—¿Y usted, señor, en la última fila? Es nuevo aquí, y le damos la bienvenida con los brazos abiertos. Siéntase libre de compartir.

Marcus casi saltó de su silla.

—Yo... eh... no esta noche.

—Eso está bien. Tal vez la próxima vez.

La próxima vez. Siempre era "la próxima vez."

Marcus sabía que tenía un bloqueo mental que le impedía hablar en las reuniones. Había discutió con Leo sobre eso durante meses. Cuando fuera el momento adecuado, Marcus creía que lo sabría, lo sentiría. Leo opinaba que eso era pura mierda y que era una excusa, nada más.

¿Lo es? ¿Estoy inventando excusas?

Pensó en Rebecca. Había pasado por un infierno en los últimos tres días. Admiraba su fuerza interior. Ella no inventaba excusas. Ni para Wesley, ni para ella misma. Ni para nadie. Ella había sido la primera persona con quien Marcus sintió que realmente podía hablar, sobre cualquier cosa.

Se sentía atraído por ella, eso no se podía negar. Tampoco necesitaba excusas. Era una mujer hermosa, por dentro y por fuera. Estaba perplejo por su ofrecimiento de pasar la noche, aunque fuera en el sofá. ¿Lo habría hecho porque todavía tenía miedo? ¿O porque sentía algo más?

Jesús, Marcus. Ella está agradecida, eso es todo. Los rescataste, a ella y a sus niños. Es común que las personas en estas situaciones que se sienten atraídos por sus salvadores. Pero no dura. No es real.

Por otra parte, él no era un muy buen juez de lo que era real. Hablaba con el fantasma de su esposa muerta, ¿qué tan real era eso? Ella se le aparecía en momentos de estrés intenso, o cuando había dormido muy poco. Obviamente era un producto de su mente agotada. Los fantasmas no eran reales.

Pero ella te condujo hacia Rebecca.

Y le había advertido que debía darse prisa en el hospital.

Intuición natural. Sólo es eso.

Escuchó al último orador mientras racionalizaba las recientes "apariciones" de Jane. Luchó contra un bostezo mientras los asistentes se ponían de pie, todos prometiendo aguantar durante un día más.

En su camino hacia la puerta, se topó con el líder de la reunión.

—Disculpa, —dijo el hombre, —pero, ¿tu nombre es Marcus Taylor?

—Eh, se supone que debemos mantener el anonimato aquí.

—Lo sé. Mis disculpas. Pero tu fotografía salió en el periódico. Rescataste a esa mujer y sus hijos. —El hombre sonrió. —Eres un héroe. No muchos de nosotros en esta sala podemos decir eso.

—Prefiero pensar que hice lo que debía.

—Eres un operador del 911. Buscar físicamente a alguien está más allá de tus funciones laborales, ¿verdad? Eso es ser un héroe.

Marcus no sabía qué decir.

—Hiciste lo correcto —dijo el hombre. —Demostraste un valor increíble.

Marcus se encogió de hombros.

—Como dije, parecía lo correcto en el momento.

—Hacer lo correcto no siempre es fácil. Es por eso que estamos aquí en este sótano de la iglesia. Pero tú estás en el camino correcto. —El hombre le dio una palmada en la espalda. —Esperamos que un día muestres el mismo valor y compartas tu historia.

—Quizás.

—Adiós, Sr. Taylor. Fue un honor conocerte.

Mientras se alejaba conduciendo, Marcus repitió las palabras del hombre en su cabeza.

* * *

A una cuadra de la casa de Rebecca, redujo la velocidad cuando un hormigueo peculiar pasó a través de su cuerpo. Miró por el espejo retrovisor, esperando ver a Jane sentada detrás de él. Pero el asiento estaba vacío.

—Por Dios, Marcus. Vaya imaginación hiperactiva.

Una sensación de aprensión se apoderó él, de la cual no podía deshacerse.

—Tranquilízate —murmuró entre dientes.

Se detuvo una vez que la casa de Rebecca apareció a la vista, se estacionó y apagó el motor. De ninguna manera iba a permitir que Rebecca lo viera así. Necesitaba calmarse.

Se retorció en su asiento.

—Está bien, Jane. Si vas a hacer acto de presencia, por favor hazlo. Voy a esperarte.

Luego se acomodó y esperó a que el fantasma de su esposa apareciera.

Diez minutos después, Jane no se había presentado.

Estaba a punto de salir del coche cuando un lujoso coche negro se detuvo en la acera delante de él. No le prestó ninguna atención al principio, hasta que un hombre alto, de cabellos plateados se apeó y se dirigió al otro lado de la calle. El hombre miró por encima del hombro en dirección a Marcus. La luz del sol capturó los ángulos de su cara, las cejas pobladas y mirada penetrante. Se dirigió a la puerta principal de Rebecca, golpeó la puerta y entró.

El hombre le resultaba familiar, pero Marcus no podía ubicarlo. El tipo no era uno de los detectives. Su salario no bastaba para proveerlos con limusinas Lincoln.

—El abogado —murmuró. Ese debía ser. Carter… algo.

No queriendo interrumpirlos, Marcus permaneció en su coche.

48

Volviendo del baño, Rebecca oyó que llamaban a su puerta y dejó escapar un suspiro de alivio. Marcus estaba de vuelta. La última hora y media había transcurrido muy lentamente, y aunque sabía que ya no estaba en peligro su vida, no le gustaba estar sola. Se había sobresaltado con cada ruido, cada sombra.

—Adelante, Marcus —dijo en voz alta. —La puerta está abierta.

Se movió por el pasillo y oyó el suave crujido de la puerta principal. Al doblar la esquina, sonrió.

—Entonces, ¿cómo estuvo tu reunión…? —parpadeó.

Walter Kingston estaba de pie en su sala de estar.

—Hola, Rebecca —dijo rígidamente.

—Walter. ¿Qué haces aquí?

—Vine a disculparme. Por el comportamiento de mi hijo y su... bueno, ya sabes.

Ella asintió, agradecida de que los latidos de su corazón estuvieran desacelerando.

—Es muy amable de tu parte, teniendo en cuenta las circunstancias. Gracias.

Él avanzó unos pasos y luego dijo:

—¿Estás esperando a alguien?

—Eh... sí. A Marcus Taylor, el hombre que nos encontró.

—Supongo que estás muy agradecida por lo que hizo.

Ella frunció el ceño.

—Por supuesto. No estaría viva si no fuera por él.

—Así que, ¿él estará aquí pronto?

—Creo que sí. Él tenía qué asistir a… una reunión.

Los ojos de Walter se ensombrecieron.

—Entonces supongo que será mejor que haga lo que vine a hacer.

—No hay necesidad de disculparse, Walter. Wesley tomó algunas decisiones terribles, pero no eres responsable por las acciones de tu hijo.

Walter caminó hacia delante y abrió los brazos.

—Estoy muy feliz de escuchar eso. —La envolvió en sus brazos. —Pero aún así lo siento.

—¿Qué tal una copa de vino o una taza de té? —preguntó ella, deslizándose fuera de su alcance. —Adelante, quítate los guantes y quédate un rato. Podrás conocer Marcus cuando vuelva.

—Oh, no estoy planeando quedarme mucho tiempo. Pero el té suena bien. Permíteme hacerlo por ti. No pareces estar moviéndote demasiado rápido.

Ella sonrió.

—Gracias, Walter.

A medida que avanzaba relajadamente hacia la cocina, exclamó:

—¿Miel o azúcar?

—Miel, por favor. —Se acomodó en el sofá y apoyó una almohada detrás de ella. —Hay té de hierbas en el armario, y regular también.

—Lo encontré. Vamos a probar con el de granada y fresa. Un montón de antioxidantes.

Ella casi rió, preguntándose desde cuándo Walter se había convertido en semejante conocedor de tés.

Cuando él le entregó una taza, asintió en señal de agradecimiento.

—Realmente es muy amable de su parte pasarte por aquí.

Él puso la tetera sobre la mesa de café.

—Eres mi nuera. —Miró por encima del hombro. —¿Los niños están durmiendo?

—Están en casa de mi hermana.

—Perfecto.

Ella levantó una ceja.

—¿Cómo es eso?

—Es decir, querida, que necesitas algún tiempo para sanar, y el cuidado de dos niños activos puede no ser fácil en este momento.

Él tenía razón, y ella dejó escapar un suspiro.

—Los últimos días han sido muy difíciles.

—Y Wesley y Tracey no lo hicieron fácil.

Se sintió conmovida por su comprensión. Ellos nunca habían tenido una relación cercana. Siempre había percibido a Walter un poco distante, sin embargo allí estaba, bebiendo té en su sala de estar.

—Me gustaría que las cosas hubieran sido de otra manera —dijo.

—A mi también.

Acunó la taza en las manos y tomó un sorbo de té. Tenía un regusto amargo, y ella hizo una mueca.

—¿Demasiado dulce? —preguntó él. —No estaba seguro de cuánta miel tomas, por lo que le añadí una buena cucharada. No puede hacer daño. Es buena para ti.

—Está bien. —Bebió un poco más, con la esperanza de enjuagar el dulce sabor repugnante de su boca. —Todavía no puedo creer... —Sacudió la cabeza. —Lo siento. Probablemente es mejor que no hablamos acerca de todo lo que pasó. —Bostezó. —Ha sido un largo día.

—Estoy seguro de que sí.

—Espero que podamos seguir siendo... amigos. Por el bien de los niños. Eres su abuelo.

—Necesitas beber muchos líquidos y descansar.

Ella se rió entre dientes.

—Suenas como un médico. Dr. Kingston, MD.

—Hubo un tiempo en que pensé que perseguiría esa profesión. Pero la abogacía me venía mejor. Tengo una profunda necesidad de corregir los errores.

Ella parpadeó.

—Eres un buen abogado.

—Yo no te odio, Rebecca. Quiero que sepas eso. A veces tenemos que tomar decisiones difíciles.

No era la respuesta que esperaba de Walter.

En su silencio compartido, escuchó el tictac del reloj de la cocina. Sintió muchas ganas de dormir. Todo lo que tenía que hacer era cerrar los ojos.

¡Mantente despierta!

Casi se cayó de la silla al escuchar la voz en su oído. Una voz de mujer. La misma voz que había oído cuando Tracey había intentado matarla.

Los ojos de Rebecca vagaron por el rostro de Walter. Su sonrisa había desaparecido, reemplazada por un ceño fruncido.

—¿Qué va mal, Walter?

—¿Además de todo?

Ella trató de incorporarse, pero sus extremidades se sentían repentinamente débiles.

—Sé que debes estar molesto porque...

—¿Molesto? —Su voz sonaba distorsionada mientras extendía la mano, tomando su taza y colocándola sobre la mesa. —¿Tu patético marido no puede tener control sobre sus gastos, y tú piensas que estoy molesto?

—Me refería a causa del... accidente... los niños.

—Le dije a Wesley que necesitaba ayuda —dijo Walter, como si no hubiera oído una palabra de lo que ella había dicho. —Necesitaba controlar esa maldita adicción al juego.

—¿Tú lo sabías?

—Por supuesto que lo sabía. Lo sabía todo. ¿Crees que soy un idiota? Además, ¿quién crees que ha estado pagando sus deudas todo este tiempo?

—Tr ... Tracey. —¿Por qué la sala estaba girando?

—¿Esa imbécil estúpida? Ni siquiera pudo seguir simples instrucciones. Todo lo que tenía que hacer era insertar los medicamentos en tu intravenoso. Pero no, tenía que hablar contigo, perder el tiempo.

—¿Q-qué? ¿D-de qué estás hablando?

—Ella acudió a mí para pedirme otro préstamo para Wesley. Pero habían estado exprimiéndome por demasiado tiempo. No pudieron pagar el préstamo anterior. Y cuando me enteré del dinero que recibiste de tu abuelo... —Él dejó escapar una risa burlona. —¿No pudiste siquiera pagar las deudas de tu propio marido?

—El dinero es para los n-niños.

—¿Así que está bien que Wesley siga usando mi dinero? —Su voz rezumaba amargura. —¿Está bien hacerme quedar como un tonto? Bueno, ya no más.

—Yo n-no entiendo.

—Es muy sencillo. Wesley es una vergüenza. Le ordené limpiar su desorden. Le di instrucciones precisas para obtener el dinero de ti, y pagar todas sus deudas para variar. Pero él es demasiado cobarde y no podría seguir instrucciones aunque las tuviera estampadas en la frente.

Las palabras de Walter no tenían sentido. Y ¿por qué todavía estaba usando los guantes?

—¿Crees que Wesley lo planeó todo? —preguntó, torciendo los labios en una mueca de burla. —Entonces eres tan estúpida como él. Cuando Tracey me dijo sobre el dinero que habías heredado, le dije que haría una última cosa por ellos. Les ayudaría a obtener el dinero. Lo que hicieron con él era su problema, pero no habría más préstamos de mi parte. Con una excepción. Contraté a alguien en quien podía confiar para realizar el trabajo.

—¿Tú? —Rebecca se estremeció. —¿Tú le pagaste... a ese... tipo... Delaney? ¿Lo contrataste... para matarnos?

—No tenía idea de que los niños estarían contigo. Hasta que Rufus me llamó desde la estación de servicio. Lo siento por eso. Pero no había otra manera. Con ustedes tres fuera del cuadro, Wesley podría pagar sus deudas y salir de mi vida. Ese fue el trato que hice con Tracey.

—¿Trato?

—Yo le pagaría a Rufus y les ayudaría a obtener el dinero, y ellos se irían de Edmonton. No podía permitir que los rumores sobre Wesley me afectaran por más tiempo. Incluso su maldita relación con Tracey era la comidilla de la oficina. Ah, y ¿Rebecca? —Miró fijamente sus ojos llorosos. —Habían estado teniendo un amorío por mucho más tiempo del que imaginas.

Ella tragó saliva y contuvo las lágrimas.

—¿Cuánto tiempo?

—Desde que te embarazaste de la niña.

Ella. La dulce Ella.

Recordó lo nervioso que Wesley había parecido cuando le dijo que estaba embarazada de nuevo. Ella había pensado que era debido a que su situación laboral era precaria. Ahora sabía la verdad.

Pero aún así... ¿Walter?

—Bebe un poco más, Rebecca. Te sentirás mejor. Es un té especial. —La taza cambió, dividiéndose en dos y luego en tres.

Su respiración se congeló en su pecho, y su pulso se aceleró.

—¿'Té *especial*'?

La mirada malévola en los ojos de Walter le reveló que él la había drogado.

Con un movimiento de su muñeca, dejó caer la taza, derramando el té sobre sus piernas.

Oh, Dios. Él va a matarme.

49

El móvil de Marcus sonó. Era Zur.

—Hey, John. ¿Qué pasa?

—Sólo pensé que deberías saber que no estamos llegando a ninguna parte con Kingston. Él sigue afirmando que es inocente.

—¿No dicen eso todos?

—Sí, excepto que no podemos encontrar ninguna prueba contra él.

—¿Qué pasa con la confesión de la mujer Whitaker?

—Ella no especificó el nombre de Wesley Kingston. Vamos a retenerlo, pero si no encontramos algo concreto...

—Es posible que tengan que dejarlo en libertad. *¡Mierda!*

—No tendremos otra opción. Él tiene una coartada sólida. Así que aunque tenga motivo, no podemos vincularlo a la escena del crimen. Tampoco podemos encontrar ningún vínculo entre Kingston y Rufus Delaney.

—¿Qué ha dicho Delaney, ahora que Tracey está muerta?

—Aún así no admite que ella lo contrató. Y no hemos encontrado un rastro del dinero.

—Probablemente lo tiene escondido en alguna parte.

—Todavía lo estamos investigando. Algo me dice que nos está faltando la conexión entre Delaney y Kingston.

Delaney y Kingston...

Marcus se quedó mirando a través del parabrisas, con los ojos descansando en la matrícula del vehículo delante de él. JU5T1C4, una extraña combinación para una placa de Alberta.

Entrecerró los ojos. JUST... 1, C... 4?

Entonces lo entendió. JUSTICIA.

Su mirada saltó hacia la casa de Rebecca mientras las piezas caían en su lugar.

Walter Kingston, el padre de Wesley, era un abogado. ¿Y qué era lo que los abogados querían, por lo general? Justicia.

El hombre era rico, respetado y en una posición de poder.

Marcus marcó el número de John. Tres timbrazos y su amigo respondió.

—¿Alguna vez echaron un vistazo a Walter Kingston? —preguntó Marcus.

—¿El abogado?

—Sí. Es el suegro de Rebecca.

—Lo entrevistamos después de que la señora Kingston fue encontrada, pero no sabía nada acerca de los planes de su hijo o de la mujer Whitaker. Y él parecía tener una relación decente con la señora Kingston. Incluso ella lo dijo. —Zur se aclaró la garganta. —¿Crees que tiene algo que ver con esto?

Marcus gimió y se pasó una mano por la cara.

—No sé. Probablemente me estoy agarrando a un clavo ardiendo.

—Espera. Déjame revisar algo.

Segundos más tarde, Zur regresó en la línea.

—Lo pasamos por alto. Estuvo allí todo el tiempo, pero no cavamos lo suficientemente profundo.

—¿Qué?

—Unos años atrás, cuando Walter Kingston trabajaba como abogado penal, representó a alguien a quien ambos conocemos.

—Déjame adivinar. Rufus Delaney.

—El mismo.

—Mierda... —Marcus apagó el motor.

—Escucha, Marcus, tan pronto como cuelgue el teléfono y obtenga una orden judicial, voy a hacer que uno de nuestros técnicos en informática revise sus registros bancarios.

—¿Crees que fue él quien le pagó a Delaney?

—Tracey dijo que alguien le prestó el dinero. Sabemos que Wesley Kingston no tiene nada. Papá Kingston es la segunda mejor opción. Vamos a enviar un coche a la casa de Kingston para recogerlo.

—Él no está allí.

—¿Qué? ¿Dónde diablos está?

Marcus se apeó del coche y cerró la puerta.

—Entró en la casa de Rebecca hace más de veinte minutos. Voy a entrar.

—No, quédate donde estás. En tu vehículo. Voy a tener coches allí con refuerzos en menos de diez minutos.

Marcus cruzó la calle.

—Él está allí con ella ahora.

—¡Permanece en tu coche!

—Lo siento, John. No puedo hacer eso. Rebecca está en peligro.

—¡Espera!

Pero él ya no estaba escuchando.

Metiendo su teléfono celular en el bolsillo, Marcus se dirigió hasta la acera. Al principio pensó en apresurarse por la puerta principal, pero el sentido común se impuso. ¿Qué pasaría si Walter Kingston tenía una pistola? No. Su mejor oportunidad de salvar a Rebecca era utilizando el elemento sorpresa.

Trepó por la ventana de la sala. Las luces de la cocina y una lámpara cerca de la puerta iluminaban la habitación. No había ninguna señal de Walter Kingston. O de Rebecca.

Se trasladó hacia la puerta principal, giró el pomo y dejó escapar un suave respiro cuando se abrió. Deslizándose dentro la casa, cerró la puerta con cuidado. Luego escuchó. Alguien se movía en el otro extremo de la casa.

Con pasos cautelosos, se introdujo en la casa. Gracias a su visita anterior, conocía la distribución de la planta. Las habitaciones estaban en la parte trasera. Ahí es donde encontraría a Kingston y a Rebecca.

Al pasar por la cocina, vio un frasco de pastillas sobre el mostrador. Estaba volcado, con un montón de pequeñas píldoras azules alrededor. Había una tetera junto a ambos.

¡Mierda! La ha drogado.

Avanzando de puntillas por el pasillo, Marcus se asomó dentro de la habitación de Colton. Estaba exactamente como la había visto la última vez, con ropa y equipo deportivo extendidos por todo el piso, incluyendo un palo de hockey desgastado.

Eso servirá.

Entró en la habitación, cogió el palo y siguió por el pasillo, con el palo de hockey en alto.

—¿Qué estás haciendo? —escuchó decir a Rebecca desde el interior de su dormitorio.

Los sonidos de su voz arrastrada combinada con el agua corriente le causaron escalofríos a Marcus. *Ya voy, Rebecca. Aguanta.*

—Relájate, Rebecca —respondió Walter Kingston.

Marcus contuvo una maldición. Luego se acercó a la puerta de la habitación, que estaba abierta una pulgada, y escudriñó el interior. La habitación estaba vacía, pero había sombras bailando desde la puerta abierta del baño.

Se adentró rápidamente en la habitación. Escrutó su entorno, desesperado por encontrar una manera de sorprender a Kingston con la guardia baja. Tenía que sacarlo del baño, alejarlo de Rebecca. ¿Pero cómo?

Un ordenador portátil descansaba sobre la cama, la pantalla estaba encendida. ¿Kingston la habría atrapado en la cama revisando sus e-mails?

Marcus se acercó al portátil, y cuando leyó el documento que exhibía, su estómago se hizo nudo. Era una nota suicida, de Rebecca. O Kingston la había tecleado, o había obligado a Rebecca a hacerlo.

Escuchó sonidos de salpicaduras provenientes del cuarto de baño.

—¡No! —gritó Rebecca. —¡Detente!

Marcus se volvió hacia el pasillo, casi tirando la computadora portátil. Olvidando su plan anterior para atraer a Walter Kingston de nuevo hacia el dormitorio, se precipitó hacia la puerta.

Lo que vio hizo que su corazón se detuviera.

Rebecca estaba en la bañera, con la ropa puesta, mientras que Walter Kingston mantenía su cabeza debajo del agua con una mano. En la otra mano sostenía una navaja de hoja recta.

Marcus habría intentado darle un golpe en la cabeza con el palo, pero al escuchar ruido de pasos Kingston se dio la vuelta, con los ojos fijos en Marcus, el cuchillo contra la parte posterior del cuello de Rebecca.

—¡Suéltala! —gritó Marcus. —Se acabó, Sr. Kingston. La policía está en camino.

La cabeza de Rebecca todavía estaba bajo el agua.

—Deja ir a Rebecca —dijo de nuevo, acercándose más.

Kingston levantó la hoja.

—¡Atrás! No sé quién eres, pero esto no te incumbe. —Tiró de la cabeza de Rebecca, y ella tragó una bocanada de aire. —Todo es su culpa.

Marcus bajó el palo de hockey y alzó su otra mano hacia él para detenerlo.

—Escucha, Rebecca no hizo nada más que casarse con tu hijo.

—¿Wesley? —El hombre se burló. —Él no es mi hijo. Es un alfeñique.

—La policía lo sabe todo. Van a estar aquí en cualquier momento. Si te alejas de ella y bajas la navaja, las cosas no empeorarán para ti.

—¿Empeorar? Tracey está muerta. Wesley está en la cárcel. Y ese bastardo de Rufus probablemente esté cantando como un puto canario. —Kingston apretó los labios. —Así que, ¿cómo podrían empeorar las cosas? —Blandió la hoja directamente debajo de la barbilla de Rebecca y un hilo de sangre apareció.

Marcus se encogió.

—Deja ir a Rebecca, Walter. Los niños la necesitan.

—Es demasiado tarde, Sr. Quien-quiera-que-seas.

—S-superhéroe —musitó Rebecca, arrastrando las palabras.

Marcus frunció el ceño. *Kingston debe haberla drogado.*

A medida que la cabeza de Kingston se giraba hacia ella, Marcus se lanzó hacia adelante, pero Kingston debió haberlo oído porque el hombre se dio la vuelta y le lanzó un zarpazo con la navaja. La hoja alcanzó el brazo de Marcus, rompiendo la tela de su chaqueta y cortando a través de la piel. La sangre brotó de la herida.

Marcus gruñó una maldición y golpeó la hoja fuera de la mano del hombre. Ésta repiqueteó por el suelo. Kingston soltó un rugido y se precipitó hacia Marcus, derribándolo con una agilidad sorprendente. El palo de hockey voló de la mano de Marcus y rodó por el suelo del baño, ambos luchando por conseguir la ventaja.

Marcus encajó un puñetazo en la mejilla izquierda de Kingston.

El hombre cayó, pero no se quedó abajo. Sin previo aviso, Kingston agarró a Marcus y lo inmovilizó contra el suelo.

Antes de que Marcus se diera cuenta de lo que había sucedido, el hombre estaba encima de él, sus manos alrededor de la garganta de Marcus, apretando.

Marcus se quedó sin aliento, y su visión se distorsionó. Oh Dios, Rebecca...

Parpadeó y vio un movimiento cerca de la bañera.

Entonces vio un trozo de palo de hockey descendiendo a través del aire. Hizo un sonido repugnante cuando se estrelló contra la parte posterior de la cabeza de Kingston. Los ojos del hombre rodaron hacia atrás y su boca se abrió como si quisiera decir algo. Luego se dejó caer hacia delante, su cara apenas a unas pulgadas de la de Marcus.

Marcus salió a gatas de debajo de Kingston. Al presionar dos dedos contra el cuello del hombre, sintió un pulso débil.

—¿Está muerto? —preguntó Rebecca con voz temblorosa.

—No.

La escuchó soltar una respiración contenida. Sus hombros cayeron y la alcanzó mientras se desplomaba en el suelo ensangrentado. Alzándola en sus brazos, él salió del baño y la depositó en la cama.

—¿Crees que algún día terminarás de rescatarme? —preguntó ella con una voz aturdida.

—Probablemente no, si no puedes dejar este hábito de drogas que tienes. Cuando ella lo miró con confusión, agregó, —Es la segunda vez que alguien ha tratado de drogarte. —Él sonrió, luego la abrazó y le besó el pelo. —Pensé que estabas muerta.

—Al parecer, no soy tan fácil de matar —masculló.

Oyeron gritos procedentes de la parte delantera de la casa. La caballería había llegado.

—¿Marcus? —gritó alguien.

—John Zur —le dijo Marcus a Rebecca. Luego gritó: —¡Estamos aquí atrás! Kingston está inconsciente.

Mientras las pisadas retumbaban por el pasillo, Rebecca se quedó mirando el palo de hockey roto en el suelo.

—Le debo a Colton un palo de hockey.

Él sonrió.

—Le compraremos todo un equipo nuevo.

—Estás sangrando —dijo con un suspiro.

Él miró su brazo. Un grueso rastro de sangre rezumaba por debajo de su manga y goteaba sobre el suelo.

—Es una herida superficial. No te asusta un poco de sangre, ¿verdad?

Cuando ella negó con la cabeza, él dijo:

—Bien. —Luego la abrazó.

50

Luego de que Walter fue arrestado y la casa se vació, Rebecca se cambió a una muda de ropa abrigada, y después se unió al detective Zur y a Marcus en la mesa de la cocina. Marcus ya había hecho café. Ella se sirvió una taza y bebió, luchando contra las lágrimas que ardían en sus ojos.

—Gracias a Dios que no terminaste el té —dijo Marcus, negando con la cabeza lentamente.

Todavía aturdida, lo miró pero no dijo nada. Ella sabía lo cerca que había estado de la muerte. Unos sorbos más y habría sido el final. Walter hubiera tenido éxito ahogándola.

El detective Zur se sentó frente a ella.

—Su suegro va a estar fuera de circulación por un largo tiempo, señora Kingston.

—Por favor. Llámeme Rebecca. Ese nombre... —Se estremeció.

—Por supuesto. —El detective puso una mano sobre la de ella. —Rebecca.

—Parece que Walter Kingston se tomó demasiadas molestias sólo para recuperar el dinero para los préstamos que les concedió a Tracey y Wesley —murmuró Marcus.

—Es por eso que nunca lo consideramos sospechoso. El tipo estaba forrado.

—Lo que todavía no puedo comprender es la razón por la que a

Walter le interesaba tanto sacarme del camino —dijo ella. —Él no necesita el dinero. Y no tenía ninguna razón personal para quererme... muerta.

—Hay otra razón —respondió el detective Zur.

Rebecca frunció el ceño.

—¿Cuál?

—Esto es lo que hemos sido capaces de reconstruir. Walter Kingston estaba trabajando en un importante acuerdo de fusión con dos minoristas de libros electrónicos muy conocidos, uno de Canadá, el otro de los EE.UU. Hubiera sido una gran noticia, especialmente para la compañía canadiense que Walter representaba. Gastó miles de dólares en investigación, los cuales habría recuperado una vez que concluyera la fusión. Por no mencionar que ganaría una suma considerable por cerrar el trato.

—¿Pero qué tiene eso que ver conmigo?

—Todo comenzó con Wesley.

—Su adicción al juego —supuso.

—Wesley había pedido dinero prestado a su padre para pagar sus deudas de juego, luego incurrió en más deudas. Fue entonces cuando Tracey Whitaker acudió a Walter y le transmitió lo que Wesley le había contado de la herencia que recibiste de tu abuelo.

—El dinero *de los niños* —corrigió ella.

—Sí. Ella lo convenció de que, contigo fuera del cuadro, Wesley podría hacerse con ese dinero, pagar sus deudas y pagar los préstamos a Walter. Él sabía que tenía que hacer algo para ayudar a Wesley, ya que si se corría la voz acerca de la adicción al juego de su hijo, la empresa se retiraría de la fusión, y…

—Y la compañía canadiense despediría a Walter —terminó.

El detective asintió.

—Exactamente. Kingston perdería millones en el trato.

—Así que él fue quien contrató a Rufus Delaney para que me sacara de la carretera.

—Sí. Y cuando esto falló, le pagó a Tracey para que te drogara en el hospital.

Rebecca recordó las palabras de Tracey. *"Así es como él lo quería, como lo planeó. Él le pagó ese tipo para sacarla de la carretera. Me dijo que yo tenía que terminarlo, que entonces sí íbamos a conseguir el dinero de seguro. No había otra manera de poder pagar el maldito préstamo".*

—En el hospital, —dijo ella, —justo antes de que le dispararan, creímos que estaba confesando que Wesley había sido su socio en el crimen.

—Pero se refería a su padre —dijo Marcus.

Rebecca pensó en Wesley, en su matrimonio, en todas las mentiras. Sus hijos casi habían pagado el precio por su comportamiento. ¡Nunca más!

—La vida no es todo sol y rosas, ¿verdad? —dijo Marcus.

Ella sacudió su cabeza.

—Tal vez sea hora de empezar una nueva vida. —Ella lo miró a los ojos. —Nosotros dos.

—Es hora de irme —dijo el detective. —Ustedes dos pueden venir por la mañana, y tomaré sus declaraciones. Ambos lucen como si hubieran ido al infierno.

—Y de vuelta —Marcus estuvo de acuerdo.

—Debes ir al hospital para que te revisen. Vas a necesitar puntos de sutura en el brazo.

—Más tarde. En este momento, John, quiero sentarme un rato y relajarme.

El detective Zur miró a Rebecca y rodó los ojos.

—Es un tipo muy duro. Asegúrate de que se cuide. No aceptes un 'no' por respuesta.

Rebecca sonrió.

—No lo haré. Yo misma lo llevaré.

Marcus soltó un resoplido y ella se giró.

—¿Qué? ¿Estás sugiriendo que no soy buena conductora?

—Mira a donde te llevó tu último viaje.

—Ja, ja, Sr. Sabelotodo.

Él le sonrió, y sus ojos se iluminaron.

—Creí que era el señor Superhéroe.

—Sospecho que voy a lamentar ese comentario.

—Está bien, está bien —dijo él, agitando sus manos en el aire. — Puedes conducir mi coche. Sé que no me dejarás en paz a menos que vaya.

Rebecca miró sobre su hombro para decirle algo al detective, pero él ya se había ido.

—Dame las llaves —le dijo a Marcus. —Prometo no conducirnos dentro de un río.

51

Marcus dejó la sala de revisión del hospital sintiendo una extraña ligereza en su paso y una ingravidez en su cuerpo. Ni siquiera se había dado cuenta de que había estado conteniendo la respiración hasta que la soltó, poco a poco, de manera uniforme.

Todo había salido bien. Un médico de urgencias había ordenado unas radiografías de sus manos y cara, pero dijo que no había nada roto. Le había remendado los recortes, cosido el brazo y le advirtió que se sentiría peor por la mañana.

Estupendo. Sin tomar nada más fuerte que el Tylenol, mañana sería un día desagradable. Con la excepción de ver a Rebecca.

Sonrió y marcó el número de su teléfono celular.

—Estoy listo.

Ella había querido esperar con él, pero él había insistido en que la larga espera y los exámenes subsecuentes no serían muy divertidos, y le sugirió que visitara a sus hijos. Se imaginó que su hermana se haría cargo de ella durante las pocas horas que él estaría en el hospital.

—Mi hermana quiere conocerte —dijo ella.

—No soy muy bueno con las familias.

Ella rió.

—Lo harás bien. Kelly ya te tiene en un pedestal de oro.

—Tú sí que sabes cómo tranquilizar a un hombre —le dijo irónicamente.

—Vamos, Marcus. Será divertido. Tomaremos el almuerzo mañana con los niños, Kelly y Steve después ver al detective Zur.

Él sonrió.

—Suena como una cita.

Hubo una larga pausa en el otro extremo de la línea.

—Almorzar juntos mañana suena bien, Rebecca.

—Nos vemos en veinte minutos.

—En realidad, hay un lugar al que necesito ir. Tomaré un taxi a tu casa después, para recoger mi coche. —Después que ella expresó conformidad, colgó.

Durante el examen, todo en lo que podía pensar era en Rebecca, y lo cerca que todos habían estado de la muerte. Eso ponía las cosas en perspectiva. La vida era corta. La muerte podría llegar en cualquier momento.

Luego de que Walter Kingston intentara ahogar a Rebecca, Marcus se dio cuenta de que algo había cambiado en su propia vida. Por fin podía respirar. Era como si hubiera estado sumergido, perdido, pero ahora un interruptor había sido girado. Era como si le hubieran dado una nueva oportunidad de vida... y más. Una nueva relación que nunca había esperado, pero tenía muchas ganas de explorar.

Sin embargo, antes tenía que limpiar su antigua vida. Había dejado demasiados asuntos sin terminar.

Es hora de quemar la caja de madera.

Esta vez, sabía que lo haría. Vería la maldita cosa arder hasta que todo lo que quedara de ella fuera un montón de cenizas. Había terminado de aferrarse al pasado. Terminado con las drogas. Terminado con los fantasmas. Tan pronto como llegara a su casa, encendería un fuego en la chimenea.

Polvo al polvo, cenizas a las cenizas...

En el pasillo cerca de la estación de enfermeras vio un teléfono público. ¿Debería hacer la llamada?

"Es hora de iniciar una nueva vida", había dicho Rebecca.

Pero antes de que pudiera hacer eso, tenía que decirle adiós a la antigua.

Cogió el auricular y marcó un número. Cuando su ex suegra respondió, tomó una respiración profunda.

—Mamá, eh... ¿Wanda? Soy Marcus. Quería hacerte saber que voy a asistir al homenaje para Jane.

—Eso es maravilloso —dijo Wanda.

—Yo... voy a llevar un invitado, si eso está bien.

—Por supuesto. ¿Se trata de alguien que conozco?

—No, es alguien que conocí hace poco....

—¿Una mujer? —Había sorpresa en la voz de Wanda, y algo

parecido a la alegría.

—Sí —dijo. —Rebecca.

Se efectuó una larga pausa. ¿Se habría molestado Wanda con él?

—Marcus —dijo —Estoy muy aliviada al oír que ya estás listo para seguir adelante.

—¿Qué?

—Jane querría que fueras feliz, querido. Y también Ryan. Ninguno de los dos querría que estuvieras solo en este mundo.

La respuesta de Wanda no había sido para nada como él había esperado.

—Gracias, mamá.

—Siempre serás mi hijo, Marcus. En mi corazón. Le diste a mi hija los mejores años de su vida.

—Y algunos no tan buenos —le recordó.

—Jane nunca se enfocó en eso. Ella te amaba. Tú la amabas. Sólo desapareciste por un tiempo. Y has estado perdido desde que ella y Ryan murieron.

Marcus bajó la cabeza y le dio la espalda a la estación de enfermeras, mientras se limpiaba una lágrima rebelde.

—¿Así que, me perdonas?

—Por supuesto, querido. Te perdoné hace años. Y también Jane y Ryan. La pregunta es, Marcus, ¿te has perdonado a ti mismo?

—Lo hice.

Al colgar, Marcus se dio cuenta de que le había dicho la verdad a Wanda por primera vez en seis años. Se había perdonado. Otra revelación lo golpeó. Su nueva vida por fin había comenzado.

Pero primero había unos cuantos cabos sueltos que necesitaba atar.

* * *

—Mi nombre es Marcus —dijo, siguiendo el ritual de décadas de antigüedad, —y soy adicto a las drogas.

Se tomó un momento para examinar las caras de las personas que lo comprendían, aunque todos eran extraños a excepción de Leo, que estaba sentado en la primera fila. Estas personas provenían de todos los ámbitos de la vida. Algunos eran jóvenes, algunos mayores. Hombres, mujeres, no importaba. La adicción no discriminaba.

—Hasta hoy —dijo, —he escuchado mientras que otros compartían sus historias. Los he admirado por su coraje, algo de lo que he carecido por demasiado tiempo. —Pensó en el grupo de NA en Edson. —He escuchado egoístamente mientras desnudaban sus almas, sin una sola vez brindarles el mismo respeto. Y por eso me arrepiento profundamente.

Inclinó la cabeza y respiró hondo. Luego levantó los ojos y miró los rostros de los hombres y mujeres valientes que conocía, imbuyéndose de su fuerza y recordando las sabias palabras de Leo: *"La admisión es buena para el alma."*

—La primera vez que utilicé drogas —comenzó Marcus, —fue como una excusa para permanecer alerta, mantenerme despierto. Racionalicé mi comportamiento, diciéndome a mí mismo que quería salvar vidas. Era paramédico. Robé drogas para alimentar mi hábito. Falsifiqué firmas en talonarios de recetas que les robaba a los médicos con los que trabajaba. Traicioné su confianza, y la de todo el mundo, todo el tiempo diciéndome a mí mismo que podía detenerme en cualquier momento. Que no era gran cosa.

Su audiencia estaba paralizada, cada uno identificándose con el argumento al que todos los adictos recurren: las excusas.

—Traté de dejarlo después de que mi esposa y mi hijo murieron. Los maté, o al menos eso era lo que siempre había pensado.

Hubo gemidos de asombro de algunos de los nuevos miembros.

—No los maté con mis propias manos, pero no importa. Mis acciones, el consumo de drogas condujo a sus muertes. En ese tiempo, me convencí de que lo tenía bajo control, que las drogas no estaban afectando mi la vida. Me estaba engañando a mí mismo. Sinceramente, creía que podía dejarlo en cualquier momento y que sólo estaba usando para tener un mejor desempeño. Estar alerta, actuar con rapidez.

Captó la mirada de Leo. Su amigo conocía el juego. Lo común que era para los paramédicos y otras personas con empleos de alta tensión tomar algo para mantenerlos alerta. La mayoría empezaba con bebidas de alta energía. Cuando estas dejaban de funcionar, escalaban a pequeñas combinaciones, cosas con codeína y cafeína por lo general. Después comenzaba el robo. Leo y Marcus habían sido ladrones ingeniosos.

—Fui arrogante y estúpido —dijo Marcus. —Traté de separarme físicamente de Jane y Ryan, pensando que así estarían más seguros. Eso fue un error. Uno que nunca, *jamás* podré enmendar.

Una mujer joven en la primera fila hizo un gesto de comprensión.

—Mi esposa estaba preocupada cuando me fui para despejar mi cabeza —continuó. —Ella trató de llamarme, pero no respondí mi teléfono. —Su voz se quebró. —Si tan sólo hubiera contestado. Tal vez podría haberla convencido de quedarse en casa. Pero en cambio, Jane y Ryan manejaron desde Edmonton a Cadomin bajo una lluvia torrencial, con visibilidad casi nula.

Mientras se armaba de valor, Leo asintió despacio. En ese instante, Marcus supo que era hora de soltar la terrible carga que había estado guardando cerca de su corazón. El secreto que le impedía vivir. La culpa que residía en su alma.

—Golpearon una placa de hielo y agua —dijo en voz baja. —El coche se salió de control y se volcó. No había otros vehículos a la vista cuando se volcaron y aterrizaron en una zanja llena de un metro y medio de agua helada.

Murmullos de compasión llenaron la habitación.

—Sigue adelante —lo impulsó Leo desde la primera fila.

—Jane y Ryan se ahogaron. Ya estaban muertos cuando los equipos de rescate los encontraron. —La voz de Marcus se tornó amarga. —Murieron porque venían a salvarme.

Durante mucho tiempo después, él había pensado que no valía la pena salvar su vida, y si no hubiera sido por Leo, probablemente estaría muerto. Y estaría con Jane y Ryan. Ese pensamiento se burlaba de él día y noche. En sus sueños. En sus pensamientos de vigilia. Había días en que anhelaba que fuera verdad.

—Murieron hace seis años —dijo, mirando a los ojos de Leo. —Y durante mucho tiempo quise morir. Pero alguien me recordó que la vida es para los vivos.

Vio a Leo contener las lágrimas. Lo mismo hacían algunos otros en el grupo.

—No ha sido fácil —dijo con un suspiro. —Todavía pienso en drogarme. Todavía lo anhelo. Y he tenido recaídas. Todavía cargo el peso de la culpa, pero estoy tratando de aceptar que yo no los maté. Fue un accidente, una terrible tragedia. Podrían haber muerto yendo al supermercado. —Cerrando los ojos, se imaginó la sonrisa atractiva de Jane y sus brillantes ojos color esmeralda. —Si algo me enseñó Jane, fue cómo vivir. Y todavía estoy vivo. Estoy aquí, y ellos no. Sobreviví. Me dieron el regalo de la vida, y no puedo desperdiciarlo.

Su mirada recorrió los rostros serios, rostros que ahora sabían exactamente dónde había estado, lo que había hecho. Había esperado encontrar condena en sus expresiones, pero lo que encontró fue perdón y comprensión.

—Un día a la vez.

Sus palabras fueron repetidas en voz baja por el grupo, y él se alejó del podio.

—Lo hiciste bien, hombre —susurró Leo mientras Marcus se sentaba.

—Sobreviví, Leo. —Su voz estaba llena de emoción y las lágrimas fluían libremente por sus mejillas.

* * *

Cuando Marcus se presentó en la casa de Rebecca, echó una mirada a sus ojos enrojecidos y lo abrazó.

—Puedes contarme más tarde —dijo. —Por ahora, simplemente relájate. Han sido unos días muy largos. Vamos. —Ella tiró de su mano.

—¿A dónde vamos?

—A mi cuarto.

Aunque su mente era un lío de pensamientos confusos, no discutió cuando ella lo condujo dentro de la casa. Su cuerpo se sentía como puré, como si se fuera a doblar sobre sí mismo en cualquier momento. Con cada paso sentía como si un peso de plomo hubiera sido atado a sus tobillos. Con la luz del pasillo para guiarlos, llegaron a la habitación.

Rebecca encendió una lámpara, luego retiró el edredón y la sábana.

—¿Estás tratando de llevarme a la cama? —dijo él con una sonrisa sardónica.

Ella arqueó una ceja.

—Tu talento para la deducción es alucinante. Ven aquí.

Rodeó por el lado de la cama, y ella comenzó a desabrocharle la camisa, con cuidado de no mover los vendajes que rodeaban su brazo.

Besó su pecho.

—Esta noche vas a dormir como un bebé.

Con movimientos cuidadosos le desabrochó los pantalones, lo que pareció sacarlo de la niebla en que se encontraba. Se quitó los pantalones y los calcetines, y se acercó a ella. Pero ella le apartó la mano.

Confuso, dijo:

—¿No vamos a...? —Él movió las cejas arriba y abajo.

—No.

—¿De verdad?

—De verdad.

—Así que vamos a…

—Dormir, sí. Tendremos un montón de tiempo para estar juntos una vez que tu brazo haya sanado. Y mis costillas.

—Pero eso va a tardar semanas. ¿Qué haremos en nuestras próximas citas hasta entonces?

Ella lo empujó hacia la cama.

—Duerme. O no habrá otra cita.

Él sonrió.

—Eres una negociante muy dura, mujer.

Vestido en calzoncillos, Marcus se metió debajo de las sábanas. Se sentían frescas, sedosas. Había olvidado esa sensación.

Rebecca se desvistió hasta quedar en sujetador y bragas, sus propias lesiones ocultas por las vendas.

—Hacemos una gran pareja —dijo él irónicamente.

Ella se rió, luego se acostó a su lado. La atrajo hacia sí, apoyando la mano en su cadera.

Ella lo observó con una expresión de preocupación en sus ojos.

—Duerme, Marcus.

Lo peinó con los dedos y él se estremeció. Su toque era reconfortante, y suspiró. La miró durante un largo rato, observando de cerca sus párpados pálidos cerrarse, sus labios entreabrirse y las líneas de su frente suavizarse y desaparecer.

Escuchó su respiración lenta y firme. Dentro... fuera... dentro... fuera. El sonido de la vida.

Él cerró los ojos.

Esta vez, ninguna imagen inquietante lo visitó. Era libre de los recuerdos del pasado que lo habían atormentado. Libre del peso de culpa que había sumergido su vida por completo, drenándolo de energía y deseos de vivir. Era como si hubiera emergido a la superficie y pudiera ahora, por fin, respirar.

Y por primera vez en más de seis años, Marcus durmió.

Epílogo

Edson, Alberta - Viernes, 19 de de julio de 2013 - 19:30

Llamaron a la puerta delantera de Marcus.

Arizona ladró y gimió.

—Arizona —advirtió Marcus. —Espero que te comportes como la dama que eres. —La perra ladeó la cabeza hacia un lado como si estuviera meditando sus palabras.

Él respiró hondo y cuadró los hombros como si se preparara para la batalla. Se dirigió a la puerta, la abrió y perdió la voz al contemplar la imagen etérea en el umbral. Algunas hebras de cabello rubio flotaron debido a una ligera brisa, luego se agitaron hasta hombros de Rebecca.

Habían estado saliendo desde hacía un mes, cada vez en Edmonton, en lugares públicos. Al principio se habían reunido para tomar café. Luego para almorzar. Hablaban de todo, del marido Rebecca y su inminente divorcio, el juicio pendiente en contra de Walter Kingston, y la vida junto a Jane y Ryan.

Marcus se había sentido más que un poco sorprendido por la cálida bienvenida que él y Rebecca habían recibido en el homenaje a Jane y Ryan, especialmente después de que él se puso de pie frente a toda la familia y les habló de su adicción. Encontró perdón allí, algo que no había esperado.

—Hola —dijo, aturdido.

Hubo una pausa incómoda antes de ella dijera:

—¿Vas a dejarme entrar?

—Por supuesto. —Con ganas de patearse a sí mismo, Marcus abrió la puerta y ella se introdujo en el interior. —Lo siento. Ha pasado mucho tiempo desde que... desde que yo... ya sabes.

Rebecca alzó una ceja.

—¿Qué? ¿Preparaste la cena?

—Tuve una visita. En una cita.

—¿Eso es lo que es esto? —Sus ojos azules eran luminiscentes.

Él rió.

—Tenemos problemas para definir esa palabra, ¿verdad?

—Estoy hambrienta. —Lo tomó del brazo. —Te sigo.

Arizona se quejó.

—Ésta es Arizona —dijo él. —La otra hembra en mi vida.

—Hey, Arizona —dijo Rebecca, sacando un bastón de carnaza de su bolsillo. —Tengo un regalo para ti.

Arizona empujó la nariz bajo la mano de Rebecca, una demanda silenciosa de atención. Era curioso, Arizona normalmente no hacía eso con desconocidos.

La comida que Marcus había preparado resultó perfectamente. Filetes marinados a la parrilla con salsa de barbacoa, camarones jumbo fritos estilo cajún, mantequilla y jugo de limón como aderezo, y una ensalada César. Para el postre sin embargo, había hecho trampa; había comprado un pastel de frambuesa con crema de la tienda de comestibles.

Después de la cena, se relajaron en el sofá de la sala de estar. Bebiendo un vino de bayas sin alcohol de Saskatoon, hablaron de sus sueños y metas. Rebecca compartió con él su entusiasmo por iniciar su propio negocio, una hostería en algún lugar de Alberta. Él compartió su idea de encontrar algo diferente, algo demandante pero menos estresante. Pero aún tenía dudas acerca de su futuro.

—¿Crees que alguien como yo pueda encontrar la redención? —preguntó.

—Sí.

Sus palabras provocaron que su armadura se hiciera pedazos. ¿Podría ser verdad?

—¿Has hecho las paces con Wesley? ¿Con su matrimonio?

Ella asintió.

—Él me dejó hace mucho tiempo. En espíritu, por lo menos.

—Wesley no valoró lo que tenía. Yo sí lo haré.

—Lo sé.

En ese momento Marcus supo exactamente lo que quería para su futuro. A Rebecca. Quería el paquete entero, a Ella y Colton también. La idea hizo que su corazón saltara.

—Ven conmigo —dijo, tirando de su mano. —Tengo algo que mostrarte.

—¿Qué?

—Ya lo verás. —Se dirigió al armario y sacó su chaqueta. —Hace un poco de frío fuera.

—¿Vamos a dar un paseo?

Arizona soltó un ladrido.

—Oh-oh, —dijo, sonriendo. —Dijiste la palabra mágica.

Abrochó la correa de Arizona y se dirigieron afuera.

—Por aquí —dijo. —La última casa a la izquierda.

Ella soltó una risa nerviosa.

—Suena ominoso.

Caminaron tomados del brazo hasta que llegaron a la final de la calle.

—¿Qué hay ahí abajo? —preguntó ella, mirando hacia el bosque.

—Un barranco con un arroyo. Es muy bonito a la luz del día. No es muy seguro por la noche. Los adolescentes pasan el rato allí, fumando, consumiendo drogas, a menos que los eche. He estado tratando de deshacerme la chusma.

—¿Eso te tienta… las drogas?

—Algunos días.

Ella lo observó con gran intensidad.

—Eres un hombre muy honesto, Marcus.

—Lo intento.

—Entonces, ¿cuál es esta sorpresa de la que hablabas?

Él apuntó hacia la casa de estilo victoriano con jardines exuberantes.

—¿Qué piensas?

—Es hermosa. Muy bien cuidada. Encantadora. —Ella lo encaró, pareciendo aún insegura. —¿Conoces al propietario?

—Lo hice. La Sra. Landry murió hace unas pocas semanas. La casa está a la venta. ¿Qué te viene a la mente cuando la miras?

Ella sonrió.

—Eso es fácil. Está cerca de la carretera, pero también cerca de un barranco. Sería una hostería perfecta.

—Eso es lo que estaba pensando.

La miró a los ojos, atrapado en las emociones agitadas que veía allí. Felicidad. Emoción. Duda.

—No sé, Marcus...

—Yo sí. —Le sujetó las manos y las besó. —Por primera vez en mucho tiempo, sé exactamente lo que quiero.

Permanecieron en silencio, demasiado asustados para hablar. Temerosos de arruinar el momento, y todas las posibilidades.

—¿No te parece que estamos apresurando las cosas? —preguntó ella.

—¿A ti sí?

—Extrañamente... no. —Levantó la cara y él la besó.

—Vi a Jane y a Ryan hace unas noches —dijo. —En mis sueños.

Ella lo abrazó con fuerza.

—¿Fue terrible?

—No. Ellos vinieron a decir adiós. Dijeron que ambos están en paz ahora y quieren lo mismo para mí.

—¿Marcus? —dijo Rebecca con voz vacilante. —Hay algo que no te he contado. Acerca de Jane.

—¿Qué?

—Justo antes de que Tracey Whitaker me visitara en la habitación del hospital, oí una voz de mujer. Ella me consoló, diciéndome que mantuviera la calma. Esa misma voz me visitó cuando Walter vino a mi casa y trató de matarme.

—¿Crees que fue Jane? —dijo él.

—¿Quién más podría ser? Dijiste que seguías viéndola, así que ¿por qué sería tan raro si yo la hubiera escuchado?

Él no supo qué decir.

Caminaron de regreso a su casa en silenciosa reflexión. En vez de ir adentro, la condujo alrededor de la casa, al patio trasero.

—Espera aquí. Ya vuelvo.

Dentro, sacó la caja de madera de su escondite. Luego se dirigió al exterior, donde abrió la caja y le mostró su contenido. Los fármacos, la aguja. Su vergüenza, su culpabilidad. Estos últimos se derramaban fuera de la caja, invisibles pero potentes.

—Es el momento de deshacerme de esto —dijo.

Bajó la caja sobre la hoguera. Sacó un encendedor de su bolsillo, encendió la leña debajo de la caja y se quedaron de pie a unos pocos metros de distancia, observándola arder, chisporrotear y quemarse.

—Pasé mucho tiempo escondiéndome de la verdad —dijo. —Era bueno en eso. Ocultando cosas. Sumergiéndome en la culpa.

Rebecca tomó su mano.

—Nunca tendrás que esconderte de mí.

La besó de nuevo, pensando en la complejidad del destino. En su búsqueda para encontrar a Rebecca y a sus hijos, ellos lo habían encontrado. Y ahora el mundo se abría ante él con todas sus infinitas posibilidades.

~ * ~

Si te ha gustado este libro, por favor considera escribir una breve reseña y publicarla en tu sitio favorito de opinión. Los comentarios son muy útiles para otros lectores y son muy apreciados por los autores, especialmente por mí. Tras comentar, mándenme un correo electrónico y házmelo saber, así puedo publicar parte del comentario en mi blog / sitio. Gracias.

Cheryl

cherylktardif@shaw.ca

Aquí está un extracto del thriller éxito de ventas internacional de Cheryl,

LOS NIÑOS DE LA NIEBLA

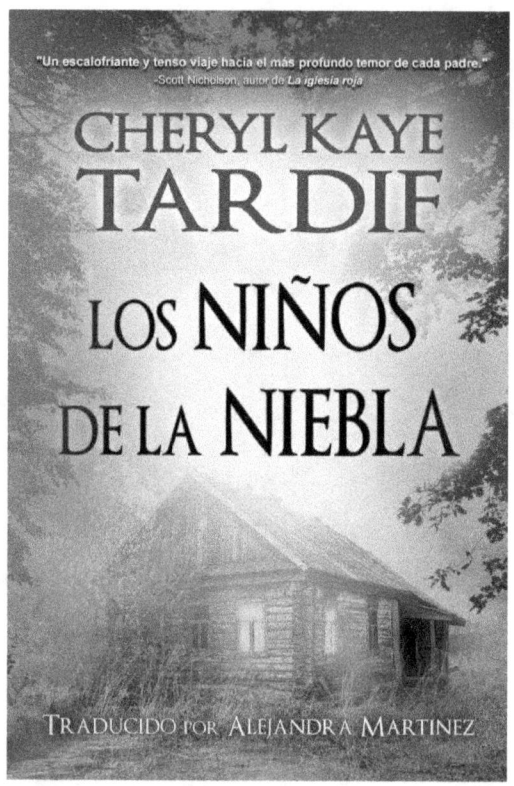

Prólogo

14 de mayo de 2007

Ella estaba dispuesta a morir.

Se sentó en la mesa de la cocina, con un vaso medio vacío del preciado vino tinto de Philip en una mano, y una pistola cargada en la otra. Mirando el trozo de metal extraño, deseó que desapareciera. Pero no lo hizo.

Sadie comprobó la pistola y notó la única bala.

—Una es todo lo que necesito.

Si lo hacía bien.

Puso la pistola en la mesa y miró la fotografía enmarcada en estaño que colgaba descentrada por encima del manto de la chimenea. Estaba iluminada por una vela con aroma a vainilla, una de las muchas que lanzaban sombras parpadeantes sobre las paredes de madera áspera de la cabaña.

El dulce rostro de Sam la miraba, sonriendo.

Vivo.

Desde donde estaba sentada, podía ver la pequeña desportilladura en su diente frontal derecho, resultado de un impaciente padre retirando las ruedas entrenadoras demasiado pronto. Pero no tenía sentido culpar a Philip, no cuando ambos habían perdido tanto.

No cuando todo es culpa mía.

Su mirada recorrió el manto. Había tres objetos sobre él además de la vela. Dos sobres, uno dirigido a Leah y uno a Philip, y el portafolio que contenía el disco con las ilustraciones y el manuscrito para el libro de Sam.

Ella lo había terminado, como había prometido.

—Y las promesas no se rompen. ¿Cierto, Sam?

Una sola lágrima quemó mientras bajaba por su mejilla.

Sam se había ido.

¿Qué razón tengo para vivir ahora?

Engulló el último trago acre de Cabernet y dejó caer la botella vacía. Ésta rodó bajo la silla, sin romperse, en el suelo de madera. A continuación, todo quedó en silencio, salvo el antiguo reloj de pie en la esquina más lejana. Su tictac le recordó al zapato del payaso. El que tenía la tachuela.

Tick, tick, tick...

El reloj arrojó un ominoso gong.

Era casi medianoche.

Casi la hora.

Dibujó un símbolo de infinito en el polvo de la mesa.

∞

—Sadie y Sam. Por toda la eternidad.

Gong...

Tragó con fuerza mientras las lágrimas inundaban sus ojos.

—Lamento no haber podido salvarte, bebé. Lo intenté. Dios, lo intenté. Perdóname, Sam. —Sus palabras terminaron en un quejido estremecedor.

Algo arañó la ventana junto a ella.

Ella presionó su rostro contra el cristal y luego se alejó bruscamente hacia atrás con un jadeo.

—¡Desaparece!

Se mantuvieron inmóviles, seis niños que se arrastraban desde el remolino miasma de aire nocturno, persiguiéndola de día y de noche. Rodeados por la niebla iluminada por la luna, comenzaron a cantar. *"Un buen día, en medio de la noche..."*.

—No son reales —ella susurró.

"Dos niños muertos se levantaron para pelear".

Una pequeña mano pálida presionó contra la parte exterior de la ventana. A continuación, las gotas de condensación se deslizaron como lágrimas por el cristal.

Ella estiró su mano, empatándola con la del niño. Temblando, ella se alejó.

—No existen.

El reloj siguió su morbosa cuenta regresiva.

Conforme el popurrí de alcohol y drogas comenzaba a actuar, la habitación comenzó a girar y sintió arcadas. Inhaló profundamente. No podía permitirse el lujo de enfermarse. Sam estaba esperándola.

Las lágrimas se derramaron por sus mejillas.

—Estoy lista.

Gong...

Sin dudarlo, elevó la pistola a su sien.

—¡No! —Gritaron los niños.

Ella presionó el arma contra su piel. La punta del barril estaba fría. Al igual que sus manos, sus pies... su corazón.

Un sollozo estalló desde el fondo de su garganta.

El reloj dio un gong final. Entonces reinó un silencio sepulcral.

Era medianoche.

Los ojos de ella encontraron el rostro de Sam de nuevo.

—Feliz día de las Madres, Sadie.

Tomó una respiración estabilizadora, empujó el arma fuerte contra su piel y cerró sus ojos con fuerza.

—Mami ya está por llegar, Sam.

Apretó el gatillo.

1

Marzo 30, 2007

Sadie O'Connell dejó escapar una risita burlona mientras miraba la etiqueta de precio del juguete en su mano.

—¿Con qué rellenaron esto, con dinero lavado? —Lanzó el conejito de nuevo en la bandeja y se giró hacia la alta, esbelta mujer junto a ella. —¿Qué le comprarás a Sam por su cumpleaños?

Su mejor amiga le dirigió una sonrisa arrogante.

—¿Qué *podría* comprarle? Tu hijo ya lo tiene todo.

—Ni siquiera empieces, mi amiga.

Pero Leah tenía razón. Sadie y Philip mimaban demasiado a Sam. ¿Por qué no? Habían esperado mucho tiempo para tener un bebé. O al menos, *ella* lo había hecho. Después de dos abortos, el nacimiento de Sam había sido un milagro. Un milagro que merecía ser mimado.

Leah gruñó en voz alta.

—Cristo, es un maldito zoológico aquí.

El Toyz & Twirlz en el centro comercial de West Edmonton estaba abarrotado de clientes entusiastas. La primera venta importante de la temporada de primavera siempre atraía a la gente en tropel. Los padres exhaustos irrumpían en la tienda de juguetes, dándoles un bofetón ocasional a sus caprichosas crías de la manera en que lo harían con una avispa molesta en una barbacoa. Un padre angustiado recorría los pasillos buscando a su hijo, quien al parecer se había despegado de él apenas se había dado la vuelta. En todos los pasillos, los padres gritaban a sus hijos, amenazando, halagando, rogando y luego previsiblemente cediendo.

—¿Quién dejó salir a los animales? —dijo Sadie, sondeando la tienda.

Los chirridos de las ruedas de los carritos y los constantes lloriqueos de cansados niños pequeños le daban dolor de cabeza. Deseó haberse quedado en casa.

—Disculpe.

Una mujer con mullido y crespo cabello decolorado le dio a Sadie una mirada de disculpa. Ella avanzó más allá de ellas, empujando un cochecito ocupado por un alienígena miniatura gritando. A unos metros, se detuvo, se inclinó y limpió algo que parecía flan cuajado de la esquina de la boca del niño.

Sadie se giró hacia Leah.

—Gracias a Dios que Sam ya pasó esa etapa.

A la edad de cinco años, que pronto serían seis, su hijo era la niña de sus ojos. De hecho, era todo su mundo. Un desgarbado granuja con alborotado cabello negro, ojos azul zafiro y perfectos labios arqueados, Sam era el vivo retrato de su madre y el opuesto exacto de su padre en el temperamento. Mientras Sam era dulce, bondadoso, amable y cariñoso, Philip era impaciente y distante. Tan distante que ya rara vez decía *te amo*.

Miró su anillo de bodas. *¿Qué nos sucedió?*

Pero ella sabía lo que había sucedido. Conforme el estatus de Philip como abogado había crecido, más dinero había llegado y la fama se le había ido a la cabeza. Él había cambiado. El hombre del que se había enamorado, el soñador, había desaparecido. En su lugar había alguien a quien apenas conocía, un extraño que había decidido demasiado tarde que él no quería tener niños.

O una esposa.

—¿Qué tal esto? —dijo Leah, dándole un codazo.

Sadie miró fijamente el camión de volteo amarillo.

—Llénalo con un murciélago de peluche y a Sam le parecerá increíble.

La fascinación de su hijo por los murciélagos era casi cómica. La televisión estaba siempre sintonizada en el Discovery Channel mientras su hijo buscaba incansablemente cualquier espectáculo en el que salieran esos animales peludos.

—¿Qué le compró Phil la píldora? —preguntó Leah secamente.

—Un nuevo módulo de Leap Frog.

—Todavía no puedo creer las cosas que ese niño puede hacer.

Sadie sonrió.

—Yo tampoco.

La mente de Sam era una esponja. Él absorbía la información tan rápido que sólo tenían qué mostrarle una vez. Sus poderes de observación eran tan profundos, que había aprendido a desbloquear la puerta con tan sólo mirar a Sadie hacerlo, por lo que Philip había añadido un cerrojo adicional en la parte superior. Para cuando Sam tenía tres años, había descifrado el control remoto y el reproductor de DVD. Sadie todavía tenía problemas para encender el televisor.

Sam...mi dulce, maravilloso, pequeño genio.

—Quizá le compre una película, —dijo Leah. —¿Qué tal *Batman Inicia?*

—Él va a cumplir seis, no 16.

—Bueno, ¿Yo qué sé? No tengo hijos.

A sus treinta y cuatro inviernos, Leah era una atractiva, esbelta morena morena con salvajes ojos castaños de vetas multicolores, espesas pestañas, una sonrisa coqueta y una predilección por los hombres jóvenes. Mientras que el pálido rostro de Sadie tenía una dispersión de pequeñas pecas a través del puente de su nariz y pómulos, la tez de Leah era bronceada y lisa.

Ella había sido la mejor amiga Sadie durante ocho años, eran *hermanas del alma.* Desde el día en que le había enviado un correo electrónico de la nada a Sadie para hacerle preguntas acerca de la escritura y la publicación. Se habían reunido en Book Ends, una popular librería de Edmonton, para lo que Leah había esperado sería un café rápido. Su conexión había sido tan fuerte y tan inmediata, que conversaron durante casi cinco horas. Todavía bromeaban sobre ello, sobre cómo Leah había creído que Sadie sería una escritora celebridad que no le daría ni la hora del día. Pero Sadie le había dado más. Le había dado a Leah un pedazo de su corazón.

Un hombre robusto y guapo, parecido a Colin Farrell pasó junto a ellas en el pasillo, y Leah lo miró alejarse con ojos brillantes.

—Quiero uno de esos —dijo con un suave gruñido. —Para llevar.

—No vas a encontrar al hombre correcto en una tienda de juguetes —dijo Sadie secamente. —Generalmente, todos están ocupados. Y por alguna razón tampoco creo que lo encuentres en el Karma.

El Klub Karma era una popular discoteca en la avenida Whyte. Contaba con la mejor noche de damas en Edmonton, llena de desnudistas musculosos llenos de esteroides. Leah era cliente habitual.

—¿Y por qué no?

Sadie rodó los ojos.

—Porque el Karma está lleno de cachorros sudorosos que sólo están interesados en una cosa.

Leah le dió una mirada en blanco.

—Tener sexo —añadió Sadie. —Sinceramente, no sé lo que ves en ese lugar.

—Qué, ¿eres tonta? —Leah arqueó una ceja y sonrió diabólicamente. —Estoy cumpliendo con mi deber civil. Alguien tiene que enseñarles a esos chicos jóvenes cómo se hace.

—Alguien debería enseñarle a Philip —Sadie murmuró.

—¿Por qué, no se le para?

—¡Jesús, Leah!

—¿Y bien? Confiesa.

—Más tarde quizá. Cuando nos detengamos para tomar café.

Leah miró a su reloj.

—¿Vamos a nuestro lugar habitual?

—Por supuesto. ¿Crees que Victor nos perdonaría si fuésemos a cualquier otra cafetería?

Leah rió.

—No. Empezaría a escatimar en la crema batida si lo traicionamos. Entonces, ¿qué le vas a comprar a Sam?

—Lo sabré cuando lo vea. Estoy esperando una señal.

—Te encanta esa cosa del *destino*.

Sadie se encogió de hombros.

—A veces hay que tener fe en que las cosas se resolverán.

Continuaron por el pasillo, ambas buscando algo para el chico más dulce que conocían. Cuando Sadie encontró una cosa que estaba segura de que a Sam le encantaría, dejó escapar un grito y le dirigió a Leah una mirada de te-lo-dije.

—Esta bicicleta es perfecta. Como su cumpleaños es en realidad el lunes, se la daré entonces. Él obtendrá suficientes regalos de sus amigos en su fiesta el domingo de todos modos.

No podía saber que Sam no podría ver su bicicleta.

Él no estaría ahí para recibirla.

—No las había visto en toda la semana —dijo Víctor Guan. —Un día más y habría llamado al 911.

—Ha sido una semana ocupada —respondió Sadie, dejando caer su bolso en el mostrador. —¿Cómo va el negocio, Víctor?

—Repuntando nuevamente con esta ola de frío.

El joven hombre chino era propietario del Cuppa Capuchino, a pocas cuadras de la casa de Sadie. La cafetería tenía una chimenea de gas, un ambiente relajado y a menudo destacados músicos locales como Jessy Green y Alexia Melnychuk. Víctor no sólo servía las mejores sopas caseras y ensaladas Cesar con queso feta, los mocha lattés eran absolutamente pecaminosos.

Leah hizo fila para el baño.

—Tú sabes lo que quiero.

Sadie ordenó un Chai y un moca.

—¿Viste la niebla esta mañana? —preguntó Victor.

—Sí, llevé a Sam a la escuela envuelta en ella. Apenas podía ver el coche delante de mí.

Ella tembló y Victor le dirigió una mirada preocupada.

—¿Un gato caminó sobre tu tumba, o algo así? —preguntó.

—No, sólo estoy cansada del invierno.

Ella agarró un periódico del estante y se dirigió hacia el nivel superior. El sofá junto a la chimenea estaba desocupado, así que ella se sentó y tiró el periódico sobre la mesa.

El título en la portada la hizo jadear.

¡La Niebla ataca de nuevo!

Su aliento se atoró en su garganta.

—Oh Dios. No otra más.

Una fotografía de una chica rubia, de ojos azules sentada sobre escalones de concreto dominaba la primera página. Cortnie Bornyk, de ocho años, del lado norte de la ciudad de Edmonton, había desaparecido. Según el periódico, la niña había desaparecido en medio de la noche. No había ninguna señal de entrada forzada y no había pruebas de quién se la había llevado, pero los investigadores estaban seguros de que era el mismo hombre que se había llevado a los demás.

Sadie abrió el periódico en la página 3, donde la historia continuaba. Ella se solidarizó con el padre de la chica, un papá que había salido de Ontario para encontrar trabajos de construcción en Edmonton. Matthew Bornyk se había trasladado allí para buscar una vida mejor. No era una mala decisión, considerando que el mercado de la vivienda estaba en auge. Pero ahora él estaba pidiendo el regreso de su hija.

—Aquí tienes —dijo Victor, colocando dos tazas sobre la mesa.

—Gracias —dijo, sin mirar hacia arriba.

Sus ojos estaban pegados a la foto más pequeña de Bornyk y su hija. El hombre tenía una sonrisa plasmada en su rostro, mientras su hija había sido congelada en una pose boba, con la lengua colgando por un lado de su boca.

La pequeñita de papá, pensó Sadie tristemente.

Leah se desplomó en un sillón junto a ella.

—¿Quién es el tipo?

—Su hija fue secuestrada anoche.

—Qué horrible.

—Sí —dijo Sadie, dando un tímido sorbo a su taza.

—¿Alguien vio algo?

—Nada —Ella fijó sus ojos en Leah. —Excepto la niebla.

—¿Piensan que es *él*?

Sadie echó un vistazo al artículo.

—No hay exigencias de rescate todavía. Suena como él.

—Mierda. Con ese van, ¿qué, seis niños?

—Siete. Tres niños y cuatro niñas.

—Falta un niño más —La voz de Leah goteó con temor.

La Niebla, como el secuestrador era conocido, se infiltraba durante la oscuridad de la noche o temprano en la mañana, bajo el manto de una niebla densa. Él mismo se envolvía alrededor de su presa y como una niebla, desaparecía sin dejar rastro, capturando las almas de los niños y robando las esperanzas y los sueños de los padres. Un niño, una niña. En la primavera de cada año. Durante los últimos cuatro años.

Sadie volteó el periódico.

—Vamos a cambiar de tema.

Sus ojos deambularon por toda la habitación, absorbiendo la diversidad de clientes de Victor. En una esquina del nivel superior, tres muchachos adolescentes jugaban poker, mientras que un cuarto observaba y se reía cada vez que uno de sus amigos ganaba. Frente a Sadie, una mujer pelirroja vistiendo una sudadera de color malva tecleaba en una computadora portátil, parando cada cierto tiempo para dirigir a los ruidosos muchachos una mirada frustrada. En el nivel inferior, uno de los habituales, el viejo Ralph, estaba leyendo todos los periódicos de atrás hacia delante. Le daba un trago a su café negro al término de cada página.

—Así que… —Leah arrastró las palabras mientras cruzaba sus largas piernas. —¿Qué está pasando con Phil la píldora?

Sadie frunció el ceño.

—Eso es lo que me gustaría saber. Él dice que está trabajando hasta tarde en la firma.

—Y tú estás pensando, ¿qué? ¿Que él está tonteando por ahí?

Leah nunca le daba rodeos a nada.

—Quizá él sólo está trabajando duro —su amiga sugirió.

Sadie sacudió la cabeza.

—Él llegó a casa a las dos de esta madrugada, apestando a perfume y alcohol.

—¿No está su empresa trabajando en ese caso de derrame de petróleo? Apuesto a que todos los socios están trabajando horas extras en eso.

Sadie bufó.

—Incluída Brigitte Moreau.

Brigitte era la *mano-derecha-mujer* de su marido, como él acostumbraba decirle a menudo. Aparentemente, la nueva adición a las oficinas legales de Warner Fleming era indispensable. La abogada esbelta, rubia, con un par de pechos por los que obviamente ella había pagado, nunca abandonaba el lado de Philip.

Sadie se preguntó qué haría Brigitte cuando tenía que orinar.

Probablemente arrastra a Philip en con ella.

—Podría ser algo perfectamente inocente —sugirió Leah.

—Sí, claro. Yo estuve en la conferencia post-celebración. Les vi juntos, y no había nada inocente acerca de ellos. Brigitte agarraba a Philip del brazo como si fuera su dueña. Y él se reía, susurrando en su oído. —Ella frunció los labios. —Sus compañeros me estaban mirando con ojos condescendientes, sintiendo pena por mí. Yo podía verlo en sus rostros. Incluso *ellos* lo sabían.

Leah se apenó.

—¿Le dijiste algo a él?

—Le pregunté si estaba engañándome de nuevo.

Justo antes de que Sam naciera, Philip había admitido otros dos amoríos. Ambos romances de oficina, según él.

—Ninguno significó nada —dijo él, antes de culpar por sus infidelidades a su vientre hinchado y su falta de interés sexual.

—¿Qué dijo él? —insistió Leah, con la determinación de un pit-bull babeando por un chuletón.

—Nada. Sólo se fue enojado de la casa. Me llamó desde el trabajo justo antes de que llegaras. Me dijo que estaba siendo ridícula, que mis acusaciones eran dolorosas e injustas. —Ella bajó el tono de su voz. —Él me preguntó si estaba bebiendo de nuevo.

—Bastardo. Y tú te preguntas por qué todavía estoy sola.

Sadie no dijo nada. En cambio, pensó en su matrimonio.

Había sido feliz una vez. Antes de su espiral descendente hacia el alcoholismo. En los primeros años de su matrimonio, Philip había sido atento y solícito, apoyando su decisión de concentrarse en su escritura. No fue hasta que empezó a hablar acerca de tener una familia que las cosas habían cambiado.

Ella echó un vistazo a Leah, agradecida por su fiel compañerismo y comprensión. El destino sin duda había intervenido cuando la llevó hacia Leah. Su amiga había ido más allá del deber de amistad, dejando todo en un parpadeo si ella la llamaba. Leah era su apoyo vital, especialmente en los días y las noches cuando la botella la llamaba. Ella había incluso asistido a algunas reuniones de AA con Sadie.

¿Y dónde estaba Philip? Probablemente con Brigitte.

—Venga, mi amiga —Leah dijo, sonriendo. —Sé que realmente quieres maldecir. Déjalo salir.

—Sabes que yo no uso ese lenguaje.

—Eres tan mojigata. Philip es un asno, un bastardo. Déjame oírte decirlo. *Bas...tar...do.*

—Voy a dejar que tú seas la de la boca sucia —dijo Sadie dulcemente.

—Jodidamente correcto. Maldecir es liberador. —Leah tomó un cuidadoso sorbo de té. —Entonces, ¿cómo va el libro?

Sadie sonrió.

—Terminé el texto ayer. Mañana voy a empezar con las ilustraciones. Estoy muy entusiasmada con eso.

—¿Ya tienes un título?

—"Volviéndose loco".

La ceja delgada como un lápiz de Leah se arqueó.

—Hmm...qué apropiado.

Sadie le dio una palmada juguetona en el brazo.

—Se trata de un pequeño murciélago que no puede encontrar su camino a casa porque su radar se descompone. Al principio piensa que está captando las señales de radio, pero luego se da cuenta que capta los pensamientos de otras criaturas.

—Eso es perfecto. A Sam le encantará.

—Lo sé. No puedo creer que esperé tanto tiempo para escribir algo especial para él.

Hacía unos meses, Sadie había decidido tomar un descanso de escribir otro misterio de Lexa Caine, especialmente porque su agente le había conseguido un acuerdo para escribir dos libros ilustrados para niños.

—Ha sido un bienvenido descanso —admitió. —Lexa necesitaba un año sabático. Unas vacaciones.

—Vaya descanso —dijo Leah. —Apenas te he visto. Has estado trabajando día y noche en el libro de Sam.

—Ha valido la pena.

—¿Es más difícil que escribir misterios?

—Aparte de la ilustración, creo que es más fácil —dijo Sadie, algo sorprendida por su propia respuesta. —Pero claro, Sam me inspira. Él es mi musa. Los niños ven las cosas de manera diferente.

—Ojalá tuviera una.

Sadie se quedó boquiabierta.

—¿Una niña?

—Una musa, idiota.

Sadie rió.

—¿Cómo va la candente novela romántica?

—Estoy paralizada. Tengo a Clara atrapada debajo de la cubierta del barco pirata, encerrada en la bodega de carga sin salida.

Dado el éxito de su primera novela, *Sweet Destiny*, Leah había encontrado su campo y estaba trabajando en su segundo romance histórico.

—¿Qué hay en la habitación?

Leah le dirigió una sonrisa irónica.

—Barriles de ron de las Bermudas.

—Bueno, ella no va a beberlo, así que, ¿qué más puede hacer?

—No sé. Ella no puede emborrachar a la tripulación, si eso es lo que estás pensando.

—¿Qué tal si el buque se incendiara?

La emoción se filtró en los ojos de Leah.

—Sí. Un incendio podría calentar realmente las cosas. El juego de palabras es intencional.

Ellas se quedaron en silencio por un momento, perdidas en sus propios pensamientos.

—Hey —dijo Sadie finalmente. —He estado tentada a cortarme el pelo. ¿Qué piensas?

Leah la miró.

—¿Quieres deshacerte de todo ese hermoso cabello? Jesús, Sadie, debes estar volviéndote loca. —En un espeso acento irlandés, dijo, —¿Has perdido tu mente irlandesa sólo un poquito, lassie?

—Es demasiado trabajo —dijo Sadie con un mohín.

—¿Qué es lo que piensa Philip?

—Estaría feliz si lo mantuviera largo —ella contestó, frunciendo el ceño. —Quizá por eso lo quiero cortar.

Leah se rió.

—Entonces hazlo, chica.

Media hora más tarde se separaron, con Leah ansiosa por regresar a la inocente Clara y su guapo pirata armado con espadas, y Sadie no tan encantada de volver a una casa vacía. Cuando ella se subió a su deportivo Mazda 3, sonrió, aliviada como siempre de haber elegido algo práctico en vez del llamativo y pretencioso Mercedes que Philip conducía.

Miró el reloj y respiró con alivio. Casi era la hora de recoger a Sam de la escuela.

Su corazón omitió un latido.

Tal vez ha habido algún avance el día de hoy.

2

En el instante en que Sam la vio de pie en la puerta del aula, dejó escapar un grito salvaje y cargó hacia ella, casi haciéndola caer.

—Calma, pequeñín —dijo sin aliento. —¿Quién se supone que eres? ¿Tarzán?

—Recién terminamos de ver Pocahontas — dijo una voz de mujer.

—Hola, Jean —dijo Sadie. —¿Cómo fueron las cosas hoy?

Jean Ellis impartía una clase para niños con discapacidad auditiva.

—Como siempre —respondió la maestra de kinder. —Ningún cambio, me temo.

Sadie trató de ocultar su decepción.

—Tal vez mañana.

Estudió a Sam, quien podía oír todo bien.

¿Por qué no habla?

—¿Tuviste un buen día, cariño?

Haciendo caso omiso de ella, Sam se colocó encima una chaqueta de invierno y enfundó sus pies en un par de botas aislantes.

—Fue un gran día —dijo Jean, con voz cantarina. —Sam hizo un amigo. Uno real esta vez.

Sadie se asombró. El primer amigo verdadero de Sam. Bien, a menos que ella contara a su amigo invisible, Joey.

—Hey, pequeñín —dijo ella, agachándose para rodearlo con sus brazos. —Mamá te echó de menos hoy. Pero me alegro de que tengas un nuevo amigo. ¿Cuál es su nombre?

Cuando Sam no contestó, Sadie miró a Jean.

—Victoria —dijo la mujer con un guiño.

Sonriendo, Sadie alborotó el pelo de Sam.

—Okay, encanto. Vámonos.

Tras una rápida despedida a Jean, tomó la mano de Sam. Siempre le asombraba lo perfectamente que cabía en la de ella, cuán suave y cálida era su piel.

Fuera en el aparcamiento, desbloqueó el coche y Sam corrió hacia el asiento auxiliar en la parte de atrás. Ella se inclinó hacia adelante, abrochó su cinturón de seguridad, y besó su mejilla.

—¿Muy cómodo y tibio?

Él le dio los pulgares hacia arriba.

Saliendo de la escuela, ella echó una mirada en su espejo retrovisor. Sam miraba hacia el frente, desinteresado por la risa de los niños que esperaban a que sus padres los recogieran. Su hijo era un chico tímido, un solitario que inintencionalmente asustaba a los niños debido a su incapacidad para hablar.

Su falta de voluntad para hablar, ella se corrigió.

Sam no había sido siempre mudo.

Sadie le había enseñado el alfabeto a los dos años. A la edad de tres años, leía frases cortas. Entonces un día, sin razón aparente, Sam había dejado de hablar.

Sadie estaba devastada.

¿Y Philip? No había palabras para describir su comportamiento errático. Al principio parecía mortificado, preocupado. Luego gritó acusaciones contra ella, insinuando tantas cosas tan horribles que después de un rato incluso comenzó a dudar. Durante un intercambio desagradable, la había agarrado, sus dedos enterrándose en sus brazos.

—¿Bebiste mientras estabas embarazada? —le preguntó.

—¡No! —Ella gimió. —No he tomado una gota.

Sus ojos se estrecharon con incredulidad.

—¿De verdad?

—Lo juro, Philip.

Él la miró por un largo tiempo antes de sacudir la cabeza e irse.

—Tenemos que conseguirle ayuda —le dijo ella, corriendo tras él.

Philip giró sobre sus talones.

—¿Qué es exactamente lo que sugieres?

—Hay un especialista en el centro. El Dr. Wheaton me lo recomendó.

—El Dr. Wheaton es un idiota. Sam hablará cuando esté listo. A menos que lo hayas jodido para siempre.

Sus insensibles palabras cortaron dentro de ella profundamente, y después de que él regresara al trabajo, cogió el teléfono y reservó la primera cita de Sam. No se sentía bien actuando a espaldas de Philip, pero él no le había dejado elección.

Para cuando Sam tenía tres años y medio, había sido sometido a numerosas pruebas de inteligencia y audición, radiografías, ecografías y asesoramiento psiquiátrico, pero nadie podía explicar por qué no quería decir una palabra. Sus cuerdas vocales estaban perfectamente sanas, según un especialista. Y tenía razón. Sam podía gritar, llorar o chillar. Habían oído lo suficiente de *eso* cuando era más joven.

Sadie finalmente logró arrastrar a Philip a la cita, pero el psicólogo, un pequeño hombre tímido vistiendo una llamativa corbata de rayas rojas que gritaban *sobrecompensación*, no tenía buenas noticias para ellos. Estaba sentado detrás de una mesa metálica estéril, todo el rato viendo a Philip y temblando como si tuviera Tourette.

—Su hijo está sufriendo algún tipo de trauma — dijo el hombre, señalando lo que parecía obvio a Sadie.

—¿Pero qué podría haberlo causado? —preguntó consternada.

El doctor jugueteó nerviosamente con su corbata.

—Estos síntomas a menudo son el resultado de alguna forma de… de abuso.

Philip saltó a sus pies.

—¿Qué diablos está diciendo?

Todo el cuerpo del hombre se sacudió.

—Estoy diciendo que quizá alguien o algo asuste a su hijo. Como peleas entre los padres, o ser testigo de abuso de drogas o alcohol.

Sadie se encogió ante sus últimas palabras. La mirada que Philip le dirigió fue uno de puro odio. Y censura.

El médico tomó una respiración profunda.

—Y por supuesto, existe la posibilidad de violencia física o sexual.

Sin decir una palabra, Philip salió furioso del consultorio médico.

Sadie corrió tras él.

Él la culpaba a ella, por supuesto. Según él, era su bebida lo que había causado sus abortos. *Y* el retraso en el desarrollo verbal de Sam.

Esa noche, después de que Sam se hubo ido a la cama, Philip rebuscó en todos los cajones del aparador. Después buscó en el armario.

Ella lo observaba aprehensivamente.

—¿Qué estás haciendo?

—¡Buscando las botellas! —ladró.

Ella susurró en un suspiro.

—Ya te lo dije. *No* estoy bebiendo.

—Una vez que eres borracho…

Ella se acobardó cuando él se acercó a ella, su rostro inundado con
ira.

—¡Es *tu* culpa! —gritó.

La culpa le hacía cosas terribles a las personas. Era una fuerza
invisible, tan destructiva que ni siquiera Sadie podía luchar contra ella.

Miró en el espejo retrovisor y observó el rostro en forma de corazón
y grave expresión facial de Sam. Se preguntó por millonésima vez por
qué no quería hablar. Ella daría cualquier cosa por poder oír su voz, por
escuchar una palabra. *Cualquier* palabra. Había estado orando por que el
entorno escolar pudiera romper la barrera del idioma.

No hubo tal suerte.

De repente, se sintió desesperada por oír su voz.

—¿Sam? ¿Puedes decir mamá?

Él señaló la palabra *mamá*.

—Vamos, cielo —ella suplicó. —*Mma Maa.*

En el espejo, sonrió y la señaló a ella.

Las lágrimas inundaron sus ojos, pero ella parpadeado para
alejarlas. Un día él *iba a* hablar. La llamaría mamá y le diría que la
amaba.

—Algún día —le susurró.

Por ahora, sólo tenía que conformarse con el innegablemente fuerte
vínculo que sentía. La conexión entre la madre y el niño se había forjado
en el momento de la concepción y ella siempre sabía cómo se sentía
Sam, incluso sin palabras entre ellos.

Giró hacia abajo al camino que conducía a la tranquila subdivisión
en el lado sureste de la ciudad de Edmonton. Se detuvo en la entrada y
pulsó el control remoto de la puerta del garaje, notando inmediatamente
el elegante Mercedes plateado aparcado en el espacioso garaje para dos
autos.

Su aliento quedó atrapado en la parte posterior de su garganta.

Philip estaba en casa.

—Okay, hombrecito —murmuró. —Papi está en casa.

Liberó a Sam del asiento de atrás y se dirigió a la puerta. Él se
retorció hasta que ella lo bajó. Entonces corrió hacia la casa, directo
escaleras arriba. Ella hizo una mueca cuando oyó azotar la puerta de su
cuarto.

—Creo que ninguno de nosotros está demasiado emocionado por
ver a tu papá —dijo ella.

Arrojó sus llaves en un plato de cristal sobre la mesa cercana a la
puerta, dejó su bolso en el escritorio, pateó fuera sus zapatos, infló el
pecho y se dirigió hacia la zona de guerra.

Pero la puerta de la oficina de Philip estaba cerrada.

Ella giró hacia la cocina en su lugar.

La guerra puede esperar. Siempre lo hace.

Al pasar por la puerta de su oficina una hora más tarde, oyó a Philip berrear a alguien en el teléfono. Quien quiera que fuera, estaba recibiendo una buena ración de gritos. Un minuto más tarde, algo golpeó la puerta.

Ella retrocedió.

—No agites el avispero, Sadie.

Philip permaneció encerrado en su oficina y se negó a salir para la cena, así que ella hizo una comida rápida de perritos calientes para Sam y una ensalada para ella. Ella dejó un plato de sobras de la noche anterior de jamón, patatas y verduras en la encimera para Philip.

Después, le dio a Sam un baño y lo vistió para ir a la cama.

—Tía Leah vino hoy —dijo ella, abotonando la parte superior de su pijama. —Ella me pidió que saludara a su niño favorito.

No había mucho más que decir, excepto que había terminado de escribir la historia de murciélagos. Ella no iba a decirle que había ordenado su tarta de cumpleaños y le había comprado una bicicleta, la cual había introducido con dificultad en la casa por sí misma y había ocultado en el sótano.

—¿Quieres que te lea un cuento? —preguntó.

Sam sonrió.

Ella se sentó en el borde de la cama y señaló hacia la biblioteca con su cabeza.

—Elige.

Él vagó por las filas de libros, mirándolos cuidadosamente. A continuación, se centró en un libro de columna blanca. Era la misma historia que elegía cada noche.

—¿Mi amigo imaginario de nuevo? —preguntó, divertida.

Él asintió con la cabeza y se metío en la cama, instalándose bajo las mantas.

Sadie se acurrucó junto a él. A medida que leía acerca de Cathy, una joven con un amigo imaginario que siempre la metía en problemas, ella no pudo evitar pensar en Sam. Durante el año pasado, había sido inflexible sobre la existencia de Joey, un chico de su edad que juraba que vivía en su habitación. Ella había captado con frecuencia a Sam sonriendo y asintiendo con la cabeza, como si se tratara de una conversación. Sin palabras, sin signos, sólo raras expresiones faciales. Algunos días él parecía perdido en su propio mundo.

—Lisa dice que debes cerrar los ojos —leyó.

Los ojos de Sam se agitaron y se cerraron.

—Ahora gira esta página y utiliza tu imaginación.

Él dio vuelta a la página, luego abrió sus ojos. Se iluminó cuando vio el colorido dibujo de Lisa, la amiga imaginaria de Cathy.

—¿Puedes verme ahora? —ella leyó, sonriendo.

Sam señaló a la niña en el espejo.

—Buenas noches, Cathy. Y buenas noches, amigo. El fin.

Ella cerró el libro y lo colocó junto al reloj de batiseñal en la mesilla de noche. Entonces ella se corrió fuera de la cama, se inclinó hacia abajo y besó la piel cálida de su hijo.

—Buenas noches, Yo-soy-Sam.

Su pequeña mano se estiró. Con un dedo, dibujó una 'S' en el aire. Su ritual nocturno.

—S…de Sam —dijo ella suavemente.

Y como cada noche, ella dibujó el reflejo.

—S… de Sadie.

Juntos, ellos crearon un símbolo de infinito.

Ella sonrió.

—Por siempre y para siempre.

Ella apagó la lámpara de la mesilla de noche y salió fuera de la habitación. Cuando miró sobre su hombro, vio el angelical rostro de Sam iluminado por la luz del pasillo. Tras cerrar la puerta, presionó su mejilla contra ella y cerró los ojos.

Sam era el único que realmente la amaba, que confiaba en ella. Desde el primer día en que posó sus enormes ojos de pestañas negras en los suyos, ella se había enamorado completamente y sin lugar a dudas. El amor de madre no podía ser más puro.

—Mi hermoso niño.

Al apartarse, chocó con algo duro y alto. Su sonrisa desapareció cuando ella lo identificó.

Philip.

Y él no estaba feliz. Ni un poquito.

Él la miraba, con una mano fija contra la pared para impedirle la huida. Sus labios, los mismos que le habían sonreído a ella tan carismáticamente la noche en que se habían conocido, estaban curvados con desprecio.

—Podrías haberme dicho que Sam se iba a la cama.

Ella lo esquivó.

—Estabas ocupado. Como de costumbre.

—¿Qué diablos significa eso?

Ella se encogió por su tono abrasivo, pero no dijo nada.

—No te vas a poner paranoica conmigo de nuevo, ¿o sí? —La agarró del brazo. —Ya te lo dije. Brigitte es una compañera de trabajo. Nada más. ¡Jesús, Sadie! No eres una niña. Tienes casi cuarenta años. ¿Qué diablos te pasa últimamente?

—Nada, Philip. Y voy a cumplir treinta y ocho este año. No cuarenta. —Ella jaló su brazo libre de él, luego pasó rozándolo rumbo al dormitorio.

Su matrimonio era una farsa.

—Condenado desde el principio —su madre le había dicho una noche cuando Sadie, un desastre sollozosante, la había llamado después de que Philip hubo admitido su primera aventura.

Pero ella había demostrado que su madre estaba equivocada. ¿O no? Las cosas parecían mejores el año después de que Sam nació. Luego, ella y Philip comenzaron a pelear de nuevo. Últimamente, se había convertido en un evento de cada noche. Al menos en las noches en que volvía a casa antes de que ella se fuera a dormir.

Philip entró en la habitación y cerró la puerta.

—Sabes, —dijo. —Has sido una perra durante meses.

—No es cierto.

—Una perra frígida. Y ambos sabemos que no es a causa del Síndrome pre menstrual, ya que no tienes eso más.

Estremeciéndose, ella miró su triste reflejo en el espejo del aparador. Ya debería estar acostumbrada a sus descuidados insultos. Pero no lo estaba. Cada vez, era como si un cuchillo perforara más profundamente en su corazón. Uno de estos días, no sería capaz de sacarlo. Y entonces, ¿qué serían? ¿Sólo otra estadística?

Philip esperó detrás de ella, nervioso, pasando una mano a través de su pelo castaño entrecano.

Por un momento, se sintió avergonzada de sus pensamientos.

—¿Siquiera me escuchas? —Farfulló él con indignación.

Y el momento pasó.

Ella suspiró, agotada.

—¿Qué quieres que te diga, Philip? Nunca estás en casa. Y cuando lo haces, estás ocupado trabajando en tu oficina. No hacemos nada juntos ni vamos a ningún…

—¡Cristo, Sadie! Acabamos de salir con Morris y su esposa.

—No me refiero a las funciones de la empresa —argumentó. — Nunca vemos a nuestros viejos amigos ya. Nunca vamos al cine, nunca nos sentamos a hablar, nunca hacemos… el amor.

Philip cruzó sus brazos y frunció el ceño.

—¿Y de quién es la culpa? Ciertamente no mía. Eres la única que se aleja cada vez que intento acercarme a ti. Sabes, un hombre sólo puede manejar cierto rechazo antes…

—¿De qué? —Ella se giró para enfrentarlo. —¿Antes de ir a buscar en otro lugar?

Él la miró durante un largo momento y el aire se volvió rancio por la tensión, enrollándose alrededor de ellos con el sigilo de una serpiente venenosa, con los colmillos expuestos, dispuesta a atacar.

Cuando él finalmente habló, su voz era tranquila, derrotada.

—Quizá si me dieras algo del amor que derramas sobre Sam a *mí de* vez en cuando, yo no estaría tentado a buscar en otra parte.

Él caminó fuera de la habitación, sus pisadas atronadoras escaleras abajo. Un minuto más tarde, una puerta se cerró de golpe.

Ella expulsó un suspiro tembloroso.

—Cobarde.

No estaba segura si lo decía por Philip…o por ella misma.

Corriendo las cortinas, miró a través de la ventana hacia la calle débilmente iluminada. Estaba desprovista de cualquier tráfico en movimiento, sólo unos pocos vehículos estacionados recubrían las aceras. El tenue murmullo de la puerta del garaje le hizo apretar las cortinas. Escuchó las desafiantes revoluciones del motor y, a continuación, vio como el Mercedes retrocedía por la cochera, el humo de escape helado detrás de él. La superficie de la calle brillaba por los nuevos cristales de hielo, y el coche salió huyendo a gran velocidad, los neumáticos girando sobre el pavimento.

Philip siempre parecía tener la última palabra.

Ella observó el brillo incandescente de las luces traseras mientras se desvanecía en la noche. A continuación, el parpadeo de la farola cruzando la carretera atrajo su mirada. Frunció el ceño cuando la luz se apagó. Uno de los perros de los vecinos comenzó a ladrar, tanto por la abrupta oscuridad como por la ruidosa salida de Philip. No estaba segura de cuál.

Y luego algo salió de los arbustos.

Una torpe sombra arrastrando los pies por la acera, a unos metros a la derecha de la lámpara. Era un hombre, de eso estaba segura. Podía distinguir una pesada chaqueta y algún tipo de sombrero, pero no podía discernir nada más.

El hombre se detuvo cruzando la calle desde su casa.

Sadie estaba segura de que él estaba mirándola.

Tembló y caminó fuera de la vista, corriendo las cortinas de vuelta a su lugar. Cuando su respiración se calmó, se acercó lentamente hacia la ventana de nuevo y echó un vistazo subrepticio.

Gail, la vecina de la calle de enfrente, estaba caminando con Kali, un Shih Tzu caniche. Pero aparte de la mujer y su perro, la acera estaba vacía.

Sadie cerró todas las puertas y ventanas, y activó la alarma de seguridad…

"Un escalofriante y tenso viaje hacia el más profundo temor de cada padre."
-Scott Nicholson, autor de *La iglesia roja*

CHERYL KAYE
TARDIF

LOS NIÑOS
DE LA NIEBLA

TRADUCIDO POR ALEJANDRA MARTINEZ

Acerca del Autor

Cheryl Kaye Tardif es una autora de suspenso galardonada, best seller internacional canadiense. Sus novelas incluyen *Santuario divino, Sumergido, La justicia divina, Los niños de la Niebla, El río, La intervención divina*, y *La canción de la Ballena*, que la autora superventas del New York Times, Luanne Rice, llamó "una interesante historia de amor y familia y los misterios del corazón humano... una hermosa novela inquietante".

Ella está trabajando ahora en su próximo thriller.

Cheryl también disfruta de escribir historias cortas inspiradas principalmente por su ídolo, el autor Stephen King, y esto ha dado lugar a *Esqueletos en el closet y otras historias escalofriantes* (eBook) y *Control Remoto* (novelette eBook). Sus cuentos aparecen en varias antologías, incluyendo *Maestros de sombras* y *En lo que se convierten los miedos*.

En 2010, Cheryl se desvió hacia el género romance suspense romántico contemporáneo con su debut, *Lancelot Lady*, escrita bajo el nombre de de Cherish D'Angelo.

Booklist la alabó, "Tardif, quien ya es un gran éxito en Canadá...un nombre qué considerar al sur de la frontera".

El website de Cheryl: http://www.cherylktardif.com
Blog Oficial: http://www.cherylktardif.blogspot.com
Twitter: http://www.twitter.com/cherylktardif
Facebook: https://www.facebook.com/CherylKayeTardif

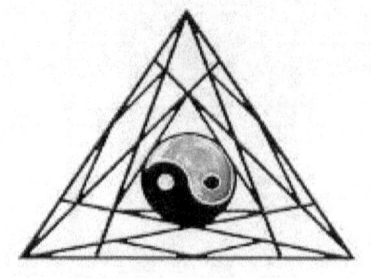

IMAJIN LIBROS
Ficción de calidad más allá de tus sueños

Para comprar tu próximo libro en formato rústico o electrónico,
por favor visita:

www.imajinbooks.com

www.twitter.com/imajinbooks

www.facebook.com/imajinbooks

IMAJIN QWICKIES®
www.ImajinQwickies.com

www.ingramcontent.com/pod-product-compliance
Lightning Source LLC
Chambersburg PA
CBHW070050030726
47506CB00002B/419